杭州师范大学中文学科学术研究丛书

泽地文库
第一辑

主编 / 洪治纲

* 国家社科基金课题"江南佛学与'两浙'现代作家研究"成果（15BZW160）

* 浙江省哲学社会科学重点研究基地文艺批评研究院成果

江南佛学与"两浙"现代作家研究

竺建新 著

时代出版传媒股份有限公司
安徽教育出版社

图书在版编目(CIP)数据

江南佛学与"两浙"现代作家研究/竺建新著. —
合肥:安徽教育出版社,2021.12
ISBN 978-7-5336-9585-9

Ⅰ.①江… Ⅱ.①竺… Ⅲ.①佛学—关系—作家—文学创作研究—浙江—现代 Ⅳ.①I206.6

中国版本图书馆 CIP 数据核字(2021)第 265774 号

江南佛学与"两浙"现代作家研究
JIANGNAN FOXUE YU "LIANGZHE" XIANDAI ZUOJIA YANJIU

出 版 人:费世平
策划编辑:何 客
责任编辑:金 雯
装帧设计:王莉娟
美术编辑:张鑫坤
责任印制:陈善军

出版发行:安徽教育出版社
地　　址:合肥市经开区繁华大道西路398号　邮编:230601
网　　址:http://www.ahep.com.cn
营销电话:(0551)63683012,63683013
排　　版:安徽时代华印出版服务有限责任公司
印　　刷:安徽新华印刷股份有限公司

开　本:650 mm×960 mm　1/16
印　张:18
字　数:258千字
版　次:2021年12月第1版　2021年12月第1次印刷
定　价:68.00元

(如发现印装质量问题,影响阅读,请与本社营销部联系调换)

总　序

洪治纲

大学之道，人文为先。没有坚实的人文底蕴，没有深厚的人文情怀，没有求真、创新、自由、平等、公正的现代社会理念，大学迟早会陷入实用主义和功利主义的泥淖，甚至会变成精致的利己主义滋生与蔓延的温床，教育也就很难确保学生获得全面而健康的发展。这是我们学科同仁多年来的思想共识和学术信念。

我们是大学教师，但我们也是学者，是恪守人文精神并且学有专攻的学者。因为我们深知，人不仅仅是一种物质生命的存在，还是一种精神、文化的存在。我们必须尊重每个个体的主体地位和个性差异，必须关心和理解不同个体多方面、多层次的内在需求，必须激发不同个体的能动性和创造性，促进人的个体价值与社会价值的统一，并最终使人获得自由全面的发展。

如果问，何谓"人文精神"？我想，这应该是其核心之旨。所以鲁迅先生对现代文明社会的审度标尺，就是"立人"。一个国家能不能"立"起来，在他看来，首先就是这个国家中的人是否"立"起来了，而不是看它的经济指标，或者人均拥有多少本房产证。

作为从事人文教育的学者，我们对人文精神当然并不陌生。但是，在物质主义和功利主义的强力冲击下，要坚持不懈地探究现代社会中的人文精神及其实践路径，并非易事。好在我们是地方性高校，没有"高处不胜寒"的压力，也没有必须实现"弯道超车"的预设目标。我们只是踏踏实实问学，认认真真做人。每天进步一点点，这是我们对自己学术的内心期许。所以，这些年来，我们学科的全体同仁，都在默默地躬身于各自的研究领域，勤思缅想，精耕细作。

我们因此而充实。无论春夏，无论秋冬。

或许我们的能力有限，眼界不高，学养不厚，但这并不影响我们求真和创新的勇气，也不影响我们对于人类悠久的人文主义传统的承继和弘扬。师者，传道，授业，解惑也。传道，是每一位大学教师的首要职责，也是彰显每位人文学者人格魅力的核心之所在。只有心中有了"道"，有了承担历史职责且顺应社会发展的"大道"，我们才能传出特有的生命之光，以及内在的精神高度。我们的学术，从某种程度上说，就是在求真的过程中，孕育和培植内心的生命之道。故章学诚云：学者，学于道也。

但学术毕竟是一项极为艰难的事业，因为它自始至终都是为了求真，不仅在理论上，还要在实践中。严复就曾明确地将"学术"理解为先求真理，而后付之实践的过程："学者考自然之理，立必然之例。术者据既知之理，求可成之功。学主知，术主行。"梁启超也说过类似的话："学也者，观察事物而发明其真理者也；术也者，取所发明之真理而致诸用者也。……学者术之体，术者学之用，二者如辅车相依而不可离。学而不足以应用于术者，无益之学也；术而不以科学上之真理为基础者，欺世误人之术也。"我们当然也希望通过自己的努力，在传道和授业的过程中，体用互动，生生不息，一起解答各种现代生存之惑，共同叩问人之为人的诸多本质。

这也是我们推出"泽地文库"的重要理由。"泽地"，取自《周易》第四十五卦《萃》卦，卦象为下坤上兑，坤为地，兑为泽，即为"下地上泽"之象，象征"荟萃"之意。这是我们中国语言文学学科全体同仁的美好意愿，也是我们孜孜以求的学术理想。

在人类智慧的天空中，我们希望以执着的姿态飞过，并留下自己的痕迹。

本套丛书将以开放的方式，逐步汇聚我们学科各位学者的优秀成果，既包括已出版多年并在学界产生一定反响、需要修订再版的专著，也包括近年来国家社科基金的最新成果、学术新著以及优秀的博士论文等，几乎涵盖了学科各二级研究方向，也囊括了不同代际的学者智慧，并大体上折射了我们学科的主要特色和优势。当然，鉴于各种原因，本套丛书的第一辑，尚有诸多本学科重要学者未能加盟，期待第二辑或第三辑陆续能够收录。

古人云："士不可以不弘毅，任重而道远。"学术是没有尽头的事业，真理也需要一代又一代人去不断探索和实践。唯因如此，我们渴望通过自己的顽强求索，能够成为人文精神最坚实的承传者，并在具体的教学过程中，将自己所秉持的学术信念力所能及地付诸实践，抑或在世界文化的交流中成为平等的对话者。

2021年冬于杭州

序

黄　健

  佛教自东汉年间由古印度传入我国，逐渐与我国文化融为一体，遂成为中华文化之一大宗，是为主干文化的重要构成部分。作为一种认识观念或价值观，佛教也深刻地影响着中国人对世界，对人生的认识和把握，成为选择人生、把握人生的一种思维方式。被称为"中国化"的佛教——禅宗，更是渗透到中国人的日常生活之中，也成为中国人精神生活的一个重要内容。从历史上来看，佛教在我国虽历经诸多演化，却始终是一种对中国人的价值世界和意义世界都产生重要影响的宗教。

  江南历来都是佛教的一个广泛传播和发展的重要区域，也可以说是中国佛教的一个重要发祥地。受魏晋玄学和佛教的共同影响，南迁到江南区域的北方中原人士大都崇尚"物物而不物于物"的学说，如王锺陵所指出的那样，无论是"旷淡，还是简淡，都是门阀士族具有浓厚玄学色彩的理想人格"。从文化审美形态上来看，这种极富禅意的思想学说，使江南文化及其诗性品格得以不断地纯化，使之能够以更加明丽的物象表现，更加细腻的情感表达，将中华文化固有的诗性精神推向了唯美的极致，使之开始摆脱以往过于强调"教化"、"载道"一类政治伦理规范的束缚，出现走向情感的自我抒发，追求心灵自由、精神解放的发展态势。所谓寄情于山水，让心的世界在富有极其隐逸色彩的江南田野乡村，在江南的山丘溪壑、村居野炊中，找到弥补心灵缺憾的审美情感，获得审美的愉悦，追求温情脉脉的田园牧歌式的生活情调，推崇禅宗的教义，使之与老庄哲学相结合，展现亲近大自然和人的本性自然，强调主客体的一致，并在审美中获得灵感和想象，力求摆脱世俗琐事的纠缠，获得"宁静致远"的人生格调，达到心灵超然的精神境界，就成为江南文化审美意识发展的主流，其特点则是更进一步地铸塑了江南文化的诗性品格和诗意精神。

佛教与现代作家的关系，一直都是学界关注的对象。为何佛教与现代文学有如此密切的关系？这需要在晚清至现代中国的大变局中来寻找答案。晚清至现代，许多杰出人士如龚自珍、魏源、康有为、谭嗣同、梁启超、章太炎等都十分推崇佛教。导致这种现象的原因不外乎有二：一是在现代中国转型时期，少数先觉悟者在民族灾难深重、危机四伏的时代，在深知旧的文化秩序行将崩溃，而对新的文化思想一时又不解其真谛的矛盾和困惑中，表现出一种精神上的寻找家园的冲动。二是由于转型时期出现的文化失范及其所产生的心理困惑，在旧的文化秩序日趋解体、新的文化尚未深入人心之际，一些先觉悟者试图从佛教文化精华中汲取某种人生哲学思想，为变革寻求精神资源。晚清至现代的杰出人士对于佛教的推崇，其用意是良苦的，目的是明确的。

以佛教对鲁迅的影响为例，可以看到，在晚清至现代出现的"佛教热"中，鲁迅师从章太炎，也萌发了对佛教的兴趣。他从章太炎"佛学救国"的思想主张中，领悟到宗教在文化变革中所起到的"振民心"的功能与作用。他摒弃了佛教繁文缛节的教义，着重汲取佛教文化"足充人心向上"的内容。在他看来，在文化转型时期，强调从思想、观念和精神的角度来进行启蒙，以提高整个民族的文化、思想和精神素质，适应历史变革所带来的各种变化，有效地克服文化失范所产生的种种弊端，宗教（佛教）具有特殊意义和功能效果。鲁迅选择佛教的目的，就是试图把对佛教的文化反省深入到寻找人生真谛的哲学层次，以求获得对于人生苦难的大彻大悟，以及对于整个人类生存境遇进行"绝望反抗"的价值资源。鲁迅虽怀有浓重的人生孤独感和寂寞感，但他始终是以幽愤而抗俗，在研究佛之中获取了深藉于其中的那种"坚毅笃实"的精神，进而对自身的人格意志的培养与塑造产生了积极的影响。在这个意义上，鲁迅摒弃佛教中的那种平庸泛爱的哲学思想和避世逍遥的人生态度，着重从中汲取修炼人格的精神养料，培养自己鲜明的爱憎情感、舍生取义的无畏精神、坚忍不拔的"硬骨头"性格和苦海慈航的崇高道德风范。

竺建新近年来致力于佛教与现代作家的研究，尤其是致力于江南佛学对于现代作家创作影响的研究，取得了不菲的成果，并获得了国家社科基金课题的资助，可喜可贺！同时，也说明他的这项研究，无论是选题，还是论证、研究、探讨，都是具有较高的学术价值和意义的。从江南佛教的视域来探究两浙现代作家的创作特色，选题比较独特。此课题的研究，一方面能够丰富和深化佛学与中国现代文学关系的研究，另一方面也可为文学创作与地域文化的研究开辟一条新的路径。在具体的研究中，竺建新不求那种"宏大性"的逻辑分析，以获得所谓的"恢弘的"理论建构，而是善于抓住佛教与现代作家创作之间的关系，特别是审美关系来进行价值和意义的探讨，做得非常扎实，特点是以小见大、以点带面，通过细腻的文本分析，梳理二者关系，微言大义，深入其里，较好地阐述了佛教与现代作家创作之间的内在关联，发掘出佛教及其文化和精神要义是如何影响现代作家创作心理的。课题研究成果所涉及的内容较为丰富，结构设置合理，论证的逻辑较为清晰，体现出了较高的学术水平。无疑，对于他来说，这项课题的研究即便是期限到了，也还是值得不断深入探讨和研究的。因为这实际上是一个无穷大的研究领域，只有不断地深入探讨，方能发现蕴藉在其中的无穷精神涵义和审美意蕴。衷心地祝福他，也希望他在这方面再接再厉，再攀高峰，期待他取得更丰硕的学术成果。

是为序。

2020 年深秋于西子湖畔

目 录

引 论 / 001

第一章 江南佛教的形成与江南佛学的特征 / 015

第一节 "江南"和"两浙"概念阐释 / 015

第二节 江南佛教的形成与发展 / 028

第三节 江南佛学的内在特征 / 048

第二章 "两浙"现代作家的近佛渊源 / 058

第一节 地域文化的传承 / 058

第二节 古典文学的浸染 / 071

第三节 终极关怀的需求 / 076

第三章 江南佛学与"两浙"现代作家的精神建构 / 084

第一节 "普度众生"与"思想启蒙" / 084

第二节 "否定精神"与"砭世导俗" / 102

第三节 "心性理论"与"诗性审美" / 113

第四章　江南佛学与"两浙"现代作家的文学理念 / 134

第一节　悲苦意识：从古典"和谐"到现代"悲壮" / 134
第二节　审丑意识：从"善的文学"到"恶的文学" / 149
第三节　平等意识：从"贵族文学"到"平民文学" / 159

第五章　江南佛学与"两浙"现代作家的文学书写 / 168

第一节　"两浙"现代作家的欲望书写 / 168
第二节　"两浙"现代作家的鬼神书写 / 176
第三节　"两浙"现代作家的僧尼书写 / 186

第六章　江南佛学与"两浙"现代作家的叙事策略 / 195

第一节　佛学与"两浙"现代作家的文学创新 / 195
第二节　佛学与"两浙"现代作家的叙事范式 / 200
第三节　"两浙"现代作家的佛学意象运用 / 210

附　录

思想启迪·智性叙事——论鲁迅与江南佛学之关联 / 217
施蛰存小说中的江南佛学意蕴 / 236
佛道思想对郁达夫、戴望舒和施蛰存的影响 / 250
江南佛教视域中的汪曾祺创作 / 258

主要参考文献 / 269

后　记 / 276

引　论

佛学和中国文学的关系密切。

首先，佛学对中国文人的影响深刻。

佛教自东汉传入中国，走的是以下两条路线：一是民间路线，佛教依附于鬼神方术之下传播；二是文人路线，佛教思想依靠文人士大夫的信仰和传播，成为社会意识形态，大大扩大了佛学的深度和广度。因为第二条路线的传播，佛学渐渐和中国文人结下了深厚渊源。近代大儒梁启超云："晚清思想有一伏流曰佛学……晚清所谓新学家者，殆无一不与佛学有关。"[①] 学者谭桂林也指出："魏晋佛法大兴之后的千余年，举凡中国文学的名流大师，鲜有不受佛教思想熏陶者。"[②] 确实，佛教思想对中国文人的人格修养、审美心理和文学创作的影响非常深刻。

其一，佛教思想对中国文人的人格修养、审美心理产生深厚的影响。

魏晋时期玄佛强调"直心而行"，崇尚本真，佛教思想带有玄学思想，这对当时的知识分子的审美心理产生深厚影响，形成了崇尚自然、蔑视礼法的人格修养。佛教在心物关系上，强调以"心"为本。佛典云："三界虚妄，但是心作。十二缘分，是皆依心。"（《华严经·十地品之三》）佛教的这种心物论对许多文人影响深刻。南朝的文学理论家刘勰自幼家境贫穷，不婚娶，依附于和尚僧祐，精通佛教三藏，吸收了佛学思想，强调主体心性的作用，认为"心"是审美活动的主导者，是"立文之本源"（刘勰《文心雕龙·情采》），这也使得刘勰形成了张扬个性情感，主张心灵自由的审美精神。刘勰虽凭借《文心雕龙》之名而

---

① 梁启超：《清代学术概论》，《梁启超论清学史二种》，复旦大学出版社，1985年，第81页。
② 谭桂林：《20世纪中国文学与佛学》，安徽教育出版社，1999年，第1页。

入仕，但终因天际无常而皈依佛门。这种顺应本心的做法，印证了他追求个体人格自觉的态度。王维中年过后之所以过着半官半隐的生活，也是因为受"不二法门"的大乘般若义理的影响。王维在诗歌《酬张少府》中写道：

> 晚年唯好静，万事不关心。自顾无长策，空知返旧林。松风吹解带，山月照弹琴。君问穷通理，渔歌入浦深。①

追求松风吹带、山月照琴的日子，呈现了王维对隐逸生活和闲适情趣的偏爱，表达了王维对任运无心的自由境界的崇尚。显然，王维的个性爱好是受了佛禅思想的影响。

禅宗的世俗化对中国文人的审美心理同样影响深刻。禅宗认为"自性迷佛即众生，自性悟众生即是佛"（《坛经·三五》），又认为众生当顺应本心，在"饥则吃饭，困则打眠，寒则向火，热则乘凉"（《密庵语录》）中体验佛禅之道，以诗意的态度面对日常生活。可见，禅宗不仅肯定芸芸众生，也十分重视日常生活。《祖堂集》记载了一段对话，足以说明这一点："越州观察使差人问师：'依禅住持？依律住持？'师以偈答曰：'寂寂不持律，滔滔不坐禅。俨茶三两垸，意在镬头边。'"②禅宗这一审美倾向影响了中国文人审美心理的通俗化，如宋代文人尽情享受俗世生活，在审美追求上出现了书写日常生活和凡人生活的倾向。

其二，佛学对中国文人的文学创作影响深刻。试举几例：

譬如，对玄言诗人张翼的影响。

魏晋时期政治局势动荡不安，佛教的佛法无边以及无常、无我、一切皆空等佛理得到乱世文人的认同，走近佛学成为其避世的一种方式。因此，魏晋时期佛教盛行一时，并对文人的审美和文学创作产生了深远的影响。近代著名学者汤用彤以一言概述："溯自两晋佛教隆盛以后，

---

① 王维：《酬张少府》，曹中孚标点，《王维全集》，上海古籍出版社，1997年，第35页。
② 张美兰：《祖堂集校注》，商务印书馆，2009年，第387页。

士大夫与佛教之关系约有三事：一为玄理之契合，一为文字之因缘，一为生死之恐惧。"① 这三个方面，指出了中国文人走近佛学的心理渴求之因，阐释了佛学对中国文人产生的诸种影响。

张翼出玄入佛，颇识佛理，其诗歌创作颇受佛学思想影响，诗中往往蕴藉玄佛之理。他在诗《赠沙门竺法頵》之一云：

> 郁郁华阳岳，绝云抗飞峰。峭壁溜灵泉，秀岭森青松。悬岩廓峥嵘，幽谷正寥笼。丹崖栖奇逸，碧室禅六通。泊寂清神气，绵眇矫妙踪。止观著无无，还净滞空空。外物岂大悲，独往非玄同。不见舍利弗，受屈维摩公。②

诗中，诗人借送别僧友，描写山水风景，引入佛理并表达出对般若空观的深刻见解。诗人对"泊寂清神气，绵眇矫妙踪"的修行方式予以肯定，但"止观著无无，还净滞空空"一句，却表达了诗人反对过于追求个人解脱而陷于"法执"的做法。这种观点在《赠沙门竺法頵》第二首诗和第三首诗中得到了进一步深化。《赠沙门竺法頵》之二云："遥谢晞玄畴，何为自矜洁。"《赠沙门竺法頵》之三云："苟能夷冲心，所憩靡不净。万物可逍遥，何必栖形影。勉寻大乘轨，练神超勇猛。"内心洁净，则万物皆可逍遥，不一定要隐匿山林，过于拘泥修行的形式，真正佛教徒应该领悟大乘佛教宗旨，有度众思想。这是文人与佛学结缘的典型范例。

譬如，对山水诗鼻祖谢灵运的影响。

谢灵运是南北朝时期的著名诗人，与不少名僧有交往，尤其是慧远和道生。慧远的"神不灭论"和道生的顿悟成佛理论都对他影响深刻。另外，支道林的"即色游玄"理论，让谢灵运感悟可以观色悟佛理。因此，谢灵运的山水诗多感悟佛理之作。

---

① 汤用彤：《隋唐佛教史稿》，中华书局，1982年，第193页。
② 张翼：《赠沙门竺法頵》，丁国成、迟乃义主编：《历代名诗一万首》（上），花山文艺出版社，1997年，第252页。

谢灵运在诗《石壁立招提精舍》中云:"禅室栖空观,讲宇析妙理。"说明在此修禅,目的是悟透般若空观。他在诗《石壁精舍还湖中作》中云:

> 昏旦变气候,山水含清晖。清晖能娱人,游子憺忘归。出谷日尚早,入舟阳已微。林壑敛暝色,云霞收夕霏。芰荷迭映蔚,蒲稗相因依。披拂趋南径,愉悦偃东扉。虑澹物自轻,意惬理无违。寄言摄生客,试用此道推。①

诗歌描绘了夕阳西下之际,大自然的勃勃生机。"清晖能娱人,游子憺忘归",沉潜自然,一切都令人淡忘。"虑澹物自轻,意惬理无违",享受绝色自然美景,诗人体会到一种超然物外的禅悦之情。因为感人世之虚幻,谢灵运把宗教体悟融入于对自然山水的描绘之中。谢灵运的山水诗如《游岭门山》、《登江中孤屿》、《过白岸亭》、《登池上楼》等都引佛理入诗,蕴含般若空观思想。谢灵运的后人唐代著名诗僧皎然曾经在其所著《诗式》中如此评价:"康乐公早岁能文,性颖神彻,及通内典,心地更精,故所作诗,发皆造极,得非空王之道助邪?"② 一句"得非空王之道助邪?"道出了佛学对谢灵运诗歌创作的深刻影响。

譬如,对诗佛王维的影响。

王维生活的唐朝,中国佛学已经相当成熟。天台、三论、唯识诸宗都已经有完整的理论体系,华严与禅宗也日渐成熟。同时,其母崔氏信奉佛教,王维名字即取自维摩诘居士。在这样的氛围下,诗人王维笃信佛教,诚笃实践,礼佛坐禅,可谓认真奉佛。在诗歌创作中,王维引佛禅入诗,表达自己的佛学思想。在《夏日过青龙寺谒操禅师》一诗中,王维写道:

---

① 谢灵运:《石壁精舍还湖中作》,顾绍柏校注,《谢灵运集校注》,中州古籍出版社,1987年,第112页。
② 皎然:《诗式》,转引自陈洪:《佛教与中国古典文学》,天津人民出版社,1993年,第1页。

>龙钟一老翁,徐步谒禅宫。欲问义心义,遥知空病空。山河天眼里,世界法身中。莫怪销炎热,能生大地风。①

诗中,王维写自己虔诚地去寺庙向禅师请教"义心"的奥义,后四句更是深刻阐述了对佛学般若空观的认识和观照所思。

正因为有着对佛理的深刻体悟,王维诗作往往多禅意,如其山水诗《终南别业》、《鸟鸣涧》、《鹿柴》、《山居秋暝》等颇含禅理,崇尚"静"与"空",诗人在自然中安放自己的心灵,颇有佛家荡涤忧扰、自悟清空的思想。尤其《终南别业》中"行到水穷处,坐看云起时"一句,表达了王维对心灵自由的追求,和江南禅宗"应无所住而生其心"(《金刚经·佛告须菩提》)的思想颇为契合。

譬如,对大文豪苏轼的影响。

北宋文人苏轼熟读《金刚经》、《维摩经》、《圆觉经》等佛学经典,精通佛理,佛禅思想在其诗作中多有体现。他在诗《和子由渑池怀旧》中写道:

>人生到处知何似,应似飞鸿踏雪泥。泥上偶然留指爪,鸿飞那复计东西。老僧已死成新塔,坏壁无由见旧题。往日崎岖还记否,路长人困蹇驴嘶。②

诗作中,苏轼以"雪泥鸿爪"作喻,书写人生的虚幻莫测。这首诗歌本写怀人之情,却呈现人生无常之理,呈现了佛禅的虚空观精神。

苏轼也多禅趣之诗,如《书焦山纶长老壁》一诗,诗歌以幽默风趣之笔法,状写一个长须老人忧烦。老人本"不以长为苦",只是某日有人问起,睡眠时候如何安置长须,结果"展转遂达晨",心念一起,忧烦难除。诗歌以浅显事例,说明世人烦忧都是因心念而起,为自心所

---

① 王维:《夏日过青龙寺谒操禅师》,曹中孚标点,《王维全集》,上海古籍出版社,1997年,第38页。
② 苏轼:《和子由渑池怀旧》,王水照、朱刚编:《苏轼诗词文选评》,上海古籍出版社,2011年,第22页。

缚，表现了佛禅"无念"、"无相"之义理。

其次，佛学对中国文学的发展影响深刻。

刘熙载称："文章蹊径好尚，自《庄》、《列》出而一变，佛书入中国又一变"（刘熙载《艺概》卷一），这已然成为一种共识。

其一，佛典对中国文学文体的影响。

佛典文字多思辨性，常用议论，此影响到中国古代的议论文体。学者孙昌武在《佛教与中国文学》一书中分析说，南朝梁僧祐编的《弘明集》是排斥在"文"之外的论道文字，代表六朝文章写作的另一个潮流。它不以篇什、修辞之美为主要规范，开创了唐宋人议论文字的先河。① 学者普慧也在《佛教对中古议论文的贡献和影响》一文中指出，"论"是印度佛教带给中国思辨理论最为突出的，佛典汉译使得佛教"论体"影响到中国古代的议论文。论文认为，魏晋时期，玄学家在创作议论文的时候借鉴了佛典"论"的思辨方式，东晋南朝的僧人慧远，还有一些亲近佛教的文人雅士如宗炳、沈约等也多在他们的议论文中直接引进佛教"论"的思维方式，并做了进一步的发挥。到了唐朝，韩愈的议论文也受到了佛教"论"的思维方式。② 由此可见，佛教文字对中国古代的议论文体的影响是十分深刻的。

中国古代小说中，有一类剑侠小说，其源头在佛教密宗的成就剑法。剑侠小说最早出自唐传奇，如裴铏的《聂隐娘》。小说的故事母题和神秘虚幻的剑术，多出自佛书。清朝学者沈曾植在《海日楼札丛》卷五《成就剑法》中指出："按唐小说大抵在肃、代、德、宪之世，其时密宗方昌，颇疑是其支别。如此经剑法，及他诸神通，以摄彼小说奇迹，固无不尽也。""颇疑是其支别"，沈曾植道出了密宗和剑侠小说的渊源。又密宗经典《圣迦抳忿怒金刚童子菩萨成就仪轨经》、《佛说大摩里支菩萨经》等都有对圣剑成就的记载。文人进一步艺术加工，塑造剑侠形象，书写变幻莫测的剑术。故剑侠小说源头在佛教。③

---

① 孙昌武：《佛教与中国文学》，上海人民出版社，1988年，第226页。
② 普慧：《佛教对中古议论文的贡献和影响》，《文学评论》，2007年第4期。
③ 赖永海：《中国佛教文化论》，东方出版社，2014年，第279—280页。

学者赵朴初指出:"再从佛教对我国文体变化所起的作用来看:我们从敦煌莫高窟发现的各种变文可以看出后来的平话、小说、戏曲等中国俗文学的渊源所自。此外,还有由禅师们的谈话和开示的记录而产生的朴素、活泼、自由的语录体,后来也被宋明理学家仿效而产生了各种语录。"[1] 谭桂林也认为:"禅宗语录对宋元以后白话文学的形成,俗讲变文对中国小说传奇文体的发展,都有不可磨灭的贡献。"[2] 佛教传至唐代,变文产生。因为佛经文体散颂兼用,变文也是散韵共有。变文源自佛经,用来传唱佛教故事,如《维摩诘经变文》写维摩诘与文殊师利等论佛法。后来变文因为中国化、世俗化的需要,内容逐渐增加,包括了中国历史故事和民间传说,如《伍子胥变文》。[3] 于是,变文这种佛教通俗文学深刻影响到中国小说传奇文体的发展。由此可见,佛典对中国文学新文体的形成有着比较显著的影响。

其二,佛学对中国文学内容和体裁格式的影响。

先说佛学对中国文学内容的影响。

以中国古代诗歌为例,既有直接写佛教内容的诗作,如《石壁立招提精舍》(谢灵运)、《过香积寺》(王维)、《题破山寺后禅院》(常建)、《读禅经》(白居易)、《读维摩诘经有感》(王安石)等;也有引禅入诗的诗作,如《游南亭》(谢灵运)、《石壁精舍还湖中作》(谢灵运)、《石门新营所住四面高山回溪石濑茂林修竹诗》(谢灵运)、《鹿柴》(王维)、《辛夷坞》(王维)、《终南别业》(王维)、《山雨》(皎然)、《题西林壁》(苏轼)、《琴诗》(苏轼)等。

谢灵运的山水诗,状写自然界的各色草木,各色草木"虽渺小却无不洋溢着生命的光彩,然其形象之背后或深层结构,则无不是佛性之体现"。[4] 读谢灵运的山水诗,可以感受到浓厚的佛学思想,如《石壁精舍还湖中作》中的"虑澹物自轻,意惬理无违"句,呈现了超然物外的

---

[1] 赵朴初:《佛教与中国文学的关系》,《中国宗教》,1995年第1期。
[2] 谭桂林:《20世纪中国文学与佛学》,安徽教育出版社,1999年,第2页。
[3] 参见王志敏、方珊:《佛教与美学》,辽宁人民出版社,1989年,第263页。
[4] 普慧:《中古佛教文学研究》,世界图书出版西安有限公司,2014年,第85页。

出世精神。王维的《鹿柴》、《终南别业》等山水诗崇尚空灵澄澈的意境，书写无尘世喧嚣的空宗世界，诗人在自然的书写中，体悟佛学禅理。《终南别业》中"行到水穷处，坐看云起时"句，呈现了安逸自得的禅悦境界。皎然的《山雨》以听声体现禅观静谧的境界。苏轼的《题西林壁》、《琴诗》也多禅意，《题西林壁》表面上写的是因为身在庐山，不能目尽庐山全貌，故不识庐山这一经历，实则说明一个人的心如果被俗世无明所遮蔽，就不可能识别世界的本真。《琴诗》则是从《楞严经》中的理语化解而来的。

以中国古典小说为例，则有《搜神记》（干宝）、《幽明录》（刘义庆）、《宣验记》（刘义庆）、《冤魂志》（颜之推）、《冥祥记》（王琰）、《西游记》（吴承恩）等神怪小说。《宣验记》、《冤魂志》等更是被鲁迅目为"释氏辅教之书"（《中国小说史略·六朝之鬼神志怪书》）。这些小说中有佛教故事和佛教人物，也糅入了佛教思想，如"劝善"思想等。鲁迅曾经在《宋之话本》一文中写道："以意度之，则俗文之兴，当由二端，一为娱心，一为劝善，而尤以劝善为大宗。"① 另外，在故事情节的设置上也有借鉴，如刘义庆的《幽明录》"焦湖庙祝"故事中"遇师—入梦—觉悟"的情节安排即是借鉴了佛典《杂宝藏经》第二十四经《婆罗那比丘为恶生王所苦恼缘》。

以中国古代戏剧为例，则有马致远杂剧《黄粱梦》等。《黄粱梦》的内容重点在于摔杀子女的情节构思和具体描写。这个情节，源自杜子春故事，而杜子春故事与佛教有关，即唐玄奘《大唐西域记》卷七《婆罗疤斯国》所记载的烈士池。一子一女设计及情感冲突的具体描写，又来自须大拏本生的故事。须大拏本生的故事很早在印度出现，通过许多佛教书籍传入中国。由此可见，马致远杂剧《黄粱梦》在情节设置上颇受佛教影响。②

再说佛学对中国文学体裁格式的影响。

---

① 鲁迅：《中国小说史略·宋之话本》，《鲁迅全集》，第9卷，人民文学出版社，1981年，第110页。
② 参见陈开勇：《道化剧〈黄粱梦〉"杀子"情节的佛教渊源》，《文学评论》，2009年第2期。

佛教文化进入中国之后，中国文学的文体发生了一些变化。譬如，佛教文化对南齐永明年间沈约创立"四声说"有深刻的影响。沈约诸人"将平上去入为四声，以此制韵，有平头、上尾、蜂腰、鹤膝。五字之中，音韵悉异；两句之内，角徵不同；不可增减。世呼'永明体'"（《南史·陆厥传》）。"永明体"的形成，据近代国学大师陈寅恪在《四声三问》一文中考证，源自佛经转读的影响。他指出："中国文士依据及摹拟当日转读佛经之声，分别定为平上去之三声。合入声共计之，适成四声。于是创四声之说，并撰作声谱，借转读佛经之声调，应用于中国之美化文。"① 而"永明体"对中国诗歌的格律化影响很大。现代著名美学家朱光潜在论及诗的格律时，也指出："在这长时期的演变中，诗赋又同时受一个很大的外来的影响，就是佛教经典的翻译和梵音研究的输入。"② 由此可见，佛教文化对中国文学体裁格式影响颇深。

其三，佛学作品对中国文学写作技法的影响。

佛传对中国古典长篇叙事文学有一定影响。有学者指出，佛传是长于叙事的文学作品，它往往以主人公的故事作为书写的主要线索，复杂的情节安置于主人公的生平经历之中，这种书写方式为长篇叙事文学提供了一种新的结构范式。③ 因此，佛传的长篇单线结构方式为中国古典文学的长篇小说、戏曲创作提供了一种借鉴。

除了佛传，佛典对中国文学的叙事策略发生的影响更为明显。譬如，中国文学中的"比喻"，即受到佛典文字的影响。佛典多譬喻，所谓"智者以譬喻得解"（《出曜经·无常品》），而且喜用博喻。如《大品般若》第一卷有如此博喻："解了诸法如幻、如焰、如水中月、如虚空、如响、如犍闼婆城、如梦、如影、如镜中像、如化。"④ 唐宋散文多博喻，正是受此影响。又如，北魏文学家杨衒之在他的《洛阳伽蓝记》中，创造了一种正文和注语结合的新文体，这种写作技法，按陈寅恪说

---

① 陈寅恪：《四声三问》，《清华学报》，1934 年第 2 期。
② 朱光潜：《诗论》，生活·读书·新知三联书店，2014 年，第 290 页。
③ 孙昌武：《佛教文学十讲》，中华书局，2014 年，第 14 页。
④ 转引自孙昌武：《佛教与中国文学》，上海人民出版社，1988 年，第 242 页。

法，这种新文体源自六朝时期的"合本子注"体佛典的影响。①

其四，佛教的精妙佛理对中国古典美学的影响。

以禅境对诗境的影响为例，就可见佛学对中国古典美学的影响非常深远。"境"作为一个美学范畴，和佛教观念有千丝万缕的联系。魏晋南北朝时期，佛学理论盛，佛典翻译兴，"境界"一词颇多地出现于汉译佛典中，如鸠摩罗什译的《法界体性经》、僧迦婆罗译的《度一切诸佛境界智严经》等。魏晋人的审美经验，也经历了一个禅化的过程。古典美学渐渐借用佛学中的"境界说"，如王昌龄即以"境"来阐述文艺创作活动。南宋的诗歌评论家严羽更以禅境喻诗境："论诗如论禅：汉、魏、晋与盛唐之诗则第一义也"，"大抵禅道惟在妙悟，诗道亦在妙悟"。（严羽《沧浪诗话·诗辨》）所谓诗境，当虚实相生，情景交融，并"神与物游"，由此生发出艺术的审美空间。中国禅宗主张"见性成佛"，"自识本心，自见本性"，认为顿悟和妙悟可主客合一、物我两忘，实现审美意义上的超越。有学者指出"正是求真见性、体悟人生、获取自由等方面，禅境与诗境相似相通"②，可见，佛教的禅境对诗境的美学思想的形成和发展产生了深刻的影响。

禅宗重妙悟，故言说教理大多重机锋，其语义往往隐晦扑朔，这也深刻影响到中国美学，即中国艺术多以含蓄为美。中国诗文多隐喻、比兴等手法，重"意在言外"，重妙悟，这些都颇受禅宗的影响。

佛学中大悲大愿的悲生观同样深刻影响到中国文学中的悲剧意识。佛学中，"四谛"是核心，"四谛"也叫"四圣谛"，即苦、集、灭和道。而苦谛是四圣谛中的第一义谛。因此，佛学认为"人生即苦"。佛教传入中国后，这种悲剧意识渐渐为中国文学吸收，并使得中国文学的悲剧意识不断深化。以汉魏两晋时期的文学作品为例，我们可以在文学作品中读到不少诸如人生苦短、人生空幻等感伤情绪。

此外，佛理甚至影响到诗论。譬如，中唐诗僧皎然在论诗歌多重意

---

① 参见范子烨：《〈洛阳伽蓝记〉的文体特征与中古佛学》，《文学遗产》，1998年第6期。
② 蒋述卓：《佛教与中国文艺美学》，广东高等教育出版社，1992年，第86页。

蕴时说："但见情性，不睹文字，盖诣道之极也。"（皎然《诗式》）这种审美情趣与禅宗"不立文字"的旨趣是非常接近的。晚唐的司空图运用禅理分析诗作，对此，学者张中行认为，司空图提出的"韵外之致"和"象外之象，景外之景"与禅理的"超乎象外，不落言诠"正是相类的东西。他的《诗品》中多禅思之句，如"雄浑——超以象外，得其环中"。① 北宋文人苏轼的诗文之论也颇受佛学影响，他在《评韩柳诗》中云及"中边"概念，而"中边"概念即出自佛典。另外，苏轼作诗推崇内心修养，是中国第一个把写诗与禅悟联系起来的诗论者。南宋诗论家严羽的《沧浪诗话》更是诗禅论的典范。如他在《沧浪诗话》中认为学习写诗必须做到："从最上乘，具正法眼，悟第一义。"② "正法"、"悟"、"第一义"都为佛学词语，这是极为典型的以禅论诗。严羽又在诗歌创作中倡导"妙悟"说，这和禅道的"妙悟"是一致的。

正因为佛学和中国文学关系的渊源密切，故中国近现代有不少学者关注佛学和中国文学关系的研究。从"五四"时期算起，梁启超、鲁迅、胡适、郑振铎等对此均有研究。以梁启超为例，他在《翻译文学与佛典》一文中，从"国语实质之扩大"、"语法及文体之变化"、"文学的情趣之发展"等方面论证了佛学对文学的影响，并实证说："我国自《搜神记》以下一派之小说，不能谓与《大庄严经论》一类之书无缘。而近代一二巨制《水浒》、《红楼》之流，其结体运笔，受《华严》、《涅槃》之影响者实甚多。即宋明以降，杂剧、传奇、弹词等长篇歌曲，亦间接接汲《佛本行赞》等书之流焉。"③ 这很好说明了佛学与文学的关系。这一时期，可谓硕果累累。然而，可惜的是此后这方面的研究日渐衰落，重新崛起则是20世纪80年代了。80年代初期，佛学与文学的研究开始兴起，代表人物有张中行、孙昌武等人。虽然这一时期的研究成果颇丰，但基本上都是佛学和古典文学关系的研究。佛教文化与中国现代文学关系的研究开始于20世纪80年代中后期，有钱理群的周作人研

---

① 张中行：《佛教与中国文学》，安徽教育出版社，1984年，第38页。
② 严羽著，郭绍虞校释：《沧浪诗话校释》，人民文学出版社，1961年，第11页。
③ 梁启超：《翻译文学与佛典》，见《佛学研究十八篇》，上海古籍出版社，2001年，第200页。

究及陈平原、宋益乔的许地山研究等。到了20世纪90年代,佛教与中国现代文学关系的研究有了长足的进步,已经从个案研究走向整体研究,代表人物有谭桂林、刘勇、哈迎飞等人。其研究焦点和成果主要体现在以下两个层面:

一是从理论层面探究佛教文化对中国现代作家精神心态的影响。陈平原在《佛佛道道》一书的序言中对现代作家厚佛薄道的心态做了深刻揭示。葛兆光在《难得舍弃,也难得归依》一文中对现代作家的宗教信仰困境作了深入分析。谭桂林的著作《20世纪中国文学与佛学》指明了现代作家近佛的两大渊源(晚清佛学复兴和晚明居士佛学兴盛),分析了现代作家近佛的共同的心理机制,并创造性地梳理了现代作家同佛教发生联系的四种类型。他的许多重要论文如《现代佛教期刊与新文学运动》、《宗教文化与二十世纪中国文学研究》等都对佛教文化与现代文学作了宏观层面的探究。刘勇的著作《中国现代作家的宗教文化情结》对现代作家近佛心理和因此而产生的人格特征进行了深刻分析。哈迎飞的著作《"五四"作家与佛教文化》对鲁迅、周作人、瞿秋白、郁达夫、许地山、废名作了细致而深入的分析。罗成琰的著作《百年文学与传统文化》、季红真的论文《中国现当代文学中的宗教意识》等也较深入地分析了佛学对中国现代作家审美品性的影响。

二是佛教文化对中国现代作家的文学理念和文学创作的影响。谭桂林的论文《佛学与中国现代作家》从佛教思想、佛教题材等方面深刻分析了佛教对现代作家文学创作的影响。黄健的论文《论佛教文化对鲁迅的影响》详细分析了鲁迅走近佛学的动机以及佛教文化对鲁迅的人格意志、哲学思维等产生的深刻影响。汪卫东的论文《"渊默"而"雷声":〈野草〉的否定性表达与佛教伦理之关系》、《〈野草〉与佛教》深入探究了在佛学影响下鲁迅的文学理念。其他如哈迎飞的论文《论〈野草〉的佛家色彩》和《周作人与佛教文化关系论》系列论文,以及顾琅川的论文《周作人与佛学文化》等,都从微观的层面(如佛教意象的运用、佛教语言的移入等)对佛教文化与中国现代作家文学创作的关系进行了深入的解析。

以上研究成就斐然，为本课题的研究提供了丰富而宝贵的资料。但是，我们很少看到有研究者从地域文化的视角研究佛教和中国现代作家的关系。

佛教是存在地域性的，具有地域文化的审美色彩。唐朝诗人刘禹锡言："佛法在九州间，随其方而化。中夏之人汩于荣，破荣莫若妙觉，故言禅寂者宗嵩山。北方之人锐以武，摄武莫若示现，故言神道者宗清凉山。南方之人剽而轻，制轻莫若威仪，故言律藏者宗衡山。是三名山为庄严国，必有达者，与山比崇。"① 梁启超也指出："北方佛教多带宗教的色彩，南方宗教多带哲学的色彩；北人信仰力坚，南人理解力强；北学尚专笃，南学尚调融——在皆足以表风气之殊。"② 汤用彤称："自晋以后，南北佛学风格，确有殊异。"③ 汤用彤在揭示南北朝佛学各自的特点时，再次指出："自此以后，南北佛学，风气益形殊异，南方专精义理，北方偏重行业，此其原因，亦在乎叠次玄风之南趋也。"④ 学者严耀中对佛学的区域性特征有深入研究，他认为中国是幅员辽阔的大国，自古存在区域文化的差异，而佛学自西汉末年传入中国，"漫长的岁月使它融入了中国传统文化，那么作为文化的一部分，理应也有着它的区域性"⑤。综上所述，南北地域文化的差异，导致了佛学具有地域性。

因此，考察佛学和"两浙"现代作家关系时，应该考虑地域性差异的特征，从江南佛学的视角去研究，如此可以更准确探究佛学思想和"两浙"现代作家的审美理念和文学创作之间的关系。"两浙"现代作家在新文学史上担纲起了引领潮流、艺术创新的历史重任，且深受江南佛教思想的影响，在对"两浙"现代作家的研究中如果欠缺了江南佛教这个视角，则其研究格局是不够完善的。

---

① 刘禹锡：《刘禹锡集》，上海人民出版社，1975年，第41页。
② 梁启超：《中国佛教研究史》，中国社会科学出版社，2008年，第28页。
③ 汤用彤：《隋唐佛教史稿》，中华书局，1982年，第1页。
④ 汤用彤：《汉魏两晋南北朝佛教史》，上册，中华书局，1983年，第241页。
⑤ 严耀中：《江南佛教史》，上海人民出版社，2000年，第1页。

笔者认为，研究江南佛学与"两浙"现代作家关系这一课题具有以下意义：第一，在社会转型时期，弘扬佛学知识，可成为人们心灵宣泄、自我抚慰的必然选择。在科学发展之际，"以佛教教义博大精深，最适合人类实际生活之道德，足以补科学之偏"[①]，既可净化自己身心，又可利益社会。第二，从文学创作言，可致入世的宏大叙事和出世的诗性叙事相结合，起到互补的作用。既丰富了艺术种类、文学题材，又丰富文学语言。第三，从文学研究言，可补充甚至纠偏原有的研究内容。谭桂林曾言："以佛教影响为例，分析宗教意识在20世纪中国文学的精神特质、艺术品位和创作风格构成中究竟占有何种地位，对于现代文学研究中曾经长期存在的只重政治意识、社会意识的偏狭，无疑会是一种有益的匡补。"[②] 同样，目前学界对"两浙"现代作家的研究，多从政治、社会、地域文化层面入手，少从佛教层面去研究，从江南佛教去研究，更是鲜有听闻。因此，从江南佛学的视域出发，是一个新的尝试，可以补充和完善"两浙"现代作家的研究格局。

---

① 太虚：《听太虚大师讲佛法》，江苏人民出版社，2013年，第48页。
② 谭桂林：《20世纪中国文学与佛学》，安徽教育出版社，1999年，第16页。

第一章

江南佛教的形成与江南佛学的特征

东汉时期，佛教从印度传入中原。三国时期，东吴立国。为了躲避战乱，支谦入吴，佛法开始在江南传播。东晋时期，佛教文化在江南与玄学碰撞，江南佛教在江南地区蓬勃发展。因为地域文化之差异，佛教在进入江南地区之后，佛教文化与江南文化发生碰撞，产生了与北方佛教相异的特性，形成了与江南诗性文化相适应的审美特征。因此，要讨论江南佛学的形成与内在特征，不能撇开江南文化。

第一节 "江南"和"两浙"概念阐释

在正式探讨江南佛学和"两浙"现代作家关系之前，先简单梳理一下"江南"和"两浙"这两个地域概念。

首先，"江南"概念。

一般而言，江南这个概念，有地理、历史、行政和文化等方面的不同阐释。江南在历史的变迁中，其地理范围是不同的。有学者考证，江南作为一个地理名词，最早出现在春秋时期，如"其浮诸江南以实海滨"①，此时的江南，范围非常小，主要在楚国郢都（今江陵）对岸的东南地段。到了战国时期，楚在长江南岸拓地日广，江南的范围也延及到今武昌以南及湘江流域。② 到了秦汉，江南的范围继续南扩，据《史

---

① 杜预：《春秋左传集解·宣公十二年》，第2册，上海人民出版社，1977年，第582页。
② 沈学民：《江南考说》，转引自徐茂明：《江南的历史内涵和区域变迁》，《史林》，2002年第3期。

记·秦本纪》记载："秦昭襄王三十年，蜀守若伐楚，取巫郡，及江南为黔中郡。"① 当时的江南，主要指长江中游以南、南岭以北的地区，即今湖北南部和湖南全部。也有学者认为，秦汉时期的江南已经包括江浙一带，并从李斯《谏逐客书》中"江南金锡不为用，西蜀丹青不为采"句，推及秦汉时期的江南包括了今天长江下游的江浙地区，因为金锡历来被视为东南吴越之方物土贡。② 东汉时期，特别是东汉末年，三国东吴的崛起，江南较多地指吴越地区，这和后来狭义的江南概念比较接近了。至永嘉晋室南渡，都城建康已经形成为南方的政治文化中心，江南更多指以建康为中心的吴越地区。总之，在唐以前，江南是广义的，范围不是很确定。

　　至唐代，江南这一概念渐渐明确，并逐步稳定。这主要出现了行政地理上的江南概念。唐太宗贞观元年（627年），"始于山河形便，分为十道"③。朝廷按照地理环境，将全国州郡分成十道，其中的江南道，包括了长江中下游之南，南岭以北，西起川贵，东至东海的广大区域。开元二十一年（733年），江南道又分成三部分，即江南东道、江南西道、黔中道。唐肃宗乾元元年（758年），江南东道又分为浙西、浙东、宣歙、福建四道。自唐人开始，江南概念的使用，狭义指称更为普遍。至宋朝，改道为路，设有江南东、西路。江南东路的范围大致包括今南京、皖南、赣东北部分地区；西路则约当于今江西全省。在今镇江以东的苏南、上海、浙江地区设两浙路，建炎南渡之后又分为浙东、浙西两路。至元朝，已无以江南命名的行政区域，但江南这个地理名词越来越被视作原被称为吴、三吴或浙西的那个地区，可见江南一词的影响力。到了明清时期，学者李伯重认为江南的合理区域当属"八府一州"，即明清时期的苏、松、常、镇、宁、杭、嘉、湖八府以及由苏州府划出的太仓州。其大致范围为东临东海，北接长江，南面是杭州湾与钱塘江，西面则是皖浙山地的边缘。清朝顺治二年（1645年），清政府将明朝的

---

① 司马迁：《史记·秦本纪》卷五，中华书局，2002年，第213页。
② 徐茂明：《江南的历史内涵和区域变迁》，《史林》，2002年第3期。
③ 《旧唐书》卷三十八《地理志一》，中华书局，1987年，第1384页。

南直隶改为江南省。自此,江南概念深入人心。①

从上面的梳理中,我们可以看出,历史上的江南,其范围界定主要大约有两种,一是长江中下游,一是长江下游。近现代学者多取第二种。严耀中认为:"若以整个佛教传播史的角度上讲,尤其如此。"② 参照其意,我们所言的江南,地理范围大致界定为长江下游地区,包括苏南、皖南以及浙、闽等地。

其次,"两浙"概念。

"两浙"是历史地理概念,从地域范围上讲,现在的浙江省、江苏和上海的部分地区称为"两浙"地区。一般而言,"两浙"以钱塘江为分界线,钱塘江以南的地区,即今天的绍兴、宁波、台州、温州、丽水、金华、衢州等地区,称为"浙东"地区;而钱塘江以北的地区,即今天的杭州、湖州、嘉兴、江苏南部(含上海),称为"浙西"地区。③ 从其范围看,"两浙"区域从属于"江南"区域,甚至比吴越区域还要略小。"两浙"区域是"江南"区域的核心区域。

从历史维度看,"两浙"概念较"江南"概念的历史要短得多。唐肃宗乾元元年(758年),江南东道分为浙西、浙东、宣歙、福建四道,"两浙"概念开始形成。到了宋朝,改道为路,设有江南东、西路。建炎南渡之后又分为浙东、浙西两路。浙西路包括临安、平江、镇江、嘉兴四府,安吉、常、严三州,江阴军,也就是环太湖的苏南、浙北及上海地区。至元朝,正式建制"两浙省"。

阐释了"江南"和"两浙"这两个地域概念之后,再简单阐释一下在此基础上衍生出的江南地域文化。所谓地域文化,学者黄健认为:"多半是古代沿袭或者约定俗成的历史区域。这种地域概念在形成当初

---

① 本书对"江南"地理概念的阐释,主要参阅借鉴了徐茂明的《江南的历史内涵和区域变迁》(《史林》,2002年第3期)、李伯重的《简论"江南地区"的界定》(《中国社会经济史研究》,1991年第1期)以及严耀中的《江南佛教史》(上海人民出版社,2000年)中对"江南"地区的界定。
② 严耀中:《江南佛教史》,上海人民出版社,2000年,第2页。
③ 对"两浙"地理概念的阐释,主要参阅借鉴了黄健的《"两浙"作家与中国新文学》(浙江大学出版社,2008年)中对"两浙"地理概念的界定。

或许是精确的、清晰的，但在漫长的历史演变过程中，它的地理概念已逐渐模糊，而文化上的意义则依然留存，并作为一种文化原型，一种区域性的文化集体无意识，开始积淀在整体文化和该地域文化当中，影响和制约着人的文化心理和性格的生成及其发展。"① 江南，在中国文学史和文化史中，它不仅仅是个地理概念，更是个文化概念。有研究者称："江南不但是一个地域概念——这一概念随着人们地理知识的扩大而变易，而且还有经济含义——代表一个先进的经济区，同时又是一个文化概念——透视出一个文化发达取得范围。"② 因此，下面我们简单阐释一下"江南文化"这一概念。③

上面我们已经界定了"江南"的地理范围，那么，为了统一起见，我们所说的"江南文化"主要是指以江苏、浙江为核心地区，以吴越文化为主体，在漫长的历史中传承下来的地域文化。④

江南文化是个非常古老的文化。考古发现的河姆渡文化和良渚文化（两种文化距今 7000—5000 多年）充分证实了这一点。有研究者认为："河姆渡文化的发现，把我国长江下游原始文化的早期，推早到 7000 年以前，它以无可辩驳的事实向人们宣告，长江流域同样有古老的原始文明，同样是中华民族古代文明的摇篮之一。"⑤ 因此，江南文化与中原文化一样有着悠久的历史和灿烂的成就，是中华文明的重要组成部分

江南文化在形成过程中，有三次大的历史机遇，对江南文化审美品性的形成起到了极大的影响。

江南文化的第一次发展是西晋末年的"永嘉之乱"带来的。早在三

---

① 黄健：《"两浙"作家与中国新文学》，浙江大学出版社，2008 年，第 2 页。
② 周振鹤：《释江南》，钱伯城主编：《中华文史论丛》，第 49 辑，上海古籍出版社，1992 年，第 147 页。
③ "两浙"区域从属于"江南"区域，"两浙文化"和"江南文化"有诸多相同处。细分之，则"两浙文化"内部的"浙东文化"和"浙西文化"也有所区别，"浙东"属于越文化区域，文化性格偏刚性；"浙西"属于吴文化区域，文化性格偏柔婉。为了避免重复和行文的方便，本书只讨论江南文化。
④ 若以长江中下游为江南的范围，则理应包括楚文化，但我们所言"江南"以长江下游为主，故只以吴越文化为主体。
⑤ 方西生：《略论河姆渡文化》，《武汉大学学报》，1994 年第 1 期。

国时期，孙氏兄弟建立东吴政权，大量北方移民进入，江南的一些地方（如今苏南）的经济、文化已经快速发展。"永嘉之乱"更是为江南之地带来了第一次大机遇。永嘉年间，天下动荡，但江南却平稳富足。可谓"永嘉中，天下灾，但江南，尚康乐"①，于是，北人纷纷南下，"中州士女避乱江东者十六七"（《晋书·王导传》），许多士族大姓，携宗族、部曲、宾客以及同乡同里纷纷南逃，随从一户南逃的往往有千余家，人口达到数万之多。有的逃到广陵（今扬州），有的逃到京口（今镇江）。②因为晋室南渡，北方的中原文化也被传播到了江南区域，与以吴越文化为底色的江南文化融合，从而带给江南文化"诸种文化品格，如礼乐文化、士人精神、山水品格、声色之风等"③，因此，从政治上讲，魏晋南北朝可谓乱世，但从文化交流史上讲，却是盛世。东晋南渡后，玄学思想开始在江南大地滋长，带给江南文化从"崇武"到"尚文"风尚的巨大转变。玄学开始于曹魏正始年间，何晏、王弼以"贵无论"开创了"正始玄风"。他们借阐释《老子》等经典，构建一种新的天人之学，思考"有"与"无"以及"自然"和"名教"的关系。其后，嵇康更是提出了"越名教而任自然"的主张，这是嵇康们精神个性自觉的一种外在流露，审美个体从名法礼教中逐步地获得解放。江南文化渐渐多了一种独特的审美品性。这些南迁人士带着"家国之痛"、"风景之异"的感受，心中多伤怀情绪，而江南的自然景观和人文情愫成为他们抒情的能指对象。从审美维度而言，江南文化中通过自然景色感悟人生、抚慰心灵的诗性精神渐渐形成。

江南文化的第二次发展是唐朝的"安史之乱"带来的。东晋南朝时期，以吴越地区为主体的江南区域一度成为全国文化中心。隋统一中国后，全国的文化中心重新移位于中原地区。但发生于唐朝转折期的"安史之乱"改变了这一情况，它引发了历史上又一次大规模的中原人士的南迁潮。据《全唐文》记载，安史之乱期间，北方大量难民移居吴越之

---

① 李学勤、徐吉军：《长江文化史》，江西教育出版社，1995年，第363页。
② 董楚平：《吴越文化的三次发展机遇》，《浙江社会科学》，2001年第5期。
③ 徐宝余：《晋室南迁与江南都市文化品格的塑造》，《江西社会科学》，2010年第10期。

地。如当时苏州的吴县三分之一的人口是北方移民，苏州是当时移民最为集中的地方。中原北方人士的大量南迁，再次带动了南北文化的交汇，推动了江南文化的又一次发展。

五代时期，吴越地区的行政区域基本上可分为东西二部。西部先属吴国，后属南唐；东部属吴越国，在杭州建都。它们都采取"保境安民"的政策，对北方移民进行安抚，大力发展经济。如南唐，"物色北来衣冠"，致使北方人士"闻风至者无虚日"①，这使得江南文风日盛。而从审美维度上讲，自中唐开始，就"染上了一层薄薄的孤冷、伤感和忧伤"②。北方移民带着这种感伤情绪进入江南，江南文人感伤抒情的风气进一步加强，这也进一步推动了江南文化诗性审美品格的成型。

江南文化的第三次发展是北宋末年的"靖康之难"带来的。1125年，金入侵北宋，慌乱的宋徽宗立刻禅位给儿子赵桓（即宋钦宗），定1126年为靖康元年。1126年金兵两次侵宋，攻破开封城，史称"靖康难"。1127年，宋徽宗的第九子赵构在逃亡途中即位，即宋高宗。1132年宋高宗定都杭州，改杭州为临安。虽然，"靖康耻，犹未雪"，但南宋王朝给江南地区却带来了大的发展。"靖康之难期间，北方难民大量南迁，所迁地域分布甚广，遍及南宋各路，江南、江西、福建是移民主要分布区，其中以江南路最为集中"，其"移民规模超过前二次，对中国近现代经济文化影响更为直接、深远。自此以后，吴越地区（长江下游）作为中国经济文化的重心，就成为定局"。③ 尤其是都城临安府，移民多于本地居民。到了南宋，两浙地区人口户数"占南宋全国的20％左右"④。大批的文人雅士南迁，文化中心由北方转移至以杭州为中心的江南地区，这大大促进了江南文化的发展。如许多北方理学家的南迁极大促进了南宋的理学发展，婺州（今金华）本是文化落后地区，因为

---

① 《南唐一·烈祖本纪》，转引自凤媛：《江南文化与中国现代文学》，文化艺术出版社，2008年，第27页。
② 李泽厚：《美的历程》，中国社会科学出版社，1984年，第188页。
③ 董楚平：《吴越文化的三次发展机遇》，《浙江社会科学》，2001年第5期。
④ 程民生：《简论宋代两浙人口数量》，《浙江学刊》，2002年第1期。

北方的大族巩氏与吕氏迁入后在此办学授徒，尤其到吕祖谦（与朱熹、张栻齐名，时称"东南三贤"）时，可谓应者云集，声名远播。至南宋中后期，婺州渐渐成了理学的重镇。

陈寅恪指出："华夏民族之文化，历数千载之演进，造极于赵宋之世。后渐衰微，终复必振。"① 学者刘子建也认为中国近八百年来的文化模式是以南宋为领导的模式，而且政治、经济、文化重心都在江、浙一带。② 毋庸置疑，南宋在中国文化史上有很重要的地位，对江南文化的审美品性的形成有重要影响。其一，自南宋开始的"浙东学派"，创立了事功学和心学两大体系，王阳明强调"心之本体"，呈现了人的主体自觉精神。"浙东学派"非常重视对人的身心解放的强调，这种强调心灵自由的哲学建构，对江南文化中的诗性特质提供了理论上的支撑。其二，缺失了精神世界终极关怀的南宋士人，内心复杂痛苦，开始走向江南的自然，以审美来实现自身的精神拯救。对此，黄健有过精辟的论断："南宋繁华的背后，深藏着一种在相对封闭的环境中，想有所作为而又无法有所作为，既希冀回归到往日辉煌的时代，但实际上又是无法返回的无可奈何的心态。于是，寄情于山水，让心的世界在富有'隐逸'色彩的南方乡村，在江南的丘山谿壑间，村居野炊中找到弥补心灵缺憾的审美愉悦，追求温情脉脉的田园牧歌式的生活情调，推崇禅宗教义，使之与传统的老庄哲学相结合，亲近自然（包括人的自然本性），强调主客体的和谐统一，在审美对象中获得审美灵感，力求摆脱世俗琐事的纠缠，获得'宁静致远'的人生格调，达到心灵解放的境界，就成为南宋及其之后的审美意识发展的主流，其特点是更进一步地凸现了江南文化的诗性审美品格。"③ 笔者也曾在论文《论南宋文化对南宋文学的影响》中论述南宋文化的特征是"优雅、婉美而精细"④，总之，南宋

---

① 陈寅恪：《陈寅恪先生文集》（二），上海古籍出版社，1980年，第245页。
② 刘子健：《略论南宋的重要性》，转引自《中国典籍与文化论丛》，第7辑，北京大学出版社，2005年，第190页。
③ 黄健：《"两浙"作家与中国新文学》，浙江大学出版社，2008年，第44页。
④ 竺建新：《论南宋文化对南宋文学的影响》，《杭州师范大学学报》，2008年第4期。

文化对进一步强化和巩固江南文化的诗性审美品格有着深远的影响。

综上所述,中国历史上的三次著名劫难(永嘉之乱、安史之乱、靖康之难),促使先进的中原文化大规模涌入江南区域,南京与杭州一度成为中华民族的文化中心。北方区域文化和江南区域文化发生了很好的交流,极大地推动了江南文化的发展。江南文化与来自北方的中原文化碰撞、交汇与融合之后,形成了自己独特的审美特征。

那么,江南文化有哪些文化特征呢?

第一,柔性的诗性审美特征。

江南之地多水,气候湿热,自然风光秀丽。东晋书法家王献之说:"从山阴道上行,山川自相映发,使人应接不暇。"① 因为气候、地理诸因素的影响,早期的江南文化就呈现出精美、细腻、纤柔的特征。这可以从河姆渡文化和良渚文化考古出土的文物中寻找答案,河姆渡遗址出土的象牙雕刻"鸟日同体"图案以及良渚遗址出土的陶瓷俱各精致、柔雅,可为柔性文化的佐证。特别是河姆渡遗址出土的"鸟日同体"雕刻图案,这是迄今为止我国发现的最早的凤鸟朝阳的图案。而北方文化,如河南的濮阳西水坡遗址发现的仰韶文化,山西襄汾陶寺遗址发现的龙山文化,河南安阳发现的殷墟文化,都出现"龙"的图腾文饰。"龙"图腾和"凤"图腾,一阳一阴,正好印证了北方文化和南方文化的不同,一个厚重、粗犷、崇高,一个纤柔、细腻、和谐。② 良渚遗址出土的玉器种类繁多,造型繁复,做工精巧,有研究者指出:"据不完全统计,良渚遗址出土的玉器至少有61种之多,尤以琮、璧、钺、瑗、璜、镯、环、管、珠、项链、坠饰、牌饰、冠饰、带钩、柱形器、冠状器、三叉形器、锥形器,以及以鸟、蝉、龟、鱼、蛙为形象的饰件和一些组装件、镶嵌件、穿缀件为大宗。"③ 这些玉器,线纹雕刻细腻,呈现了江

---

① 刘义庆:《世说新语·言语》,转引自费君清主编:《中国传统文化与越文化研究》,人民出版社,2004年,第475页。
② 以吴越文化为主体的江南文化中,也不乏如越文化这样偏刚性的文化,但相对北方文化,江南文化整体上以柔性文化为主。
③ 李霞:《良渚审美文化中的玉陶、徽饰、墓葬及其江南特质》,《郑州大学学报》,2011年第4期。

南文化柔性的一面。

魏晋时期，玄学在江南盛行，玄学崇尚"清谈"，主张精神自由。到了南宋，强调心学的"浙东学派"崛起。玄学、浙东学派为江南文化崇尚柔性审美提供了理论依据。江南文化这种柔性的审美追求在文人们的日常生活、艺术审美和文学创作中得到了充分的印证。如魏晋名士醉心于自然和审美，这是他们精神个性自觉的一种外在流露，是审美个体从名法礼教中逐步地获得解放的一种呈现。据《晋书·谢安传》记载，谢安"寓居会稽，与王羲之及高阳许询、桑门支遁游处，出则渔弋山水，入则言咏属文，无处世意"。① 自然山水被谢安诸人赋予了审美品格。又如五代十国时期，文人创作偏阴柔和唯美，李煜的词作即为一证。再如南宋时期，文人生活呈现"江南趣味"化，金石、书画、音乐、饮酒、品茶、赏梅等都成为他们生活中不可或缺的内容；南宋绘画演化成充满柔性的小景残景式，采用纤细精致的构图，增加了诸多抒情成分；南宋的"永嘉四灵"，走向优美的自然山水，释放自己性情，以清新刻露之词写野逸清瘦之趣。另外，江南区域的音乐舞蹈，也多清丽、柔婉、缠绵的特色。如吴越古琴、弹词说唱、南戏昆曲等无不绮丽柔靡。

综上，清新柔婉以及超越实用、崇尚审美，是江南文化的特质。诚如学者刘士林所言："在江南文化中，还有一种最大限度地超越了儒家实用理性、代表着生命最高理想的审美自由精神。儒家最关心的是人在吃饱喝足以后的教化问题，如所谓的'驱之向善'，而对于生命最终'向何处去'，或者说心灵与精神的自由问题，基本上没有接触到。正是在这里，江南文化才超出'讽诵之声不绝'的齐鲁文化，把中国文化精神提升到一个新境界。"② 江南文化这种超越功利的审美精神是对过于政治化的中国文化的一个有力反拨。

第二，敬事鬼神的信仰崇拜特征。

---

① 转引自王瑶：《中古文学史论》，商务印书馆，2011年，第206页。
② 刘士林：《谈"江南诗性文化"》，《解放日报》，2004年10月17日。

美国民俗学家萨姆纳认为,民俗的形成与人类的生存利益和生而固有的饥饿、性欲、恐惧和虚荣四种本能欲望有关。① 江南区域之所以有敬事鬼神的信仰崇拜,也是因为敬畏,为了生存,为了求庇佑。

远古的江南,特别是吴越地区,河流沼泽密布,多风雨,多水患,多虫蛇,吴越先民对不能克服不能解释的自然现象心怀恐惧和神秘的情绪,心怀对神灵的敬畏和祈求福报的强烈愿望,其文化个性上就形成了敬事鬼神好祭祀的信仰崇拜。

关于这一点,历史典籍多有记载,如:"会稽俗多淫祀,好卜筮,民一以牛祭,巫祝赋敛受谢,民畏其口,惧被祟,不敢拒绝,是以财尽于鬼神,产匮于祭祀。"(应劭《风俗通义》)"江南之俗,火耕水耨,食鱼与稻……其俗信鬼神,好淫祀。"(《隋书·地理志下》)"吴越之境,其人好剑,轻死易生。火耕水耨,人食鱼稻,无千金之家。好巫鬼,重淫祀。"(李昉《太平御览》第一册)这些记载可以看出江南区域敬事鬼神的风气之盛。除了历史典籍,我们还可以从越王勾践好祭祀这一历史事件作为江南好鬼神的事实佐证。据《吴越春秋·勾践阴谋外传》记载,越王勾践采纳文种强国九术之首即"尊天事鬼,以求其福"。于是,"立东郊以祭阳,名曰东皇公。立西郊祭阴,名曰西王母。祭陵山于会稽,祀水泽于江州。事鬼神二年,国不被灾"(赵晔《吴越春秋·勾践阴谋外传》)。越王勾践平吴之后,做的一件重要事情便是"春祭三江,秋祭五湖"(袁康《越绝书》)。

此外,吴越地区多地方神崇拜。这些地方神崇拜体系非常复杂,其原型有历史人物,也有神话人物。

以历史人物为神的,如周雄。周雄因孝而被立神庙:"周雄,字仲伟,渌渚人,事后母素谨,贾于衢,闻母病,急破浪以出,为水所没。越日尸浮于江,显神于衢,人感其孝,奉为江神,新城父老即以为祠。"② 又如伍子胥。江南因为水系发达,多水灾,故在对自然敬畏中

---

① 参见周晓虹:《西方社会学历史与体系》,第1卷,上海人民出版社,2002年,第196页。
② 转引自朱海滨:《祭祀政策与民间信仰变迁:近世浙江民间信仰研究》,复旦大学出版社,2008年,第65页。

产生了水神、潮神。对潮神伍子胥的崇拜自春秋时期就开始了:"吴人怜之,为立祠于江上。"①

以神话人物为神的,如蚕神。杭嘉湖宁绍地区自古是蚕桑之乡,自然产生对蚕神崇拜的习俗。蚕神中最有名的是马头娘,其传说出现于东晋干宝所著的《搜神记》中。这些地方神崇拜充分印证了江南文化中敬事鬼神的传统。

除了吴越地区,周边的江南地区,如福建等地也具有重鬼神好祭祀的风尚。

因此,"在江南的文化习俗中,'尚鬼好祀'、'俗信鬼神,好淫祠'是一大特色"。②

第三,开放性与包容性特征。

黄健在《"两浙"作家与中国新文学》一书中,曾经论述"两浙"文化的形成与特征,他指出,"两浙"地域文化与外来文化发生碰撞之后,不仅没有被同化,反而增强了凝聚力和调适力。因此,他认为:"'两浙'文化这种比中心文化更为鲜明的生存忧患和开放进取的特质,对其文化个性的形成,具有很大的促进作用。"③ 以吴越文化或"两浙"文化为主体的江南文化正是因为有"开放进取"的特征,故三次中原文化的冲击,不仅没有让江南文化湮灭,反而推动和发展了江南文化。

关于江南文化的"开放性与包容性"特征,不少学者都非常认同。如李书有在《论江南文化》一文中宣称:"江南文化是一种开放性文化。"④ 景遐东在《江南文化传统的形成及其主要特征》一文中认为:"江南文化具有开放性与包容性的特点。"⑤ 刘亦冰在《论越文化的开放性特色》一文中论述江南文化中的越文化因"特定的地理环境、历史进程和民族性格"导致其有"开放性特色"。⑥ 陈国灿在《略谈江南文化

---

① 司马迁:《史记》卷六十六,中华书局,1982年,第2180页。
② 严耀中:《江南佛教史》,上海人民出版社,2000年,第20页。
③ 黄健:《"两浙"作家与中国新文学》,浙江大学出版社,2008年,第5页。
④ 李书有:《论江南文化》,《江苏社会科学》,1990年第4期。
⑤ 景遐东:《江南文化传统的形成及其主要特征》,《浙江师范大学学报》,2006年第4期。
⑥ 刘亦冰:《论越文化的开放性特色》,《绍兴文理学院学报》,2003年第6期。

的海洋特性》一文中论述江南文化具有"灵活变通"、"开放包容"、"开拓创新"特征。① 可见，江南文化具有"开放性与包容性"的特征。众多学者的论述可以成为江南文化具有"开放性"特征的有力佐证。那么，江南文化是如何形成这种特征的呢？

江南文化这种特征的形成，是和江南区域独特的地理环境和宽松的社会环境分不开的。

其一，江南区域濒临江海，地理优势明显。梁启超在《地理与文明之关系》一文中指出："征诸历史上之事实，则人类交通往来之便，全恃河海。德儒黑革曰：'水性使人通，山性使人塞。水势使人合，山势使人离。'诚哉斯言！"② 江南区域，面江临海，大海带给江南人广阔开放的胸襟。江南区域水系发达，交通便捷，促使江南人容易和外界接触沟通，利于打破闭塞的思想空间，容易接受外来思想和事物。明朝中叶以后，江南区域因为得近海之便不断吸收海外文化。另外，从考古学上也可发现吴越先人早年与中原地区学习和交流的情况，如宁镇地区出土的鬲鬹、卜骨等印纹陶已经浸染中原文化痕迹。再从使用外来人才上，也可证明吴越文化的开放性与包容性，如吴王寿梦任用晋国派来的楚国大夫申公巫臣训练军队，接受中原车战的战术，大大提高本国的战斗力。

其二，宽松的社会环境。历史上的江南区域相对于中原区域，地处边陲，被目为蛮夷之地，这种边缘性特征使得江南区域多了一种与中原礼教文化不同的文化个性。故与中原文化相比，江南文化"轻礼重乐"，少传统思想的束缚。据《越绝书·记地传》记载，孔子曾劝勾践"膺服周礼"，孔子云："丘能述五帝三王之道，故奉雅琴至大王所。"勾践回答："夫越性脆而愚，水行而山处，以船为车，以楫为马；往若飘风，去则难从；锐兵任死，越之常性也。夫子异则不可。"（袁康《越绝书·记地传》卷八）孔子劝勾践并无史料佐证，或为文人杜撰，但却能够看出

---

① 陈国灿：《略谈江南文化的海洋特性》，《史学月刊》，2013年第2期。
② 梁启超：《地理与文明之关系》，摩罗、杨帆编选：《太阳的朗照：梁启超国民性研究文选》，复旦大学出版社，2011年，第87页。

江南文化不以中原文化为尊，崇尚自由开放的文化个性。又如，在中国古代社会，以农业为本，商业、手工业往往被视作末业，为人不齿。但在远在春秋战国时期的江南地区，吴越二国政权就已经相当重视农商，认为"农伤则草木不辟，末病则货不出"①，创立了农商互利模式。

宽松的社会环境，是形成地域文化开放性特征的一个重要条件。正因为有着宽松的社会环境，外来文化也并非被江南文化一概拒绝。随着历史上文化交流次数的增加，江南文化也渐渐吸收了中原文化甚至西方文化中的优秀因子，并在保存自身特点的基础上，形成了新的江南文化特质。

第四，智性特征。

江南文化的智性特征表现在崇文重教和江南学术的弘扬上。江南文化与中原文化碰撞以后，"尚勇"之风渐渐转变成"崇文"之风。以"永嘉之乱"带来的文化碰撞为例，江南区域崇文之风日盛。唐人刘知几云"然自晋咸、洛不守，龟鼎南迁，江左为礼乐之乡，金陵实图书之府"②，藏书丰，足见读书风气之盛。有学者认为，东晋南朝时期，江南已经成为文学中心，并指出："'永明体'开创了诗歌声律化的新时代，在诗歌的格律声韵、对仗排偶以及遣词造句、意境创造等方面，都比古体诗更为工巧华美、严整精练。不仅为当时的文坛注入了新的气息，树立了新的美学风范，更为唐诗的辉煌奠定了基础，开创了中国诗歌史的新时代。另外，'宫体诗'、'吴均体'等也对后来的文学产生了重要影响。"③ 魏晋南北朝时期，江南文人辈出，如西晋的陆机、陆云、张翰，东晋的葛洪等。第一次历史劫难大力推动了江南区域的崇文风尚，其后的二次劫难更是如此。

除了崇文，江南也颇重教。如"北宋景祐二年（1035），吴人范仲淹创建苏州府学，各地争相仿建。有'天下有学自吴郡始'一说，浙江、江苏和福建官私学校最为普及。……三省州学普及率100%，县学

---

① 欧大任撰，刘汉东校注：《百越先贤志校注》，广西人民出版社，1992年，第6页。
② 刘知几：《史通》，北方妇女儿童出版社，2006年，第36页。
③ 景遐东：《江南文化传统的形成及其主要特征》，《浙江师范大学学报》，2006年第4期。

普及率80％，私学占全国72％"①。又如"靖康之难"中，北方大族巩氏与吕氏迁入江南后办学授徒。崇文重教之风呈现了江南文化的智性特质。

江南区域虽然长期属于政治边缘化地区，但江南学术却以强烈的批判个性以及富有原创性的特点占据了中国学术史的重要地位。东汉时期的王充，以《论衡》闻世，倡导"疾虚妄"等观点，带有强烈的批判意识。魏晋时期"贵无"的玄学带给人们一种主张审美的诗性哲学思想。南朝齐的文学批评推动了文学审美世俗化和文学创作的变革。南宋开始的"浙东学派"创立了事功学与心学两大体系，张扬人的精神主体性。总之，江南学术圈星光熠熠，江南学人如东汉的王充、明朝的王阳明、明末清初的黄宗羲、清朝的龚自珍、近代的王国维等，无不闪烁着智慧的火花，甚至影响一个时代的学术兴衰。

因此，有学者指出："江南文人文化作为一种精神文化，或者作为一种雅文化，其'质点'显然就在于它的'智性'特征。从文化功能性质看，'智性'确切地表明了江南文人文化在历史长河中作用于'个性传递'过程的思维品性。这一思维品性，反映在传递者身上，可以说是一种本能的智慧，一种悟力，一种神明感。"② 这种文化品性，作为一种无意识的积淀，一直影响着江南文人。

江南文化中还有其他的一些品性，如务实、积极进取、重文采等，限于篇幅，不再赘述。本书主要强调江南文化中的"柔性的诗性审美"、"敬事鬼神的信仰崇拜"、"开放性与包容性"和"智性"四个特征。

第二节 江南佛教的形成与发展

佛教作为外来宗教，何时传入中国，何时在中国大地渐呈气候？根据《四十二章经序》、《理惑论》等多种典籍的记载，东汉永平年

---

① 胡兆量等编著：《中国文化地理概述》，北京大学出版社，2001年，第136页。
② 费振中：《江南士风与江苏文学》，湖南教育出版社，1995年，第33页。

间（58—75），汉明帝夜梦一神人，全身金色，项有日月光，绕殿飞行，次日晨问群臣，太史傅毅以"西方有神，其名曰佛"答之，于是汉明帝派遣使者出使西域求法。又有史书记载："楚王英诵黄老之微言，尚浮屠之仁祠，洁斋三月，与神为誓，何嫌何疑，当有悔吝，其还赎以助伊蒲塞桑门之盛馔。"（《全后汉文》卷三）从典籍记载和传说中，我们可以推知佛教初入国土的情况。唐朝文学家韩愈曰："汉明帝时，始有佛法。"（韩愈《谏迎佛骨表》）学者汤一介认为："我们虽不能说永平求佛法是传入中国的开始，但自永明以后佛教在中国才有影响，大体上是不差的。"① 可见，汉明帝时，佛法已经略有影响。

佛教传入中国之时，正是黄老之学和方士之术等道术盛行之际，佛教一开始依附于道术传播，有不少典籍记载，当时把"黄老"和"浮屠"看成同样的道术。汉桓帝曾经在宫殿中铸黄金佛像，和老子像并列供奉。甚至连佛教信徒也称佛教为道术："道者九十六种，至尊至大者，莫尚佛教也。"（牟子《理惑论》）《四十二章经》也自称"佛道"，其中多黄老之言，如"学道之人，去心垢染，行即清静矣"（《四十二章经》第三十五章）。1983年在南京雨花台长岗村五号墓中发现的一件吴末晋初青瓷盘口壶上有一幅彩绘装饰画"魂神升天图"，壶的腹部是主体图案，绘21个持节羽人，羽人的身边是飘忽欲动的仙草和云气，肩部设双耳，双耳间有4个对称的铺首和2尊佛像。图案主要表现道教思想，佛像只有2尊，从所绘图案看，佛教题材从属于道教题材。因此，从这个艺术品传递出一个重要信息，即早期的佛教依附于黄老之学。正因为借助道术，佛教传入中国得以流行。故佛教自东汉初从印度传入中国，并渐成气候。

佛教初入中国，一直以中原区域为中心。因为彼时的中原乃政治、经济和文化中心，加上其后几代名僧佛图澄、道安、鸠摩罗什诸人的努力，佛教在北方得以流传。

但是，佛教真正兴盛，却在江南。从佛教的发展史看，江南地区诞

---

① 汤一介：《佛教与中国文化》，宗教文化出版社，1999年，第11页。

生了诸多重要的佛教宗派,如天台宗、南禅、华严宗等。因此,江南佛教地位显赫。

那么,江南地区缘何形成江南佛教?众所周知,"江南"不仅是一个地理概念,也是一个文化概念。因此,江南佛教的形成,与江南的地理环境、政治环境、文化以及学术等因素有关。

第一,江南特殊的地理环境,为佛教的传入和发展打下了极好的基础。其一,江南因为自身独特的地理环境,在历史上不同于不断逐鹿的北方地区,江南秀美的自然山水,为佛教徒提供了理想的栖息和研修佛学之地。众多高僧慕名而来。如释慧远认为自然山水是真如、法性、本无、性空本体的体现者,是美的化身。① 因此,释慧远跑至江南传教,选中庐山美景,他在庐山建东林寺。据《高僧传》记载:"远创造精舍,洞尽山美,却负香炉之峰,傍带瀑布之壑。仍石叠基,即松栽构,清泉环阶,白云满室。复于寺内别置禅林,森树烟凝,石径苔合,凡在瞻履,皆神清而气肃焉。"② 又如晋代僧人于法兰,他十分喜好自然山水,尤其爱山泉溪壑。所以,当他听说江东山水秀美,特别是嵊州新昌一带景色奇绝,就"徐步东瓯,远瞩嶀嵊,居于石城山足"(《高僧传》卷四《于法兰传》)。从以上事例足以看出奇异山水对僧侣的吸引力是何等的巨大。有学者指出,"禅宗追求涅槃境界的方法与江南的自然环境颇相适应"③,可见,江南秀丽的自然环境为僧侣静修养心提供了一个极佳场所。其二,江南是典型的稻作生产区域,这和佛教的盛行也颇有关系。水稻的生长过程对自然条件依赖性较高,加上江南水患多,故江南人易敬畏自然敬事鬼神,易生成宗教心理。其三,江南区域临江濒海,水上海上交通便利,这个先天性的条件十分有利于佛教的传入和对外交流。梁启超在《中国佛教研究史》一书中言:

---

① 普慧:《中古佛教文学研究》,世界图书出版西安有限公司,2014年,第55页。
② 慧皎:《高僧传》卷六《慧元传》,转引自汤用彤:《汉魏两晋南北朝佛教史》,北京大学出版社,2011年,第192页。
③ 吴海庆:《禅宗与江南山水审美品质》,《重庆社会科学》,2012年第1期。

> 举要言之,则佛教之来,非由路而由海;其最初根据地,不在京洛而在江淮。汉武帝刻意欲从蜀、滇通印度,卒归失败;然非久实已由海道通印度而不自知。……天竺、大秦贡献,皆遵海道(梁启超原注释:《后汉书·西域传》"天竺国"条下云:"和帝时数遣使贡献,后西域反畔,乃绝。桓帝延熹二年、四年,频从日南缴外来献。"又"大秦国"条下云:"桓帝延熹九年,大秦王安敦遣使自日南缴外献象牙、犀角、玳瑁。"安敦即罗马皇帝 Antonym 也。此皆中国海通最古之史迹。)凡此皆证明两汉时中印交通皆在海上,其与南方佛教之关系,盖可思也。①

梁启超的断言或许略显偏激,但他从史实的角度说明了海上交通对于文化交流的重要性。因此,对于佛教的输入,江南区域水上海上交通的便捷无疑有着非常重要的意义。

第二,江南敬事鬼神的信仰崇拜特征,是江南人接受佛教的先决条件。江南敬事鬼神的信仰崇拜使得江南人具有浓厚的宗教心理和氛围,这为佛教的输入提供了极好的土壤。它先刺激道教的繁盛,又掩护佛教的输入。自然崇拜和鬼神崇拜是一个地区道教兴起的重要原因。尽管道教兴盛后,为了确立自己的正道地位,道教人士也力批民间巫觋,但原始道教和民间鬼神祭祀的渊源不容置疑。因为有鬼神信仰传统,故江南地区自魏晋始道教就一直盛行。

尤其是魏晋时期的吴越人葛洪初步确立道教神仙理论体系,他对初期道教的理论以及汉魏以来神仙方术思想,进行了总结和发展,丰富了道教教义,可谓为江南甚至全国的道教发展立下汗马功劳。到了南北朝时期,另一个吴越人陆修静"制定和完善了道教戒律和斋醮仪轨,对后世道教的影响也很大"。② 江南区域出现道教重要人物,对推动江南区域的道教发展颇具作用。

---

① 梁启超:《中国佛教研究史》,中国社会科学出版社,2008年,第25页。
② 金正耀:《中国的道教》,中国国际广播出版社,2011年,第42页。

因此，魏晋之后的江南道教一直繁盛，以杭州为例，因为自然山水秀美，民风敬畏鬼神，道教颇为发达。"东晋时，钱塘道士杜子恭是'东土豪家及都下贵望，并事之为弟子'（《南史·列传第四十七》）的著名人物。自东晋至南唐，许多道教重要人物如郭文、郭璞、干宝、许迈、葛洪等都在杭州留下了踪迹。宋元明清时期，道教重要人物如徐冲晦、沈若济、皇甫坦、莫起炎、郎如山、邓牧、张雨、黄公望等，或在杭州定居，或在杭州活动。到了近现代，道教虽然受战乱等冲击，但依然有许多教观和教众。直至今日，杭州仍保存有众多的道教历史遗迹，如玉皇山上有八卦田、玉皇宫、紫云洞、福星观、七星缸、白玉蟾井等遗迹。"① 这些足以说明江南区域道教之盛。

前文已经提及佛教初入中国中原地区曾经依附于道教传播，佛教传入江南的方法，亦如出一辙。佛教依附于道教，表面上看好像贬低了佛教地位，不利佛教冲破道教的束缚，实则加速了佛教的传播，它能够让江南人在潜移默化中接受佛教的影响。故江南道教的兴盛，为江南佛教的流传和兴起提供了一个很好的契机。

第三，江南文化的"开放性与包容性"特征，使得江南人易接受外来文化，这是江南佛教兴起和发展的重要条件。江南文化的"开放性与包容性"特征，使生存于这个区域的人们思想观念比较开放，以宽容的方式接受佛教。佛教传入中国，与中国传统文化发生矛盾，儒家倡导理想人格的塑造，强调"君为臣纲、父为子纲、夫为妻纲"和"仁、义、礼、智、信"的"三纲五常"思想，是入世的思想体系。而佛教视人世间为苦海，以超脱世俗事物到达彼岸为涅槃境界，是出世的思想体系。佛教思想的滥觞，势必会冲击儒家的伦理思想。如佛教强调平等的思想与儒家强调等级重视礼仪的思想自然会产生矛盾；又如僧人不娶妻，自然会与"不孝有三，无后为大"的传统观念产生矛盾；如此等等。这就不难理解佛教自东汉传入中国中原地区传播范围不广之因了。人们多把

---

① 竺建新：《佛道思想对郁达夫、戴望舒和施蛰存的影响》，《中国现代文学研究丛刊》，2014年第12期。

它看作类似于道教的一种,传播的范围比较小。但是,佛教传入到江南以后,情况就改变了。清代著名学者钱大昕认为:"后汉明帝时佛法始入中国,然中国人无习之者。晋南渡后,释氏始盛。"① 这里固然有佛教中国化的原因,但还有一个重要原因不能忽视,即江南文化的"开放性"特征。江南区域在地理位置上远离中原,受儒家思想的影响比较小,因为禁忌少,思想就相对开放,也就更容易接受新思想、新观念。因此,即便该区域已经道教盛行,地方神崇拜蔚然成风,但他们没有拒绝佛教文化的进入,无论上流社会还是底层社会,都欣欣然向佛教张开了自己的怀抱。相传三国时期东吴的尚书令阚泽对佛教有很高的评价,认为佛教高于儒、道:

> 鲁孔丘者,英才诞秀,圣德不群;世号素王,制述经典;训奖周道,教加来叶;师儒之风。泽润今古。亦有逸民,如许成子、原阳子、庄子、老子等,百家子书,皆修身自玩,放畅山谷,纵汰其心,学归淡泊,事乖人伦长幼之节,亦非安俗化物之风。至汉景帝,以黄子、老子义体尤深,改子为经,始立道学,敕令朝野,悉讽诵焉。若将孔、老二教比方佛法,远则远矣。孔、老二教,法天制用,不敢违天;诸佛设教,天法奉行,不敢违佛,以此言之,实非比对。(《集古今佛道论衡》)②

阚泽认为儒道受制于天,佛教却"天法奉行,不敢违佛",论断虽然主观,但从中可以看出江南人对佛教的态度。

江南人还对佛教徒敬礼有加。据《高僧传》卷六等记载,东晋的谢安任职吴兴太守时,十分敬重高僧竺法旷。法旷隐居山中,谢安"故往展敬。而山栖幽阻,车不通辙,于是解驾山椒,陵峰步往"。此外,对高僧竺法汰,谢安也是"钦敬无极"。③

---

① 钱大昕:《十驾斋养新录》卷六,江苏古籍出版社,2000年,第132页。
② 转引自潘桂明:《中国居士佛教史》(上),中国社会科学出版社,2000年,第70页。
③ 转引自潘桂明:《中国居士佛教史》(上),中国社会科学出版社,2000年,第87页。

第四，江南相对稳定的政治环境，为佛教信徒的生活和传教创造了有利环境。东汉初，佛教传入中原，在北方大地渐渐传播发展。但到了东汉末年，北方社会动荡不安，战事频仍。而江南区域相对安定，从汉末至三国鼎立，江南是较早稳定的区域，江南区域经济也得以大力发展，财富也相对殷实。因此，为避战乱，为了更好生存，大批佛教信徒和高僧也随着北方移民移居到江南。据《出三藏记集》卷七所载支愍度《合首楞严经记》记录支谦：

> 以汉末沸乱，南渡奔吴。从黄武至建兴中所出诸经，凡数十卷，自有别传记录。①

又据《高僧传》卷一《汉洛阳安清传》记载：

> 安清，字世高。……游化中国，宣经事毕，值灵帝之末，关洛扰乱，乃振锡江南。②

上文已经提及江南文化形成和发展过程中有三次大的机遇，它引入了大量北方的移民，这当中自然包括原在北方地区生活和活动的佛教信徒和僧侣。他们到了江南之后，开始译经和传教，如支谦翻译了大量经卷，是三国时期译经者中最为宏富的。经卷的翻译和教义的传播对佛教在江南区域的繁盛起到了极大的作用。

第五，江南学术为江南佛教思想的形成提供了学理支撑。江南学术与江南佛教的形成有极密切的关系，影响最为深刻的当推传至江南的玄学。东汉末年，社会动荡不安，汉代经学走向衰落，魏晋玄学应运而生。玄学代表人物为何晏、王弼，他们开启"正始玄风"，提倡"贵无"，主张"名教出于自然"。此为玄学发展史上的第一阶段。而阮籍、

---

① 转引自严耀中：《江南佛教史》，上海人民出版社，2000年，第25页。
② 转引自严耀中：《江南佛教史》，上海人民出版社，2000年，第25页。

嵇康的"竹林玄学"是玄学发展史上的第二阶段,他们崇尚自然,以自然为本,倡导"越名教而任自然"的主张,带有强烈的反儒倾向。西晋玄学是玄学发展史上的第三阶段,代表人物是郭象。他倡导"独化"论,否定"有生于无"和"以无为本"的思想,认为任何事物都是"独生而无所资借"(郭象《庄子·知北游注》),他认为超脱和现实可合一,逍遥无须遁世。东晋玄学是玄学发展史上的第四阶段,产生了佛教玄学,代表人物为道安、支遁和僧肇,尤其以僧肇的影响为最。

到了"永嘉之乱"时期,晋室南渡,玄谈之风也随之移至江南。这是因为北方连年战火,士族要以礼法聚拢人心,忙着国事,也就无暇顾及"玄学"。而江南国势安定,中原士族大批南下,给玄学兴盛提供了极好的机遇。正如严耀中所言:"玄学不仅作为流风遗俗在南渡高门中存在,更盛于前的所谓'王与马共天下'门阀主政形势,为玄学提供了更大的生存空间。"[①] 自此,江南大地玄学盛行,这极大地推动了佛学的兴盛。

玄学影响江南佛教的发展,主要有两个原因:

其一,学理与思辨的影响。有学者认为:"玄学的最大特点是采用了哲学的思辨方式,从宇宙本体论的角度,借助'有无'、'本末'等一系列哲学范畴,探讨儒家'名教'与道家'自然'之关系,用道家的'自然'思想充实儒家'名教'的理论。"[②] 所以,玄学有哲思特征。佛教般若学和玄学颇为相似。般若,意译为"智慧",即超越世俗,认识佛教真理的智慧。高僧和居士用"格义"的方法,消除玄学和佛学的隔阂,使之中国化。因为"格义"不同,般若学内部造成分化,即所谓的"六家七宗"。般若学的六家是本无、即色、识含、幻化、心无、缘会,或从本无中又分本无异,即成七宗,故谓"六家七宗"。般若学的六家七宗,主要有"本无"、"即色"、"心无"三个主要派别,明显受到魏晋玄学中的"贵无"论和"独化"论的影响。

---

① 严耀中:《江南佛教史》,上海人民出版社,2000 年,第 45—46 页。
② 林伟:《"秀骨清像"中的玄学"风度":从佛教造像看魏晋玄学对佛教思想的影响》,《江苏社会科学》,2007 年第 1 期。

佛教初入中国,依附于神仙方术,"往往通过符咒、治病、占星、禳灾、祈福,预言祸福来吸引信徒群众"①,这是很难吸引士人阶层的。因此,佛教吸收了魏晋玄学的哲学思辨性,使得佛学步入高雅殿堂,为名士所青睐。佛学吸收了魏晋玄学的理论,这使得佛学在中国化之际,既脱离了神仙方术的低级俗教的称谓,又多了浓厚的哲学思辨,它甚至反过来又补充、改造魏晋玄学旧义。以上种种原因,使得佛学为上流社会所接纳。

其二,佛学的玄学化。佛学在中国化过程中,与魏晋玄学渐渐合流。一是理论上的借鉴。高僧们注释《般若学》多散发着玄学之味。如慧远用大量的玄学概念解释"念佛三昧":"夫称三昧者何?专思寂想之谓也。思专,则志一不分。想寂,则气虚神朗。气虚,则智悟其照。神朗,则无幽不彻。"②虽然慧远解释的是佛教思想,但字里行间却有着老庄清谈玄想的思想痕迹。二是行为上的借鉴。如东晋高僧支道林的"养马放鹤,优游山水。善草隶,文翰冠世"(《世说新语·文学》),可谓颇得玄学名士之风。这种清淡之风,引发出人们对佛学的热情。

佛学的玄学化使士人接近佛学。与此同时,西晋玄学回归名教,也令士人渐渐舍玄学而走近佛学。何晏、王弼的"正始玄学"以道自任,富有理想色彩;阮籍、嵇康的"竹林玄学"崇尚任性放纵的个性自由和隐士情趣,超脱世俗的藩篱束缚,可谓人格独立。而裴頠、郭象的"崇有论"强调等级,维护名教统治地位,实为回归名教。如郭象在《庄子·秋水》注中云:"人之生也,可不服牛乘马乎?服牛乘马,不可穿落之乎?牛马不辞穿落者,天命之固当也。"这种过分强调等级、命运,且以人畜比君臣,丢尽士人颜面。这是东晋士大夫难以接受的。相反,佛教思想强调平等,甚至提出"沙门不敬王者"。故玄学渐渐被佛学替代也在情理之中了。③

---

① 任继愈:《汉唐佛教思想论集》,人民出版社,1998年,第6页。
② 释大安主编:《超越千载的追思:纪念慧远大师诞辰1670周年》,宗教文化出版社,2008年,第167页。
③ 参见韩国良:《论东晋何以成为佛家先秦的原因》,《云南民族大学学报》,2010年第1期。

除了魏晋玄学，明代浙江余姚人王阳明创立的心学对江南佛教也颇有影响。虽然影响不及魏晋玄学，但也不容忽视。王阳明心学一度被明季学者刘宗周称为"阳明禅"（刘宗周《刘子全书》卷九），究其原因，其一，王阳明心学的源头其实是佛学。佛教认为"三界唯心，万法唯识"（《三界唯心颂》），二者都强调心之能动作用。王阳明创立的新儒家心学，其实受益于佛学的"心说"。其二，王阳明心学强调人性的解放，主张解除对人心的外在束缚。如王阳明认为佛教中僧人穿衲服、吃粗食、喝生水，是扼杀人性的行为。学者袁行霈认为："心学与禅宗相结合在社会上广泛传播，促使人们在思想观念、思维方式上发生了变革，开始用批判的精神去对待传统、人生和自我，为明代掀起复苏人性、张扬个性的思潮创造了一种气氛，启发了一条新的思路，提供了一种理论武器。"① 故王阳明心学的兴起，大大强化了江南佛学中崇尚人性自由的特征。其三，王阳明心学融合禅宗和儒家的共同点。如融合孟子的性善论和佛家的行善论，提出"致良知"学说。因此，在王阳明心学影响下，晚明出现"狂禅"现象，甚至不少阳明学者出现狂禅之习。诚如学者何俊所言："明季佛教，本处于衰微之中，因朱元璋与佛寺的夙愿，佛教在明代得到了朝廷的着意崇奉，呈勃兴之像，但终究创新少、因袭多，无生气可说。王阳明心学的崛起，促使了明中叶以后的思想解放。这种思想解放对佛教的发展无疑同样具有刺激，明中叶以后的禅风日盛，即其显例。"②

以上探讨了江南佛教形成的诸种条件，下面简略谈谈江南佛教形成和发展的过程。

梁启超在《中国佛教研究史》中云：

> 自楚王英、安世高以来，此教在南方，已获有颇深之根柢；然以其地非政治中心点所在，发展未充其量也。及孙吴、东晋以迄宋

---

① 袁行霈：《中国文学史》，第4卷，高等教育出版社，2005年，第8页。
② 何俊：《西学与晚明思想的裂变》，上海人民出版社，2013年，第38页。

齐梁陈，政治上分立之局数百年，且中原故家遗族，相率南渡，与其地固有之风土民习相结合，粲然成一新文化，与北地对峙，凡百皆然，而佛教亦其例也。①

梁启超大略说出了江南文化史和江南佛教的形成史。

江南佛教自三国东吴时期至清末民初，大致经历了初成、发展、全盛、衰落、复兴几个过程。

三国东吴时期，是江南佛教的初成时期。近代著名佛学理论家黄忏华云："自汉以来，教流中原，不达江表。洎清信士支谦入吴，吴地始染大法。"② 严耀中在《江南佛教史》一书中也说："东吴的存在虽然只有短短的五十几年，却在江南佛教史上产生了许多第一。如创立了江南的第一座佛寺建初寺。这在僧史上可作为江南佛教开始流播的一个正式标志，意义尤为重大。还如安世高、康僧会等是第一批来到江南的高僧，他们所译的《微密持经》、《阿弥陀经》（即《无量寿经》）、《梵皇经》、《六度集经》等是在江南译出的第一批佛教经典……简而言之，江南佛教史的正式开端是在东吴时期。"③ 从以上二位学者的表述中，我们可以认为，东吴立国是江南佛教的初创时期。

东吴时期能够成为江南佛教的开端，有诸多因素。除了江南的环境、经济、文化等因素外，有两点很重要：其一，以孙权为首的统治阶层敬佛尊僧。佛教人士初入江南，就受到统治阶层的认可和提携。据《出三藏记集》卷一三《支谦传》记载，著名佛经翻译家支谦到江南传教，吴主孙权"闻其博学有才慧，即召见之，因问经中深隐之义。越（即支谦）应机释难，无疑不析。权大悦，拜为博士，使辅导东宫，甚加宠秩"。④ 又据《高僧传》卷一《康僧会传》记载，吴主孙权召见江南著名佛经翻译家、高僧康僧会后，"权大加服，即为建塔，以始有佛寺，

---

① 梁启超：《中国佛教研究史》，中国社会科学出版社，2008年，第115—116页。
② 黄忏华：《中国佛教史》，吉林人民出版社，2013年，第12页。
③ 严耀中：《江南佛教史》，上海人民出版社，2000年，第30页。
④ 转引自严耀中：《江南佛教史》，上海人民出版社，2000年，第29页。

故号建初寺,因名其地为佛陀里。由是江左大法遂兴"。① 或为祈福求寿,或为巩固政权,不管是何目的,支持佛教构成东吴统治阶层的一个基本态度,它是佛教得以在江南初成的一个重要因素。其二,东吴稳定的政治环境。孙权建立东吴政权,江南地区政治、经济相对稳定,渐渐发展起来的经济以及好佛的统治阶层都诱使佛教信徒移居江南地区。严耀中指出:"僧人和佛经分布的范围就是佛教传播的广度。"② 故大批佛教信徒的南渡,加快了江南佛教的形成。在江南佛教的形成过程中,支谦是一位起到非常重要作用的高僧。梁启超指出:"江南佛教教理的开展,以优婆塞支谦为首功。"③ 江南佛教的传入和发展,佛教居士支谦的译经为江南佛教的传播起到了重要的推动作用。据《出三藏记集》卷一三《支谦传》记载,支谦,又名越,字恭明,大月氏人。从黄武元年(222年)到建新(252—253)年间,广事译经,共译出经典三十六部四十八卷。所译的主要是大乘佛经,其中比较重要的有《维摩诘经》、《慧印经》、《大明度无极经》、《大阿弥陀经》等。另一个对江南佛教有重要影响的译经者是高僧康僧会,他的祖先是康居人(安息西北,大月氏北方),世居天竺(印度),他在孙权执政时期至东吴从事译经传经活动,所译佛教经典主要有《六度集经》、《旧杂譬喻经》、《吴品经》等,又曾经为《安般守意经》、《法镜经》、《道树经》作注及序。正因为支谦、康僧会等先行者的译经及其在江南之地的大力传播,江南佛教渐渐形成。

三国东吴时期的佛教具有开创之功,它对江南佛教的形成影响深刻。严耀中将之归纳为以下几个方面:一是佛学和江南学风有微妙联系,如支谦的佛教译经崇尚文笔的华丽,"盖已为佛教玄学之开端也"。二是提供了佛学和江南民间崇拜相处的经验。这在一定程度上改变了佛教的形态。三是对江南诸宗的发展,尤其对中国禅学的发展都有深远影响。④ 简言之,三国东吴时期是江南佛教发轫期。

---

① 转引自严耀中:《江南佛教史》,上海人民出版社,2000年,第29页。
② 严耀中:《江南佛教史》,上海人民出版社,2000年,第31页。
③ 梁启超:《中国佛教研究史》,中国社会科学出版社,2008年,第116页。
④ 参见严耀中:《江南佛教史》,上海人民出版社,2000年,第37—39页。

东晋时期是江南佛教大发展时期。钱大昕认为"晋南渡后，释氏始盛"①，梁启超也认为"佛法确立，实自东晋"②，可见，佛教之传播，东晋才有了大发展。前文已经提及魏晋时期，玄学盛行，而魏晋玄学的学理和思辨性又深刻影响佛学思想，尤其般若学。般若学认为只有通过般若智慧，去体验永恒真实的"真如"，方能觉悟、解脱。般若诸宗之说，都建立在空与有的研究上，其本质与玄学思想相近，故一时传播迅疾，影响广泛。有学者指出，"自支谶译出《道行般若经》后，至魏晋之际，各种般若类经典相继译出，研究《般若经》已成为一门独立的学问，即'般若学'"③，特别在东晋时期，玄学盛行，玄学的不同思想倾向都能在般若学中得到回应，渐渐地，般若学成为佛学之显学。

般若"六家七宗"的争鸣推动了译经事业和佛学思想的发展。而对经义的不断探讨，推动了理义佛学的开展。严耀中认为，"理义佛学是与习禅、明律、神异等相对的所谓'义学'的广义，从《高僧传·义解》篇所载诸传主情况来看，凡以讲解诸经经义为主的都属此。"④ 江南理义佛学发展，增加了江南佛学重哲思的特征。

东晋时期江南佛学发展的标识性现象除了般若学盛行、理义佛学开展之外，还有一个现象即高僧辈出，如释慧元和竺道生。

释慧元（334—416），据《僧传·慧元传》、《世说·文学》篇注引张野《远法师铭》等记载，慧元少年时随舅父令狐氏游学洛阳等地，"少为诸生，博综六经"，"尤善《庄》、《老》"，深受玄学影响。他是道安的上首弟子，听道安讲《般若经》深受体悟，于是刻苦学习，24岁即登台讲经。后来道安被时为前秦将领的朱序所拘，慧元就率弟子数十人南下，并在庐山东林寺落根，一时形成佛教繁兴的局面。慧元有感于江南佛教佛典的不足，一方面，遣使弟子往西域求法，收获禅法颇丰；一

---

① 钱大昕：《十驾斋养新录》，江苏古籍出版社，2000年，第132页。
② 梁启超：《中国佛法兴衰沿革说略》，《佛学研究十八篇》，上海古籍出版社，2001年，第4页。
③ 潘桂明：《中国的佛教》，中国国际广播出版社，2011年，第25页。
④ 严耀中：《江南佛教史》，上海人民出版社，2000年，第56页。

方面请僧伽提婆在庐山译出了《阿毗昙心论》（四卷）和《三法度论》，推动了毗昙学在南方的发展。作为东晋佛界领袖，慧元在般若思想和禅学思想上都有独到见解，他的"法性"本体论和"神不灭论"都是著名的佛学理论，极大地推动了江南佛学发展。

竺道生（355—433），据《高僧传·竺道生传》等记载，竺道生幼年在建康（今江苏南京）从竺法汰出家，随师姓竺。15岁即开始讲经，20岁受具足戒。东晋隆安年间（397—401）到庐山，向慧元问学，向僧伽提婆学习小乘教义。后赴长安，受学于鸠摩罗什。义熙五年（409年）回建康创立"善不受报"、"佛无净土"、"一阐提人皆得成佛"、"顿悟成佛"诸义。竺道生在江南首次提出一切众生皆有佛性之说，显示了理论创新的勇气，为江南佛教的发展提供了重要的经验。竺道生是涅槃学派的创始人，主张"顿悟成佛"证涅槃。他的"顿悟成佛"是对传统佛学思想的一个冲击，也为禅宗的建立奠定了一定的基础。

东晋时期的诸多高僧中还有不少玄学化名僧。如竺法雅、支道林、于法兰、于法开、于道邃等。玄学化名僧有两个特点，一是所谈佛学喜欢玄学化，二是喜欢与名士结交。尤其支道林，简直就是披着袈裟的名士。玄学化名僧的存在，使江南佛学更多了一层诗性审美的特征。

南朝和隋唐时期是江南佛教全盛时期。南朝梁武帝十分崇佛，甚至舍身同泰寺为奴，以证信佛之坚。他认为："若使率土之滨，皆纯此化，则吾坐致太平，夫复何事！"（《弘明集》卷十一）故要求王公贵族、公卿百官等也抛弃道家等信仰转而信佛。《续僧传·慧约传》记载："皇储已下，爰至王姬，道俗士庶，咸希度脱；弟子著箓者，凡四万八千人！"而且，梁武帝热衷于修建寺庙，如智度寺、大爱敬寺、同泰寺等。正因为帝室的大力扶持，南朝佛教到了全盛时期，据唐法琳《辩证论》卷三记载，刘宋，共有寺院一千九百一十三所，僧尼三万六千人。萧齐，共有寺院二千一十五所，僧尼三万二千五百人。萧梁，共有寺院二千八百四十六所，僧尼八万二千七百人。寺院经济也长足发展。此足见南朝佛教的盛况。

与北朝相比，南朝佛教重义学。一是译经众多。据《内典录》记载，南朝译经近两千卷。二是研佛风气非常兴盛。受魏晋时期的玄学佛教影响，南朝的佛教依然崇尚"清淡"之风，多显学名家，故南朝佛教"义学"发达。同时，也和南北朝统治阶层对佛教不同的态度有关。北朝帝室虽也有崇佛者，但更有大力灭佛者，这抑制了佛学的发展，而南朝帝室大多颇护持佛学。如宋文帝就很重视佛教义理，他十分欣赏竺道生的"顿悟"说，曾经召竺道生的弟子道猷入宫"申述顿悟"，并大赞："生公孤情绝照，猷公直辔独上。"（《高僧传·道猷传》）

江南佛教经过南朝的繁荣，加速了中国化过程。隋唐之际，佛教宗派出现了天台、南禅、华严等重要的佛教宗派。这是江南佛学兴盛的一个重要标志，也是中国佛学走进世界学术之林的标志。

其中值得一提的是"天台宗"的出现，此意味着江南佛教到了一座高峰。天台宗始于北齐、南陈，创建于隋朝，因为创始人智顗长期在天台山弘法，且建寺于天台山，故名天台宗。又因为此宗奉《法华经》为宗经，故又叫"法华宗"。天台宗的意义在于建成了中国第一个佛教宗派。

天台宗之所以在江南迅速崛起，原因有五：一是隋朝统治阶层扶持"一乘佛教"的需要。隋文帝曾于开皇十年（590年）正月十六给智顗发了一道敕书："皇帝敬问光宅寺智顗禅师：朕于佛教，敬信情重。……发心立愿，必许护持……"（《国清百录》卷二）有了帝王的垂爱，佛学自然兴盛。二是寺院经济发展下的产物。晋、宋以后，寺院经济逐渐强大。天台的寺院经济早在陈宣帝年间就相当雄厚。后隋炀帝又勒令司马王弘"施肥田良地"、"以充天台基地"（《佛祖统纪》卷六）。寺院经济的发展使得佛教宗派理论有了独立发展的基础。三是《法华经》和般若学有一脉相承之处，而大乘空宗的般若学在江南早已深入人心。正因为如此，后来天台"以《法华》为宗旨……以《大品》为观法"（湛然《止观义例》卷上）也就顺理成章了。四是天台山环境清幽，吸引高僧居住研佛。所谓"天台山者，盖山岳之神秀也，涉海则有万丈蓬莱，登陆则有四明天台，皆玄圣之所游化，灵仙之所窟宅"（孙绰《游天台山赋·序》），这自然吸引高僧在此研佛。更重要的是，五代时，天台地处吴越之领域,厚佛风气依然浓厚。五是创始人智顗决心"盛弘一乘",大力弘法。智顗十三为僧,二十三岁拜慧思为师,六十岁去世。生平著作颇丰,有《法华经玄义》、《法华经文句》、《摩诃止观》、《四念处》等几十种。因为他的勤勉努力,终成天台宗核心思想。天台宗的主要思想即以智顗的学说为基础,一是以"一心三观"、"一念三千"为核心的止观学说,二是"性具善恶"说。①

以上诸种原因的叠加,促使了天台宗的横空出世。智顗之后,天台宗理论发展不大,一直到了他的第五代弟子九祖湛然,才对天台教义多有发展,特别是湛然提出了"无情有性"说,推动了天台宗的发达。而天台宗的发达为江南佛学的发展作出了重要贡献。

唐朝安史之乱之后,因为江南的安定和富庶,"宗教文化也随之倾斜,江南成了佛教最兴盛的地区"。② 尤其华严宗向江南地区渗透和扩散。中唐时期,华严宗已经立足江南,有白居易《华严经社石记》为证,其指出杭州灵隐华严经传播的情况。因为宗教文化南移的契机,"自北宋起华严宗的重心已经移至江南了。到了南宋,情况继续"。③ 自此,华严宗也糅合了江南文化的因子。此外,在宗教南移这股大潮中,唯识宗也一起随之向江南渗透和扩散。

江南佛教兴盛的另一个重要标志是江南禅宗的迅速发展。禅宗是中国佛教史上的一个大宗派。一般认为,中国禅宗始于南北朝时期,创始人是印度人菩提达摩,发祥地为传说中达摩面壁的河南嵩山少林寺。但也有学者指出:"禅宗作为一个独立学派的出现,是从唐代开始的。唐高宗时期的僧人慧能是这个宗派的实际创始人。"④ 不管何种说法,有一点是肯定的,即慧能是南禅宗的创始人。

慧能(638—713),唐高宗时期的著名僧人,广东新兴县人。俗姓

---

① "天台宗崛起之因"参见曾其海的《天台宗佛学导论》(今日出版社,1993年)、严耀中的《江南佛教史》(上海人民出版社,2000年)、潘明桂的《中国的佛教》(中国国际出版社,2011年)等书籍。
② 严耀中:《江南佛教史》,上海人民出版社,2000年,第215页。
③ 严耀中:《江南佛教史》,上海人民出版社,2000年,第217页。
④ 邱明洲:《中国佛教史略》,四川省社会科学院出版社,1986年,第90页。

卢，三岁死父，家境贫寒，靠卖柴养活母亲。后拜名僧五祖弘忍为师，承其法衣，成为著名的禅宗六祖，并开创南禅宗。

慧能以后，南禅宗有了大的发展，特别中唐以降，南禅宗宗派纷立勃兴。以青原行思、石头希迁为代表的石头系主要活动在湖南，以南岳怀让及其弟子马祖道一为代表的洪州系则以江西为中心。青原－石头系分出曹洞、云门、法眼三家。其中，曹洞宗形成于唐末，大本营是在江西高安县的洞山和吉水县的曹山。创始人良价（807—869），浙江诸暨人。曹洞宗的传人延寿禅师是浙江余姚人。曹洞宗最主要的特色为"圆融"。云门宗形成于五代，创始人为文偃（864—958），浙江嘉兴人。文偃幼年出家，曾在浙江一代受学，后定居广东韶州云门山弘扬禅法，故云"云门宗"。云门宗主要特色为教法简捷。后来，不少云门宗僧侣在江南崭露头角，如雪窦重显、怀琏、义怀、宗本、契嵩等。法眼宗也形成于五代，创始人文益（885—958）是浙江余杭人。法眼宗是文益在金陵开宗的，它兼取华严宗"六相"，整合禅法之"万法唯心"，形成一套独特的禅法。他的主要传人德韶、延寿等也全部活动在江南。唐宋时期，禅宗主要在江南，可谓"崇山广野，通都大城，院称禅者，往往而是"（《李觏集》卷二四《太平兴国禅院十方住持记》）。

六祖慧能的南禅宗提出了不立文字、见性顿悟的修行方法，这种简便的修行方式使得南禅宗思想在江南地区广泛传播，深入到江南民众之中。

有两个现象值得一提，它标志着江南禅宗的兴盛程度。其一，江南第一禅宗牛头宗的兴起。牛头宗继续在禅悟上开拓深化，对江南禅宗的发展起到了新的贡献。牛头宗建立在江南，以南京为中心，创始人是四祖道信的弟子法融，是润州（今江苏镇江）人。如果说道信使禅宗江南化，那么法融使得江南禅宗更具自己的特色。如法融创"无心说"，以"一切莫作"反对"渐修"，对禅修方式有新的认识和改变。其二，江南"居士禅"的风靡流行。早在东晋时期，社会名士就喜欢和玄学化名僧交往，正如严耀中所言"江南是居士禅最先产生，也是影响最大的地方"。① 至唐代，这种现象更为普遍。江南佛教的飘逸审美特征以及追求义理的特质，使得名士易与江南禅学亲近，江南禅学"心即真如"的本体论，使得名士多逃禅倾向，故江南"居士禅"风靡流行。

江南禅宗在江南的兴盛，使得佛禅思想深入人心。它丰富了中国哲学思想，提高了中国人的智性思维能力和审美能力。

唐以后，佛教衰落。梁启超甚至宣称"唐以后殆无佛学"，并分析道："唐以后何故无佛学耶？其内部之原因，则禅宗盛行，诸派俱绝。踞座棒喝之人，吾辈实无标准以测其深浅。其外部之原因，则儒者方剽窃佛理自立门户，国中上驷咸趋此途，而僧界益乏才。"② 确实，中国佛学以隋唐为鼎盛，佛教宗派都在隋唐创立，其后日渐衰落，但江南的佛教基础雄厚，还有一定的兴盛景象。如五代初期，江南佛学曾经颇为兴盛，仅杭州就兴建佛寺二百六十多座，被誉为"东南佛国"。但是，五代后周时期，周世宗排斥佛教，禁止国人入寺为僧尼，又废佛寺三千余所，并下诏毁铜佛像铸造钱币，以充国库。凡此种种，极大打击了当时的佛教。当然，江南佛教影响相对小些。

北宋初，宋太祖、宋太宗对佛教有所维护。江南吴越王钱俶更是"尝慕阿育王造塔之事迹，以金铜精钢八万四千宝塔，中藏《宝箧印心咒经》，广颁施之"。③ 故以浙江为中心的江南依然是"信鬼尚礼，重浮屠之教"（《宋史·地理志》）。至宋徽宗时期，宋徽宗初信佛，后改信奉道教，一度令佛道合流，改寺院为道观，这严重影响佛教发展。自此以后，除禅宗尚有活力，其余的佛教各宗渐渐衰落。南宋建都杭州临安之后，朝廷虽对佛教有所保护，但毕竟国力空虚，难有大的支持。此外，南宋以后，理学日益发达，这也进一步影响了江南佛教的传播和发展。因此，自宋明后，江南区域的佛教也渐渐走向衰落。

明清以来，统治者不断加强对思想领域的控制。清朝继续提倡理

---

① 严耀中：《江南佛教史》，上海人民出版社，2000年，第201页。
② 梁启超：《梁启超佛学文献》，武汉大学出版社，2011年，第15页。
③ 黄忏华：《中国佛教史》，东方出版社，2008年，第254页。

学，进一步实行空前严格的思想统治，这大大抑制了佛教的发展。

直至近代，江南佛教复兴。近代佛教文化的复兴主要标志有四个：其一，刻经处的建立和佛书的印刷出版；其二，佛学院的创办；其三，佛学刊物的发行；其四，佛学思想的流播。这四个标志在江南佛教复兴中表现尤为突出，尤其杨仁山居士在南京创立金陵刻经处，拉开了近代佛教复兴的大幕。

杨文会（1837—1911），字仁山，安徽石台人。生于仕宦之家，从小饱读诗书，好骑马击剑。1863年父亲去世后，他于病中偶得马鸣《大乘起信论》，反复研读，后来又反复诵读《楞严经》，被佛学深深吸引，自此后潜心佛学研究。1866年，杨文会移居金陵（今南京），与一批学佛同人（王梅叔等）共研佛学，并在南京创立金陵刻经处，从事刻经事业。他们刊印了第一部佛书《净土四经》，杨文会还积极搜集亡佚经典，如隋朝嘉祥大师的《中论疏》、《百论疏》，唐朝窥基的《成唯识论述记》、《因明论疏》等，都是三论宗、唯识宗的经典。为了弘扬佛法，金陵刻经处刊印了方册单行本《藏经》，对普及佛学起到重大作用。在杨文会带动下，全国各地成立了不少刻经机构，推动了研习佛经的风尚。

与刻印机构相呼应的是各地出版机构的成立。如1929年，上海佛教界创办上海佛学书局，这是近代规模较大的书局，上海佛学书局印刷发行了大量佛学典籍，如隋朝嘉祥大师的《中论疏》、《百论疏》，唐朝窥基的《成唯识论述记》、《因明论疏》等，总数达三百余种。江南也是佛学刊物印发较多的区域。譬如，狄楚青在上海创刊《佛学丛报》，太虚在上海创刊《佛教月报》，太虚在杭州创刊《海潮音》，欧阳渐居士在南京创刊《内学》等。近代中国，佛学典籍和佛教普及读物的大量印刷发行以及佛学刊物的大量发行，都在不断地推动佛学思想的流播。而太虚和欧阳渐居士两方在佛学思想上的大争论，则进一步推动了唯识学的发展。

此外，为了宣扬佛理，培养佛学人才，各地相继成立佛学院。昔日传统佛教重镇的江南更是出现了许多规模较大影响较广的佛教院校。1908年，杨文会在南京创立祇垣精舍，亲自授教，培养佛学人才；1914

年起，月霞法师在上海、杭州、常熟等地创办华严大学；1914年，谛闲法师在宁波创办观宗学社（后来改名弘法研究社）；1917年，月霞法师在常熟兴福寺创办法界学院；1919年，仁山法师在高邮放生寺创办天台学院；1922年，太虚法师在武昌创办武昌佛学院；1922年，欧阳渐居士在南京创办支那内学院；1925年，常惺法师在厦门南普陀寺创办闽南佛学院等。[①] 这些佛学院，或积极培养佛教僧侣人才，如太虚的武昌佛学院重点培养住持佛教的通才；或努力培养佛学研究人才，如欧阳渐居士的支那内学院重点培养研究佛学的专门人才（培养出吕澂、汤用彤、熊十力等佛学大师）。

浙江高僧太虚倡导佛教变革，提出了"教理革命，教制革命，教产革命"三大口号。这使得江南佛教更多入世精神，推动了江南佛教的发展。

释太虚（1890—1947），法名唯心，号昧庵，浙江崇德（今浙江桐乡）人，近代佛学大师。俗姓吕，幼年失去父母，依靠外祖母生活，因为其外祖母笃信佛教，故自幼深受佛教影响。16岁披剃入寺，法号唯心，其太虚名号取自镇海团桥的玉皇殿。19岁入慈溪西方寺，阅读《大般若经》的典籍，致力于佛学研究。21岁，参加江苏省僧教育会，入杨文会在南京创立的祇垣精舍中学习佛学。辛亥革命之后，太虚举起了佛学革新的大旗，并在南京创立了中国佛教协进会。尤其在"教理革命"方面，太虚法师主张清除佛教的鬼神迷信内容，主张建立了重"人"重"生"的"人生佛教"。所谓人生佛学，就是要"恶止善行"、"进德增善"，达到"圆满福慧的无上正觉"，从而"承担各种济人利世的事业，改良人群的风俗，促进人类的道德，救度人类的灾难，消弭人世的祸害"。[②] 作为近代佛界泰斗，太虚法师为佛教革新，苦心孤诣，特别是倡导的佛教"三大革命"为佛学的入世转向做出了卓越的贡献。他的六

---

① 关于佛学院的创办，参见高振农：《佛教文化与近代中国》，上海社会科学院出版社，1992年，第3页。
② 《太虚大师全书》，转引自麻天祥：《20世纪中国佛学问题》，湖南教育出版社，2001年，第11页。

百万言的巨著《太虚大师全书》是佛学不可多得的宝贵财富。

近代佛教复兴,唯识学占了一席之地。唯识学名相繁琐,艰涩难懂,一度被冷落。但唯识学重理性,好哲思,严谨细密,在西学东渐、"新学"肇兴的文化背景下,渐至如日中天。关于这个转变,学者麻天祥有过精辟论证:

> 近代科学思潮兴起,实证哲学,分析哲学风靡一时,学者心理为之一变,学术研究也弃空就实,而重客观考察。佛教界也一反禅宗束书不观之习,精细的名相分析更是趋之若鹜。法相唯识学则大契其机,在近代哲学领域中如日中天。中国近代,法相宗虽然淹没无闻,唯识学却尽显风流。①

与近代社会思潮的有机结合,促使江南佛学被赋予新的意义,重新勃发出活力和生机。

第三节 江南佛学的内在特征

佛学包括理论(智慧)和宗教(汤用彤语)。因此,我们探讨江南佛学特征的时候,佛学理论与佛教(宗教)是很难截然分开的。

从江南佛教史的梳理中,我们可以看出,自佛教传入江南,江南佛学就具有了深厚的江南因子。而且,出生江南抑或居住江南的僧侣受江南地域文化影响,他们的个性以及对佛经的不同阐释,也造成了江南佛学独异的内在特征。那么,江南佛学具有哪些内在特征呢?笔者进行了简单归纳,认为有以下特征:

第一,江南佛学重义理,多哲学思辨。

江南文化和北方文化的审美品性大相径庭,江南居民和北方居民的思维和性格迥异,"北人信仰力坚,南人理解力强"(梁启超语),这使

---

① 麻天祥:《中国近代佛教的再思考》,《云梦学刊》,2004年第5期。

得南北佛教文化的差异巨大，诚如学者钱穆所言："北方佛教常带'政治性'，南方佛教则多带'哲学性'……南方佛教重在'内部的思索'。在这方面，南方佛教实较北方佛教为解放。"① 汤用彤在《隋唐佛学之特点：在西南联大的讲演》一文中，也以隋唐佛学为例详细分析了南北方佛学的不同。汤用彤指出："南方的文化思想以魏晋以来的玄学最占优势；北方则仍多承袭汉朝阴阳、谶纬的学问。玄学本比汉代思想超拔进步，所以南方比较新，北方比较旧。佛学当时在南北两方，因受所在地文化环境的影响，也表现同样的情形。北方佛教重行为、修行、坐禅、造像。北方因为重行为信仰，所以北方佛教的中心势力在平民……南方佛教则不如此，着重它的玄理，表现在清谈上，中心势力在士大夫中……换言之，南方佛学乃士大夫所能欣赏者，而北方的佛学则深入民间，着重仪式，所以其重心为宗教信仰。"② 简言之，相比北方佛学重形式重实践不重义理的特点，江南佛学重义理，多哲学色彩。

据晋朝释慧皎的《高僧传·义解》记载，在汉魏时期中国没有"义学僧"，到了西晋，才有四位（朱士行、竺叔兰、无罗叉比丘、支孝龙），而且，释慧皎对四位义学僧讲经文字的记载颇为简略。对此现象，严耀中分析说："似乎是因他们无法归类到其他，慧皎才把他们列入《义解》篇的。"③ 按此理解，西晋实际上没有真正意义的义学僧。到了东晋十六国时期，记录于《高僧传·义解》中的僧人渐渐增多，但主要以南方僧侣为主，后面的南北朝也如此。据《高僧传·义解》记载，南北朝义学僧58人，其中南朝占56人，北朝仅仅占2人。北朝佛教出现"偏重于信仰而不太追究佛理"④ 的现象，致使其只重视佛教仪式，重视宗教实践，而不重视佛教义理。譬如，北魏重视坐禅的现象非常突出，佛教的哲学思辨性不突出。北朝佛教何以出现如此不重义学的情况？这和当时北朝动荡不安的社会现状以及当地文化不够发达有关。据

---

① 钱穆：《中国文化史导论》，商务印书馆，1994年，第144页。
② 汤用彤：《隋唐佛学之特点：在西南联大的讲演》，《法音》1998年第5期。
③ 严耀中：《江南佛教史》，上海人民出版社，2000年，第57页。
④ 蒋述卓：《佛经传译与中古文学思潮》，江西人民出版社，1990年，第109页。

史家记载,"史臣曰:有魏始基代、朔,廓平南夏,辟壤经世,咸以威武为业,文教之事,所未遑也"。(《魏书·高祖纪下》)这种崇武抑文的环境自然使佛教僧侣缺乏重义理的热情了。而南朝则相反,帝室扶持佛教,社会相对太平,财富相对富裕,翻译佛经风气盛行,研习佛经风气盛行。而义学僧的发达与佛典的翻译和研习的盛行有关。因此,南朝佛教义理学发达。从这里我们可以推断出,江南佛学有重义理的特征。

此外,上文已经论证玄学影响江南佛教的重要内容是学理与思辨的强化。因此,江南佛学的玄学化,更使江南佛学多了哲学思辨特性。

这个特征还可以从"北禅宗"创始人神秀和"南禅宗"创始人慧能各自的偈语中得到佐证。神秀偈语云:"身是菩提树,心如明镜台。时时勤擦拭,勿使惹尘埃。"强调坚持不懈地修炼,重视坐禅、习净、看心、渐修,以确保心灵纯净。慧能偈语云:"菩提本无树,明镜亦非台。佛性常清净,何处惹尘埃?"①强调心灵的顿悟,倡导哲思,以通自性真如。

唐之后,江南禅宗遍地开花,重视哲思惯习一直留存于佛学之中。江南佛学还有一个特征,即宗派林立。上文指出,在陈、隋之际,江南佛教宗派诞生了。这既构成江南佛学兴盛的事实,也推动了江南佛学多哲思的特征。而北方佛教更重形式和实践,对哲思的关注度就相对弱化。因此,哲学思辨特征,构成了江南佛学的重要特色。

可能有识者会指出,近代江南名僧弘一法师在江南居住时间长,却精修小乘律宗,重苦修,似乎与江南佛学特征相悖。弘一法师确实"以戒为师",但其强调"悲智双休",非常重视哲思。因为律宗哲思贫乏,苦修南山律的弘一法师遂兼治华严宗等。这恰恰说明了江南佛学重哲思特征对弘一法师的影响。

第二,江南佛学具有崇尚人性自由的特征。

佛教传到江南之后,受到了江南文化的影响。相对于中心区域的文化,江南文化更注重超越功利的审美,更注重主体诗性情怀的宣泄。江

---

① 此为敦煌本,另有宗宝本:"菩提本无树,明镜亦非台。本来无一物,何处惹尘埃?"

南文化的诗性审美意识是在南朝时期渐渐形成的。学者刘士林认为，"江南是南朝文化的产物"，南朝"尽管和北方与中原一样共同遭受了魏晋南北朝的混乱与蹂躏，但由于它自身天然独特的物质基础与精神条件，因而才从自身创造出一种完全不同于前者的审美精神觉醒。它不仅奠定了南朝文化的精神根基，同时也奠定了整个江南文化的审美基调"。① 正是因为南朝产生了个体审美意识的自觉，使之产生了超越功利的审美精神。这种诗性与审美精神的出现，江南文化才同中国其他区域的文化区别开来，它更多地染上了一种柔婉、细腻、超越世俗藩篱束缚的诗性审美特征。

这种诗性文化作为一种集体无意识，深入影响到江南人的心理认知和审美追求。正如瑞士心理学家荣格所言："集体无意识不能被认为是一种自在的实体；它仅仅是一种潜能，这种潜能以特殊形式的记忆表象，从原始时代一直传递给我们，或者以大脑的解剖学的结构遗传给我们。"② 佛教初入中国，依附于道教，并渐渐中国化，佛教得以快速传播。同样，佛教初入江南，为了更好传播，也会去慢慢适应江南文化。另外，江南僧侣的译经和传播更会带上江南文化的烙印。

因此，受江南诗性文化的影响，与北方佛教相比，江南佛教多一点人性自由的特征。江南佛教的这种审美特征在魏晋南北朝时期表现得尤为突出。

魏晋南北朝时期，社会动荡，信仰多元。佛教开始在江南大力传播和发展。与江南诗性文化发生碰撞与糅合之后，江南佛教多了人性自由的审美特征。

著名学者宗白华认为："汉末魏晋六朝是中国政治上最混乱、社会上最苦痛的时代，然而却是精神史上极自由、极解放，最富于智慧、最浓于热情的一个时代。"③ 魏晋时期的江南文人形成了崇尚山水、追求

---

① 刘士林：《江南轴心期与中国古典美学精神的生成》，《浙江学刊》，2004年第6期。
② 荣格：《心理学与文学》，冯川、苏克译，译林出版社，2014年，第84页。
③ 宗白华：《论〈世说新语〉和晋人的美》，《宗白华全集》，第2卷，安徽教育出版社，1994年，第267页。

人格自由的审美品性,这是对汉代儒家文化统治下礼法束缚的解放,是江南诗性精神的见证。

据《世说新语·任诞》记载:

> 王子猷居山阴,夜大雪,眠觉,开室,命酌酒。四望皎然,因起仿偟,咏左思《招隐诗》。忽忆戴安道,时戴在剡,即便夜乘小船就之。经宿方至,造门不前而返。人问其故,王曰:"吾本乘兴而行,兴尽而返,何必见戴?"①

王子猷"乘兴而行,兴尽而返"的做法,尽显潇洒率性、任由情兴的名士风度,呈现自由舒展的人生态度和生命状态。

又据《世说新语·文学》记载:

> 王逸少作会稽,初至,王支道林在焉。孙兴公谓王曰:"支道林拔新领异,胸怀所及乃自佳。卿欲见不?"王本自有一往隽气,殊自轻之。后孙与支共载往王许,王都领域,不与交言。须臾支退,后正值王当行,车已在门。支语王曰:"君可未去,贫道与君小语。"因论《庄子·逍遥游》。支作数千言,才藻新奇,花烂映发。王遂解襟披带,留连不能已。②

此文讲的是支道林如何以玄理折服王羲之。江南佛教要想传播广泛,必须依附于玄学,高僧必须和名士交往。名士之所以和高僧交往,其根本就是江南佛教的玄学化。佛学教理和名士间的兴趣爱好相契合,有共同语言,是这两种人交集的关键。对此,汤用彤有精辟论证:"西晋阮庾与孝龙为友,而东晋名士崇奉林公,可谓空前。此其故不在当时佛法兴隆。实则当代名僧,既理趣符《老》、《庄》,风神类谈客。而

---

① 刘义庆:《世说新语》,钱振民点校,岳麓书社,2015年,第167页。
② 刘义庆:《世说新语》,钱振民点校,岳麓书社,2015年,第41—42页。

'支子独秀,领握玄标,大业冲粹,神风清萧。'(《弘明集·日烛》中语)故名士乐于往返也。"①

高僧和名士的交往,使得不少僧侣渐渐名士化。支遁在《八关斋诗三首序》中言:"余既乐野室之寂,又有掘约之怀,遂便独往。于是乃挥手送归,有望路之想。静拱虚房,悟外身之真;登山采药,集岩水之娱。"②柳宗元也说过:"昔之桑门上首,好与贤士大夫游。晋宋以来有道林、道安、远法师、休上人,其所与游,则谢安石、王逸少、习凿齿、谢灵运、鲍照之徒,皆时之选。"③支遁追求静谧的田园牧歌式的生活情调,推崇佛教教义,达到心灵解脱之境界。

又据《世说新语·言语》记载:

> 支公好鹤。住剡东峁山。有人遗其双鹤,少时翅长欲飞。支意惜之,乃铩其翮。鹤轩翥不复能飞,乃反顾翅垂头,视之如有懊丧意。林曰:"既有凌霄之姿,何肯为人作耳目近玩!"养令翮成,置使飞去。④

"置使飞去",可以看出高僧支遁对自由的尊重,具有强烈的人文精神,也可以看出他率性、任情的名士风范。

僧侣的名士化是魏晋时期江南佛教的一个重要特征,这是江南佛教崇尚人性自由的一种呈现。江南佛教的这种审美特征,刘士林将其归纳为"更自然化、更艺术化和更人间化"⑤。简言之,江南佛教少了一点神秘性,多了一点世俗性。这是从实在的宗教走向生活的宗教,它唤醒了佛教僧众个体的审美意识。

---

① 汤用彤:《汉魏两晋南北朝佛教史》(上),中华书局,1983年,第128页。
② 支遁:《八关斋诗三首序》,徐国荣编:《魏晋玄学会要》,江苏人民出版社,2014年,第328页。
③ 柳宗元:《送文畅上人登五台遂游河朔序》,石峻编:《中国佛教思想资料选编》,第2卷第4册,中华书局,1983年,第364页。
④ 刘义庆:《世说新语》,钱振民点校,岳麓书社,2015年,第24页。
⑤ 刘士林:《江南佛教文化的界定与阐释》,《学术界》,2010年第7期。

此外，江南佛学的理论与玄学碰撞，也使得江南佛学带上了人性自由的因子。前文已经提及，高僧们注释《般若学》多散发着玄学之味，而玄学带有老庄清谈玄想的思想印痕。因此，江南佛学带上一点崇尚人性自由的思想，也在情理之中了。除了魏晋玄学，陆九渊、王阳明的心学也对江南佛学的自由人性审美有深刻影响。有学者指出，"南禅与陆王心学所结的因缘，归结到一点，就是共同具有一种诗性情结"①。学者袁行霈也认为："心学与禅宗相结合在社会上广泛传播，促使人们在思想观念、思维方式上发生了变革，开始用批评的精神去对待传统、人生和自我，为明代掀起复苏人性、张扬个性的思潮创造了一种氛围，启发了一条新的思路，提供了一种理论武器。"② 简言之，心学对江南佛学的影响有两个方面：其一，王阳明心学强调心的能动作用，这与禅宗顿悟说是契合的。故心学的兴盛，推动了江南禅学的兴盛。其二，王阳明心学强调人性的解放，主张解除对人心的外在束缚。这契合且强化了江南佛学中人性自由的特征。

第三，江南佛学具有"人间化"特征。

江南佛学有"人间化"特征，笔者以为，由以下几个原因综合而成：

其一，江南有"尚鬼好祀"的民俗风尚。江南"尚鬼好祀"的民俗风尚，使宗教人间化成为可能。

其二，竺道生在江南第一个提出众生皆有佛性之说。竺道生认为一切有情众生都有可能成佛的根因。这与儒家"人皆可以为尧舜"的精神契合，为江南佛学走向人间化提供了契机。

其三，江南禅学的兴盛。有学者认为，为禅学思想奠定基础的是鸠摩罗什、道生和僧肇。③ 禅宗是中国化的佛教，除了"定"，还有"慧"。禅在中国化过程中，深受老庄思想影响。道生就深受庄子影响，借庄言禅，为禅宗思想打下基础，尤其是顿悟说。那么，江南禅宗何时形成的

---

① 刘士林、洪亮、姜晓云：《江南文化读本》，辽宁人民出版社，2008年，第346页。
② 袁行霈：《中国文学史》，第4卷，高等教育出版社，2005年，第8页。
③ 麻天祥：《禅宗文化大学讲稿》，中国人民大学出版社，2007年，第19页。

呢？严耀中认为，江南禅宗的形成其实是比较早的。因为中国最早的禅法经典《安般守意经》是在江南流行开的，汉魏期间，安世高等名僧也已经在江南进行禅学活动。江南禅学的开创者是安世高、康僧会和支谦。① 江南禅学在魏晋玄学、般若学的影响下，江南禅学"定"、"慧"结合，将修禅上升到理论层面。后来，天台宗、牛头宗在江南的建立，进一步推动了江南禅宗的兴起。天台禅法以"一心三观"、"一念三千"为核心，对江南禅宗的思想起到深化。牛头宗继续在禅悟上发展，法融以老庄说禅学，既有玄学色彩，又向心本转化，使江南禅学的思想体系愈加成熟。慧能的南禅宗更是使得江南禅宗快速发展，到了唐末之后，南禅宗也几乎成了江南禅宗。南禅宗创始人慧能的著作《坛经》多了佛学人间化思想。慧能认为："凡夫即佛，烦恼即菩提。"（《坛经·般若品》）又云："自性若迷，佛是众生，自性平等，众生是佛。"（《坛经·付嘱品》）且其修行方式推崇顿悟："一刹那间，妄念俱灭，若识自心，一悟即至佛地。"（《坛经·般若品》）这种强调人人可成佛，而且强调可通过在日常生活中用顿悟自觉至佛地的修持方式，大大降低了修佛成佛的难度，使得江南佛学日益兴盛。

其四，江南居士禅的盛行。居士禅指在家学禅者。梁启超在研究佛教时发现了一个奇特的现象，他指出："东晋宋齐梁约二百余年间，北地多高僧，而南地多名居士也。"② 又云："此二百余年间南朝之佛教，殆已成'社会化'——为上流士夫思潮之中心，其势力乃在缁徒上；而其发展方向，全属名理的，其宗教色彩乃甚淡，故仪式的出家，反不甚以为重也。"③ 梁启超道出了江南多居士禅的现象和原因。

江南佛学重义理，吸引江南文人习佛。东晋时期，般若学高僧和江南名士多有交往。至唐宋，这种积习依然盛行。江南佛学注重义理，使得文人喜欢习佛理，从佛学哲思中获得人生启迪和感悟。这为江南居士禅之盛，打下了基础。

---

① 严耀中：《江南佛教史》，上海人民出版社，2000年，第188—189页。
② 梁启超：《梁启超说佛（插图本）》，中州古籍出版社，2011年，第144页。
③ 梁启超：《梁启超说佛（插图本）》，中州古籍出版社，2011年，第145页。

唐与北宋是江南禅宗全盛时期，江南禅学"心即真如"的本体论，更易为文人接受，江南成为失意文人逃禅之所。如学者冯契所言："禅宗不讲宿命论，一个'触类是道而任心'的领域，一种'随缘消旧业，任运著衣裳'的生活态度，使人感到（实际是一种幻觉）悠游自得，似乎超脱了命运的束缚。这就是为什么中国许多士大夫在政治上不得志时总是'逃禅'的缘故。"① 如此，禅宗的生活态度与江南的禅学氛围，使得江南居士禅繁盛一时。

其五，太虚倡导"人间佛教"。近代社会的动荡不安，让太虚进一步看到了现实社会的污浊不堪。于是，他倡导"人间佛教"，提出了"教理革命，教制革命，教产革命"三大口号，主张对传统佛教进行改革。尤其在"教理革命"方面，太虚主张清除两千年来人们附会在佛教上的鬼神迷信内容，建立了重"人"重"生"的"人间佛教"。太虚在演讲稿《人生之佛教》中明确指出：

> 佛教的本质，是平实切近而适合现实人生的，不可以中国流传的习俗习惯来误会佛教是玄虚而渺茫的；于人类现实生活中了解实践，合理化，道德化，就是佛教。②

> 佛教，并不脱离世间一切因果法则及物质环境，所以不单是精神的；也不是专为念经拜忏超度鬼灵的，所以不单是死后的。在整个人类社会中，改善人生的生活行为，使合理化、道德化，不断的向上进步，这才是佛教的真相。③

太虚反对将佛教神秘化，认为"人间佛教"的主旨是人，而非"鬼神"。他一再强调佛教当回归现实，使人生的生活行为道德化，要服务社会，改造世间。太虚"人间佛教"的倡导，做了两件事，一是如韦伯所说的对宗教的神秘性祛魅，二是倡导回归现实，改善世间道德。这是

---

① 冯契：《中国古代哲学的逻辑发展》，中册，华东师范大学出版社，1997年，第319页。
② 太虚：《人生之佛教》，《太虚大师全书》第3卷，宗教文化出版社，2005年，第207页。
③ 太虚：《人生之佛教》，《太虚大师全书》第3卷，宗教文化出版社，2005年，第208页。

佛教人间化的体现。因此，太虚的"人间佛教"理论对江南佛学的人间化，起到了较大的推动作用。

第四，江南佛学具有出世与入世统一的特征。

佛教有理想的极乐世界和现实的大千世界之分，弃绝此岸，奔赴彼岸，显然是出世思想，但是，佛教"众生一体，慈悲普渡"的思想，让佛教和芸芸众生有了紧密联系，让佛教徒也具有救世思想。而且，佛教在中国化过程中，渐渐儒释道融合，附上了中国儒学的入世精神和道学的出世精神。康僧会云："以佛明法，正心治国。"（康僧会《六度集经·明度无极章》）这说明佛教不能完全撇开俗世社会。

出世与入世统一的特征，江南佛学表现得更为明显。

梁武帝倡导三教合一，江南佛教僧侣多应和之声。天台宗智者大师在《金光明经文句》、《仁王经疏》等著作中强调佛教五戒和儒家五常的对应。其后，天台宗另一高僧湛然大师也重复了这种对应。此外，两宋开始，江南的王阳明等人从佛教的角度倡导三教合一。王阳明心学融合禅宗和儒家的共同点。如融合孟子的性善论和佛家的行善论，提出"致良知"学说。这也影响到江南佛学思想，它扭紧了江南佛学出世与入世的关系。这样，佛学的出世精神和儒学的入世精神在江南佛学中得到了很好的融合。此外，前文所言的名僧太虚倡导的"人间佛教"，则更好说明了江南佛学的入世倾向。

综上，江南佛学一方面常常被文人当作避世的精神安慰剂，另一方面又有经世的作用，具有"出世"精神与"入世"精神相统一的特征。

第二章

"两浙"现代作家的近佛渊源

"两浙"现代作家作为一个区域性作家群,受地域文化影响深刻。江南佛教作为带着江南地域文化基因的宗教,对"两浙"现代作家的思维、认知和审美选择以及文学创作发生着不容小觑的影响。近代佛学复兴,更加深了这种影响。

"两浙"现代作家虽然一度猛烈抨击传统文化,但他们自身具有深厚的传统文化造诣,且不断从传统文化中汲取营养。这或许是个悖论,却是不争的事实。因此,在传统文化的知识海洋里遨游的时候,他们阅读了大量古典文学作品(其中包括诸多蕴藉佛学思想的文学作品),"两浙"现代作家往往会自觉或不自觉地吸收佛学思想,使之成为他们人生经历和文学创作中不可抹去的一笔。

社会转型之际,终极关怀的缺失使得近佛成为"两浙"现代作家的强烈心理渴求。江南佛学人生皆苦的价值判断,无我、无常、虚空的诸种哲学思考,构成了"两浙"现代作家近佛的诱因。

总之,江南地域文化的影响和深厚的传统文化功底以及近代佛学复兴构成"两浙"现代作家走近江南佛学的外部之缘,而寻找终极关怀的心理需求,构成"两浙"现代作家走近江南佛学的内部之缘。

第一节 地域文化的传承

地域文化是指在一定的区域内,在较长的历史时期所形成的具有地域特色的生态、民俗、意识、习惯等的文化系统。普列汉诺夫认为,

"任何一个民族的艺术都是由它的心理所决定的；它的心理是由它的境况所造成的，而它的境况归根到底是受它的生产力状况和它的生产关系制约的"。① 可见，无论是作家的性格、审美追求的形成，抑或是文学创作风格的产生，地域文化都起着不可忽视的作用。

地域文化对居住人的影响非常大，尤其对他们的性格、审美等影响深刻。关于地域文化对当地居民思想、性格的影响，孟德斯鸠认为，南方人的敏感性强，而北方人体格魁伟却敏感性迟钝。在北方气候下，人们邪恶少，个性诚恳而坦白。在南方温暖气候下，人们风尚不定，易产生强烈的情欲等犯罪。② 孔颖达在《十三经注疏》中论及南北方地域环境对当地居民性格特征影响时也指出："南方谓荆扬之南，其地多阳。阳气舒散，人情宽缓和柔……北方沙漠之地，其地多阴。阴气坚急，故人性刚猛，恒好斗争。"③ 可见，南方人与北方人性格迥异，原因在于地域环境不同。

地域文化对文学创作的影响深刻。刘勰的《文心雕龙》称北方的《诗经》"辞约而旨丰"、"事信而不诞"，是质朴的"训深稽古"之作；称南方的《楚辞》"瑰诡而惠巧"、"耀艳而深华"，并把此"奇文郁起"的原因归结于"楚人之多才"。④ 梁启超论及南北文学风格之不同时言："燕赵多慷慨悲歌之士，吴楚多放诞纤丽之文，自古然矣。自唐以前，于诗于文于赋，皆南北各为家数。长城饮马，河梁携手，北人之气概也；江南草长，洞庭始波，南人之情怀也。散文之长江大河一泻千里者，北人为优；骈文之镂云刻月善移我情者，南人为优。盖文章根于性灵，其受四周社会之影响特甚焉。"⑤ 据此可见，特定地域下的文化审美会影响到该地域范围内作家的文学创作。这就不难理解，在"两浙"

---

① 普列汉诺夫：《论艺术：没有地址的信》，曾葆华译，生活·读书·新知三联书店，1973年，第47页。
② 孟德斯鸠：《论法的精神》（上），张雁深译，商务印书馆，1961年，第230页。
③ 孔颖达：《十三经注疏》，中华书局，1980年，第1626页。
④ 参阅刘勰《文心雕龙》中《宗经》、《辩骚》等诸篇，转引自严家炎：《问学集：严家炎自述》，人民日报出版社，2014年，第101页。
⑤ 梁启超：《饮冰室合集·文集之十》，中华书局，1989年，第86页。

文化的影响下，"两浙"现代作家的文学创作，既有"浙东"作家的硬气，也有"浙西"作家的柔情。

地域文化在文化意义上的作用或许是"润物细无声"的，但无疑是持久的、深入的。地域文化在文化意义上的概念是恒久难变的，它会以集体无意识的方式影响人们的性格、审美，甚至文学创作。

"集体无意识"是荣格在弗洛伊德的"个人性"无意识的基础上提出的，荣格在《原型与集体无意识》中指出："毋庸置疑，无意识的表层或多或少是个人性的；我称之为个人无意识。但是个人无意识有赖于更深的一个层次；这个层次既非源自个人经验，也非个人后天所得，是与生俱来的。我把这个更深的层次称为集体无意识。"① 所谓"集体无意识"，他认为，"并非由个人获得而是由遗传所保留下来的普遍性精神机能，即由遗传的脑结构所产生的内容。这些就是各种神话般的联想——那些不用历史的传说或迁移就能够在每一个时代和地方重新发生的动机和意象"。② 这种内容大致相同的意识，经过一代一代的传承，被多次重复记忆与运用，随着人类的发展和演变，成了集体无意识中根深蒂固的一部分，影响到每一代个体的心理形成和发展。

文化是包含物质文明和精神文明的母系统。学者庞朴认为，这个系统共分为三层：最外层的是经过人力作用后的"物质的部分"；中层包括人的思想、感情和意志，也包括人的精神产品，如科学猜想、社会理论等；文化的深层，主要是文化心理，包括价值观念、思维方式、审美追求、宗教情绪等。③ 因此，宗教是文化的深层内核，它会对区域内人们的心理结构和审美观念产生更深层次的影响。

在"两浙"现代作家走近江南佛学的过程中，江南地域文化起到了举足轻重的作用。江南佛学，作为江南文化深层内容之一，潜移默化地影响和制约着"两浙"现代作家的文化心理和性格气质的形成。在江南

---

① 荣格：《原型与集体无意识》，徐德林译，国际文化出版公司，2011年，第5页。
② 荣格：《心理类型》，转引自朱立元：《当代西方文艺理论》，华东师范大学出版社，1997年，第167页。
③ 庞朴：《文化结构与近代中国》，《中国社会科学》，1986年第5期。

佛教氛围浓厚的地域文化环境中,"两浙"现代作家往往会多些走近江南佛学的因缘。

江南区域佛教自古盛行。这不仅得益于江南长久以来稳定的政治环境,更得益于诸朝统治者持续性、长时间的扶持。譬如,五代十国乱世时代,吴越王钱镠立国杭州,以"保境安民"、"信佛顺天"为国策,且吴越诸王广建佛寺,"寺塔之建,吴越武肃倍于九国"(朱彝尊《曝书亭集》),如此扶持佛教,这使得江南佛教一度繁盛,杭州被称为"东南佛国"。在后周武宗灭佛之际,吴越诸王还礼待僧侣,因此,彼时的佛教高僧云集江南。据《宋高僧传》记载,钱镠曾邀请僧人释楚南、释自新、释道怤等人,并屡赐尊号。钱元瓘继位后,也同样大建寺庙,礼遇释全付等僧侣。其后诸王都十分礼遇僧侣,不一而足。尤其钱弘俶钟爱佛典,据史载:"吴越忠懿建大藏经五千四十八卷,碧纸银书。每至佛号,则以金书。"① 他还遣派使者去海外求购散落的佛典。这些举措无论在当时还是对后世而言,都对弘扬佛法起到了极大推动作用。到了宋代,《咸淳临安志》记载杭州当时有寺庙480座。到了明代,《武林梵志》记载杭州的寺庙有420余座。

另外,江南的秀丽山水,江南敬事鬼神的信仰崇拜,江南便捷的水上交通以及江南学术的支撑等,都从不同的方面促使江南的佛教盛行。关于江南佛教形成之因,前章已经详细论及,此处不再赘述。

近代的佛教复兴也发轫于江南区域。到了近现代,"两浙"区域涌现了一大批诸高僧和居士。同时,"两浙"区域还保留着许多佛教胜地和千古名刹,这些都彰显了江南浓郁的佛教氛围。

综上所述,从古代到近现代,"两浙"区域一直素来重视佛教的接受和传播,多名刹高僧,多浓郁的佛教氛围,这让生活于该区域的居民多了近佛之心以及近佛的因缘。这种好佛之风作为一种文化的传承,会深刻影响到后人,这自然包括生于此长于此的"两浙"现代作家。因

---

① 《咸淳临安志》卷七十六《寺院·梵天寺·金银书大藏经》,浙江古籍出版社,2012年,第2727页。

此，地域文化构成一种"集体无意识",让"两浙"现代作家多了近佛的契机。

首先,"两浙"现代作家的童年记忆影响。

心理学认为:"童年是人一生中重要的发展阶段,这不仅仅是因为人的知识积累中有很大一部分来自童年,更因为童年经验是一个人心理发展中不可逾越的开端,对一个人的个性、气质、思维方式等的形成和发展起着决定性作用。大量事实表明,一个人的童年经验常常为他的整个人生定下基调,规定着他以后的发展方向和程度,是人类个体发展的宿因,在个体的心路历程中打下不可磨灭的烙印。"① 可见,一个人的童年记忆对其成年后的个性、审美品性都会产生极大的影响。

鲁迅的佛缘始于童年。鲁迅是周家的长子长孙,他的出生日与民间传说中的灶司菩萨同日。按照当地风俗,这天出生的孩子必定高贵,有出息,但恐怕多灾多难,难以养活。家里人为了使鲁迅好养活,让他在长庆寺拜住持和尚龙师父为师,赐法号长庚,以此借神灵庇佑。1936年,鲁迅将这段经历写在了《我的第一个师父》之中:

> 我生在周氏是长男,"物以稀为贵",父亲怕我有出息,因此养不大。不到一岁,便领到长庆寺里去,拜了一个和尚为师了。拜师是否要赘见礼,布施什么的呢,我完全不知道。只知道我由此得到一个法名叫作"长庚"……②

行将作古之人,仍对这段旧事记忆清晰,足见这段童年记忆对鲁迅影响的深刻,也正是这段童年经历,让幼年的鲁迅颇有机缘接触寺庙文化。

据鲁迅在《阿长与〈山海经〉》一文中记载,少年时代,家里的保姆长妈妈给鲁迅买了一本他渴求很久的书——《山海经》。鲁迅当时非

---

① 童庆炳、程正民:《文艺心理学教程》,高等教育出版社,2001年,第92页。
② 鲁迅:《且介亭杂文末编·我的第一个师父》,《鲁迅全集》,第6卷,人民文学出版社,1981年,第575页。

常喜欢读这本书，里面有诸多神话传说，里面的仙魔天神、魑魅魍魉，无不弥漫着神秘色彩，这为他接近佛学打了一个基础。此外，幼时的鲁迅还常出入迎神赛会和观看目连戏。目连是佛教创始人释迦牟尼的十大弟子之一，目连的梵文名 Mahamaudgalyagana，《法华经》译作摩诃目犍连，简称目连。目连故事源自佛经，其中著名者如《目连救母》。竺法护翻译的《佛说盂兰盆经》（或称《盂兰盆经》）是专门记载目连救母故事的佛经。"孝"是《佛说盂兰盆经》的核心①，这使得目连救母的故事在中国民间广为流传。目连戏是以目连救母故事为主要内容进行创作而形成的一个戏剧体系的总称。在绍兴民间，带有宗教意蕴的目连戏曾经非常盛行。绍兴目连戏有鬼神祭祀等宗教功能，绍兴目连戏中的"男吊"、"女吊"和"无常"等是绍兴迎神赛会的保留节目，鲁迅非常喜欢看"女吊"和"无常"的戏，他因此得以多次接近江南民间佛教。在耳濡目染中，佛教文化逐渐渗透到幼年鲁迅的心灵深处，并开启了他近佛之缘。

　　周作人的童年同样也多和佛教相关的记忆。据说在周作人出生之日，他的堂房阿叔夜游归来，走进内堂之际，似乎看见一个白须老人站在那儿，又倏忽不见，至后半夜，周作人出生，因此，周作人便被迷信地讹传为老和尚转生。周作人自己似乎并不忌讳这个传言，甚至对此传言颇为自得，他在《五十自寿》诗中曾云："前世出家今在家，不将袍子换袈裟。"② 或许正因为"老和尚转生"这个传说，周作人对佛教文化一直充满亲切感，且常以老僧转世自称。

　　与鲁迅一样，周作人一直以来十分欣赏绍兴目连戏。他说："吾乡有一种民众戏剧，名'目连戏'，或称曰'目连救母'。每到夏天，城坊

---

① 佛教传入中国后，与传统文化发生矛盾，其中突出的如"孝"。佛教徒割爱辞亲，不娶妻，不生子，与"不孝有三，无后为大"的传统价值观相左。为了传播，佛教妥协，在本土化过程中，佛教渐渐重视"孝"的问题。《盂兰盆经》的核心就是"孝"。唐朝僧人宗密的《盂兰盆经疏》，其序云："应孝子之恳诚，救二亲之困厄，酬昊天恩德，其唯盂兰盆之教焉。"
② 参见徐丛辉编：《周作人研究资料》（下），天津人民出版社，2014年，第663页。

乡村醵资演戏，以敬鬼神，禳灾厉，并自以娱乐。"① 在这样鬼神氛围浓厚的环境中生长，在潜移默化中，周作人对佛教也便多了亲近之意。

如果说"老和尚转生"这个传说对周作人近佛影响深刻，那么俞平伯也有同样的童年经验感受。俞平伯出生时，其祖母梦见僧人登门化缘，请人解梦说是高僧转世，于是，曾祖父俞樾作诗云："怪伊大母前宵梦，莫是高僧转世无？"② 俞平伯被曾祖父取乳名为"僧宝"，四五岁时便做了个挂名小僧人。俞平伯自小就常去寺庙，亲近僧人，观赏宗教仪式。对于这些童年旧事，俞平伯曾在《戒坛琐记》一文中写道："四五岁就入寺挂名为僧，对于菩萨天王有一种亲切而兼怖畏之感，甚至于眠里梦里都被这些偶像所缠绕，至今未已。这个童年的印象，留下一种对于寺庙的期待。在这个年头，说起来也真可笑，我还真希望嗅着一种纯粹的檀香的气息。"③ 佛教构成他童年的深刻记忆，并不断加深衍化，以至他对佛教形成了一种深层次的亲切感。在《癸酉年南归日记》中，俞平伯记录了自己去宝积寺的心情："宝积寺访旧，塔倪巷近在咫尺，僧无识我者矣。忆儿时所见金刚似大于今日，无语徘徊而出。"④ 这段文字，足见俞平伯童年的佛缘。

郁达夫的童年记忆也和佛教有关联。幼年时期，郁达夫就烙下了祖母吃斋念佛的深刻记忆。他曾经在自传中谈及这段时光，文中写道："守了数十年寡的祖母，也已将人生看出了，自我有记忆以来，总只看见她在动那张没有牙齿的扁嘴念佛念经。"⑤ 或许正是受其祖母影响，郁达夫少年时代即以隐僧自居。1913年，郁达夫刚到日本，给他祖母寄去了一张亲笔绘制的图画，这是一张钢笔画，画的是一个光头和尚盘腿团坐像，身穿袈裟，手持佛珠。和尚面貌颇似郁达夫自己，画的右上方

---

① 周作人：《谈"目连戏"》，张明高、范桥编：《周作人散文》，第1集，中国广播电视出版社，1992年，第622页。
② 萧悄：《古槐树下的学者：俞平伯传》，杭州出版社，2005年，第9页。
③ 俞平伯：《戒坛琐记》，《俞平伯全集》，第2卷，花山文艺出版社，1997年，第320页。
④ 俞平伯：《癸酉年南归日记》，《俞平伯全集》，第2卷，花山文艺出版社，1997年，第464页。
⑤ 郁达夫：《郁达夫自传》，江苏文艺出版社，1996年，第4页。

题着"东方隐僧佛像"字样。郁达夫幼时小名荫生,"荫生"谐音"隐僧"。① 此举可谓郁达夫内心世界的呈现。祖母信佛的童年记忆,对郁达夫的亲近佛教有着不可忽视的影响力。

徐志摩本人并不信仰佛释之道,但他出生于虔诚信佛的家庭,对佛有一种深深的虔敬体味。据传徐志摩有一次在杭州灵隐寺闻礼忏声大受感动,竟然流连于寺内终夜未去。徐志摩周岁时,有一个名叫志恢的和尚,替他摩过头,并预言"此人将来必成大器",其父望子成龙心切,在他赴美留学前更其名为"志摩"。徐志摩的故乡硖石镇上的东山"在半个世纪以前遍布殿亭庙宇,寺内钟鼓木鱼声、念佛声昼夜悠悠不绝",逢年过节有"络绎不绝的香客和看客","幼年时的志摩便时常出没在这熙熙攘攘的人群中,用一双天真好奇的眼睛领略着这一幅世态缩影"。② 而且,徐志摩的家中长辈都信佛茹素,徐志摩的童年就生活在这样的环境中,佛教佛事成为徐志摩童年的深刻记忆。这种佛缘,使得多年后的徐志摩在《天目山中笔记》中用诗的措辞称扬佛寺钟声:"'闻佛柔软音,深远甚微妙。'多奇异的力量!多奥妙的启示!包容一切冲突性的现象,扩大霎那间的视域,这单纯的音响,于我是一种灵智的洗净。"③ 正是童年的近佛记忆,徐志摩在其后的文学创作中表现出对佛教文化的极大兴趣。

施蛰存走近佛学,也和他自小生长的江南佛教氛围浓郁有关。小时候,施蛰存连玩游戏都有民间佛教的仪式感,他在致《苏州杂志》编辑函中自述"经常和邻居小朋友玩'斋泥模模'的游戏……把'泥模模'排列在上位,然后再摆上小盆子、小碗、小香炉烛台,一律都是红色的木制品……盆子盏里放一些花生米、五香豆、粽子糖,供好之后,大家磕头跪拜,还要念几声'阿弥陀佛'"④。施蛰存幼年时期就常随大人看迎神赛会、游寺庙。在《论老年》一文中,施蛰存自述"在五六岁

---

① 参见于昕:《郁达夫风雨说》,浙江文艺出版社,1991年,第58页。
② 宋炳辉:《徐志摩传》,复旦大学出版社,2011年,第8—9页。
③ 徐志摩:《天目山中笔记》,《徐志摩经典诗文》,山东文艺出版社,2018年,第276页。
④ 沈建中:《施蛰存先生编年事录》,上海古籍出版社,2013年,第6页。

时,住在苏州,父亲带我到虎丘去看迎神赛会。一尊巨大的'老爷'(神像)由许多人抬着走过,那老爷的眼睛会闪动,十分威严。我非常害怕。这是第一次看见,印象最深,永远记得"。① 七岁时,施蛰存"随大人游灵岩,遂知西施故事。游寒山寺,大人教以壁间石刻张继诗,是为读唐诗之始"。② 童年时期种种与佛教相关的记忆在施蛰存幼小的心灵留下了深刻的影响。这种童年经验,既与施蛰存近佛相关,更与他喜欢创作佛教题材作品相关。

所以,"两浙"现代作家的童年在佛教文化氛围浓郁的故乡中度过,长期的耳濡目染,对其日后的亲佛行为产生了重要的影响。

其次,师学渊源或亲朋好友的影响。

"两浙"现代作家的老师或亲朋好友也多为江南人,在江南区域浓厚的佛教氛围中,这些老师或亲朋好友多是佛学造诣深厚者。鲁迅走近佛学,和他的老师章太炎颇有关系。与鲁迅一样,章太炎也是浙江人,甲午战争以后,他开始倾心佛学,并孜孜不倦地研究佛学义理,最终成为一名佛学家。在晚清佛教复兴的背景下,章太炎把佛学的一些思想观点作为指导中国社会变革的理论依据,但他并没有完全把佛学当作经世致用的武器,而是更多地当作启迪世人智慧的哲学思想。他在一篇演说稿中云:

> 佛法只与哲学家为同聚,不与宗教家为同聚……一切大乘的目的,无非是"断而知障","成就一切智者",断不是建立一个宗教,劝人信仰……佛教的高处,一方在理论极成,一方在圣智内成,岂但不为宗教起见,也并不为解脱生死起见,不为提倡道德起见,只是发明真如的见解,必要实证真如。发明如来藏的见解,必要实证如来藏。与其称为宗教,不如称为"哲学的实证者"。③

---

① 沈建中:《施蛰存先生编年事录》,上海古籍出版社,2013年,第7页。
② 沈建中:《施蛰存先生编年事录》,上海古籍出版社,2013年,第10页。
③ 章太炎:《论佛法与宗教,哲学及现实的关系》,《章太炎:国学的精要》,中国画报出版社,2010年,第178页。

章太炎视佛教为哲学，系统阐述真如本体论、万法唯识论等。章太炎陆续发表了《建立宗教论》、《大乘佛教缘起论》、《论佛法与宗教、哲学以及现实之关系》等一系列关于佛学的论文。章太炎极力推崇华严、法相二宗，因为他认为此二宗极重"自心救度"，又倡导普度众生。这些都影响到鲁迅对宗教的看法。可以说鲁迅与佛教的关系固然可以追溯到童年时期拜和尚为师和看目连戏的生活经历，但是他亲近佛学的直接缘由，尤其对佛学哲思的偏爱，主要还是受到了章太炎的影响。

　　鲁迅如何开始与章太炎交往，交往如何密切，佛学上如何影响他，可以章太炎之孙、学者章念驰的文字作为佐证：

> 　　鲁迅与太炎相见，是1906年之后的事。当时太炎因"苏报案"刑满释放，七月初抵达日本，他作为"革命党之骁将"，在留学生心目中具有英雄形象，受到热烈欢迎，七千多中国留学生在东京神田区锦辉馆为他召开了欢迎大会，倾听了他著名的革命演说。当时，鲁迅刚刚从国内完婚后返日，他有没有去参加欢迎会或聆听太炎演讲，难以确知，但王士菁在他的《鲁迅·章太炎·尊师重道》一文中说，"鲁迅作为激进爱国、胸怀兴亡感的青年留学生，很可能也参加了这个七千人的大会"。如果鲁迅确曾参加了这欢迎会，那么，这就是鲁迅第一次见到了太炎。太炎抵日本后，投入了繁忙的革命活动之中，主持《民报》，宣传革命，而鲁迅是《民报》忠实的读者，他不仅爱读《民报》，而且还把它收集起来，装订成册，他当时虽然知道太炎创办国学会事，但他正彷徨于"医学救国"与"提倡新文艺来改良社会"这样一条"治人"还是"治国"的十字路口，所以他没有立刻成为太炎讲学的第一批学生。次年，鲁迅移居东京本乡东竹町中越馆，弃医从文，与革命党人陶成章、龚未生、陈子美、陶冶公等交往日频，这些人"差不多隔两天总有一个跑来，上天下地的谈上半天"（周遐寿：《鲁迅的故家》），而"陶成章和龚未生几乎每日必至"（樊光：《我所知道的陶成章》，载《上海文史资料专辑：辛亥革命七十周年》，1981年出版）太炎寓

所,"另有章行严、秋瑾、周作人、吕操元、陈独秀等亦为(太炎)座上客"(樊光:《我所知道的陶成章》,载《上海文史资料专辑:辛亥革命七十周年》,1981年出版),这期间太炎与鲁迅之间有这么多共同朋友,必然会导致相识与交往,但真正从学拜师太炎却是1908年的事。①

又:

> 当时,鲁迅兄弟正在东京从太炎学习,故太炎特邀他们一起去学习梵文,写了一封词恳意切的信,信云:"豫才、启明兄鉴:数日未晤。梵师密史逻已来,择于十六日上午十时开课,此间人数无多,二君望临期来赴。此半月学费弟已垫出,无庸急急也。手肃。即颂撰祉,麟顿首。十四。"在此之前,太炎曾请周作人翻译日文版《奥义书》,但忧转译易有讹误而作罢,故有邀梵师来讲梵文一事,有请鲁迅昆仲同学梵文一事。但这时鲁迅正当结束留学日本准备返回之际,没有前去听讲。
>
> 鲁迅先生虽然没有从太炎先生一起学习梵文,也没有发现他从太炎研究佛学的其他记载,但是,太炎对于佛学的态度与兴趣,同样感染和影响了他,对他产生了深刻而久远的影响,这是毋庸怀疑的。②

由此可见,章太炎的好佛,对鲁迅近佛是有非常大的影响的。鲁迅喜欢研习佛经,尤其偏嗜华严与唯识二宗,这与章太炎推重华严与唯识二宗关系密切。有了在日本师从章太炎的经历,鲁迅与佛教的关系越来越密切。

据《鲁迅日记》记载,仅1914年的书本账单中,鲁迅购买的佛学

---

① 章念驰:《我所知道的祖父章太炎》,上海人民出版社,2016年,第205页。
② 章念驰:《我所知道的祖父章太炎》,上海人民出版社,2016年,第240—241页。

典籍就达 90 余种，1921 年以及 1925 年都有大量购置。有些佛典一时买不到，他就亲自抄录，如《出三藏记集》、《法显传》、《百喻经》等。鲁迅曾经感叹："释迦牟尼真是大哲，我平常对人生有许多难以解决的问题，而他居然大部分早已明白启示了。真是大哲。"① 学者王乾坤认为："佛教对鲁迅影响最深者，在其义理系统。"② 鲁迅对佛学也是做哲学层面的思考，以启迪民众心智。

周作人虽然早在南京水师学堂读书期间已经阅读了一些佛典，如《大乘起信论》、《楞严经》、《诸佛要集经》、《投身饲饿虎经》，但是他大量阅读佛教是在 1921 年北京西山养病期间。周作人重拾佛经典籍，自然有多重原因，而他在日本求学期间受章太炎的影响应该是重要原因。上文提及，章太炎曾经邀请周氏兄弟一起学习梵文等，周作人后期对佛学兴趣日浓，与他受章太炎的影响不无关系。章太炎去世后，周作人曾经如此评价："太炎先生以朴学大师兼治佛法，又以依自不依他为标准，故推重法相与禅宗，而净土秘密二宗独所不取，此即与普通信徒大异……且先生不但承认佛教出自婆罗门正宗（杨仁山答夏穗卿书便竭力否认此事），又欲翻读吠檀多奥义书，中年以后发心学习梵天语，不辞以外道为师，此种博大精进的精神，实为凡人所不能及，足为后学之模范者也。我于太炎先生的学问与思想未能知其百一，但此伟大的气象得以懂得一点，即此一点却已使我获益非浅矣。"③ 周作人对章太炎大为赞赏，即便是在《"谢本师"》中，周作人也认为："虽然有些先哲做过我思想的导师，但真是授过业，启发过我的思想，可以称作我的师者，实在只有先生一人。"④ 此诚见章太炎对周作人影响之大。

俞平伯的舅父许汲候（后成为其岳父），是饱学之士，而且喜欢研究佛学。谭桂林认为，俞平伯关于佛学的兴趣与修养，很可能受许汲候

---

① 许寿裳：《亡友鲁迅印象记》，人民文学出版社，1983 年，第 44 页。
② 王乾坤：《鲁迅的生命哲学》，人民文学出版社，1999 年，第 78 页。
③ 周作人：《记太炎先生学梵之事》，张明高、范桥编：《周作人散文》，第 1 集，中国广播电视出版社，1992 年，第 455 页。
④ 周作人：《"谢本师"》，张明高、范桥编：《周作人散文》，第 1 集，中国广播电视出版社，1992 年，第 262 页。

的影响。许汲候性喜佛学，谭桂林以俞平伯的两首古体长诗《西关砖塔塔砖歌》、《西关砖塔藏宝篋印陀罗尼经歌》为证，证明俞平伯和许汲候之间在学术渊源上非同一般。① 因为教学渊源，俞平伯很早就阅读了《坛经》、《楞严经》、《心经》、《金刚经》等佛学典籍。此外，周作人作为俞平伯的老师，对俞平伯的近佛也有重要的影响。1919年12月17日，周作人出席新潮社会议，与当时已参加新潮社的俞平伯初次见面。1922年，他们因为新诗争论而"真正相识"。之后，俞平伯在燕京大学任教，师生交往日渐深入。俞平伯的思想认识和审美追求也日益向周作人靠拢。期间，俞平伯还向周作人借阅《维摩诘经》、《大立严经》等。因此，周作人近佛也多少会影响到俞平伯走近佛学。

生活于浙东的白马湖作家群中，夏丏尊和丰子恺的近佛与他们的精神领袖弘一法师有诸多渊源。弘一法师出家后屡劝友人皈依佛教。1925年，因为夏丏尊的邀请，弘一法师到白马湖"春社"小住几日，居然梦中劝经亨颐皈佛。在现实生活中，他也对夏丏尊等人经常督励。弘一法师出家前与夏丏尊既是同事又是好友，出家后依然交往甚密。夏丏尊曾经回忆说："弘一和尚是我的畏友。他出家前和我相交者近十年，他的一言一行，随在都给我以启诱。出家后对我督教期望尤殷。屡次来信都劝我勿自放逸，归心向善。"② 在《我的畏友弘一和尚》一文中，夏丏尊举了一个例子说明弘一法师对他的启诱。夏丏尊对佛学向有趣味，对于说理的经典，有时会有"融会贯通之乐"，但实行修持却往往难以遵行。弘一法师就给夏丏尊说"事理不二"的法门。事后，夏丏尊依弘一法师的叮嘱读了不少佛典。在弘一法师的不时督励之下，夏丏尊经常亲近佛学，甚至动手翻译佛典。夏丏尊曾经翻译过《南传大藏经·〈本生经〉故事选》一书，他的佛本生故事尽管没有译完，但足见他对佛教文化的浓厚兴趣以及精深的功力。

在白马湖作家群中最具佛缘的人，当属丰子恺。丰子恺是弘一法师

---

① 参见谭桂林：《20世纪中国文学与佛学》，安徽教育出版社，1999年，第50页。
② 夏丏尊：《我的畏友弘一和尚》，《夏丏尊文集》，线装书局，2009年，第168页。

的入室弟子,他亲近艺术与宗教,与弘一法师的言传身教和潜移默化的影响也是分不开的。丰子恺曾说:"弘一法师是我学艺术的教师,又是我信宗教的导师。我的一生,受法师影响很大。"① 弘一法师曾多次云游到丰子恺家中,师生二人经常彻夜长谈,弘一法师的佛家思想深深影响了丰子恺。三十虚岁那年,丰子恺终于礼弘一为皈依师,在"缘缘堂"中举行了皈依三宝的仪式,法师为他取名"婴行",成为一名虔诚的居士。除了弘一法师,佛学家马一浮也对丰子恺的亲佛产生一定影响。尤其颓唐之际,他在与马一浮谈话中获得启迪,决意习佛护心。

总之,江南区域浓厚的佛教氛围,使得"两浙"现代作家多了许多这种近佛机缘。他们走近佛学,并深受佛学的影响。

第二节 古典文学的浸染

"两浙"现代作家多具有深厚的古典文学修养,喜欢沉浸在古典文学的海洋之中,而不少古典文学作品中具有佛学思想,这使得"两浙"现代作家或多或少受到影响。

中国现代作家中,有不少人喜欢晚明性灵派文学,周作人是典型的一位。周作人在《〈陶庵梦忆〉序》中说:"我常这样想,现代的散文在新文学中受外国的影响最小,这与其说是文学革命的还不如说是文艺复兴的产物,虽然在文学发达的程途上复兴与革命是同一样的进展。在理学与古文没有全盛的时候,抒情的散文也已得到相当的长发,不过在学士大夫眼中自然也不很看得起。我们读明清那些名士派的文章,觉得与现代文的情趣几乎一致,思想上固然难免有若干距离,但如明人所表示的对于礼法的反动则又很有现代的气息了。"② 对明清名士派文章的喜爱和推崇,使周作人做了一个大胆的论断,认为中国新文学源头可以直接上溯至晚明性灵派文学,认为反对复古的公安三袁(袁宗道、袁宏

---

① 谭桂林编:《菩提心语二十世纪中国佛教散文》,江苏文艺出版社,1996年,第198页。
② 周作人:《〈陶庵梦忆〉序》,张明高、范桥编:《周作人散文》,第2集,中国广播电视出版社,1992年,第267页。

道、袁中道)的看法和胡适的主张差不多。① 并将之与"五四"新文学运动相联系。有学者认为,周作人偏爱公安三袁有三个原因:一是公安三袁对扼杀人性的宋明理学的挑战,他们主张人性解放的文学运动和民国时期的文学运动颇为相似,故周作人引三袁为同调。二是公安三袁性格怯弱,虽有淑世之志,不满现实,却往往以温和迂回的方式抗争,这吻合周作人的个性行为。三是周作人与公安三袁的审美追求颇为接近。袁宏道鄙视"先器识而后文章",与周作人反对为道德而文章的观点可以说是不谋而合。周作人最欣赏的文学作品是那些写景兼抒情的山水小品。② 因此,周作人对公安三袁青睐有加,也就不足为奇了。

　　公安三袁与佛学关系密切。受舅舅龚惟学的影响,袁宗道不仅自己潜心钻研佛学,而且带领两个弟弟研习佛教。现存袁宗道的著述中,虽然没有专门研究佛禅的文字,但其诗文中多有呈现,佛学造诣颇见功夫。二弟袁宏道,前期热衷于狂禅,后读经阅藏,渐渐热爱净土宗,渴求皈依净土。他一生读经习禅,撰有佛学著作如《宗镜摄录》、《西方合论》,其中《西方合论》还被收入在《大正藏》中。袁宏道也创作了不少具有佛禅思想的诗文。佛禅对他的文学观影响深刻,他反对拟古,这与禅宗"禅无定法"的主张相通。袁宏道由禅宗的心性论,提出了"性灵说",主张文学创作应有感而发,直抒胸臆。"性灵说"是禅宗思想浸润下的产物,主要体现在禅宗的心性论的主体性特征上。有学者指出:"袁宏道赋予'性灵'以禅宗心灵论的主体性特征,使晚明文学与当时的社会思潮更为紧密地联系在一起,深化了'性灵说'的内容。"③ 这种审美观深深影响到其小品文的创作,故其小品文内容多描写日常生活,抒发个人的审美情趣。在艺术表现上体现为独抒性灵,不囿于格套,注重主观情思与客观事物的高度凝结。三弟袁中道在舅舅和兄长们影响下,也好佛喜禅,著有《禅宗正统》、《心律》等。《心律》更是其

---

① 周作人:《中国新文学的源流》,王国荣等编:《20世纪中国学术名著精华》,学林出版社,1998年,第961页。
② 顾琅川:《周作人与公安三袁》,《绍兴师专》,1991年第1期。
③ 周群:《袁宏道评传》,南京师范大学出版社,1999年,第82页。

学佛历程的一份个人总结。有论者指出:"中道一生的生活方式是变化的,这种变化使他的思想显得有点驳杂,归结起来,其内容主要有两个部分:一是具有浓厚禅宗气息的心性之学;二是杂有儒道色彩和本土迷信成分的佛教学……佛学对于后期袁中道来说更是一个切身课题,因而他对佛学的兴趣似乎更甚于一般的心性之学。"① 由此可见,三袁佛禅造诣深厚。因此,他们的诗文创作中就不可避免地逸出佛禅思想。

周作人偏嗜晚明性灵派文学,对公安三袁有如此高评价,必熟读公安三袁作品,作品中流露的佛禅思想也势必会默默影响他的近佛选择。

在"两浙"现代作家中,郁达夫对公安三袁的评价也颇高。他在《重印〈袁中郎全集〉序》一文中认为:"公安袁氏,兄弟三人(袁宏道字中郎,兄宗道字伯修,弟中道字小修),独能于万历诗文疲颓之馀,自树一帜,洗尽当时王、李的大言壮语,矫揉造作。以振衰起绝而论,他们的功业,也尽可以与韩文公比了。"② 不仅仅是评价,郁达夫还熟读公安三袁的作品。在《重印〈袁中郎全集〉序》一文中,郁达夫提供了一个事实:"在武昌曾买得一部《袁中郎全集》的家刻旧本,当时熟读数过,觉得通行本《瓶花斋集》里所收集的诗文,只有全集的十之三四。"③ 可见,郁达夫对公安三袁的诗文也是颇为喜爱的,是熟读过的,并有自己的体悟。公安三袁诗文中浸染的佛学思想,或多或少会影响到郁达夫的近佛倾向。除了晚明性灵派文学,郁达夫平生颇喜晚清龚自珍的诗文。郁达夫曾在《自述诗》中自注说:"仁和龚璱人有《己亥杂诗》三百五十首,予颇喜诵之。"④ 龚自珍曾师从著名居士江沅学佛,对佛学造诣颇深,尤其对天台宗有深入研究。其《己亥杂诗》多谈佛之作。如第一首云:"著书何似观心贤,不奈卮言夜涌泉。百卷书成南渡后,先生续集再编年。"刘逸生在《龚自珍己亥杂诗注》一书中写道:

---

① 沈金浩:《论袁中道》,《中国文学研究》,1992年第4期。
② 郁达夫:《重印〈袁中郎全集〉序》,《郁达夫全集》,第6卷,浙江文艺出版社,1992年,第137页。
③ 郁达夫:《重印〈袁中郎全集〉序》,《郁达夫全集》,第6卷,浙江文艺出版社,1992年,第140页。
④ 郁达夫:《郁达夫全集》,第9卷,浙江文艺出版社,1992年,第64页。

"观心：佛家语，指通过自心修炼而达到对宇宙人生的悟解。它是佛教天台宗提倡的修炼方法之一……《大乘义章》：'粗思曰觉，细思曰观。'"① 第二二六首云："空观假观第一观，佛言世谛不可乱。人生宛有去来今，卧听檐花落秋半。"这两首诗中，谈及了天台宗的核心"一心三观"。所谓"一心三观"就是同时看到空、假、中三个方面，即所谓"众生缘生法，我说即是空，亦为是假名，亦是中道义。"（《中论》卷四）龚自珍的《己亥杂诗》中，有四十八首诗出现"心"字，可见其对"观心"的重视，对佛学的重视。郁达夫喜诵《己亥杂诗》，在诗句熏陶中，自然会受到佛理的浸染。

俞平伯同样非常喜欢晚明小品文。他在1925年5月4日写信给周作人，谈读张岱《琅嬛文集》的感想："行文非绝无毛病，然中绝无一俗笔；此明人风姿卓越处。《雁宕山记》起首数语，语妙天下。非此不足把持游"雁宕"之完整印象。读此冥然有会矣。"② 8月21日，又将自己仿晚明小品文的《梦游》一文寄给周作人，故意说是不署名的古文，并请周作人判别是古人所作还是近人所作。结果，周作人误以为是明朝人所作，至迟也是清初文人的作品。另外，俞平伯还校点《陶庵梦忆》。凡此种种，足以说明俞平伯对晚明小品文的喜好。晚明小品文的作者大多亲近佛学，以张岱为例，张岱佛学造诣就颇为深厚，他甚至以佛学解读四书。此外，张岱和佛界高僧多有交往，如他和位列明末四大高僧的云栖袾宏大师（即莲池大师，是中国净土宗第八代祖师。因久居杭州云栖寺得名"云栖大师"）就有交集，这在其《西湖梦寻·放生池》中有记录。另有《赠莲池大师柱对》，讲述两人谈佛谈理的经历。可见张岱佛学功底，故他的不少小品文笔涉佛学内容，这对于熟读张岱作品的俞平伯而言，受佛学思想潜移默化的影响应该也是在所难免的。

徐訏少年时代就接触小说《红楼梦》等一大批古代文学典籍，自言："以我个人的经验来说，我在十四岁以前已经看了《野叟曝言》、

---

① 刘逸生注：《龚自珍己亥杂诗注》，中华书局，2003年，第1页。
② 俞平伯：《俞平伯全集》，第9卷，花山文艺出版社，1997年，第207页。

《红楼梦》、《西厢记》。"① 其中,《红楼梦》对徐訏的影响尤为深刻,他甚至把《红楼梦》称为"世界第一流的名著"②。《红楼梦》所表现的"空苦无常"的谛理深刻影响到他的审美观和创作观。学者吴义勤曾经评论说:"他小说中所塑造的许多人物都可以从《红楼梦》里找到'影子',比如葛衣情之于王熙凤,周也壮和《风萧萧》中的'我'之于贾宝玉。《红楼梦》结局那种'白茫茫一片真干净'的空灵和虚无,也正是徐訏许多小说的意蕴所在。"③《红楼梦》中,贾宝玉错失宝黛爱情之后,放弃宝钗和世俗生活,选择出家,是因为他悟出了功名富贵虚空的道理。"空无观"是佛教主要思想,佛教云:"观色即是空,色空不可得,此即胜义空,是真解脱者。"(《大乘理趣六波罗蜜多经》卷九)《红楼梦》中对于"太虚幻境"的命名融合了佛道文化观念及语言,是作家创作时建构的浓郁的虚空之境。这种空灵和虚无,也是徐訏许多小说所营建的,足见阅读《红楼梦》中的佛教思想对徐訏近佛的影响。

施蛰存从小在古典文学的茂林修竹中徜徉信步。在其父亲影响下,熟读《古文观止》、《论语》、《楚辞》和《水浒》等多种典籍。又在他的中学国文教师影响下,熟读了所有能收集到的唐诗和宋诗等,施蛰存尤其喜欢李贺诗作,并熟读《李长吉集》,这对施蛰存的文学审美追求影响深刻。施蛰存在《我的创作生活之历程》一文中谈及李贺诗集《李长吉集》时说:"它不仅使我改变了诗格……我还模仿了许多李长吉的险句怪句。"④ 李贺的诗歌以诡谲见长,瑰奇绮丽的背后是虚妄空诞的人生感悟。其实,李贺的创作受到佛教思想的影响。譬如,李贺诗《赠陈商》中云:"长安有男儿,二十心已朽。楞伽堆案前,楚辞系肘后。"《楞伽经》成为李贺案前研读之物,此足见李贺对佛经的偏爱。李贺另一诗《秦王饮酒》中云:"羲和敲日玻璃声,劫灰飞尽古今平。""劫灰"是佛教词汇,是对世界幻灭感的体认,可见,佛教空观对李贺有深刻的

---

① 徐訏:《宗教信仰》,《徐訏文集》,第10卷,上海三联书店,2008年,第250页。
② 陈乃欣等:《徐訏二三事》,尔雅出版社,1980年,第264页。
③ 吴义勤:《漂泊的都市之魂:徐訏论》,苏州大学出版社,1993年,第220页。
④ 施蛰存:《施蛰存全集》,第1卷,华东师范大学出版社,2011年,第629页。

影响。李贺诗歌还以写鬼魂幽冥最为传神。有学者指出:"李贺这类描绘巫(觋)鬼魂的诗,受到屈原《九歌》和中唐韩孟诗派追求险怪以丑为美的诗风影响,反映出他的病态心理,也同他曾任奉礼郎经常接触宗教祭祀的经历大有关系。"① 其大胆想象力和佛教文学不无关系。因此,如果说李贺诗歌与佛教有关联,那么熟读李贺诗歌并深受其影响的施蛰存,创作中受其影响也在情理之中了。此外,因为旧学熏陶,施蛰存还喜欢晚明小品文。1935 年,施蛰存编选出版了《晚明二十家小品》,对晚明小品文的喜爱不言而喻。而晚明文人多近佛禅,视佛学为"性命之学",其文学创作中多有佛学思想呈现。因此,谭桂林认为施蛰存"深湛的佛学造诣当与他对晚明小品的酷爱大有关系"②。

古代文人近佛探佛,沐浴在佛教之中如久旱遇甘霖,他们在佛学思想中遨游,贪婪地汲取养料,他们的思想观念和文学创作都受到了巨大的影响。因此,佛学思想往往蕴藉于他们的文学作品之中。而熟读他们作品的"两浙"现代作家,也受到一定程度的熏陶和影响,或产生近佛倾向,或创作出富含佛理的作品。总之,这些古典文学中浸染着的佛学思想,如一粒种子镶嵌在"两浙"现代作家心中,并生根发芽,流泻于他们的文学创作之中。

第三节 终极关怀的需求

什么是终极关怀?终极关怀(又译"终极关切")是与初级关怀相对的精神活动,它是对人的存在的思考,指向生命的最高需求。德裔美籍的宗教哲学家保罗·蒂里希认为:

> 人最终关切的,是自己的存在及意义。"生,还是死"这个问题,在这个意义上是一个终极的、无条件的、整体的和无限的关切

---

① 陶文鹏:《唐宋诗美学与艺术论》,南开大学出版社,2003 年,第 163 页。
② 谭桂林:《20 世纪中国文学与佛学》,安徽教育出版社,1999 年,第 68 页。

的问题。人无限地关切着那无限,他属于那无限,同它分离了,同时又在向往着它。……人无限地关切着那么一种东西,它超越了人的一切内外条件,限定着人存在的条件。人终极地关切着那么一种东西,它超越了一切初级的必然和偶然,决定着人终极的命运。①

终极关怀的指向是人的存在及其意义。人们在日常生活中获得的单一关怀,只能说是初级关怀或一般性关怀,而终极关怀是非物质性的精神性需求,是对人类整体目标的各种精神上的关切,是人的精神归宿。终极关怀存在于无形的意义和价值之中,在无限的追求中,实现生命的无限意义。一个人一旦终极关怀缺失,往往会感到人生虚无、苦闷,精神无依靠,陷入精神迷失的痛苦之中。简言之,人需要终极关怀。

清末民初,战乱频仍,社会动荡不安,整个民族濒临在没落的边缘,中西文化发生激烈碰撞,中国文化遭遇前所未有的冲击。正如华裔美籍学者张灏所言:"'意义危机'的源头如同人类历史那般久远,而在中国一如其他地方,对敏锐的心灵来说,生命与世界的根本意义经常是吸引人的问题。当新的世界观和新的价值系统涌入中国,并且打破了一向藉以安身立命的传统世界观和人生观(Weltanschauung and Lebensanschauung)——或如 Susanne Langer 所称之'一般取向的象征'(the symbols of general orientation)——之时,问题变得更加困扰。"②在西方文化的强烈冲击下,主导中国文化的儒家文化遭遇了空前的困境,它已经无法在近代中国遭受西方强烈冲击的时候,提供能够富国强兵抑或提供心灵关怀的文化动力,也没有能力去应付外来的文化冲击。如此情况下,中国知识分子的心理结构发生了变化,传统的儒家经学的绝对地位发生了动摇,他们心中的终极关怀——以儒家基本道德为核心的人生价值观发生彻底的变更。如章太炎言:"姬孔之言,无复挽回之力,即理学也不足以持世。"(章太炎《无我论》)故旧有的以"仁"为

---

① 蒂里希:《蒂里希选集》(下),何光沪选编,上海三联书店,1999 年,第 1140 页。
② 张灏:《幽暗意识与民主传统》,新星出版社,2010 年,第 97 页。

价值核心，以"忠、孝、礼、义"为人生纲常的权威地位日渐衰落，传统意义上的终极关怀已然失落，中国知识分子陷入了张灏所言的"精神迷失"境地。

这种"精神迷失"，张灏认为，主要涉及三个层次：一是"道德迷失"。西方思想的大量侵入，中国知识分子以激进的方式彻底否定古代中国构建的以儒家文化为主体的伦理道德，造成"道德迷失"的普遍心理。二是"存在迷失"。儒家"内圣外王"的人生境界，已经不适应现代社会，新的存在意义又无所寻求，中国知识分子悲观意识浓厚，存在生存意义上的困惑，即所谓"存在迷失"。三是"形上迷失"。由于中国知识分子原先采用的儒家文化所倡导的形上之道与形下之器，已经不适应近代中国，他们在精神层面就颇为困惑。近代社会，科学的输入成为传统世界观的强力溶剂，但科学太过理性，提供的睿智极其有限，难以解释人的心灵困惑，无法取代传统中广涵一切的世界观。这使得中国知识分子陷入"形上迷失"的境地。张灏特别强调，在近现代中国，精神迷失的特色是道德迷失、存在迷失和形上迷失三者是同时存在的，而不在于一项的各别出现。[①] 传统意义建构的价值体系崩落，导致中国人终极信仰的严重缺失，使得生活其中的个体，精神极其痛苦。这就迫使中国知识分子需要寻找新的终极关怀。

佛教具有终极关怀的特征。蒂里希认为："宗教展示了人类精神生活的深层，使之从日常生活的尘嚣和世俗琐事的嘈杂中显露出来。宗教向我们提供了对一种神圣之物的体验，这种神圣之物是触摸不到的，令人敬畏的，是终极的意义和最后勇气的源泉。"[②] 佛教的终极关怀是指修心成佛，自觉觉他，将受难苦众度至彼岸极乐世界，即克服现实生命之苦痛，摆脱烦恼，将生命从烦恼痛苦中解救出来，达到圆满的归属。这深深吸引了近代知识分子，他们开始在佛学中寻找答案。学者麻天祥在《20世纪中国佛学问题》一书中指出："学者们开始由皓首穷经，以

---

① 张灏：《幽暗意识与民主传统》，新星出版社，2010年，第97—99页。
② 蒂里希：《文化神学》，陈新权、王平译，工人出版社，1988年，第9页。

经学形式论证王治问题，转向辩证思维，以哲学形式探讨心性问题和经世理论。具有严密逻辑思辨性的佛教哲学，便成了他们首先选择的对象。"①佛教思想中普度众生的菩萨行与救亡图存的使命感、否定精神和社会批评意识、众生平等思想以及自贵其心的心性学说，都极大地吸引着谭嗣同、梁启超、章太炎、熊十力等近代知识分子，他们都以佛学探究人生意义，努力建构新的终极关怀，重塑生命本体新的价值。谭嗣同的佛学研究，重在经世，主张"治佛教之'唯识宗''华严宗'，用以为思想之基础"（梁启超《饮冰室合集·清代学术概论》），主张吸收佛学思想，建立"仁学"思想体系，呼吁把佛学当成变革的推手。梁启超主张以佛学作为战胜国人精神痛苦的武器，摆脱"心为形役"，"把精神方面的自缚摆脱净尽"（梁启超《治国学的两条大道》），主张以佛学之智，开启民智，展开佛教救世。章太炎倡导以佛教提升国人道德心，认为宗教"有益于生民道德为基准的"（章太炎《建立宗教论》），呼吁"用宗教发起信心，增加国民的道德"（章太炎《在东京留学生欢迎会上之演讲》）。除了"佛教救国"思想，近代知识分子也看重佛学的心识作用，动荡不安的社会，无处安放的胸怀，使得近代知识分子内心淹没在现实的痛苦之中。而佛禅突出主体的"心"，佛禅所说的"心"不是指真实可见的实体，而是指主体的真如佛性，般若智慧，佛语云"坐亦禅，行亦禅，一花一世界，一叶一如来，春来花自青，秋至叶飘零"，宇宙无限，但人有精神自由，这是修行人自他不二的境界。这成为近代中国知识分子超脱现世以释放自我、解脱痛苦的一种方式。

在近代佛教文化热的氛围中，"两浙"现代作家深受感染，他们承继了这一传统。佛学具有人生皆苦的价值判断，"人生苦"是佛家的核心义理。六道轮回，苦海无边。苦在佛教有多种分类方法，比如三苦——"苦苦"、"坏苦"、"行苦"，八苦——生、老、病、死、爱别离、怨憎会、求不得以及五阴盛。在强调"人生苦"的同时，佛家关注个体解脱，具有终极关怀的特征，故佛教成为渴求终极关怀的"两浙"现代

---

① 麻天祥：《20世纪中国佛学问题》，湖南教育出版社，2001年，第4页。

作家的首要选择。一方面,"两浙"现代作家可以试图沉潜佛教以摆脱现实生活中的绝望和苦痛;另一方面,他们从佛学中撷取思辨的方式,努力建构新的人生意义和确立新的人生终极关怀。

鲁迅在留学日本时期,希望学医救人,但现实给了他当头一击。他痛心疾首于国民精神上的木讷和苍白,于是弃医从文,希望通过文学扶櫻人心,遂创办《新生》杂志,但中途失败,雪上加霜,他所做的"梦"——破碎,这使得他痛苦异常。现实的苦痛,加上受章太炎影响,鲁迅走近佛学,以汲取人生哲思。回国后,社会的动荡不安,政治的腐败,民众的麻木愚弱又使鲁迅苦闷不已。辛亥革命后,鲁迅的思想经历了大的转折,对社会变革失败的深深失望,继而触发了他的悲观情绪。鲁迅在《呐喊·自序》中言:"凡一个人的主张,得了赞和,是促其前进的,得了反对,是促其奋斗的,独有叫喊于生人中,而生人并无反应,既无赞同,也无反对,如置身毫无边际的荒原,无可措手的了,这是怎样的悲哀呵,我于是以我所感到者为寂寞。"① 在寥寥荒原之上孤独呐喊,此足见其内心的寂寞和苦楚。社会动荡,又加上个人生活上的不如意,都使鲁迅萦绕着悲观苦闷情绪,沉浸在冰冷幽深的虚无茫然之中。于是,鲁迅开始用功佛经,购买了大量佛典,据其日记记载,自1914年4月起,选购大批佛学书籍,仅"甲寅书账"所列当年购得的就近百种,重要的佛学典籍尽在其中。此外,鲁迅又和清末佛学领袖杨文会的弟子梅光羲以及佛教徒许季上等往来密切。在现实生活缺失终极关怀的情况下,鲁迅对佛学兴趣越来越浓厚,渐至浸染其中,诚如其生宋紫佩所说的"现皆志于佛"②。

当然,鲁迅近佛不仅仅是借佛学脱离人生苦海,他的高明在于沉于佛学,又高于佛学。鲁迅是借佛学哲思研究人生观,以期立人。江南佛教器重唯识学,重哲思,这是吸引鲁迅的一个重要原因。因此,"别人读佛经,容易趋于消极,而他独不然,始终是积极的"③。从佛学思想

---

① 鲁迅:《呐喊·自序》,《鲁迅全集》,第1卷,人民文学出版社,1981年,第417页。
② 参见《鲁迅研究资料》,第10册,天津人民出版社,1980年,第143页。
③ 许寿裳:《亡友鲁迅印象记》,人民文学出版社,1981年,第44页。

中，鲁迅领悟到宗教具有"振民心"的作用。受佛学哲思的影响，鲁迅十分重视人的精神主体作用，并深化了对人生意义的探求，希冀以"立人"为基点，进行意义重构。

在儒家文化的中心地位失落之际，周作人对近代中国社会的现状有了清醒的认识。他说："中国人近来常常以平和耐苦自豪，这其实并不是好现象。我并非以平和为不好，只因为中国的平和忍耐不是积极的德行，乃是消极的衰耗的症候，所以说不好。譬如一个强有力的人，他有压迫或报复的力量，而隐忍不动，这才是真的平和。中国人的所谓爱平和，实在只是没气力罢了，正如病人一样。这样没气力下去，当然不能'久于人世'。"① 这是周作人对中国传统文化影响下形成的国民性格进行的批判，显示出了强烈的反传统意识。儒家文化原有的价值取向，在中国现代化进程中已经不能适应。失去终极关怀的周作人倍感精神苦闷，无所凭依，渴求寻找新的终极关怀。因此，走近佛学成为周作人抚慰心灵的一剂良药。

周作人曾在《读戒律》一文中谈及自己习佛的情况："我读佛经最初还是在三十多年前。查在南京水师学堂时的旧日记，光绪甲辰（一九〇四）十一月下有云……这头一次所买的佛经，我记得一种是《楞严经》，一种是《诸佛要集经》与《投身饲饿虎经》等三经同卷。……民国十年在北京自春至秋病了大半年，又买佛经来看了消遣，这回所看的都是些小乘经，随后是大乘律。我读《梵网经》菩萨戒本及其他，很受感动，特别是贤首疏，是我所最喜读的书。"② 从周作人的文字中，可以看出周作人习佛主要是1904年和1921年两个时间点，也即其生病之中或之后。这期间，周作人的人生缺乏终极关怀，加之躯体不适，这让他感到内心极度苦闷，多"无常"、"幻灭"的失落感，佛学人生皆苦的价值判断，万般皆空的理论思想，契合了周作人的心理需求，于是他最终走近

---

① 周作人：《新希腊与中国》，张明高、范桥编：《周作人散文》，第3集，中国广播电视出版社，1992年，第72页。
② 周作人：《读戒律》，张明高、范桥编：《周作人散文》，第2集，中国广播电视出版社，1992年，第665页。

佛学，规避现实，以求心灵的解脱。

郁达夫生逢乱世，承受了时代动荡不安之苦，又饱尝生活的艰难。他在社会上处处碰壁，这让他体认世间苦，更看清楚民族的劣根性。他慨然叹息："目下中国不正的事情太多了。开倒车，走歧路，弄得太不成样子。"① 除了找工作不容易，郁达夫还经历了婚姻不顺以及爱子夭折诸般痛苦。他哀叹道：

> 我是一个有妻不能爱，有子不能扶的无能力者，在人生的战场上是惨败者，现在是在逃亡的途中的行路病者。②

还乡行程中的孤独和伤感不言而喻。一路行走一路哀叹，一生苦怅一生求索，这使得郁达夫对世间苦有刻骨铭心的认识。原先的传统世界构筑的终极关怀已经退出历史舞台，人生的意义在何方？郁达夫感到绝望和痛苦。郁达夫的诸多带着强烈自传性质的作品，如《沉沦》、《南迁》、《银灰色的死》等都形象呈现了他精神上的寂寞和苦闷，将一个"零余人"的哀弱无助心理展露无遗。郁达夫产生了强烈的幻灭感，常常叹息自己"我不晓得为什么我会这样的苦闷，这样的无聊"（郁达夫《一封信》）。同周作人一样，近佛成为他应对俗世痛苦的方式。

白马湖作家群与佛教关系颇为密切，其中夏丏尊和丰子恺更值得一提。浙一师风波之后，夏丏尊对教育当局感到深深的失望，苦闷情绪日甚，丰子恺曾说夏丏尊"看见世间的一切不安、不快、不真、不善、不美的状态，都要皱眉、叹气，他不但忧家、又忧友、忧校、忧店、忧国、忧世"③。没有圣贤担当道统的时代降临，知识分子的精神无所凭依，感觉生命意义空虚，因此，夏丏尊对"世事无常"、"诸受皆苦"的

---

① 郁达夫：《致〈现代评论〉编辑》，《郁达夫全集》，第 11 卷，浙江文艺出版社，1992 年，第 48 页。
② 郁达夫：《还乡记》，《郁达夫全集》，第 1 卷，浙江文艺出版社，1992 年，第 279 页。
③ 丰子恺：《悼丏师》，丰陈宝、丰一吟编：《丰子恺文集》文学卷（2），浙江文艺出版社、浙江教育出版社，1992 年，第 159 页。

佛学教义产生了感同身受的亲切感。丰子恺之近佛，除了众所周知的李叔同的影响之外，也是他内心得不到意义的抚慰，失落、孤独、苦闷、虚无、怀疑诸多苦痛情感萦绕其间所致。丰子恺幼年多遭苦痛的袭击，亲人接二连三地死亡，父亲死于肺病后，姐弟亦相继死亡，等到他自立成名，母亲又突然病死，经历如此之多的变故，丰子恺"心中充满了对于无常的悲愤和疑惑"[①]。失去终极关怀支持的人生，显得十分空虚苦闷，因此，为了摆脱无常之恸，丰子恺走近佛教。

李泽厚在《美的历程》中指出，宗教是"对现实苦难的抗议或逃避"[②]。确实，佛教或许难以承担意义重构的重任，但在终极关怀缺失之际，在现代人普遍感到人生失落，人生空虚无望的时候，具有终极关怀特征的佛教对于渴望心灵抚慰的现代人来说应该是个必然的选择。因此，"两浙"现代作家以佛教抵御现实人生中终极关怀的缺失所带来的苦痛，以佛教抚慰自己空虚苦闷的心灵。

---

① 丰子恺：《陋巷》，丰陈宝、丰一吟编：《丰子恺文集》文学卷（1），浙江文艺出版社、浙江教育出版社，1992年，第204页。
② 李泽厚：《美的历程》，天津社会科学院出版社，2001年，第173页。

第三章

江南佛学与"两浙"现代作家的精神建构

江南佛教在江南传播过程中,与江南文化发生碰撞糅合,江南文化超越功利的诗性审美特征,使得江南佛学也多了崇尚人性自由的审美因子,构成人间化特征。此外,佛学的玄学化和陆九渊、王阳明的心学也推动了江南佛学具有人性自由的特征。同时,江南佛教具有大乘佛教度众的特点。如竺道生倡导一切众生皆有佛性,是平等意识的体现。太虚大师主张清除两千年来人们附会在佛教上的鬼神迷信内容,建立了重"人"重"生"的"人生佛教",是入世精神的体现。因此,江南佛学具有"出世"与"入世"共存的特点。"两浙"现代作家浸染于江南佛学之中,他们的心理结构和审美品性深受影响。

当然,江南佛学对"两浙"现代作家的影响,也是在一般意义上讲的。具体落实到作家个体,还是会有差异的。如周作人、俞平伯前期有"入世"精神,后期则选择"出世"。

第一节 "普度众生"与"思想启蒙"

佛,梵文为 Buddha,意为"觉悟",故"觉悟"为佛教要义。佛法把"觉悟"分为正觉、等觉和无上觉,其形式为自觉和觉他。小乘佛教以自觉为主;大乘佛教则重觉悟,除了自觉,还觉他,以能普度众生为理想境界。大乘佛教的"四摄"(布施摄、爱语摄、利行摄、同事摄)和"六度"(布施度、持戒度、忍辱度、精进度、禅定度、智慧度)显现了大慈大悲、自利利他和忍辱精进等价值观,具有入世的精神。江南佛教以大乘佛教为主，所以，普度众生，亦成为江南佛学的基本思想。近代浙籍高僧太虚大力倡导"人间佛教"，使得江南佛学更有了入世精神，带上了"普度众生"的深刻印记。

在近代社会转型之际，以儒家文化为主体的伦理道德已经失去地位，而中西文化碰撞剧烈，如何应对这种变化，佛学的出世精神与"普度众生"的入世精神相结合的特征正好迎合了这一点，为知识分子提供了新的终极关怀。

佛教提倡自性自渡，强调通过修行转无明而正觉。在这个过程中，人心通过觉悟提升至智慧的境界十分关键，这与近现代知识分子倡导的启蒙精神相通。佛学的义理系统被近代知识分子用以启迪思想、开启民智，特别是佛教中的唯识宗和华严宗颇为他们所看重。

唯识学的理性精神，契合了启蒙思潮中的理性主义，为不少"两浙"文人所偏嗜，如章太炎等十分崇尚佛教唯识学。

而华严学也与近代思想启蒙精神相契合。有研究者认为："如果吾人以唯识学对应启蒙思潮中的理性主义，近代华严思想的兴起应可对应启蒙思潮中的理想主义。"① 华严宗同样为"两浙"文人所偏嗜，如章太炎由《华严经》发扬的菩萨救世诸行，寄托了他所向往的完美道德人格及平等自由的社会理想。

无论佛教之唯识学抑或华严学，都被赋予了启蒙理念的入世意义。因此，佛教思想被近代知识分子视作"经世"之宝。梁启超就曾经说："佛说曰：'有一众生不成佛者，我誓不成佛。'……故舍己救人之大业，惟佛教足以当之矣。……苟众生迷而曰我独悟，众生苦而曰我独乐，无有是处。譬诸国然，吾既托生此国矣，未有国民愚而我可以独智，国民危而我可以独安，国民悴而我可以独荣者也。知此义者，则虽牺牲颡躬之种种利益以为国家，其必不辞矣。"② 梁启超试图借鉴佛学思想，进行"转识成智"的转化，以"治心"达到"救世"的目的。无可否认，

---

① 姚彬彬：《现代文化思潮与中国佛学的转型》，宗教文化出版社，2015年，第43页。
② 梁启超：《论佛教与群治之关系》，《梁启超佛学文献》，武汉大学出版社，2011年，第411页。

这种思想启蒙在彼时颇有积极的意义。这股以佛学进行思想启蒙之风也影响到了"两浙"现代作家的身上。

在"两浙"区域，江南佛教自古盛行。至五代末，中国佛教渐转入衰退时期，但就江南而言，因其特殊的历史文化背景以及独特的地域条件，进入宋代后，江南尤其是"两浙"区域，依然是"信鬼尚礼，重浮屠之教"（《宋史·地理志》）的地区。

此外，"两浙"文化具有"刚柔并济"、"敢为人先"的精神和"务实"、"开拓"的特征，这使得生长于该区域的知识分子往往强调学术文化的经世致用。譬如，明清时期，在"两浙"区域就有王阳明与黄宗羲这样的先哲强调学以致用。王阳明的"知行合一"学说强化了"心学"的世俗意义，强化了实践性。黄宗羲的"经世致用"命题，也强化了学术思想的实践性。这种文化惯习自然传承到了该区域的近现代知识分子（如章太炎、鲁迅等人）身上，他们在儒学失落之际，选择走近佛教，强调佛学的经世致用，试图以佛学启蒙世人。因此，佛教——特别是倡导"人间佛教"的江南佛教，也被"两浙"现代作家当作"思想启蒙"之武器。

何谓启蒙？康德认为："启蒙运动就是人类脱离自己所加之于自己的不成熟状态。不成熟状态就是不经别人的引导，就对运用自己的理智无能为力。当其原因不在于缺乏理智，而在于不经别人的引导就缺乏勇气与决心去加以运用时，那么这种不成熟状态就是自己所加之于自己的了。Sapere aude！要有勇气运用你自己的理智！这就是启蒙运动的口号。"① 那么，用什么途径去实现启蒙？康德认为是"理性"。他指出"必须永远有公开运用自己理性的自由，并且唯有它才能带来人类的启蒙"。② 确实，以陈独秀为首的"五四"知识分子把"科学"和"民主"当作新的终极关怀，以"科学"和"民主"这样的理性工具去开启民

---

① 康德：《答复这个问题："什么是启蒙运动"》，《历史理性批判文集》，何兆武译，商务印书馆，1990年，第22页。
② 康德：《答复这个问题："什么是启蒙运动"》，《历史理性批判文集》，何兆武译，商务印书馆，1990年，第24页。

智。在道德层面上抛开传统人生观去启迪民众,这无疑是一种历史的进步。但是,在近代中国社会转型之际,光靠"德先生"和"赛先生"这样的"理性"工具去启蒙世人,显然不能解决人们精神层面的问题,不能阐述人的存在意义,不能解决终极关怀缺失带来的迷茫和苦痛。而且,西方精神文化传统本就是"理性与宗教"的结合,如果我们在接受西方文化冲击的时候,光选择"理性启蒙",忽视"宗教启蒙",那么,"两浙"现代作家认为这种启蒙是片面的。因此,走近佛教,企图利用佛教思想资源启蒙,成为以鲁迅为首的"两浙"现代作家的重要选择。

鲁迅深受其师章太炎的影响,偏嗜佛教唯识学与华严学二宗。鲁迅不仅以佛学思想"藉以研究其人生观"①,更以佛教思想启蒙民众。江南佛学重视人的精神主体,具有启蒙心智的作用。章太炎就颇为重视佛学对人的主体精神的高扬,正如学者高旭东所言:"这与后来的启蒙者注重启迪国民精神自觉的思路是一致的,鲁迅也由此而获益。"② 鲁迅以改变国人精神为己任,他认为宗教乃人类超越客观"物质之生活"的"形上之需求",是"向上之民,欲离是有限相对之现世,以趣无限绝对之至上者也"。③ 鲁迅强调了宗教在精神信仰方面的作用,他指出:"人心必有所冯依,非信无以立,宗教之作,不可已矣",主张"定宗教以强中国人之信奉矣"。(鲁迅《且介亭杂文末编·关于太炎先生的二三事》)佛教徒讲究"心声",有"信仰"。为此,他从佛教思想中汲取有益的内容,以启蒙民众。

在文学创作中,鲁迅构建了一个具有启蒙意义的"改造国民性"的主题世界。鲁迅认为:"医学并非一件紧要事,凡是愚弱的国民,即使体格如何健全,如何茁壮,也只能做毫无意义的示众的材料和看客,病死多少是不必以为不幸的。所以我们的第一要著,是在改变他们的精

---

① 许寿裳:《亡友鲁迅印象记》,人民文学出版社,1981年,第44页。
② 高旭东:《中西文学与哲学宗教:兼评刘小枫以基督教对中国人的归化》,北京大学出版社,2004年,第211页。
③ 鲁迅:《集外集拾遗补编·破恶声论》,《鲁迅全集》,第8卷,人民文学出版社,1981年,第27页。

神,而善于改变精神的是,我那时以为当然要推文艺,于是想提倡文艺运动了。"① 于是,鲁迅用文艺的形式揭露中国旧文化之恶和积存于国民身上的弱点。在《狂人日记》中,鲁迅以"吃人"意象否定旧中国,否定宗法家族制度与礼教的价值体系。"狂人"作为先觉悟的个体,其发出"救救孩子"的呐喊,具有呼唤个人主体觉醒的启蒙意味。在杂文《灯下漫笔》中,鲁迅对"吃人"现象进行了更为理性的深刻揭示:"我们自己是早已布置妥帖了,有贵贱,有大小,有上下。自己被人凌虐,但也可以凌虐别人;自己被人吃,但也可以吃别人。一级一级的制驭着,不能动弹,也不想动弹了。因为倘一动弹,虽或有利,然而也有弊。……所谓中国的文明者,其实不过是安排给阔人享用的人肉的筵宴;所谓中国者,其实不过是安排这人肉筵宴的厨房。"② 这是鲁迅对吃人礼教的深刻认识,他认为要冲破礼教的束缚,必须自由发展人的个性。在《阿Q正传》中,鲁迅深刻揭示了中国民众之所以习惯安于现状以及丧失民族自尊心的深层病根,在于"精神胜利法"的存在。在《聪明人和傻子和奴才》中,鲁迅深刻批判了传统文化熏陶下形成的奴才心理。鲁迅力图通过国民弱点的揭露,达到改造国民性的目的,以寻找民族振兴的希望。除了批判性人物,鲁迅在文学创作中,也塑造肯定性人物(如大禹),呈现了从"非人"到"立人"的过程。

在鲁迅看来,西方诸国之所以强大,其"根柢在人",要使中国摆脱落后的现状,"其首在立人,人立而后凡事举",如此则"国人之自觉至,个性张,沙聚之邦,由是转为人国。人国既建,乃始雄厉无前,屹然独见于天下"。③ 此足见鲁迅对"立人"思想的看重,而"立人"思想的根本就是人的思想和精神的现代化,而并非只将人从社会物质压迫中解放出来。鲁迅非常看重"个体"之人。在《破恶声论》中,鲁迅言:"聚今人之所张主,理而察之,假名之曰类,则其为类之大较二:一曰汝其为国民,一曰汝其为世界人。前者慑以不如是则亡中国,后者慑以

---

① 鲁迅:《呐喊·自序》,《鲁迅全集》,第1卷,人民文学出版社,1981年,第417页。
② 鲁迅:《坟·灯下漫笔》,《鲁迅全集》,第1卷,人民文学出版社,1981年,第215—216页。
③ 鲁迅:《坟·文化偏至论》,《鲁迅全集》,第1卷,人民文学出版社,1981年,第57页。

不如是则畔文明。寻其立意，虽都无条贯主的，而皆灭人之自我，使之混然不敢自别异，泯于大群，如掩诸色以晦黑，假不随驸，乃即以大群为鞭箠，攻击迫拶，俾之靡骋。"① 鲁迅强调个体的自我，追求人的精神自由与解放，可见，鲁迅的"立人"以人的个体、个性为出发点，实现人的解放，尤其是人的精神自由与解放。在这种思想的指导下，鲁迅的不少文学作品的主题都传递出启蒙大众的"立人"思想。如散文诗《这样的战士》，就重在呈现人的坚韧、执着的精神特质。

此外，鲁迅还致力于启蒙下一代的思想。小说《狂人日记》中，鲁迅发出了"救救孩子"的呐喊，明确将儿童启蒙放在"立人"主旨之下。在《我们现在怎样做父亲》一文中，鲁迅提出了三个"关键词"，一是"理解"，二是"指导"，三是"解放"。所谓理解，指应该以儿童为本位。鲁迅深刻批判了将儿童视作"缩小的成人"的错误做法。在散文《风筝》中，"我"对小弟的伤害，即将童年的小弟视作了成人，认为玩物丧志，这是旧文化观念支配下的儿童观。"我"的深刻自剖，是对旧儿童观的深刻反思。所谓指导，指父亲应该是"人之父"的身份，应该有着启蒙孩子的任务。鲁迅在《随感录二十五》中尖锐指出："中国娶妻早是福气，儿子多也是福气。所有小孩，只是他父母福气的材料，并非将来'人'的萌芽……"② 鲁迅对中国人只生不教养的做法进行了深刻批判。在《上海的少女》、《上海的儿童》等文章中，鲁迅表达了对儿童生存状态和精神状态的深深担忧，强调了儿童启蒙的重要性。所谓"解放"，指应让儿童成为独立的人。这是"立人"思想的体现。"人之父"要将儿童成为"人之子"，成为真正的"人"，应该如何做呢？鲁迅给出了答案："自己背着因袭的重担，肩住了黑暗的闸门，放他们到宽阔光明的地方去；此后幸福地度日，合理的做人。"③ 这是佛教

---

① 鲁迅：《集外集拾遗补编·破恶声论》，《鲁迅全集》，第 8 卷，人民文学出版社，1981 年，第 26 页。
② 鲁迅：《热风·随感录二十五》，《鲁迅全集》，第 1 卷，人民文学出版社，1981 年，第 296 页。
③ 鲁迅：《坟·我们现在怎样做父亲》，《鲁迅全集》，第 1 卷，人民文学出版社，1981 年，第 130 页。

"我不入地狱,谁入地狱"的精神体现,是和江南佛教的度人以及牺牲精神是一致的。

周作人自称是"小乘的人"①。但并没有否定大乘。他曾在《我的杂学》中说道:"佛教以异域宗教而能于中国思想上占很大的势力,固然自有其许多原因,如好谈玄的时代与道书同尊,讲理学的时候给儒生做参考,但是大乘的思想之入世的精神与儒家相似,而且更为深彻,这原因恐怕要算是最大的吧。"② 可见,周作人对大乘佛教的入世精神是非常认可的。周作人晚年心仪小乘,但早年却属意大乘,意欲度人。佛经云:"众生扰扰,其苦无量,吾当为地,为旱作润,为湿作筏。饥食渴浆,寒衣热凉。为病作医,为冥作光。若有浊世颠倒之时,吾当于中作佛,度彼众生矣。"(《六度集经》)周作人曾作多次援引,意在表达自己的济世度众之愿。

周作人曾经渴望执着人生,希望有所为。他说:"未知何时乘长风破万里浪作海外游也……当投笔执戈,从事域外,安得郁郁居此,与草木同朽哉?"③ 此可见其积极入世的思想。他曾想文字救国,故常写些启蒙文字。周作人在《再谈文》一文中说:"我写文章,一半为的是自己高兴,一半也想给读者一点好处,不问是在文章或思想上。我常想普通在杂志新闻上写文章不外三种态度。甲曰老生常谈,是启蒙的态度。乙曰市场说书,是营业的。丙曰差役传话,是宣传的。我自己大约是甲加一点乙。"④ 从周作人的夫子自道中,我们可以看出周作人主观意愿上有强烈的启蒙意识,具有度众的思想。学者哈迎飞认为"周作人是中国现代文学史上最早提出思想革命口号的作家,也是对思想启蒙最为执著的思想家之一",并认为周作人启蒙思想的核心是"人道主义、自由

---

① 周作人:《知堂回想录》,群众出版社,1999年,第619页。
② 周作人:《〈我的杂学〉结语》,傅光明编:《周作人散文》,太白文艺出版社,2005年,第220页。
③ 周作人:《周作人日记》,上册,大象出版社,1996年,第231—232页。
④ 周作人:《再谈文》,张明高、范桥编:《周作人散文》,第2集,中国广播电视出版社,1992年,第448页。

主义和科学精神"。① 1907 年初,周作人到日本留学,这一年他写了《妇女选举权问题》、《文章之力》、《中国人之爱国》、《论俄国革命与虚无主义之别》等文章,可谓走上了思想启蒙之路。后来几年,又写了《望越篇》、《民国之征何在》、《庸众之责任》、《个性之教育》、《人的文学》、《平民文学》、《个性的文学》、《宗教与文学》等文章,即便是 20 世纪 40 年代,他还写出了《思想启蒙》、《大乘的启蒙书》等文章。

1908 年,周作人发表《论文章之意义暨其使命因及中国近时论文之失》一文,指出一个国家的构成有两个方面的要素:"一曰质体,一曰精神",论证了二者关系,强调了"精神"对于国家的重要性。如何启蒙思想,提升民众精神境界,周作人强调了文章(文学)在精神层面的启蒙作用:"夫文章者,国民精神之所寄也。"② 希冀以文学改良人心。1918 年,周作人发表《人的文学》一文,举起了"人的文学"的大旗,倡导"个人主义"和"人道主义"思想。

周作人从留学日本到"五四"时期,对儒学一直有深刻的反思,对摧残女性的父权和夫权有强烈的谴责和批判。因此,周作人的"人学"思想中,特别关注被夫权与父权压制下的弱势群体——女性和儿童。

他说:"平生有所爱,妇人与小儿。"③ 在现实生活中,周作人认为"女人小孩与农民恐怕永远是被损害与侮辱,不,或是被利用的"④。因此,在《人的文学》中,周作人提出了女性和儿童的人格独立问题。

在对待女性的态度上,佛教前后的态度是变化的。早期的佛教认为女性是引起人们"淫欲"的罪魁祸首,故处处贬斥女性,如"一切女人皆是众恶所住处"(《大般涅槃经》卷九《菩萨品第十六》),"一切女人身,众恶不净本"(《护国尊者所问大乘经》卷三),"女色者,世间之枷锁,凡夫恋着,不能自拔。女色者,世间之重患,凡夫困之,至死不

---

① 哈迎飞:《从国家意识、民族认同与思想革命论周作人的启蒙思想》,《中国现代文学研究丛刊》,2008 年第 6 期。
② 周作人:《论文章之意义暨其使命因及中国近时论文之失》,杨扬编:《周作人批评文集》,珠海出版社,1998 年,第 27 页。
③ 周作人:《老虎桥杂诗》,《丙戌岁暮杂诗·童话》,河北教育出版社,2001 年,第 31 页。
④ 周作人:《双节堂庸训》,《周作人书话》,北京出版社,1996 年,第 87 页。

免。女色者，世间之衰祸，凡夫遭之，无厄不至"（《菩萨呵色欲法经》卷一）。加之佛教初入中原，彼时儒学盛行，礼教蔑视妇女之思想，终成佛教思想的一部分。诚如许地山在《宗教的妇女观》一文中所言："宗教是社会的宣传部，凡是社会有什么意见，它就马上代它去宣传。"① 但到后期，佛教宣扬众生平等，尤其江南佛教兴起，江南远离儒家文化的影响，与江南诗性文化糅合，呈现人间化的审美特征，因此，佛教对女性的看法也大有改观。如南朝崇佛文人多以"女色空观"来书写男女情爱，女性地位大有提高。江南佛教的这种女性观，作为文化传承同样影响到周作人。同时，又有"五四"新思想的熏染，故周作人对女性问题十分关切，多次表达了对妇女命运的同情。周作人认为："妇女的问题是全人类的问题，不单是关于女性的问题。"② 他强调，对于妇女的解放，不能仅仅注重她们职业开放，权利平等这些外在的问题，更重要的是要关心妇女思想意识的解放："因为女子有了为人或为女的两重的自觉，所以才有这个解放的运动。"③ 在周作人看来，妇女的解放与人性的健康发展是一致的。在《中国人的思想问题》一文中，周作人指出："饮食以求个体之生存，男女以求种族之生存，这本是一切生物的本能，进化论者所谓求生意志，人也是生物，所以这本能自然也是有的。"④ 周作人把性欲看成是人性本能行为，因此，他特别强调说："妇女问题的实际只有两件事，即经济的解放与性的解放。"⑤ 周作人也对早期佛学视女性为祸水的观念进行了批判，对"禁欲主义"进行了深刻的谴责。可见，周作人倡导妇女"性的解放"，与江南佛教对女性看法改变的精神是一致的。

---

① 许地山：《宗教的妇女观》，《许地山文集》，华夏出版社，2000年，第411页。
② 周作人：《妇女问题与东方文明等》，张明高、范桥编：《周作人散文》，第2集，中国广播电视出版社，1992年，第423页。
③ 周作人：《妇女运动与常识》，高瑞泉编：《理性与人道：周作人文选》，上海远东出版社，1994年，第59页。
④ 周作人：《中国人的思想问题》，雨露、杜黎明等编：《周作人精选集》，远方出版社，2004年，第298页。
⑤ 周作人：《北沟沿通信》，张明高、范桥编：《周作人散文》，第2集，中国广播电视出版社，1992年，第417页。

除了关心女性的命运，周作人也颇为关注儿童的命运。他强调亲子之爱应该建立"父母爱重子女，子女爱敬父母"的新式关系，抛弃将子女当作"所有品"的旧式做法。他强烈批判封建伦理对儿童精神的戕害，呼吁社会对儿童精神上的关爱。周作人曾援引佛典中的"小大自修"的故事，并深赞之：

> 小大自修，这是对于儿童的多么深厚的了解，能够这样懂得情理，这才知道小儿的游戏并非玩物丧志，听童话也并不会就变成痴子到老去找猫狗说话，只可惜中国人太是讲道统正宗，只管叉手谈道学做制艺，升官发财蓄妾，此外什么都不看在眼里，著述充屋栋，却使我们隔教人失望，想找寻一点资料都不容易。①

对儿童自然天性的赞成和保护，既是周作人对人性的肯定，也是其悲悯情怀的体现。

周作人还十分关注儿童的教育。他发表《儿童的文学》、《儿童的书》、《关于儿童的书》等文章，阐述儿童的启蒙问题。周作人还把儿童启蒙与大乘佛教的度众精神联系起来。他在《大乘的启蒙书》一文中说：

> 理想的学者乃是在他自己修成胜业之后，再来帮助别人，古人所云，以先知觉后知，以先觉觉后觉就是这个意思，以法施人，在布施度中正是很重要的一种方法。近代中国学者之中也曾有过这样的人，他们不但竭尽心力著成专书，预备藏之名山，传之其人，还要分出好些工夫来，写启蒙用的入门书，例如《说文释例》等书的著者王筠著有《文字蒙求》《正字略》与《教童子法》，《说文通训定声》的著者朱骏声著有《六书假借经征》与《尚书古注便读》，

---

① 周作人：《江都二色》，钟叔河编：《周作人文类编》，第5卷，湖南文艺出版社，1998年，第882页。

此皆是大乘菩萨之用心,至可佩服者也。①

周作人呼吁学者积极撰写儿童的启蒙读物,并将此善举上升至"大乘度众"的高度,是他非常关注儿童心智健康的真正体现。

之所以特别关注弱势群体,这和周作人受佛教普亲观有关。他曾说:"《梵网经》还有几句话,我也觉得都很好。……'一切男子是我父,一切女人是我母,我生生无不从之受生,故六道众生皆我父母。而杀而食者,即杀我父母,亦杀我故身;一切地水,是我先身;一切火风,是我本体。……'我们现在虽然不能再相信六道轮回之说,然而,对于这普亲观平等观的思想,仍然觉得他是真而且美。"② 佛教这种平等普爱的精神让周作人深深感动。周作人对妇女儿童命运的关注,在彼时具有深远的启蒙意义。

周作人的文学创作,尤其他的闲适小品文,追求诗意的审美趣味,崇尚人性的本真,流露出个性化的人性自觉,这是个人主体觉醒的呈现。这种对世俗功利的超越,对自由心性和自在生命崇尚的态度,对芸芸众生也有启悟作用。

郁达夫在《七大问题·序》中写道:"自汉唐以降,下迄明清,高僧哲士之深究佛理,居能独其身,出能兼天下的佛门弟子,我国史册上记载的特多","佛陀宏旨,乃在救国济人,深入世间"。③ 可见,郁达夫是以清醒的理性精神去看待佛教的。郁达夫曾经有逃禅思想,也有这种认识,可见佛教对他影响深刻。佛陀的入世精神,对郁达夫热爱祖国、启蒙民众的行为有一定的影响。

郁达夫的启蒙精神主要体现在个性解放和个性自由的启蒙描写上。郁达夫在"自我抒情小说"中塑造的"零余人"形象不是为了宣扬极端

---

① 周作人:《大乘的启蒙书》,钟叔河编:《周作人散文全集》,第9卷,广西师范大学出版社,2009年,第476页。
② 周作人:《山中杂信(四)》,张明高、范桥编:《周作人散文》,第1集,中国广播电视出版社,1992年,第49页。
③ 郁达夫:《郁达夫文集》,第7卷,花城出版社、三联书店香港分店,1983年,第285页。

的个人主义，这个形象是"小我"和"大我"的结合体。小说中的"零余人"，试图追求个性化的幸福，但祖国的贫穷难以满足他的欲望，此刻他会叹息国家的贫穷，希望祖国强大。因此，"零余人"是以时代"弱者"的形象，通过苦闷情绪宣泄，呈现时代之"病"。郁达夫的"零余人"形象，虽然有颓废和病态之感，但具有爱国情怀，郁达夫是从个人解放、个性自由的角度完成对民族家国的叙述的。

郁达夫还在此类小说中大胆呈现"灵"与"肉"的冲突，将本该隐藏于心的欲念赤裸裸地暴露于世，这种欲望的大胆呈现，显现了郁达夫"求真"、"反虚伪"的个性自由意识。郁达夫将人的欲念视作天性，通过书写"灵"与"肉"的冲突，透过苦闷情绪的宣泄，揭示出封建旧道德的虚伪。同时，郁达夫的欲望绝非"一个人的固有私情"[①]，而有国家贫瘠和衰弱的原因。因此，郁达夫的欲望书写既是其人文主义思想的反映，是个性解放思想的体现，也是爱国情怀无处释放的宣泄。郁达夫大胆的自我暴露，有两点值得肯定，一是自由意识，二是真诚品质。这两点既是对礼教扼杀自由的否定，也是对假道学假才子虚伪个性的彻底否定。

郁达夫在"零余人"形象的塑造中，还植入了大量的"疾病"书写和"死亡"书写，这同样和国家命运联系起来，是郁达夫留学日本期间感觉民族弱小的体验而生成的。如小说《沉沦》中，主人公"我"的病态，看上去是一种生理疾病，但"我"的心理变异和精神压抑扭曲是社会环境和人生经历造成的，是社会病灶的隐喻。小说结尾，"我"因为是中国人，竟然连日本妓女都歧视"我"，民族歧视的耻辱深深刺痛了"我"，于是，"我"决定投海自杀。自杀前，作品设置了一段"我"的独白：

祖国呀祖国，我的死是你害的！
你快富起来！强起来罢！

---

① 傅子玖主编：《中国新文学》，上册，华东师范大学出版社，1993年，第246页。

你还有许多儿女在那里受苦呢!①

在"我"凄婉的叹息声中,作品明确引入了民族国家的意识。

徐志摩是个理想主义者,一直孜孜追求人格独立和人性自由。究其因,一方面,他受罗素等英国自由主义知识分子的影响;另一方面,江南佛学人性自由思想对他也有一定的影响。胡适曾说,徐志摩的人生是一种"单纯信仰",这信仰里面"只有三个大字:一个是爱,一个是自由,一个是美"。②

徐志摩表面上似乎远离政治,追求知识分子的独立人格,但骨子里却不失启蒙精神。这种启蒙精神与精通佛学的梁启超渊源颇深。徐志摩拜师梁启超后,深受梁启超启蒙思想的影响。徐志摩在《志摩杂记》中写道:"二十九日读任公先生《新民说》,及《德育鉴》,合十稽首,喜惧愧感,一时交集。《石头记》宝玉读宝钗之《螃蟹咏》而曰:'我的也该烧了!'今我读先生文亦曰:'弟子的也该烧了!'(未免轻亵!)知道即是良知,知过即是致知,直截痛快,服膺!服膺!"③ 读老师的书并且深受感动,以此推断,在徐志摩治学过程中,梁启超对徐志摩的思想意识、人格修为势必起到了或多或少的影响。此外,梁启超的佛学造诣深厚,曾经提倡以佛学思想启蒙国人,这些自然会或多或少影响到徐志摩。加之徐志摩生长于江南佛教盛行之地,从小耳濡目染,江南佛教普度众生的思想早就深植心中。因此,徐志摩不仅仅追求个体的人格独立和人性自由,还试图以文化启蒙国人,在艺术、思想方面追求真、善、美,倡导"真善美"的健康社会伦理,以此提升国人素质,以达到改造国民性的目的。对现实之罪恶,徐志摩也有深刻认识和批判。如在《毒药》一诗中,徐志摩揭示旧中国"到处是奸淫的现象:贪心搂抱着正义,猜忌逼迫着同情,懦怯狎亵着勇敢,肉欲侮辱着恋爱,暴力侵凌着

---

① 郁达夫:《沉沦》,《郁达夫全集》,第1卷,浙江文艺出版社,1992年,第56页。
② 胡适:《追悼志摩》,《新生活:胡适散文》,浙江文艺出版社,2015年,第243页。
③ 陈从周:《徐志摩:年谱与评述》,上海书店出版社,2008年,第110页。

人道，黑暗践踏着光明"①。

受江南佛学影响深刻的白马湖作家群同样具有强烈的启蒙意识。白马湖作家群中，弘一法师是其精神领袖。弘一法师修小乘律宗，而江南佛教以大乘佛教为主，且弘一法师重苦修，似乎江南佛学对弘一法师没有影响，但事实并非如此。前文我们已经指出，弘一法师强调"悲智双修"，重视佛学哲思，而律宗哲思不足，故他兼修华严宗。弘一法师的出家，重视行为，却不避世，而是与太虚倡导的"人间佛教"一样，意在导俗。在弘一法师身上，我们能够看到的不仅仅是律宗，还有华严宗等。麻天祥指出，弘一法师"不仅调合了性相禅净等大乘各宗，而且从理论和实践上，进一步融通了大乘和小乘"②。江南佛学的入世精神同样影响到弘一法师的启蒙意识。他在《佛法十疑略释》一文中说："学佛者，固不应该迷恋尘世，以探求荣华富贵，但亦决非是冷淡之厌世者。因学佛法之人皆须发'大菩提心'，以一般人之苦乐为苦乐，抱热心救世之弘愿。不唯非消极，乃是积极中之积极者。虽居住山林中，亦非贪享山林之清福，乃是勤修'戒''定''慧'三学以预备将来出山救世之资具耳。与世俗青年学子在学校读书为将来任事之准备者，甚相似。"③ 可见，在弘一法师看来，皈依佛门者，不是尚隐，而是"意在救世"，以佛教的自尊自强、慈悲利他，改善国民之素质，救济众生。弘一法师如此说，也如此做。弘一法师称赞胡寄尘编的《四上人诗钞》："寄尘居士，近辑《四上人诗钞》，以巧方便，导俗砭世，意至善也。"④ 体现了他的入世精神。在《致浙江省当局蔡元培先生等》一文中，弘一法师极力推荐太虚、弘伞为委员，建议改革僧事，提出了改革的具体意见。弘一法师皈依佛门后，致力于振兴律宗，以出世法振兴民气。抗战期间，弘一法师至厦门，彼时厦门战事吃紧，各方人士都劝弘一法师远避，弘一法师却无意离开，誓与寺庙共存亡，甚至将居室改名为"殉教

---

① 徐志摩：《毒药》，谢冕主编：《徐志摩名作欣赏》，中国和平出版社，1993年，第185页。
② 麻天祥：《20世纪中国佛学问题》，湖南教育出版社，2001年，第104页。
③ 弘一法师：《悲欣交集：弘一法师自述》，文化艺术出版社，2015年，第148页。
④ 李叔同：《心与禅》，北京联合出版公司，2013年，第310页。

堂"。他对僧众说:"吾人所食,中华之粟。吾人所饮,温陵之水。我们身为佛子,不能共纾国难,为释迦如来张些体面,自揣尚不如一只狗子。狗子尚能为主守门,吾人一无所能,而犹腼颜受食,能无愧于心乎?"① 弘一法师与郁智郎居士通信中,引录一诗,以表心迹。诗云:"日轮挽作镜,海水挹作盆。照我忠义胆,浴我法臣魂。九死心不悔,尘劫愿犹在。为檄虚空界,何人共此轮。"② 足见拳拳爱国之心。这些都说明了弘一法师积极入世的精神。

夏丏尊倡导人的觉醒,注重散文的人格感化、道德教化和审美陶冶作用。他的散文《闻歌有感》的主题就是劝导妇女应有主宰自己命运的"自觉",要正确认识并实现自己的价值,为自己争取应有的地位。佛家的度人救难的"菩萨行"观念则激励夏丏尊生成济世救人的慈悲胸怀。20世纪30年代初,夏丏尊主持创刊《中学生》杂志后,面向青年学生,发表了众多评论随笔,帮助他们树立正确的是非观,严肃地对待生活,以文学进行思想启蒙。

丰子恺强调以"真善美"塑造人格。他以"童心说"弘扬"真"情。他赞美儿童是"身心全部公开的真人"(丰子恺《给我的孩子们》)。丰子恺的儿童崇拜的用意是希望建设一种全新的人格。丰子恺的"童心"说推崇的是人的本真,它蕴含着佛教思想的底蕴。在丰子恺的眼光中,尚未被世俗所蒙蔽的儿童,天生就是艺术家,天真烂漫的儿童不仅有一颗天生的艺术心,而且还有一颗天生的宗教心。丰子恺在《告母性:代序》一文中就赞美了儿童的艺术心和宗教心,他写道:"他们为游戏而游戏,手段就是目的,即所谓'自己目的',这真是艺术的!他们不计利害,不分人我,即所谓'无我',这真是宗教的!"③ 佛典认为,"心性本净,客尘随烦恼之所杂染,说为不净。"(《异部宗轮论》)可见,人之本性是纯真的,"童心"是纯真的,只要回到童真即能达到

---

① 陈飞鹏:《夕阳山外山:纪念弘一法师诞辰134周年》,《佛学史话》,2014年第5期。
② 李叔同:《中国人的禅修》,金城出版社,2014年,第301页。
③ 丰子恺:《告母性:代序》,丰陈宝、丰一吟编:《丰子恺文集》艺术卷(1),浙江文艺出版社、浙江教育出版社,1990年,第77页。

本真人性。丰子恺的观点和佛教重视人的本性，追求"清净心"的处世态度是相同的。

同时，丰子恺又以"同情说"弘扬"善"意，他提倡"护生"。通过护生手段，来培育人的爱心，以达到培养良好人格的目的。自20世纪20年代，丰子恺开始创作的具有佛教意味的《护生画集》不仅仅是尊师之作，更具思想启蒙的功能。故李叔同称之为："以艺术为方便"（李叔同《〈护生画集〉序》）。"方便"是佛家语，如"如来……具足方便智慧"（《法华经·譬喻品》）。"方便"意谓教导、启悟。"以艺术为方便"，目的在于用艺术开悟受教育者。有学者指出："由李叔同和丰子恺这样的佛教知识分子创作的《护生画集》，是佛教新民的一种新颖形式，希望将中国建成新的社会。通过避免杀生和护生，在战争中肯定生命，人们可以对其他生物充满同情，对复杂的世界有更深刻的理解。丰子恺在《护生画集》中所选择的视觉策略即为实现这一目标。"[①]

白马湖作家在"立达"时期，奉行"己欲立而立人"、"己欲达而达人"的原则，执着地对青年进行文化启蒙和人格熏陶。而至开明书店时期，白马湖作家又继承了这个一贯的主张。

进行文化启蒙构成"两浙"现代作家的重要的文学理念。在这个层面，"两浙"现代作家的文学创作内容多以批判社会、批判陋习以及人格启蒙为主。与启蒙理念相对应的是，他们在文学语言使用上也进行了变革，主张使用白话文进行写作。白话文构成"两浙"现代作家进行启蒙教育的重要工具。

在历史的演化中，文言使用者垄断了社会的话语资源，下层人民被剥夺了言说的权力。对此，鲁迅有过深刻论断："因为文字是特权者的东西，所以它就有了尊严性，并且有了神秘性。……所以，对于文字，他们一定要保持。"[②] 而"五四"白话文运动将林纾所谓的"引车卖浆之徒所操之语"（林纾《致蔡鹤卿书》）提高到了文学正宗的地位。米

---

① 杨肖：《艺术为"方便"，绘画为新民：论20世纪20至40年代丰子恺具佛教意味的漫画》，《文艺研究》，2014年第2期。
② 鲁迅：《门外交谈·且介亭杂文》，《鲁迅全集》，第6卷，人民文学出版社，1981年，第91页。

歇尔·福柯认为:"话语既可以是权力的工具,也可以是权力的结果,但也可以是障碍、绊脚石、阻力,也可以是相反的战略的出发点。"①因此,话语权在权力系统中的地位非常重要。文白两种语言的较量,实则是话语权的较量。"五四"文学革命选择白话文运动为突破口,是考虑到白话文传播的广度。只有使用白话文,平民才能看懂,才能达到文学启蒙之目的。于是,白话文成为"两浙"现代作家的重要选择。这既和佛教"普度众生"思想契合,亦和佛教平等理念相一致。

鲁迅的文言文功底极佳,这从《摩罗诗力说》等文言论文中可以看出,但他却成为第一个用白话文写小说的现代作家。他对主张文言文的人进行了深入的分析:"如果文字易识,大家都会,文字就不尊严了。说白话不如文言的人,就从这里出发的。"②甚至有极为激烈的批判:"我总要上下四方寻求,得到一种最黑,最黑,最黑的咒文,先来诅咒一切反对白话,妨害白话者。即使人死了真有灵魂,因这最恶的心,应该堕入地狱,也将决不改悔,总要先来诅咒一切反对白话、妨害白话者。"③可见,对待白话与文言的态度,鲁迅态度极为鲜明。当然,鲁迅的不少白话文字带着"难以直说"的特质,如其散文诗集《野草》中的文字,大多充满禅意。

可能有读者会说,鲁迅1924年出版的《中国小说史略》是文言文撰写的,1926年他为厦门大学编写的中国文学史讲义(1938年编入《鲁迅全集》时定名为《汉文学史纲要》),也是用文言文撰写的。确实,鲁迅并没有放弃文言文,写作学术著作时以文言文撰写,但对普通大众启蒙发声,他用的都是白话文。这正如学者陈平原所言:"在我看来,并非鲁迅言行不一,或故作惊人语,而是基于'体式'和'文体'相钩连的独特思考——对应现实人生的'小说'或'杂文',毫无疑问应该使用白话;至于谈论传统中国的'论文'或'专著',以文言表述,

---

① 米歇尔·福柯:《性经验史》,佘碧平译,上海人民出版社,2000年,第73页。
② 鲁迅:《门外文谈·且介亭杂文》,《鲁迅全集》,第6卷,人民文学出版社,1981年,第91页。
③ 鲁迅:《二十四孝图·朝花夕拾》,《鲁迅全集》,第2卷,人民文学出版社,1981年,第251页。

或许更恰当些。"① 从这个角度讲，鲁迅的文言文写作只是为了更好服务写作内容的"体式"问题。

白话文写作，是鲁迅对旧的语言传统的反抗，他批判文言文的因袭，实际上是批判旧思想的因袭。鲁迅倡导的白话文是启蒙思想的载体。

周作人对"五四"新文学运动中的语言变革有较多自己的思考。他在《思想革命》一文中说："文学革命上，文字改革是第一步，思想改革是第二步，却比第一步更为重要。"② 这句话概括了周作人新文学运动时期的基本立场，"文字改革"是"思想改革"的工具，要先行解决。当然，周作人对文言文的态度不似钱玄同等人的激进，相对中庸。他心目中理想的语言变革，便是要熔铸古文、白话和西语多种语言的有益成分，要适合表达思想情感的语言。他认为："古文与白话文都是汉文的一种文章语，他们的差异大部分是文体的，文字与文法只是小部分。"③ 也即"五四"白话文代替文言文只是文体的改变。他反对纯用百姓口语作文，认为可以有口语与文章语两种语体。周作人认为"五四"语言变革，一方面应使语言真正成为现代思维与现代文学的载体，表现现代人的情思；另一方面，则要普及教育，使大多数的国民能够运用，这样才利于启蒙。

但不管如何，早期的周作人是积极支持白话文运动的。周作人用白话文翻译古希腊牧歌《古诗今译》，这既是他第一篇白话文作品，更是他对胡适倡导的现代白话文运动的呼应。周作人承认当时的白话文虽然"笨俗"，但"丑媳妇终要见翁姑面，索性勇敢地出来吧"。④ 谭桂林在《论周作人与佛教文化的关系》一文中也指出，周作人"对六朝经文运

---

① 陈平原：《分裂的趣味与抵抗的立场：鲁迅的述学文体及其接受》，《文学评论》，2005 年第 5 期。
② 周作人：《思想革命》，张明高、范桥编：《周作人散文》，第 2 集，中国广播电视出版社，1992 年，第 346 页。
③ 周作人：《国语文学谈》，《周作人批评文集》，珠海出版社，1998 年，第 211 页。
④ 周作人：《〈希腊牧歌之一〉小引》，《周作人集外文》（上集 1904—1925），海南国际新闻出版中心，1995 年，第 691 页。

用白话别创新格的赞赏与他在'五四'新文学运动中主张的文体革命思想相一致,同胡适当年为了证明几千年文学史是一都白话文学史的观念而极力推举佛经的贡献其思路亦庶几相近"。① 因此,周作人的白话文写作,隐含着他的启蒙思想。

以启蒙作为文学理念的白马湖作家群,也力主语言的变革创新,主张开展白话文运动。夏丏尊的散文,文字简洁、洗练、朴素。《白马湖之冬》一文,他信手写来,却自然醇厚,颇耐咀嚼。丰子恺的散文不堆砌华丽的辞藻,文字朴讷而又明亮。他强调行文上的"自然天成"、"直写性情"。《儿女》一文,行文亲切生动,具有"清茶米酒"之味。俞平伯认为:"把诗底本来面目,从脂粉堆里显露出来","推翻诗底王国,恢复诗底共和国"。② 他用白话进行新诗创作,如《冬夜之公园》,而且,诗风呈现自然清新的特点。

白马湖作家群自觉地从现代人的口语中提炼生动的句式和词汇,构成大众化的书面语言,有明显的"谈话风",文章读来亲切自然,真挚朴实,又不失清新淡雅。

正是因为"两浙"现代作家力挺白话文运动,尤其钱玄同、鲁迅和周作人等浙籍文人的努力,他们让白话文运动由侧重"形式",上升至"思想启蒙"的高度,使得《新青年》所鼓吹的白话文学革命得以成功。

"两浙"现代作家十分重视思想启蒙,重视文艺的特殊功能,希冀借此启示国民精神,完善国民人格。这与江南佛教的"入世"精神是完全契合的。

第二节 "否定精神"与"砭世导俗"

深谙佛意的白居易有诗云:

---

① 谭桂林:《论周作人与佛教文化的关系》,《中国文学研究》,1992 年第 3 期。
② 俞平伯:《诗底进化的还原论》,《俞平伯全集》,第 3 卷,花山文艺出版社,1997 年,第 549 页。

> 花非花，雾非雾，
> 夜半来，天明去。
> 来如春梦几多时？
> 去似朝云无觅处。
> ——《花非花》①

"花"喻世间美好事物，"花非花"指出了世事万物皆为虚无幻象，体现了佛家否定俗世的美学观。

世上形形色色的事物和现象，佛教谓之"色"。佛典云："色即是空，色复异空。"（支遁《妙观章》）针对万物之本质，佛教的答案是"色即是空"。佛家将世俗之美喻为"镜像"、"水月"、"泡影"等。《摩诃般若波罗蜜经·序品》以"十喻"解释"诸法空"："解了诸法，如幻、如焰、如水中月、如虚空、如响、如犍闼婆城、如梦、如影、如镜中像、如化。"佛家认为，无论自然之美，抑或人体貌之美，皆虚幻不实。对世相之美，以"不净观"否定，将女色视作"盛血革囊"。佛教"色即是空，色复异空"，看似矛盾，其实不然。俗界的"空"，是对因缘而生的"有为法"而言，涅槃世界不是因缘而生的"有为法"。故佛教具有强烈的否定精神。无论是佛学的般若智慧，抑或是佛学的涅槃论，都是论证佛教彼岸世界的真实存在以否定俗世社会。鸠摩罗什的弟子僧肇将"知"与"无知"对立起来，意在否定现世生活。佛教思想中的这种否定精神呈现出入世精神，诚如麻天祥所言："它不同于印度佛法集中对人生、宇宙实相的沉思玄想，也不同于传统思想重点在伦理观念和自身的道德修养。它是由佛陀教义的否定精神而展开的社会批判意识，由传统文化中治国平天下的忧患意识和使命感引发的入世精神，是在佛、儒、道思想结合的基础上发展起来的心性学说和辩证思维方式。"② 因此，佛教这一特点，迎合了近代思想界的理论思维和社会革

---

① 白居易：《花非花》，《唐诗鉴赏辞典》，上海辞书出版社，1983年，第878页。
② 麻天祥：《反观人生的玄览之路近现代中国佛学研究》，贵州人民出版社，1994年，第7页。

命的需要。近代的一些先进知识分子将佛教思想当作他们的经世之学。如康有为即以佛学否定精神为理论依据，提出要脱离茫茫苦海，只有"破除九界而已"①。谭嗣同也运用佛学否定精神理论批判社会现实。

江南佛教同样具有否定精神。天台宗称"三界无安，犹如火宅"（《法华经》），以"火宅"为喻，彻底否定现实俗世。浙籍佛门弟子太虚，疾呼"生存者地狱"（太虚《觉社丛书出版之宣言》）。章太炎提出的"五无论"（无政府、无聚落、无人类、无众生、无世界）理论，更是佛学否定精神和批判精神的极致表达。南禅宗敢于否定权威，推翻偶像。《五灯会元》卷七记载："这里无祖无佛。达摩是老臊胡，释迦老子是干屎橛，文殊普贤是担屎汉，等觉妙觉是破除凡夫，菩提涅槃是系驴橛，十二分教是鬼神簿，拭疮疣纸。四果三贤、初心十地是古冢鬼，自救不了。"② 德山宣鉴骂佛，树立了强烈的自信自尊的个性。

佛教的否定精神影响到"两浙"现代作家的精神追求，他们从江南佛学中汲取批判力量，以强烈的批判意识审视中国文化和社会现实，进行"砭世导俗"的工作。

鲁迅激烈抨击传统文化"少怀疑"的特点："无问题，无缺陷，无不平，也就无解决，无改革，无反抗。"③ 相反，他认为"多有不满的人的种族，永远前进，永远有希望"。④ 因此，鲁迅以文学为武器，对黑暗社会的种种罪恶现象进行了深刻的揭示和批判。在鲁迅的小说中，"夜"的书写呈现常态化，有研究者考证："查《鲁迅全集》，二十四孝图'夜'字出现四千多次。夜，成为鲁迅开掘现代母题的一个永恒意象，与这一新文化巨人孤独的身影相伴相随，萦绕不去。"⑤ 在鲁迅作品中，"夜"意象隐喻黑暗的社会现状，呈现出人生的苦闷和绝望。学者钱理群认为，鲁迅早期的黑暗意识是"对外部世界黑暗的一种把握，还是经

---

① 康有为：《大同书》，辽宁人民出版社，1994年，第66页。
② 普济撰，苏渊雷点校：《五灯会元》卷七《德山宣鉴禅师》，中华书局，1984年，第374页。
③ 鲁迅：《坟·论睁了眼看》，《鲁迅全集》，第1卷，人民文学出版社，1981年，第238页。
④ 鲁迅：《热风·随感录六十一·不满》，《鲁迅全集》，第1卷，人民文学出版社，1981年，第395页。
⑤ 皇甫晓涛：《夜与鲁迅的意象》，《鲁迅研究月刊》，1997年第9期。

验形态的东西",但到了 20 世纪初,他"已经把外在的黑暗转化为内心的黑暗,把经验性的遭遇转化为一种生命体验,一种哲学思考",并认为"研读佛经"使鲁迅"对问题的思考开始进入哲学层面"。① 鲁迅借佛学的智慧哲学对人生进行思考,通过黑暗意识深刻揭示了社会的黑暗现状。

鲁迅也以杂文的形式对黑暗中国现状进行了深入批判。他在《热风·四十二》中这样写道:

> 试看中国的社会里,吃人,劫掠,残杀,人身买卖,生殖器崇拜,灵学,一夫多妻,凡有所谓国粹,没有一件不与蛮人的文化(?)恰合。拖大辫,吸鸦片,也正与土人的奇形怪状的编发及吃印度麻一样。至于缠足,更要算在土人的装饰法中,第一等的新发明了……②

通过与"蛮人"的比较,鲁迅尖锐地指出了国人引以为傲的传统文化实际是"蛮人的文化",对中国的现状和文化进行了冷峻的审视和深刻的批判。

鲁迅的导俗主要体现在以"立人"为基点的思想文化层面上。一是"激活国人精神主体",也即现代人格的建构。宋明理学的"存天理,灭人欲"的主张,将儒家原有的人道主义完全扼杀了,剩下的只有人性的摧残。在这套价值观念的灌输下,人变得没有主体性,成就了"奴隶"型的人格。对于国人的奴性人格,鲁迅激愤地说:"中国的文化,都是侍奉主子的文化,是用很多人的痛苦换来的。"③ 在文学作品中,鲁迅塑造了一系列具有奴性特征的形象,借此批判奴才哲学。如在《求乞者》中,鲁迅通过对求乞者谋生状态的生动描写,谴责了他们安于现状

---

① 钱理群:《与鲁迅相遇》,生活·读书·新知三联书店,2003 年,第 107 页。
② 鲁迅:《热风·四十二》,《鲁迅全集》,第 1 卷,人民文学出版社,1981 年,第 327 页。
③ 鲁迅:《集外集拾遗·老调子已经唱完》,《鲁迅全集》,第 7 卷,人民文学出版社,1981 年,第 312 页。

卑躬屈膝尤其是"装可怜"的做派。从江南佛学中，鲁迅吸收了张扬个性，崇尚个体精神自由的思想。鲁迅认为"泯于大群，如掩诸色以晦黑"①，主张"发国人之内曜"②，强调发挥人的主体性。二是倡导张扬坚毅卓绝的人格意志。鲁迅对佛教中具有慈悲情怀、能舍身求法、有坚韧笃实个性的僧侣大加赞赏。譬如，他称颂唐玄奘为"中国的脊梁"③。在《野草·过客》中，过客孑然一身，困顿前行，这正显示了鲁迅对坚毅卓绝的人格的大力赞赏。这种人格意志的培养，也正是对旧中国长期以来养成的奴性人格的反拨。

早期的周作人对国事比较关注，他以佛学的"种业论"评论当时的中国社会现实。近代佛教唯识宗复兴，佛教唯识学把人的心理学分成第八识阿赖耶识、第七识末那识和第六识意识这三个结构，在唯识学论三个结构中，以第八识阿赖耶识说为核心理论。第八识阿赖耶识，又被称作藏识、一切种和异熟等很多说法。之所以被称为种子说，是因为阿赖耶识说认为心识把对客观世界的认识如种子般储存，并进行抽象思维，使其转化成"异熟果"（思维结果），佛教称这一思维原始动力为种子。阿赖耶识与荣格所揭示的集体无意识十分相近，可以通过遗传影响后人的性格、思想认识等。周作人以佛学阿赖耶识去看中华民族之"种性"，看到了国民劣根性之"遗传"力量的强大。他认为中国民族"种性"中，奴性意识和皇权思想根本没有消失，国人没有独立思想和独立的人格。周作人对孙中山建立民国持肯定态度，也非常认同孙中山的伟大功绩，但周作人看到辛亥革命后的社会现状，却颇感失望。他在《望越篇》一文中，以"种业论"解释辛亥革命后社会依然老样子的原因。他在文中写道："盖闻之，一国文明之消长，以种业为因依，其由来者远，欲探厥极，当上涉于幽冥之界。种业者本于国人彝德，驸以习俗所安，

---

① 鲁迅：《集外集拾遗补编·破恶声论》，《鲁迅全集》，第8卷，人民文学出版社，1981年，第26页。
② 鲁迅：《集外集拾遗补编·破恶声论》，《鲁迅全集》，第8卷，人民文学出版社，1981年，第25页。
③ 鲁迅：《且介亭杂文·中国人失去了自信力吗？》，《鲁迅全集》，第6卷，人民文学出版社，1981年，第118页。

宗信所仰，重之以岁月，积渐乃成，其期常以千年，近者亦数百岁，逮其宁一，则思感咸通，立为公意，虽有圣者，莫赞一辞。故造成种业，不在上智，而在中人，不在生人而在死者。二者以其为数之多，与为时之永，立其权威。后世子孙，承其血胤者亦并袭其感情，发念致能，莫克自外，唯有坐绍其业而收其果，为善为恶，无所撰别，遗传之可畏，有如是也。"①"业"是佛教经典中一个重要概念，有"造作"的意思，指芸芸众生从身口意三方面造作的善恶行为。佛学认为，一切苦乐果都因业力所致，"业"发生后，不会消除，将引起善恶报应。周作人认为中华民族长期疲弱落后，造成种业之因"不在生人而在死者"，也即中华民族的"业"是长期专制政治之故，后人只能坐收业果，要改变现状非常之难。从佛学种业论上，周作人看到了民族传统的陋习的顽固。

因此，周作人通过佛学种业论认识到中国民族传统中劣根性这个"业"改变不易，他更看清楚了社会现实。正因为认识到佛学种业论的遗传力量，故周作人颇强调国人思想的启蒙。他提出国民精神的改造的方法在于"能知悔改"、"自觉而已"。②

周作人对晚明小品文的喜好，一方面，是因为为晚明文人文字中散发出的"生活趣味性"所吸引，另一方面，则是为晚明文人对抗"道统"的反抗精神所折服。因此，周作人的文学作品除了"闲适"和"幽默"，同样还具有一定的反抗性。周作人对传统文化恶习有深刻揭示和批判。他指出："中国女子的缠足，中国人之吸鸦片，买卖人口，都是真正的国耻，比被外国人欺侮还要可耻。"③ 这样的国民，他认为很难做到强国。中国要强大，国人必须觉醒，必须看清丑陋。但问题是国人还盲目自大，且有强大的排外心理。周作人说："照此刻的样子，以守国粹夸国光为爱国，一切中国所有都是好的，一切中国所有都是对的，

---

① 周作人：《望越篇》，张明高、范桥编：《周作人散文》，第3集，中国广播电视出版社，1992年，第442—423页。
② 周作人：《望华国篇》，《周作人文类编·中国气味》，湖南文艺出版社，1998年，第39页。
③ 周作人：《代快邮》，张高明、范桥编：《周作人散文》，第1集，中国广播电视出版社，1992年，第223页。

在这个期间,中国是不会改变的,不会改好,即使也不至于变得再坏。"① 对被社会压抑所致的丑陋人性,周作人也有深刻批判。譬如,他听说上海商报馆珍女士自缢,而同僚们在旁边做起了滑稽诗,针对这一现象,他进行了鞭辟近里的剖析:"野蛮人虽然会杀人或吃敌人的肉,但看见他的同伴死了,决不会欢喜跳舞的,便是在高等动物界里也决不会,——除了狼以外。该得诅咒的是那伪文明与伪道德,使人类堕落成为狼以下的地位的生物,——而他们则是可怜者。"② 将人与动物相比,表达了周作人对国人丑陋人性的深刻认识和深恶痛绝。这也可以理解为什么周作人早在《人的文学》一文中,就希望借国人阅读文学作品,"扩大读者的精神,眼里看见了世界的人类,养成人的道德,实现人的生活"。③

周作人严厉批判极端的禁欲主义,大胆地为妇女倡导正常人欲。对于假道学,周作人用语颇为尖锐:"老流氓愈要求处女,多妻者亦愈重守节。"④ 周作人建议用宽容的态度,肯定"人"的本能欲求,这是对人性的肯定,对旧社会扼杀人性的鞭挞,对传统文学强调伦理的否定。

周作人一些批评时政的文字,砭世导俗,颇为深刻。如《吃烈士》一文中,他写道:

> 中国人本来是食人族,象征地说有吃人的礼教,遇见要证据的实验派可以请他看历史的事实,其中最冠冕的有南宋时一路吃着人腊去投奔江南行在的山东忠义之民。不过这只是吃了人去做义民,所吃的还是庸愚之肉,现在却轮到吃烈士,不可谓非旷古未闻的口

---

① 周作人:《代快邮》,张高明、范桥编:《周作人散文》,第 1 集,中国广播电视出版社,1992 年,第 224 页。
② 周作人:《可怜悯者》,舒芜编:《女性的发现:知堂妇女论类抄》,文化艺术出版社,1990 年,第 112 页。
③ 周作人:《人的文学》,张明高、范桥编:《周作人散文》,第 2 集,中国广播电视出版社,1992 年,第 129 页。
④ 周作人:《谈卓文君》,钟叔河编:《周作人文类编》,第 5 卷,湖南文艺出版社,1998 年,第 506 页。

福了。①

这种对"吃人的筵席"的批判，令人想到鲁迅的小说《狂人日记》和《药》。观此文用笔之深刻，其入世精神之深邃，可见一斑。

郁达夫虽有逃禅意，却难忘俗世。1927年，郁达夫在《〈鸡肋集〉题词》中说要"静静的去观察人生，孜孜的去完成我的工作"。② 这是他希望通过自我的救度，以期达到对世人的救度，这是一种积极入世的态度。郁达夫在小说中呈现的性苦闷等悲痛之情，是在形而上的层面展现青年的精神状态和需求。在现实生活中，当时的年轻人无法把握自己的命运，感到人生空虚，传递出他们对存在的意义以及社会现实的深层怀疑。郁达夫的大胆欲望书写，是对礼教摧残人性的反击，是对假道学者虚伪本性的批判。

郁达夫一直不失济世之心。早在留学日本时，郁达夫作旧体诗《王师罢北征》，诗中写道："南渡中流思祖逖，西风落日吊田横。"③ 该诗表现出年轻的郁达夫关心时政、重振中华的强烈愿望。回国后，郁达夫依然积极入世。他关心时政，且敢于批评时政。在《过徐州、济南》一诗中，郁达夫写道："秋风秋雨遍地愁，戒严声里过徐州。黄河偷渡天将晚，又见清流下浊流。"④ 诗歌化用秋瑾的"秋雨秋风愁煞人"句，表达他的忧国忧民之心。在《岁暮穷极，有某府怜其贫，嘱为撰文，因步〈钓台题壁〉原韵以作答》一诗中，郁达夫写道："万劫艰难病废身，姓名虽在已非真。多惭鲍叔能怜我，只怕灌夫要骂人。泥马纵骄终少骨，坑灰未冷待扬尘。国门吕览应传世，何必臣雄再剧秦。"⑤ 诗歌体现了郁达夫对时局的关注，表达了他的爱国情怀。"多惭鲍叔能怜我，只怕

---

① 周作人：《吃烈士》，张高明、范桥编：《周作人散文》，第1集，中国广播电视出版社，1992年，第220页。
② 郁达夫：《〈鸡肋集〉题词》，《郁达夫全集》，第5卷，浙江文艺出版社，1992年，第331页。
③ 郁达夫：《王师罢北征》，《郁达夫全集》，第9卷，浙江文艺出版社，1992年，第38页。
④ 郁达夫：《过徐州、济南》，《郁达夫全集》，第9卷，浙江文艺出版社，1992年，第122页。
⑤ 郁达夫：《岁暮穷极，有某府怜其贫，嘱为撰文，因步〈钓台题壁〉原韵以作答》，《郁达夫全集》，第9卷，浙江文艺出版社，1992年，第161—162页。

灌夫要骂人"显示了郁达夫不阿权贵的正直文人气质，"泥马纵骄终少骨，坑灰未冷待扬尘"批判了国民政府的不抵抗政策。此外，郁达夫十分关心底层人民的疾苦，有度众心。在《沪杭车窗即景》一诗中，郁达夫写道："男种秧田女摘茶，乡村五月苦生涯。先从水旱愁天意，更怕秋来赋再加。"① 表达出了对劳动人民生活的深深忧虑，更揭示了政府部门的横征暴敛。在小说《唯命论者》中，郁达夫写一个小学教员在贫困线上苦苦挣扎并投河自尽的悲剧，展现社会对底层人的逼迫。

江南佛教的否定意识和入世精神，对白马湖作家群同样影响深刻。白马湖作家群"以出世的精神，做入世的事业"②，在砭世导俗方面，他们做得十分勤勉。

在弘一法师的影响下，夏丏尊对佛学的兴趣也愈加深厚，佛学甚至成为其精神寄托的内在需求。夏丏尊虽然没有皈依佛门，也没有实行修持，但佛学的智慧却深刻影响到了他的思想行为。佛家的否定精神和佛教度人救难的"菩萨行"观念使得夏丏尊积极入世，关注社会现实。夏丏尊一直秉承"为人生"的文艺主张，因此，他用文字进行砭世导俗。丰子恺在《悼丏师》一文中称夏丏尊"是个多忧善愁的人"，凡是"国家的事，世界的事，别人当作历史小说看的，在夏先生都是切身问题，真心地忧愁，皱眉，叹气"。③ 可见，夏丏尊具有深深的忧患意识。夏丏尊写出了不少针砭时弊的文章，如在《钢铁假山》中，夏丏尊直接书写日本侵略者的罪行。在《整理好了的箱子》中，夏丏尊对中国政府的不抵抗政策表达了深深的愤慨。在《"无奈"》中，夏丏尊告诫人们与其畏缩烦闷地过日子，不如堂堂正正地奋斗。文章呼吁："'烦恼即菩提'，把'无奈'从客观的改为主观的，所差只是心机一转而已。"④ 夏丏尊用佛学智慧宣扬人们去奋斗。另外，夏丏尊也写出了一些反思人性、贬

---

① 郁达夫：《沪杭车窗即景》，《郁达夫全集》，第9卷，浙江文艺出版社，1992年，第146页。
② 朱光潜：《朱光潜全集》，第1卷，安徽教育出版社，1987年，第76页。
③ 丰子恺：《悼丏师》，丰陈宝、丰一吟编：《丰子恺文集》文学卷（2），浙江文艺出版社、杭州教育出版社，1992年，第159页。
④ 夏丏尊：《"无奈"》，《夏丏尊文集》，线装书局，2009年，第107页。

斥恶习的散文，如《幽默的叫卖声》。文章选的角度是典型的市井百态，却大力赞扬卖臭豆腐干的小贩诚实，讥讽了卖报者张口就是"两个铜板"的悲哀。在导俗方面，夏丏尊面向那些"彷徨于分叉的歧路，饥渴于寥廓的荒原"的青年们，更是发表了众多评论随笔，如《读书与冥想》、《我的中学生时代》、《致文学青年》等，帮助青年们树立正确的是非观，严肃地对待生活，倾注了师长的热情与关切。

俞平伯主张文学要发挥社会的效用。他在《诗底进化的还原论》一文中指出："诗是人生底表现，并且还是人生向善的表现。诗底效用是在传达人间底真挚，自然，而且普遍的情感，而结合人和人底正当的关系。"① 俞平伯劝善，和佛教精神契合。俞平伯把劝善定义为"前进"，"前进"即意味着社会的发展进步，即多了一种社会性和时代性。俞平伯书写"善"，是入世精神的体现。如此，俞平伯的诗歌多关注现实。诗歌《胜利者》，以反讽的方式，批评了人类。诗歌《冬夜之公园》中，用"归鸦"、"鸦声"、"冷月"等冷色调意象，渲染出了凄冷的环境，以含蓄的方式，呈现了现实社会的黑暗，这是对现实世界的否定。

此外，俞平伯还对一些社会现象进行了深刻的批判。如在《打破中国神怪思想的一种主张：严禁阴历》一文中，俞平伯认为，自己在北京度过了四年，感觉社会没有任何进步，只有装神弄鬼的玩意儿闹得厉害。于是，俞平伯提出严禁阴历，以打破在中国延续了几千年的神怪思想。在《一星期在上海的感想》一文中，俞平伯尖锐地指出上海的病症以及上海人的缺点，借"上海"这个视点，呈现了社会发展的"障碍"。

丰子恺是弘一法师弟子，一直做着砭世导俗之事。他推崇童心，认为童心没有虚伪残忍的腐蚀，没有名利的羁绊，没有妒忌的压抑，儿童的世界是天真无邪的世界。在《儿女》一文中，丰子恺指出，"天地间最健全的心眼，只是孩子们的所有物，世界事物的真相，只有孩子们能最明确、最完全地见到"，同时，贬斥成人世界，他说："我比起他们

---

① 俞平伯：《诗底进化的还原论》，《俞平伯全集》，第3卷，花山文艺出版社，1997年，第535页。

来,真的心眼已经被世智尘劳所蒙蔽所研丧,是一个可怜的残废者了。"① 通过对比,丰子恺推崇了儿童的纯真,批判了成人世界的世俗与功利。这是佛菩萨所谓的"显正"与"斥妄",是丰子恺的文艺的教化途径。其目的是想用艺术和宗教的手段净化世人的道德,正如他在《剪网》一文中所说:"艺术、宗教,就是我想找求来剪破这'世网'的剪刀吧!"②

丰子恺还写出了不少针砭时弊的文章。如《肉腿》、《车厢社会》、《吃瓜子》、《口中剿匪记》等。《肉腿》描写穷人冒着酷暑在河两岸的水车上踏水的辛苦情景,与此形成鲜明对比的则是舞场里忙碌的肉腿,作者运用对比展现了他的批判锋芒。《车厢社会》以"车厢"这个独特空间,表现了社会中不公平的阶级现状。《吃瓜子》是批判传统陋习之作,是对人生世相的真切观照与批评。《口中剿匪记》是对贪官污吏的鞭挞。在《还我缘缘堂》一文中,丰子恺表达了对日寇的极大仇恨,直言:"我虽老弱,但只要不转乎沟壑,还可凭五寸不烂之笔来对抗暴敌,我的前途尚有希望,我决不为房屋被焚而伤心,不但如此,在我反觉轻快,此犹破釜沉舟,断绝后路,才能一心向前,勇猛精进。"③ 在社会动荡不安之际,丰子恺没有选择逃避,而是勇于批评时政,足见丰子恺的入世精神。

除了文字,丰子恺还以"美术"这个艺术形式进行砭世导俗。他的《护生画集》主题极广,涉及大量日常事物,不少作品蕴含禅意,让人深思。如丰子恺的《老鸭造象》描绘将被处死的老鸭,呈现"老鸭札札,延颈哀鸣"的形象,表达出丰子恺对暴力的批判,对生灵之体恤。通过对动物的护生,培育人的爱心,以达到培养良好人格的目的。此外,丰子恺也直接批判现实社会。如 1937 年,日本人从杭州湾登陆,

---

① 丰子恺:《儿女》,丰陈宝、丰一吟编:《丰子恺文集》文学卷(1),浙江文艺出版社、浙江教育出版社,1992 年,第 114 页。
② 丰子恺:《剪网》,丰陈宝、丰一吟编:《丰子恺文集》文学卷(1),浙江文艺出版社、浙江教育出版社,1992 年,第 95 页。
③ 丰子恺:《还我缘缘堂》,丰陈宝、丰一吟编:《丰子恺文集》文学卷(2),浙江文艺出版社、浙江教育出版社,1992 年,第 54 页。

丰子恺画《漫画日本侵华史》，揭示几百年来日本人的侵华恶行，更以廉价广销各地，令文盲也能看懂，使更多的人了解日寇的侵华历史。

"两浙"现代作家沉潜江南佛学，受江南佛学否定意识的启悟，一直在努力做好砭世导俗的工作。从文学艺术创作看，"两浙"现代作家砭世导俗的工作主要体现在两个方面：其一，在现实人生层面上，"两浙"现代作家以"求实"的态度审视和批判社会现实问题。他们鞭挞以礼教为中心的封建伦理体系，批判外族入侵的野蛮行径，揭示种种社会不良现象。其二，在精神层面上，"两浙"现代作家审视人的存在价值和意义，努力倡导人性自由，倡导人的觉醒。

第三节　"心性理论"与"诗性审美"

佛教的心性学说，确立了自贵其心的理论体系。江南佛教非常强调心力的作用，如天台宗、华严宗、净土宗和禅宗等。天台宗主张"一心三观"和"一念三千"。天台宗实际创始人智𫖮大师云："若一法一切法，即是因缘所生法，是为假名，假观也；若一切法即一法，我说即是空，空观也；若非一非一切者，即是中道观。一空一切空，无假、中而不空，总空观也；一假一切假，无空、中而不假，总假观也；一中一切中，无空、假而不中，总中观也。即《中论》所说不可思议一心三观。"（《摩诃止观》卷五）"一心三观"意指能同时看到空、假、中三谛。"空"指一切现象为因缘和合而成，空无自性。假，指一切现象虽空无自性，却仍有假相。中，指非空非假。"一心三观"构成天台宗的核心思想，它阐述了主体的心与客体本质之间的关系。"一念三千"则进一步强化了心包容客体的广度。"一念"即"一心"，指心念活动极短时间。"三千"，即世界物质和精神之所有。"一念三千"意谓人在一念动时，已包括宇宙万象。华严宗在法藏时期，江南吴越之地已有华严宗传播，中唐开始，华严宗已在江南立足。《华严经》云："三界所有，唯是一心。"（《大方广佛华严经·十地品第二十六之四》）华严宗实际创始人法藏云："尘是自心现，由自心现，即与自心为缘。由缘现前，心法方起。"(《华严经义海百门》)可见,华严宗力主一心为万物之本原。净土宗在江南也广为传播。严耀中在《江南佛教史》中指出:"由于慧远的作用,让阿弥陀净土带上了江南佛教的传统。"① 故它在江南颇有市场。且五祖少康、六祖延寿、七祖省常、八祖袾宏、九祖智旭、十祖行策都是江南人,主要活动都在江南,足见净土宗在江南的发展盛况了。净土宗倡导"即心是佛",强调心力。以上诸宗都夸大和强调了心的作用,但在实施修行时,要保持内心清静,实则依然心物对立。而慧能创立的南禅宗力主"若识本心,即是解脱"(敦煌本《坛经》),较之以前的佛教,夸大内心顿悟之能量,只重心力,故唐代禅僧称自己宗派为"心宗"。中唐以后,禅宗各派纷纷到江南发展,至唐末,几乎成了江南禅宗的天下了。由此可见,江南佛学崇尚心力,强调人性自觉。作为文化传承,江南佛教的心性学说在一定程度上影响了近佛的"两浙"现代作家的诗性审美追求。

其一,崇尚自然。

释迦牟尼在尼连禅河畔的菩提树下悟道,在阿利罗跋提河边的娑罗树林涅槃。故自佛教佛祖开始,佛教与自然就结缘了。佛典云:"佛说法者多多住耆阇崛山,耆阇崛山清净鲜洁,受三世佛及诸菩萨,更无如是处……是中净洁,有福德,闲静故。"(龙树《大智度论》卷五)佛教徒选择山林自然胜景,可心神安宁,潜心修炼,以悟妙道。

佛教在中国化的过程中,佛学与玄学糅合,自然更是成为法身的一部分。"青青翠竹,尽是真如,郁郁黄花,无非般若。"(《祖堂集》卷三《慧忠国师》)天台宗湛然倡导"无情有性",草木瓦石皆有佛性。观照山水草木,也可体悟佛理。江南佛禅的自然观,强调自然的心相化,主张在自然中亲证,以期破除我执法执,获得解脱。正因为如此,高僧往往崇尚自然,如释慧至庐山,于法兰至剡县,跋山涉水,不辞辛苦,皆因羡慕江东山水。

僧肇大师云:"怀六合于胸中,而灵鉴有余;镜万有于方寸,而其

---

① 严耀中:《江南佛教史》,上海人民出版社,2000年,第241页。

神常虚。""即群动以静心，恬淡渊默，妙契自然。"（僧肇《涅槃无名论·九折十演者·妙存第七》）佛学主张梵我合一，妙悟涅槃，江南自然的秀美清幽成为理想场所。佛学主客体同构的思想，与美学异质同构思想相似，江南自然山水成为审美主体的心灵映照。

受佛禅自然观的影响，"两浙"现代作家也颇为崇尚江南自然山水。形而下的实体自然，实则构成"两浙"现代作家抒发人性自由的一个能指对象。这完全契合了江南佛学借自然妙悟自性的目的。

鲁迅的怀乡小说是弘扬"立人"思想的启蒙小说，但也不乏田园之趣的描写。在《社戏》中，鲁迅以充满诗情画意的笔调描写故乡的自然景色：

> 两岸的豆麦和河底的水草所散发出来的清香，夹杂在水气中扑面的吹来；月色便朦胧在这水气里。漆黑的起伏的连山，仿佛是踊跃的铁的兽脊似的，都远远地向船尾跑去了……①

在《故乡》中，鲁迅描写了记忆中故乡优美的自然景色：

> 深蓝的天空中挂着一轮金黄的圆月，下面是海边的沙地，都种着一望无际的碧绿的瓜。②

从以上文字中，我们看到了鲁迅对乡土田园自然风光的喜爱。学者王学谦认为《社戏》、《故乡》、《一件小事》这三部小说都具有崇尚自然的特征，他指出："这三部小说尽管在叙事风格上存在着很大的差异，但是在深层结构上却都呈现着自然和社会的二元对立式的结构模式。"③走近自然，成为鲁迅抒发自由心性的一种呈现，也通过自然，表达对自

---

① 鲁迅：《呐喊·社戏》，《鲁迅全集》，第1卷，人民文学出版社，1981年，第564页。
② 鲁迅：《呐喊·故乡》，《鲁迅全集》，第1卷，人民文学出版社，1981年，第477页。
③ 王学谦：《永久的渴望与冲动：论鲁迅小说的自然意识》，《吉林师范学院学报》，1997年第18卷第2期。

然天性的赞美,表达对现实世界的贬斥。

除了小说,在散文诗《好的故事》中,鲁迅也借故乡之景抒发了对自然的崇敬之情。他写道:

> 我仿佛记得曾坐小船经过山阴道,两岸边的乌桕,新禾,野花,鸡,狗,丛树和枯树,茅屋,塔,伽蓝,农夫和村妇,村女,晒着衣裳,和尚,蓑笠,天,云,竹……都倒影在澄碧的小河中,随着每一打桨,各各夹带了闪烁的日光,并水里的萍藻游鱼,一同荡漾。诸影诸物:无不解散,而且摇动,扩大,互相融和;刚一融和,却又退缩,复近于原形。边缘都参差如夏云头,镶着日光,发出水银色焰。凡是我所经过的河,都是如此。①

这是鲁迅记忆中的美景,更是他内心渴望的"好的故事"。鲁迅以审美之态观照山水,以自然之美表达人性之真之善,是佛家"山林大地皆念佛法"的体现。

周作人也颇为崇尚自然。他向往这样的自然环境:"这富于阳光的土地和这种快活而且豁达的人民的美,虽在今也还牵引人的思想向着他们。我们想望再去攀登那崎岖的山路,看着竹鸡拍拍的从我们脚下飞起,或者鹰在岩石间翔舞;晚上卧在无云的天空下,听着那些以生命充满空中的无数的嗡嗡飞着的东西,和不远的岸边的海的呻吟,感着拂拂的晚风离了陆地吹去……"②这段自然景色的描写,让我们感受到在周作人心中,自然界物我交融的生命境界,和佛学梵我合一思想相通。周作人的散文喜欢以自然万物为题材,在周作人的笔下,自然界的平贱植物,如菱角、苋菜梗、荠菜、豌豆苗、紫云英、花生、番薯、荸荠等,都成为重笔书写的对象,甚至连蝙蝠、虱子、苍蝇之类的小动物都写,

---

① 鲁迅:《野草·好的故事》,《鲁迅全集》,第2卷,人民文学出版社,1981年,第185页。
② 周作人:《周作人文选 1898—1929》,广州出版社,1995年,第116页。

颇有"一粒沙里见世界,半瓣花上说人情"① 的味道。

在郁达夫看来,自然是灵魂栖息的精神家园。郁达夫在现实生活中遭遇多种痛苦和磨难,因此,自然就成为他宣泄情感的巨大诱惑。在小说《沉沦》中,郁达夫描写了"我"身在异国他乡,受尽屈辱,得不到爱情,没有知己的种种精神苦痛。他甚至被"挤到与世人绝不相容的境地",但"带着紫罗兰气息的和风"的大自然却是另一番境界,"周围的小草都对他微笑"②。清新且富有生命力的大自然,带给"我"心灵的抚慰,使"我"忘却俗世烦忧。郁达夫借"我"的心理感受写出了对自然的崇尚:"这里就是你的避难所。世间的一般庸人都在那里妒忌你,轻笑你,愚弄你;只有这大自然,这终古常新的苍空皎日,这晚夏的微风,这初秋的清气,还是你的朋友,还是你的慈母,还是你情人;你也不必再到世上去与那些轻薄的男女共处去,你就在这大自然的怀里,这纯朴的乡间终老了吧。"③ 在佛家看来,无明是苦闷的渊薮。"无明"有两种,一种是前世宿业带来的,一种是后天客尘染污所造成的。客尘即世俗化的社会,是烦恼之所在。走近自然,可远离染污恶业。因此,郁达夫认为自然可以疗救人性。他写道:"山水、自然,是可以使人性发现,使名利心减淡,使人格净化的陶冶工具。"④ 正因为如此,《蜃楼》中的陈逸群一投入大自然,为爱欲情愁搅乱的心灵,马上化作了"本来无物的菩提妙境"。

郁达夫回国后,面对黑暗现实,苦闷不已。他以自然化解愁意,留下了许多赞美自然的文字。在《烂柯纪梦》一文中,他由衷赞叹道:"立在山下,远远望去,就可以从这巨人的胯下,看出后面的一湾碧绿碧绿的青天,云烟缥缈,山意悠闲,清通灵秀,只觉得是身到了别一个天地;一个城市里住久的俗人,忽入此境,那能够叫他不目瞪口呆,暗

---

① 郁达夫:《良友版新文学大系散文选集导言》,《郁达夫全集》,第6卷,浙江文艺出版社,1992年,第200—201页。
② 郁达夫:《沉沦》,《郁达夫全集》,第1卷,浙江文艺出版社,1992年,第17—18页。
③ 郁达夫:《沉沦》,《郁达夫全集》,第1卷,浙江文艺出版社,1992年,第18—19页。
④ 郁达夫:《山水及自然景物的欣赏》,《郁达夫全集》,第6卷,浙江文艺出版社,1992年,第251页。

暗地要想到成仙成佛的事情上去呢？"① 郁达夫把崇尚自然和成佛联系在一起。在《钓台的春昼》一文中，郁达夫大肆描写景色野旷寂静的美，尽情展现自己爱自然之心，以此排遣现实带给他的苦闷和离群索居的寂寞。在《玉皇山》一文中，他写道："上去化它一整天的时间，看看长江，看看湖面，便可以把一切的世俗烦恼，一例都消得干干净净。"② 以此化解俗世烦闷。在《雁荡山的秋月》一文中，面对雁山夜月的绮丽美景，郁达夫喟然叹息道："我竟象疯子一样一个人在后面楼外的露台上呆对看月光峰影，坐到了天明，坐到了日出。"③ 如此观默静照自然，颇呈禅悦境界。

徐志摩对自然的崇尚之情，最早出现在他的"康桥时期"。徐志摩在《我所知道的康桥》一文中深情写到"那些清晨，那些黄昏，我一个人发痴似地在康桥"，并认为"听近村晚钟声，听河畔倦牛刍草声，是我康桥经验中最神秘的一种。大自然的优美、宁静、调谐在这星光与波光的默契中不期然的淹入了你的性灵"。④ 自此，他常常陶醉于自然之中："我的生活是自然的，是真愉快的！"⑤ 对于大自然的美，徐志摩作全身心投入的感受与品味。在徐志摩看来，自然是充满诗情画意的美感对象，甚至是超越艺术的绝对唯美的对象。他认为："懂了物各尽其性的意义再来观察宇宙的事物，实在没有一件东西不是美的，一叶一花是美的不必说，就是毒性的虫，比如蝎子，比如蚂蚁，都是美的。"⑥ 可见，徐志摩对自然的态度是虔敬的，是充满禅意的。

徐志摩不仅爱在自然中云游，更是提出了自然疗救社会的观点。他

---

① 郁达夫：《浙东景物纪略·烂柯纪梦》，《郁达夫全集》，第3卷，浙江文艺出版社，1992年，第216页。
② 郁达夫：《玉皇山》，《郁达夫全集》，第4卷，浙江文艺出版社，1992年，第103页。
③ 郁达夫：《雁荡山的秋月》，《郁达夫全集》，第3卷，浙江文艺出版社，1992年，第323页。
④ 徐志摩：《我所知道的康桥》，梁实秋、蒋复璁编：《徐志摩全集》，第3卷，中央编译出版社，2014年，第95—96页。
⑤ 徐志摩：《我所知道的康桥》，梁实秋、蒋复璁编：《徐志摩全集》，第3卷，中央编译出版社，2014年，第99页。
⑥ 徐志摩：《话》，梁实秋、蒋复璁编：《徐志摩全集》，第3卷，中央编译出版社，2014年，第28页。

说:"人是自然的产儿。就好比枝头的花和鸟是自然的产儿;但我们不幸是文明人。入世深似一天,离自然远离一天,离开了泥土的花草,离开了水的鱼,能快活吗?能生存吗?""为医治我们当前生活的枯窘,只要'不完全遗忘自然'一张清淡的药方我们的病象就有缓和的希望。"①在徐志摩看来,只有回归自然,才可能实现美好人性。为此,徐志摩一再呼吁人们"回到自然的胎宫里去重新吸收一番资养"②。

从施蛰存的文学创作中,我们不难发现他崇尚自然的审美追求。在小说《闵行秋日纪事》中,施蛰存一开头即借无畏的书信写道:"小庵秋色初佳,遥想足下屈身尘市,当有吉土之悲,倘能来小住一旬,荷叶披披,青芦奕奕,可为足下低唱白石小诗,扑去俗尘五斗也。"③ 写的是无畏的秋色花园,却引出"我"的短时旅行,此表达了"我"对自然之景的崇尚。后文则又有尽情描绘自然美景的文字:"正是将近五点钟的垂暮天气,旷野上的秋空是很可观赏的,寂静的大树和土阜如像黑影绘似的描在五色灿烂的东方的天上……远处村舍的屋上袅袅地升起了青色的幻想的炊烟,空气中浮漾着村巷里的犬吠声,呼人声。对着这样的景色,憬然地冥想着我身如在米苗(millet)的画幅中。我是这样久远地离绝乡村了!"④ 小说用工笔画描绘恬静怡人的乡村美景,表面上抒发小说人物对自然的欣赏之情,实际上情不自禁地流露出了施蛰存对自然美景的偏好之情。在小说《夜叉》中,施蛰存借主人公卞士明道出了江南自然景色的迷人:"竹林里的落日,山顶上的朝阳,雨天峰峦间迷漫着的烟云,水边的乌桕子和芦花,镇上清晨的鱼市,薄暮时空山里的樵人互相呼唤的声音,月下的清溪白石,黑夜里远山上的野烧……"⑤在散文《雨的滋味》中,施蛰存用细腻的文字,写出春、夏、秋、冬不

---

① 徐志摩:《我所知道的康桥》,梁实秋、蒋复璁编:《徐志摩全集》,第3卷,中央编译出版社,2014年,第99页。
② 徐志摩:《青年运动》,梁实秋、蒋复璁编:《徐志摩全集》,第3卷,中央编译出版社,2014年,第19页。
③ 施蛰存:《施蛰存全集》,第1卷,华东师范大学出版社,2011年,第46页。
④ 施蛰存:《施蛰存全集》,第1卷,华东师范大学出版社,2011年,第48页。
⑤ 施蛰存:《施蛰存全集》,第1卷,华东师范大学出版社,2011年,第192—193页。

同季节对雨的滋味的心理体验,如他写"春雨的颜色"给人的情绪:"……在原野中,地上是浓绿色的,雨时,这浓绿色宛如涂上了一杯透明的油,于是便成了一种翡翠般的碧色。这般颜色是使我生一种极度的快感……"① 文字中情景交融,体现了施蛰存崇尚自然的审美品性。

施蛰存还通过城乡二元对比,批判城市,向往乡野,以此表达对自然的崇尚之情。在小说《鸥》中,主人公小陆生活在城市,在银行工作。尽管他衣食无忧,但依然心中多忧。银行的"大账簿"使他颇感压抑和痛苦,他想起了自由的乡野,想起了白鸥,想象在朝雾初开的早晨,漫步港边的小径,一声轻咳,惊起一群银翅振响的海鸥。小陆置身于繁华的上海都市,却幻想着乡野的景色,做着白鸥之梦。"白鸥之梦"与其说是小陆对自然的向往,倒不如说是施蛰存对自然的崇尚,对闲适自由生活的企盼。在小说《渔人何长庆》中,主人公何长庆自得其乐的"渔人"身份的坚守以及菊贞进城"失贞"后被何长庆带回家乡后的救赎成功,都说明了乡野自然是施蛰存心中诗意的栖息地。

丰子恺也十分崇尚自然。他在《山水间的生活》一文中说:"我对于山水间的生活,觉得有意义","我觉得上海虽然热闹,实在寂寞,山中虽然冷清,实在热闹,不觉得寂寞。"② 通过城市与乡野对比,道出了自己喜欢乡野的心声。受佛禅影响,丰子恺喜欢"妙悟自然"。在《青年与自然》一文中,丰子恺写道:"不但花月,一切自然,常暗示我们美和爱:蝴蝶梦萦的春野,木疏风冷的秋山,就是路旁的一草一石,倘用了纯正的优美又温和的同感的心而照观,这等到都是专为我们而示美,又专为我们而示爱的。"③ 丰子恺指出了自然可以净化人的心灵的作用。在《桐庐负暄》一文中,丰子恺写道:"自然永远调和,圆满,而美丽。惟人生常有不调和,缺陷与丑恶的表演。然而人生的丑,终不

---

① 施蛰存:《施蛰存全集》,第2卷第1辑,华东师范大学出版社,2011年,第44页。
② 丰子恺:《山水间的生活》,丰陈宝、丰一吟编:《丰子恺文集》文学卷(1),浙江文艺出版社、浙江教育出版社,1992年,第12页。
③ 丰子恺:《青年与自然》,丰陈宝、丰一吟编:《丰子恺文集》文学卷(1),浙江文艺出版社、浙江教育出版社,1992年,第11页。

能影响大自然之美。"① 可见，即便在乱世时期，丰子恺贬斥人间的恶也不忘赞颂自然，人间的恶令丰子恺更向往自然的清纯。

"两浙"现代作家中，不少作家的游记散文大肆赞颂自然，在自然中释放自己的心灵。郁达夫在1933年移居杭州后，徜徉于山水之间，过着逃禅的生活。郁达夫出版了游记散文集《屐痕处处》、《达夫游记》，创作了《钓台的春昼》、《西游日录》、《花坞》、《雁荡山的秋月》、《方岩纪静》、《烂柯纪梦》、《仙霞纪险》等游记名篇。在《钓台的春昼》中，郁达夫写道："清清的一条浅水，比前又窄了几分，四围的山包得格外的紧了，仿佛是前无去路的样子。并且山容峻削，看去觉得格外的瘦格外的高。向天上地下四围看看，只寂寂的看不见一个人类。双桨的摇响，到此似乎也不敢放肆了，钩的一声过后，要好半天才来一个幽幽的回响，静，静，静，身边水上，山下岩头，只沉浸着太古的静，死灭的静，山峡里连飞鸟的影子也看不见半只。"② 如此刻意描绘寂然的静谧之美，颇含禅意。这种"幽深清绝"的描写在《花坞》中更为明显，颇有荡涤人心的作用，他甚至说："庵里面的洁净，一间一间小房间的布置的清华，以及庭前屋后树木的参差掩映，和厅上佛座下经卷的纵横，你若看了之后，仍不起皈依弃世之心的，我敢断定你就是没有感觉的木石。"③ 在静谧的自然山水中，郁达夫得以宣泄人生的苦闷，得以净化自己的人格。

在俞平伯的游记散文中，对自然的审美和描绘成为重要内容。譬如，《陶然亭踏雪》、《雪夜晚归》、《山阴五日记游》、《西湖的六月十八夜》、《桨声灯影里的秦淮河》、《湖楼小撷》等，俞平伯以细腻且充满雅趣的笔调描绘自然，烛照自己的心灵。如在《雪夜归船》中，俞平伯写道："于雪中，于明畅的楼凝睇暂对，却也尽多佳处。皎洁的雪，森秀的山，并不曾孤负（辜负）我们来时的一团高兴。且日常见惯的峦姿，

---

① 丰子恺：《桐庐负暄》，丰陈宝、丰一吟编：《丰子恺文集》文学卷（2），浙江文艺出版社、浙江教育出版社，1992年，第16页。
② 郁达夫：《钓台的春昼》，《郁达夫全集》，第3卷，浙江人民出版社，1992年，第164—165页。
③ 郁达夫：《花坞》，《郁达夫全集》，第4卷，浙江文艺出版社，1992年，第26页。

一被积雪覆盖,蓦地添出多少层叠来,宛然新生的境界,仿佛将完工的画又加上几笔皴染似的。"① 他用回忆的方式,写西湖自然美景,写西湖雪后的静穆之趣,衬托自己的寂寥的心境。俞平伯非常喜爱自然风光,在《清河坊》里,他写道:"我们的脚步踏在土泥或石上,我们的语笑颤荡在空气中,这是何等的切实可喜。"② 不光自己珍爱,甚至劝孩子们爱惜,俞平伯在《湖楼小撷》一文中写道:"正在春阴里的,正在桃花下的孩子们,你们自珍重,你们自爱惜!否则春阴中恐不免要夹着飘洒萧疏的泪雨,而桃树下将有成阵的残红了。"③ 对自然之情的珍惜之情溢于言表。

"两浙"现代作家的游记散文呈现真性情的一面。郁达夫的游记散文就颇有这一特征。直面读者表达真实的自我,成为其抒发自我心灵的典范。徐志摩的游记散文也往往强化主观情绪,呈现真实情感。俞平伯在《德译本〈浮生六记〉序》里说:"言必由衷谓之真,称意而发谓之自然。"④ 他的游记也抒发真情实感,有自己独特的个性。

M.H.艾布拉姆斯在《镜与灯:浪漫主义文论及批评传统》一书中,以"镜"与"灯"隐喻人的心灵:"一个把心灵比作外界事物的反映者,另一个则把心灵比作发光体。"⑤ 如同"镜"对"灯"的反映,"两浙"现代作家以游记散文赞美自然之景,宣泄崇尚自然之情,它真实呈现了"两浙"现代作家的心灵世界。

其二,人生艺术化的审美追求。

关于艺术和宗教的关系,俄国学者雅科伏列夫在其《艺术与世界宗教》中列举了国际美学界的几种说法:

---

① 俞平伯:《雪夜归船》,《俞平伯全集》,第 2 卷,花山文艺出版社,1997 年,第 165—166 页。
② 俞平伯:《清河坊》,《俞平伯全集》,第 2 卷,花山文艺出版社,1997 年,第 158 页。
③ 俞平伯:《湖楼小撷》,《俞平伯全集》,第 2 卷,花山文艺出版社,1997 年,第 130 页。
④ 俞平伯:《德译本〈浮生六记〉序》,《俞平伯全集》,第 3 卷,花山文艺出版社,1997 年,第 488 页。
⑤ M.H.艾布拉姆斯:《镜与灯:浪漫主义文论及批评传统》,郦稚牛、张照进、童庆生译,北京大学出版社,2004 年,"序言"第 2 页。

> 宗教对世界的态度本身带着审美—艺术意识的重要成分。实质上，几乎没有一种艺术不与严格意义的宗教感相一致。在神话中，美学—艺术的东西隶属于宗教的东西。①

可见，宗教和审美之间关系密切。这一点也可从江南佛学中得到印证。江南佛学崇尚人性自由的审美因子，影响到"两浙"现代作家的审美追求。在日常生活中，"两浙"现代作家崇尚心灵自由，追求日常生活的诗意化。

周作人非常重视日常生活并追求生活的雅趣。谈及日常生活，周作人有自己的深刻见解，他指出：

> 我并不以为人可以终日睡觉或用茶酒代饭吃，然而我觉得睡觉或饮酒喝茶不是可以轻蔑的事，因为也是生活之一部分。②

可见，周作人强调日常生活的重要性，主张"本色"的生活，这是自然人性的呈现。他重视日常生活的理念，和佛教肯定日常生活的合理性，主张在"饥则吃饭，困则打眠，寒则向火，热则乘凉"（《密庵语录》）的生活中悟禅觅道是颇为相似的。重视日常生活是周作人倡导人生艺术化的第一步，在日常生活中强调雅趣，则是他倡导人生艺术化的第二步。1924年，周作人在新创刊的《语丝》上发表了《生活之艺术》一文，他说："生活不是很容易的事，动物那样的，自然地简易地生活，是其一法；把生活当作一种艺术，微妙地美地生活，又是一法；二者之外别无道路，有之则是禽兽之下的乱调的生活了。"③ 至此，周作人明确提出了人生艺术化的审美原则。

---

① 雅科伏列夫：《艺术与世界宗教》，任光宣等译，文化艺术出版社，1991年，第4—10页。
② 周作人：《上下身》，张明高、范桥编选：《周作人散文》，第2集，中国广播电视出版社，1992年，第369页。
③ 周作人：《生活之艺术》，张明高、范桥编选：《周作人散文》，第2集，中国广播电视出版社，1992年，第362—363页。

在这种审美态度的影响下,周作人颇为强调趣味。他说:"我很看重趣味……而没趣味乃是一件大坏事。这所谓趣味里包含着好些东西,如雅、拙、朴、涩、重厚、清朗、通达、中庸、有别择等,反是者都是没趣味。"① 他认为:"看夕阳,看秋河,看花,听雨,闻香,喝不求解渴的酒,吃不求饱的点心,都是生活上必要的——虽然是无用的装点,而且是愈精炼愈好。"② 周作人在尘世的琐碎中,捕捉自己的情趣;在喝茶、看雨的饮食起居中,体味人间的雅趣。

周作人用文字记录日常生活的诗意。他创作的小品文如《北京的茶食》、《喝茶》、《故乡的野菜》、《谈酒》、《乌篷船》、《鸟声》、《菱角》等。如《喝茶》一文中,周作人写道:"喝茶当于瓦屋纸窗下,清泉绿茶,用素雅的陶瓷具,同二三人共饮,得半日之闲,可抵十年的尘梦。"③ 文人的闲适和雅趣跃然纸上。在《故乡的野菜》一文中,周作人写道:"荠菜是浙东人春天常吃的野菜,乡间不必说,就是城里只要有后园的人家都可以随时采食,妇女小儿各拿一把剪刀一只'苗蓝',蹲地上搜寻,是一种有趣味的游戏的工作。那时小孩们唱到,'荠菜马兰头,姊妹嫁在后门头。'"④ 周作人写出了妇幼采食野菜的乐趣。这种将日常生活艺术化的主张,这种将闲逸之情作要旨的书写,都是和"生活即禅"的佛理相呼应的。

郁达夫认为艺术和生活不可分割。他指出:"艺术无外乎表现,而我们的生活,就是表现的过程,所以就是艺术。"⑤ 在他看来,无需提"生活艺术化"的口号,因为生活本就是艺术。艺术存在于生命活动中,只需发掘它,享受它。于是,在现实中,郁达夫也这样做了。在《西溪

---

① 周作人:《笠翁与随园》,张明高、范桥编选:《周作人散文》,第 2 集,中国广播电视出版社,1992 年,第 616 页。
② 周作人:《北京的茶食》,张高明、范桥编:《周作人散文》,第 1 集,中国广播电视出版社,1992 年,第 58 页。
③ 周作人:《喝茶》,张高明、范桥编:《周作人散文》,第 1 集,中国广播电视出版社,1992 年,第 58 页。
④ 周作人:《故乡的野菜》,张高明、范桥编:《周作人散文》,第 1 集,中国广播电视出版社,1992 年,第 54 页。
⑤ 郁达夫:《文学概说》,《郁达夫全集》,第 5 卷,浙江文艺出版社,1992 年,第 345 页。

的晴雨》一文中，他写道：

> 从留下下船，回环曲折，一路向西向北，只在芦花浅水里打圈圈；圆桥茅舍，桑树蓼花，是本地的风光，还不足道；最古怪的，是剩在背后的一带湖上的青山，不知不觉，忽而又觉得移到你的面前来，和你点一点头，又匆匆地别了。
>
> 摇船的少女，也总好算是西溪的一景；一个站在船尾把橹摇，一个坐在船头上使桨，身体一伸一俯，一往一来，和橹声的咿呀，水波的起落，凑合成一曲又圆又曲的进行软调……①

郁达夫津津乐道于西溪舟行的野趣，细细品味西溪景色和摇船少女组成的趣味图景，这是崇尚艺术生活的呈现。

在佛禅文化影响下，徐訏也十分崇尚艺术化的人生。在他的文学创作中，这种思想常常会流露笔端。在小说《幻觉》中，有这样一段文字：

> 窗外有竹，遇风萧萧，这是初秋的夜晚，凄切的虫声喈喈可闻，更显得这世界的清净，他沏了茶，这一次他用的是一只圆形的碧绿的瓷壶，沏好了，倒到茶杯又倒回去，反复地倒了好几次，最后倒了一杯给我，茶杯也是碧绿的，但杯里则是洁白如玉，我浅浅地喝了一口，这是我平生最欣赏的一杯茶，它不但像清洗了我一切胃里的污浊，还像清洗了我脑里的杂意。②

竹影、风声、虫鸣、饮茶，构成一种诗意的生活氛围，这是追求诗性生活的生动体现。虽然这段文字出现在小说文本中，但实则也是徐訏自身审美倾向的流露。在诗歌《小诗》中，徐訏写道："烟与雾像一翼

---

① 郁达夫：《西溪的晴雨》，《郁达夫全集》，第4卷，浙江文艺出版社，1992年，第86页。
② 徐訏：《幻觉》，《徐訏奇情小说集》（下），花城出版社，1997年，第636页。

轻纱,把山与海变成一幅画,于是那浓郁的树荫,披在我身上像一件袈裟。"① 诗人行走于静谧清幽的自然中,无念无执。这种清旷自若的禅家生活也是艺术人生的一种体现。

白马湖作家群在生活中践行着"人生艺术化"的主张。李叔同皈依佛门后,依然对夏丏尊、丰子恺等人产生着影响。前文已经指出,弘一法师虽然修律宗,是小乘佛教,重苦修,但他在实践和理论上融通了大小乘佛教。因此,江南佛学的心性学说也难免会影响到他。弘一法师,一面践行苦修,一面又浸染着洒脱的人生趣味,在弘一法师眼中,"世间竟没有不好的东西,一切都好,小旅馆好,统舱好,挂褡好,破席子好,破旧的手巾好,白菜好,萝卜好,咸苦的蔬菜好,跑路好,什么都有味,什么都了不得"。② 这是弘一法师以"虚空"破除"我执"的方法。

夏丏尊彻底折服于弘一法师这种"无论悲乐,皆能生趣"的处世原则,他认为:"宗教上的话且不说,琐屑的日常生活到此境界,不是所谓生活的艺术化了吗?"③

受此启示,夏丏尊亦以超功利的态度来观照玩味日常生活。在散文《白马湖之冬》一文中,夏丏尊居住的"平屋"非常简陋,这是一个天寒地冻、风声怒吼的单调而寂寞的环境,在常人眼中应该是极苦处,但夏丏尊却能趣味地看待这种生活,甚至能在困厄中感受到萧瑟的诗趣,在这样破败的居所中还常常独自拨划炉火,做种种幽邈的遐想。生活的困苦反而诱发出了夏丏尊的古典诗趣。这显然是一种以艺术反抗庸俗人生的审美态度,是生活艺术化的极好注脚。

在丰子恺眼中,宗教成为人生的最高境界。他一再强调"艺术的最高点与宗教相接近"④,因此,丰子恺以宗教的态度,以艺术的方式,

---

① 徐訏:《小诗》,《徐訏文集》,第13卷,生活·读书·新知三联书店,2012年,第343页。
② 夏丏尊:《〈子恺漫画〉序》,《夏丏尊文集》,线装书局,2009年,第286页。
③ 夏丏尊:《〈子恺漫画〉序》,《夏丏尊文集》,线装书局,2009年,第286页。
④ 丰子恺:《我与弘一法师》,丰陈宝、丰一吟编:《丰子恺文集》文学卷(2),浙江文艺出版社、浙江教育出版社,1992年,第401页。

去看待生活。他认为"'生活'是大艺术品"①，指出"所谓艺术的生活，就是把创作艺术、鉴赏艺术的态度来应用在人生中，即教人在日常生活中看出艺术的情味来"，"一茶一饭，我们都能尝到其真味；一草一木，我们都能领略其真趣；一举一动，我们都能感到其温暖的人生的情味"。② 他认为趣味是"生活上一种重要的养料，其重要几近于面包"③。丰子恺的散文《白鹅》即是此理论的文学化呈现。在文中，丰子恺写道：

> 如今在抗战期，在荒村里，这幸福就伴着一种苦闷——岑寂。为避免这苦闷，我便在读书、作画之余，在院子里种豆，种菜，养鸽，养鹅。而鹅给我的印象最深。因为它有那么庞大的身体，那么雪白的颜色，那么雄壮的叫声，那么轩昂的态度，那么高傲的脾气，和那么可笑的行为。在这荒凉岑寂的环境中，这鹅竟成了一个焦点。凄风苦雨之日，手酸意倦之时，推窗一望，死气沉沉；唯有这伟大的雪白的东西，高擎着琥珀色的喙，在雨中昂然独步，好像一个武装的守卫，使得这小屋有了保障，这院子有了主宰，这环境有了生气。④

丰子恺很明确地指出，他种豆、种菜、养鸽、养鹅的目的是为了化解"岑寂"带给他的"苦闷"，尤其养鹅带给了他生活的乐趣。可见，丰子恺以佛家任运随缘的处世态度，追求生活之趣，消解日常生活中的苦闷。丰子恺的散文《午夜高楼》将音乐与食物联系起来，本令人着恼

---

① 丰子恺：《关于学校中的艺术科：读〈教育艺术论〉》，丰陈宝、丰一吟编：《丰子恺文集》艺术卷（2），浙江文艺出版社、浙江教育出版社，1990年，第231页。
② 丰子恺：《关于学校中的艺术科：读〈教育艺术论〉》，丰陈宝、丰一吟编：《丰子恺文集》艺术卷（2），浙江文艺出版社、浙江教育出版社，1990年，第226—227页。
③ 丰子恺：《家》，丰陈宝、丰一吟编：《丰子恺文集》文学卷（1），浙江文艺出版社、浙江教育出版社，1992年，第520页。
④ 丰子恺：《沙坪小屋的鹅》，丰陈宝、丰一吟编：《丰子恺文集》文学卷（2），浙江文艺出版社、浙江教育出版社，1992年，第165—166页。

的生活杂音，在丰子恺的笔下，竟然成为一种音乐声，并由此回忆起充满趣味的童年旧事。丰子恺的散文《告缘缘堂在天之灵》写他一家在故乡石门湾的生活情景，以细腻的笔法，回忆了彼时春夏秋冬四季安逸趣味的生活。丰子恺的多篇儿童题材的书写，也写出了"童心"之真和生活之趣。丰子恺的另一篇散文《剪网》，则以隐喻的形式，希冀以"艺术"和"宗教"为"剪刀"，剪破"世网"，道出了超功利生活的真谛。

俞平伯不愿生活空虚，寻求在刹那中获取生活的"趣味"，这一点和周作人等人倡导的人生艺术化的审美理念有异曲同工之妙。佛教中，诸行无常与诸法无我、涅槃寂静构成佛法三法印。"法印"即"佛法之特征"，故诸行无常是佛教标识性特征。所谓诸行无常，即世间万事万物所有现象，都没有瞬间的停止，都有无常生灭变化。这种无常构成世间苦的底色。如何顺着法性的真理去参悟空的意义？如何出离世间苦的罪业？俞平伯的好友朱自清提出了刹那主义，他在致俞平伯的信中说："——我们虽不见得有执着生活之心，却也无舍弃生活的勇气，总只要懒懒地生活着，这便是我所谓感情上远不能不要生活。——所以与其茫茫无所依，懒无所立，还不如先安于第二义，或可以比较有趣味些！……所以，我第一要使生活底各个过程都有独立之意义和价值。——每一刹那有每一刹那的意义和价值！……我们只须'鸟瞰'地认明每一刹那自己的地位，极力求这一刹那里充分的发展，便是有趣味的事，便是安定的生活。"①"刹那"一词源于佛经，意为瞬间。佛教认为，任何事物在一定时期内都具有生、住、异、灭四相，即便是"刹那"这么短的时间，每一刹那中都包含着丰富的生命历程，应当细细品味。朱自清提出的"刹那主义"强调获得生活的意趣，强调"每一刹那的意义和价值"，因此，刹那主义不是享乐主义，它以获得刹那之意义破戒世间苦，是参悟佛理之后得出的生存哲学。俞平伯曾经说："苦生于乐，乐受其苦，凡言众苦，必以无常为先……"② 正是俞平伯对生命

---

① 朱自清：《致俞平伯·六》，《朱自清全集》，第11卷，江苏教育出版社，1998年，第124—125页。
② 俞平伯：《独语（十三则）》，《俞平伯全集》，第2卷，花山文艺出版社，1997年，第675页。

无常之痛有刻骨铭心的体验,他十分推崇朱自清提出的刹那主义。他曾对朱自清说:"我们要求生活刹那间的充实。我们的生活要如灯火集中于一点,瀑流倾注于一刹那。"① 对朱自清诗歌《毁灭》的赞赏,实则是俞平伯对刹那主义的强烈肯定。在与朱自清的同名散文《桨声灯影里的秦淮河》一文中,俞平伯写道:

> 说老实话,我所有的只是忆,我告诸君的只是忆中的秦淮夜泛。至于说到那'当时之感',这应当请教当时的我,而他久飞升了,无所存在。②

字里行间流露出非常典型的刹那主义思想。俞平伯因为感悟生命之刹那流逝,感叹人生短促,故颇主张追求精神自由,追求人生的趣味。总之,无论在文学创作中抑或现实生活中,俞平伯一直践行着刹那主义,使得生命的每一片刻充满趣味和意义,以此抵御生命的无常。他认为:"境无哀乐,缘情而生;情化后的景物,方是人间之趣。"③ 因此,他或游西湖,或慢步西泠,或泛舟秦淮河,或赏雪陶然亭,无不体现出文人雅士的审美趣味。

在日常生活中,白马湖作家群以文会友,品茗饮酒,追求生活的真情趣。他们常常相互交流与唱和诗文,体悟诗酒人生的古典之趣。

朱自清曾经在白马湖畔给俞平伯写信道:

> 新春曾泥醉一次,是喝了"新酒"以后。那一醉真非同小可,一度不得安眠,尽是梦想颠倒!我自恨笔不健,不能将那时的难受传些给苦忆江南的老兄,因为此亦"江南味"也。④

---

① 俞平伯:《读〈毁灭〉》,《俞平伯全集》,第3卷,花山文艺出版社,1997年,第573页。
② 俞平伯:《桨声灯影里的秦淮河》,《俞平伯全集》,第2卷,花山文艺出版社,1997年,第28页。
③ 俞平伯:《东游杂志》,《俞平伯全集》,第2卷,花山文艺出版社,1997年,第535页。
④ 朱自清:《致俞平伯·九》,《朱自清全集》,第1卷,江苏教育出版社,1997年,第130—131页。

哪怕"泥醉",他们也追求这种"江南味"。诗酒人生,构成了这群文人闲适自由、纵情生活情趣的生活方式。

可见,"两浙"现代作家以艺术的态度面对人生,努力发现生活的真趣,体验精神自由和生命的喜悦。

佛学的心性理论思想,被中国文人吸收后,成为倡导个性解放,求本真、无缚、无碍、自由的理论依据。但一味求"趣",过于躲避现实,也可能变得"不实"和"浮夸"。这是要规避的。

因此,"两浙"现代作家在追求心灵自由之际,往往难忘入世。从"两浙"现代作家身上,既可看到启蒙意识、批判意识等入世精神,又可看到追求心灵自由的诗性精神,呈现"出世"与"入世"融合的特征。这与江南佛教具有"出世"与"入世"相融合的特征是契合的。

佛教传入中原大地后,为了扩大影响便于传播,遂积极接纳中国传统文化因子,尤以儒道为甚。因此,中国佛教中,既有道家之出世精神,亦有儒家之入世精神。有学者指出:"印度佛教本是强调出世解脱的宗教,其根本宗旨是把人从人生苦海中解脱出来,其立论的基点是对人生所作的'一切皆苦'的价值判断。但佛教的终极理想,仍然是为了追求永超苦海的极乐,其'自作自受'的业报轮回的说教中更透露出了企求靠自己的努力来实现人生永恒幸福的积极意义,虽然这种积极意义在印度佛教中并没有得到充分的彰显,但它在中国传统文化重视人的氛围中却获得了新的生命力,并得到了充分的拓展。"[1] 故中国化的佛教既重视"断惑"、"不生"、"解脱",又重视觉悟,以能普度众生,促进民众道德,构成出世与入世融合的特点。

与北方佛教相比,江南佛教中,出世与入世统一的特征表现得更为明显。一方面,江南佛教重视"启蒙"与"度众",近代佛教复兴之际,以太虚为首的江南佛教人士倡导"人间佛教",使得江南佛教更具入世精神。另一方面,因受江南诗性审美文化的影响,江南佛教又具有审美性。江南佛教这种特征,深刻影响到"两浙"现代作家的审美品性,呈

---

[1] 洪修平:《试论中国佛教思想的主要特点及其人文精神》,《南京大学学报》,2011年第3期。

现出"出世"与"入世"融合的特征。

譬如,读郁达夫的诗句,即可知他兼具出世与入世精神。请看下列几首诗:

夜发游山兴,扶筇涉翠微。虫声摇绝壁,花影护禅扉。远岸渔灯聚,危窠宿鸟稀。更残万籁寂,踏月一僧归。①

野马尘埃幻似烟,而今看破界三千。拈花欲把禅心定,敢再轻狂学少年。②

日抱虫鱼伏茂陵,傍人争笑客无能。吟诗未就先研墨,看月初升故灭灯。野泽夜深闻鹤唳,高楼春暖解壶冰。明朝欲待游山去,自草蕉书约老僧。③

这三首诗歌,深受佛禅思想影响,明显具有逃禅意向,向往出世的生活。

再看下列几首诗:

一自王师罢北征,单于来主受降城。可怜百二秦关地,无复三千汉将营。南渡中流思祖逖,西风落日吊田横。何堪重说长安事,兄弟操戈议未平。④

秋风秋雨遍地愁,戒严声里过徐州。黄河偷渡天将晚,又见清流下浊流。⑤

万劫艰难病废身,姓名虽在已非真。多惭鲍叔能怜我,只怕灌夫要骂人。泥马纵骄终少骨,坑灰未冷待扬尘。国门吕览应传世,

---

① 郁达夫:《癸丑夏夜登东鹳山》,《郁达夫全集》,第9卷,浙江文艺出版社,1992年,第2页。
② 郁达夫:《定禅》,《郁达夫全集》,第9卷,浙江文艺出版社,1992年,第26—27页。
③ 郁达夫:《三月十八夜寄木津老师》,《郁达夫全集》,第9卷,浙江文艺出版社,1992年,第27页。
④ 郁达夫:《王师罢北征》,《郁达夫全集》,第9卷,浙江文艺出版社,1992年,第38—39页。
⑤ 郁达夫:《过徐州、济南》,《郁达夫全集》,第9卷,浙江文艺出版社,1992年,第122页。

何必臣雄再剧秦。①

这三首诗,硬气,正气浩然,极具入世精神。这两种风格迥异的诗歌出自同一人的笔下,这是颇令人诧异的。前者,受禅宗影响,追求随缘任运,有逃禅思想。后者,则积极入世,有济世思想。江南佛教出世与入世并存的特征,两种不同的精神追求,在郁达夫身上得到了很好的体现。

除了文学创作,郁达夫的言和行都显现了出世与入世融合的特征。郁达夫在20世纪20年代和30年代都有逃禅意向,但他承认:"地来上谷逃禅易,人近中年弃世难。"② 可见郁达夫有出世之心,却又难以忘却俗世。在《寂寞的春潮》中,郁达夫写道:"读读古书,比比现在,在我原是消磨春昼的最上法门。但是且读且想,想到了后来,自家对自家,也觉得起了反感。在这样好的春日,又当这样有为的壮年,我难道也只能同陈龙川一样,做点悲歌慷慨的空文,就算了结了么?"③ 这表明了他既有出世心,又不忘现实,想积极入世的复杂心境。在留日期间,郁达夫曾给嫂子陈碧岑写信道:"弟颇愿牺牲一身,为宗教立一线功,不知曼兄许弟否?……弟来名古屋后,觉为人无趣味之可言,每有弃此红尘,逃归山谷,作一野人想。"④ 出世思想,溢于言表。郁达夫回国之后,面对黑暗社会现实,也一度以逃禅行为,希冀身心的解脱。但佛教的入世精神也一直影响着他,让他一直不忘济世之情。尤其,抗战爆发后,郁达夫在福州等地积极投身救亡运动。1938年,他在新加坡利用职务之便暗暗救助、保护了大量文化界流亡难友、爱国侨胞和当地居民。1945年,他在苏门答腊被日寇杀害,为国捐躯。郁达夫用实际行动,证实了自己的入世精神。

---

① 郁达夫:《岁暮穷极,有某府怜其贫,嘱为撰文,因步〈钓台题壁〉原韵以作答》,《郁达夫全集》,第9卷,浙江文艺出版社,1992年,第161—162页。
② 郁达夫:《游八事山中,徘徊于观音像下者久之》,《郁达夫全集》,第9卷,浙江文艺出版社,1992年,第87页。
③ 郁达夫:《寂寞的春朝》,《郁达夫全集》,第4卷,浙江文艺出版社,1992年,第11页。
④ 郁达夫:《致陈碧岑》,《郁达夫全集》,第11卷,浙江文艺出版社,1992年,第7—8页。

白马湖作家群崇尚"以出世的精神，做入世的事业"①，出世与入世，做得可谓得心应手。"出世"是为了远离无明，求得自度，入世则是为了度众。一方面，白马湖作家群希冀远离俗世，充分享受生活。夏丏尊、丰子恺等人都主张以"人生艺术化"发掘人生之真趣，主张心灵的净化，远离无明。丰子恺言："一茶一饭，我们都能尝到其真味；一草一木，我们都能领略其真趣；一举一动，我们都能感到其温暖的人生的情味。"② 这种破除"我执"，重视心灵，达到任运随缘的处世做法，与江南佛教主张通过出世，达到自我解脱的做法是相一致的。另一方面，白马湖作家群也不忘砭世导俗。夏丏尊、丰子恺等人虽然在上虞白马湖畔过着颇为洒脱的日子，但关心时局，秉承"为人生"的文艺主张，以教育培养学生良好的人格，并写作了不少砭世导俗的文字。他们研读佛典，深受佛学启示，以出世精神，破除贪嗔怨恚无明烦恼，又以佛家度人救难的"菩萨行"观念做入世的事。

　　当然，"两浙"现代作家出世与入世的交融，有时候呈现复杂的情况。如早期的周作人入世精神强烈，也倡导人生艺术化，但后期基本选择隐逸了。俞平伯早期有入世思想，后期选择超脱了。夏丏尊、丰子恺等人，一方面批评时政，积极入世，一方面寄情自然，充分享受生活之趣味。郁达夫也既有逃禅行为，更有积极入世的行为。在"两浙"现代作家身上，出世与入世，有时候也不能够完全清晰地划分，有的时候是复杂性的呈现。但不管如何，"两浙"现代作家大多具有出世与入世交融的特征。

---

① 朱光潜：《朱光潜全集》，第 1 卷，安徽教育出版社，1987 年，第 76 页。
② 丰子恺：《关于学校中的艺术科：读〈教育艺术论〉》，丰陈宝、丰一吟编：《丰子恺文集》艺术卷（2），浙江文艺出版社、浙江教育出版社，1990 年，第 227 页。

第四章

江南佛学与"两浙"现代作家的文学理念

佛教传入中原后,对中国文人的审美思想和文学理念产生了深刻的影响。而近代佛教的复兴,尤其江南佛教的复兴,同样对"两浙"现代作家的文学理念产生了深刻的影响。本章主要从"悲苦意识"、"审丑意识"和"平民意识"三个方面展开江南佛学与"两浙"现代作家的文学理念嬗变的探讨。

第一节 悲苦意识:从古典"和谐"到现代"悲壮"

佛教理论是建立在悲观主义基础之上的。佛教中,"苦"是因缘所生的心所法,属于五蕴①中的受蕴(乐、苦、不苦不乐)之一类。身心受压,烦恼遍生,为"苦"之根本。佛教认为,人身二十二根中有"苦根",能够自己滋生苦痛,苦不能免。人之所以信奉佛教,当为解脱人生之苦。因此,佛教有"四谛"之说。所谓"四谛"(也叫"四圣谛"),即苦谛、集谛、灭谛和道谛。"苦谛",揭示人生苦痛的真谛;"集谛",分析人生之所以苦的缘由;"灭谛",揭示灭尽三界内烦恼,达到"涅槃"的境地;"道谛",指出获得解脱的正确途径。而苦谛是四圣谛中的第一义谛。关于"苦",佛教教义有八苦说,《中阿含经·舍利子相应品·分别圣谛经》云:"云何苦圣谛?谓生苦、老苦、病苦、死苦、

---

① 五蕴:即色蕴、受蕴、想蕴、行蕴和识蕴。色蕴,指物质;受蕴,指情感;想蕴,指表象;行蕴,指意志;识蕴,指意识、悟性。

怨憎会苦、爱别离苦、所求不得苦、略五盛阴苦。"八苦中，第八苦"略五盛阴苦"，又称"五取蕴苦"、"五蕴炽盛苦"等，是对苦的总结，即五蕴活动因为无明而至苦。

不同的佛经，对"苦"的分法也有所不同。《大智度论》将苦分成内苦和外苦二种。《阿含经》将苦分成苦苦、坏苦、行苦三种。《大宝积经·菩萨藏会》将苦分成生、老、病、死、愁、怨、苦受、忧、痛恼、生死流转大苦十种。《清净道论》将苦分成生、老、死、愁、悲、苦、忧、恼、怨憎会、爱别离、求不得、五取蕴十二种。此外，佛经还有十八苦、一百一十苦等无量诸苦的分法。① 但不管何种分法，佛教都强调了苦是人生根本。正如佛典《杂阿含》（四三七经）云："我以一切行无常故，一切诸行变易法故，说诸有所受，悉皆是苦。"众生为无常所累，必受无量诸苦。

随着佛教传入中国大地，佛学中的悲苦意识渐渐为中国文学所吸收，中国文学中的悲剧意识日渐增强。学者蒋述卓在《佛教与中国古典文艺美学》一书中将佛学对中国文学悲剧意识的影响归纳为三个方面：一是人生无常、人生空幻的悲生思想的影响，二是离别即解脱说的影响，三是地狱之悲与生命的痛苦。② 如《红楼梦》作为中国第一部真正意义上的悲剧作品，其人生空幻的思想以及贾宝玉为情所困的悲苦经历就深受佛学悲苦思想的影响。正是受佛学的影响，中国文人从儒家追求和谐的审美中出来，走进具有悲苦意识的文学创作之中。佛学悲苦思想"为悲剧观念的形成提供了宗教意义上的价值参照"③，佛学的悲苦意识，其根本是生命无常的痛苦，这一点极易引起文人的共鸣，给中国文学注入了"人生如梦"、"生命无常"的感伤情绪。可以说，佛学大悲大怨的人生悲剧观启迪了中国文人的悲剧意识。如古诗《青青陵上柏》写道："青青陵上柏，磊磊涧中石。人生天地间，忽如远行客。"曹操

---

① 参阅陈兵：《佛教心理学》（下），陕西师范大学出版总社，2015年，第456—457页；祁志祥：《佛教美学》，上海人民出版社，1997年，第98—100页。
② 蒋述卓：《佛教与中国古典文艺美学》，岳麓书社，2008年，第115—121页。
③ 王杰、肖琼：《现代性与悲剧观念》，《文学评论》，2009年第6期。

《短歌行》诗云:"对酒当歌,人生几何!譬如朝露,去日苦多。慨当以慷,忧思难忘。何以解忧?唯有杜康。"它们都表达了人生无常、似幻如梦的感叹。这种悲苦意识在魏晋南北朝时期,因为佛教兴而更为盛行。

但毕竟中国传统文化以儒家文化为主,中国古典文学的创作理念深受儒家文化的影响。儒家文化崇尚"中庸之道",讲究"天人合一"的和谐思想,追求天、地、人三者的合一,强调人与自然、人与社会、人与人、人与自我的和谐统一。主客体的和谐交融,消弭了矛盾和冲突,呈现乐感的文化精神。学者李泽厚指出:

> "乐"在中国哲学中实际具有本体的意义,它正是一种"天人合一"的成果和表现。就"天"来说,它是"生生",是"天行健"。就人遵循这种"天道"说,它是孟子和《中庸》讲的"诚",所以,"诚者,天之道也;诚之者,人之道也",而"反身而诚,乐莫大焉"。这也就是后来张载讲的"为天地立心",给本来冥顽无知的宇宙自然以目的性。它所指向的最高境界即是主观心理上的"天人合一",到这境界,"万物皆备于我"(孟子)。"人能至诚则性尽而神可穷矣"(张载):人与整个宇宙自然合一,即所谓尽性知天、穷神达化,从而得到最大快乐的人生极致。①

在儒家"天人合一"思想的影响下,即便是忧国忧民的知识分子,其向往的依然是主客体融合,充满情趣的审美世界。王国维也指出:

> 吾国人之精神,世间的也,乐天的也,故代表其精神之戏曲小说,无往而不著此乐天之色彩。始于悲者终于欢,始于离者终于合,始于困者终于亨,非是而欲餍阅者之心难矣。②

---

① 李泽厚:《中国古代思想史论》,安徽文艺出版社,1994年,第309页。
② 王国维:《〈红楼梦〉评论》,姜东赋、刘顺利编:《王国维文选》,百花文艺出版社,2006年,第86页。

可见，中国传统文化缺少悲剧意识。中国古典文学在儒家文化的影响下，以追求"和谐"、"大团圆"为主流，呈现出追求"乐而不淫，怨而不怒，悲而不伤"的审美品性。

然后，到了近现代，社会动荡变革，文化发生碰撞和转型，儒家文化日渐失落，原先建立于农业文明基础之上的"和谐"审美追求已然和时代发生脱节。于是，在近代佛教复兴的背景下，佛学悲苦思想深刻影响到中国近现代知识分子的审美意识，他们的文学理念发生了明显的变化，从古典的具有乐感精神的"和谐"，走向现代的"悲壮"审美。

现代"悲壮"的审美意识，蕴含"悲苦"和"崇高"，它根除了古典乐感文化所受的影响，敢于直面"罪"和"苦"，敢于直面"矛盾"和"黑暗"，突出"对立"、"冲突"和"崇高"，呈现"悲壮"的审美特征。

"悲苦"造就悲剧意识。对于世间苦，"两浙"现代作家的认同感颇强。他们在消除古典的"和谐"之际，努力构建新的审美意识，表现现代人的精神孤独、灵魂苦痛和内心的渴求。

鲁迅自日本回国，对释典颇感兴趣。他虽非皈依三宝，却精通佛学。学者王乾坤指出："他（指鲁迅，笔者注）感叹'释迦牟尼真是大哲'，即包含了对人生荒谬的一种隐约的共鸣。我甚至觉得鲁迅对有限与无限，暂时与永恒，当下与终极的把握是受了佛家尤其是禅宗的暗示。禅宗把彼岸的虚幻拉回现实，鲁迅把天堂的梦撕毁而将碎片置于当下；禅宗把永恒的妙道融注于日常的挑水砍柴，鲁迅用现实的'走'，做'零碎事'来亲证存在。……但是当鲁迅在'桥梁'、'人梯'、'零碎事'、'拉纤'和'腐朽'、'坟'中发现意义，在对抗争、报复、粗暴、恶投以礼赞和'大笑'的时候，不正是把苦行内化为'大欢喜'，并以平常心对待无聊事么？"① 沉潜于佛学，鲁迅深受佛学悲苦思想的影响，并影响到他的悲苦意识。鲁迅曾在《写于深夜里》一文中说："我先前读但丁的《神曲》，到《地狱》篇，就惊异于这作者设想的残酷，但到

---

① 王乾坤：《绝望：反抗与消释》，《读书》，1995年第10期。

现在，阅历加多，才知道他还是仁厚的了：他还没有想出一个现在已极平常的惨苦到谁也看不见的地狱来。"① 鲁迅一再叹息："人生多苦辛"②，"人生苦痛的事太多了，尤其是在中国"③。这种悲苦意识又深刻影响到他文学创作上的审美品性。

因此，鲁迅笔下多悲剧作品，如《祝福》、《药》、《孔乙己》、《铸剑》等。何谓悲剧？鲁迅认为："悲剧将人生的有价值的东西毁灭给人看。"④ 对现实苦痛有深刻体悟的鲁迅，认识到美的东西正遭受着苦痛与毁灭。正是基于这样的认识，鲁迅的文学作品真实呈现生活中的各种对立（美丑、真假、善恶），呈现崇高的审美范式。在文学创作中，鲁迅以悲剧书写消解了古典文学崇尚"和谐"的审美追求。因此，鲁迅十分钟意于"苦难"的书写。对"苦难"的书写，构成了鲁迅文学作品悲剧意识的底色。他的"苦难"书写大致有以下几种。其一，写底层女性之苦。此以《祝福》、《明天》为最。《祝福》的"苦"，有两个层面。一是叙述祥林嫂生活经历之"苦"。嫁人两次，两个丈夫都意外去世；生个儿子，儿子又死于非命；最后自己又在鲁镇大年夜的祝福声中悲惨死去。二是叙述祥林嫂守节之苦。关于"守节"，鲁迅曾经在杂文《我之节烈观》中有过言说："节烈苦么？答道，很苦。男子都知道很苦，所以要表彰他。凡人都想活；烈是必死，不必说了。节妇还要活着。精神上的惨苦，也姑且弗论。单是生活一层，已是大宗的痛楚。"⑤ 因为贫穷，祥林嫂必须去寻找活计养活自己，却因为没有"从一而终"被认为是"败坏风俗"、"不干不净"而遭受歧视，这种精神的压迫是最为痛苦的。小说《明天》同样写了一个"守节"的寡妇单四嫂子，叙述了她在儿子生病、去世过程中生存的悲苦。其二，写农民之苦。《故乡》中的闰土，由一个朝气蓬勃的少年变成了一个心灵麻木、暮气沉沉的木偶

---

① 鲁迅：《且介亭杂文末编·写于深夜里》，《鲁迅全集》，第 6 卷，人民文学出版社，1981 年，第 502 页。
② 鲁迅：《坟·写在〈坟〉后面》，《鲁迅全集》，第 1 卷，人民文学出版社，1981 年，第 282 页。
③ 鲁迅：《华盖集·导师》，《鲁迅全集》，第 3 卷，人民文学出版社，1981 年，第 55 页。
④ 鲁迅：《坟·再论雷峰塔的倒掉》，《鲁迅全集》，第 1 卷，人民文学出版社，1981 年，第 192 页。
⑤ 鲁迅：《朝花夕拾·我之节烈观》，《鲁迅全集》，第 1 卷，人民文学出版社，1981 年，第 123 页。

人。《阿Q正传》中，不仅让我们看到寄居土谷祠的阿Q的困厄生活，更看到了在"精神胜利法"麻醉下的阿Q的人性悲剧。其三，写爱情婚姻之苦。《伤逝》中，子君虽是初步觉醒的知识女性，她勇敢地冲出家门选择自己的婚恋生活，却不能构筑新的爱情，难逃失败的悲剧，最终在世俗社会的冷眼中走完短暂的一生。鲁迅以子君的形象揭示了启蒙思想的落空。《离婚》中，爱姑想固守自己的家庭生活，却不得不妥协而离婚。其四，写知识分子之苦。《孔乙己》中，孔乙己想维持尊严而不得。《孤独者》中，魏连殳因封建势力的迫害，他精神孤独，在失业和流言的逼迫下，最后寂寞地去世。①

为什么如此钟情于呈现现实生活的苦难和现实社会的黑暗？鲁迅曾经用佛教的"境由心造"解释："华夏大概并非地狱，然而'境由心造'，我眼前总充塞着重迭的黑云，其中有故鬼，新鬼，游魂，牛首阿旁，畜生，化生，大叫唤，无叫唤，使我不堪闻见。"② 这是以苦难之心写苦难之境。黑暗的时代使鲁迅走近佛教，形成苦难之心。尤其看到国民劣根性的顽固以及启蒙之难，让鲁迅倍感苦痛。鲁迅"深味人生'苦'，并生'厌离'之心，这两者，已近于佛教之门了"。③ 可见，佛教的世间苦理论对其悲苦意识的形成有很深的影响。

少年时期，周作人年幼的妹妹和弟弟相继夭折，父亲因病离世以及杨三姑病故等，都给他造成生命脆弱、生命个体悲苦的深刻印象。此外，周作人自身体弱多病，病痛的折磨同样触发了他对生命脆弱的感怀。就读南京时期，因为社会动荡、文化冲突等原因，周作人感受到终极关怀失落的痛苦。这种精神上的苦闷，更让周作人对悲苦有了深刻体悟。

身体与精神的双重悲苦，如两把利刃深深刺痛了他的心灵。于是，带着寻找终极关怀的动机，周作人开始大量接触佛经。自此，佛教"众生扰扰，其苦无量"（《布施度无极经》）的悲观生命观渗进他的心灵，

---

① 竺建新：《多维文化视域下的现当代作家研究》，浙江大学出版社，2017年，第145—146页。
② 鲁迅：《华盖集·"碰壁"之后》，《鲁迅全集》，第3卷，人民文学出版社，1981年，第68页。
③ 汪卫东：《〈野草〉与佛教》，《中国现代文学研究丛刊》，2008年第1期。

使之产生强烈的虚无主义色彩。周作人在日记中写道：

> 世界之有我也，已二十年矣。然廿年以前无我也，廿年以后亦必无我也，则我之为我，亦仅如轻尘栖弱草，弹指终归寂灭耳。①

20世纪20年代，周作人又尝受到思想启蒙运动失败的苦痛，他再次沉潜于佛经之中，以"种业论"解释中国历史，解释民性，解释社会现实。周作人看到了精神遗传的威力，对思想启蒙运动几近绝望。他说："我们的敌人是什么？不是活人，乃是野兽与死鬼，附在许多活人身上的野兽与死鬼。"② 人的心灵被千百年前祖先的鬼魂所操纵，只听从"死鬼"的旧思想，自己没有思想，也听不进新思想。这就是历史的可怕，"种业"的可怕。退入苦雨斋的周作人，对佛教悲苦意识有了更为深切的体悟。

周作人的悲苦意识，表现在文学创作上，主要是多"苦涩"的情结。他的散文集子有不少直接以"苦"命名，如《苦茶随笔》、《苦竹杂记》、《苦口甘口》等，还有以带着"苦味"的"药"命名，如《药味集》、《药堂语录》、《药堂杂记》等。他书写的文字中多苦茶、苦雨、苦竹等意象，充满清淡和苦涩味。正如他自己所言："拙文貌似闲适，往往误人，唯一二旧友知其苦味。"（周作人《药味集·序言》）周作人在看似闲适的文字下，深切体悟人之苦难，这种浸透忧苦精神底色的文字，是对古典文学乐感精神的反拨。对悲剧小说《红楼梦》，周作人有深刻洞见："作《红楼梦》的人不将黛玉一并配给宝玉，却任他死了，任宝玉去做和尚，这是他的见识，推他做中国问题小说的代表也正为这缘故。"③ 周作人对《红楼梦》敢于揭示人生缺陷的盛赞，表明了他对

---

① 周作人：《〈秋草园日记甲〉序》，张明高、范桥编：《周作人散文》，第4集，中国广播电视出版社，1992年，第238页。
② 周作人：《我们的敌人》，张明高、范桥编：《周作人散文》，第1集，中国广播电视出版社，1992年，第199页。
③ 周作人：《中国小说里的男女问题》，钟叔河编：《周作人文类编》，第5卷，湖南文艺出版社，1998年，第435页。

鲁迅所说的"瞒"和"骗"的旧文学的反对,对旧文学崇尚"和谐"追求的强烈否定。

动荡不安的社会,又兼个人生活的艰辛,郁达夫深深体悟到人生之苦:"人生终究是悲苦的结晶,我不信世界上有快乐的两字。"① 这种悲苦意识深刻影响到郁达夫的文学创作。在文学创作上,郁达夫表现为刻意追求一种悲苦的美感,并对疾病、性苦闷、忧郁、痴狂和伤感作精雕细琢式的描绘。

以他的小说为例,郁达夫向世人呈现了他的悲苦意识:一是写"性"之苦闷。如《沉沦》、《南迁》、《秋柳》、《银灰色的死》、《茫茫夜》、《怀乡病者》、《空虚》等。二是写生之苦闷。如《沉沦》、《春风沉醉的晚上》、《落日》、《血泪》、《烟影》、《茑萝行》等。郁达夫笔下的人物,没有政治地位、经济地位,且多是在人生、社会中遭受诸多苦痛的人。《春风沉醉的夜晚》中的"我",《血泪》中的"我",《落日》中的"Y"君,《烟影》中的"文朴",《秋柳》中的于质夫等,都穷困潦倒,生存维艰。他们承受"生之煎熬"和"性"之苦闷,渐渐成为"病态"的人。

徐訏的文学作品中,多诸行无常的悲剧意蕴。徐訏在《时与光》中写道:"人生中有多少计划,严密而详尽,谨慎而小心,以为一定可以实现的,而突然变了。又有多少像今天一样的预料不到的事情会出现。那么人生也许就只好随命运摆布推动,但相信机缘的人则易于流于逢场作戏,寻不到人生的价值;相信命运的人则常会随波逐流,找不出人生的意义……"② 足见徐訏体悟人生苦的悲观之情。这种悲观主义思想深深影响到他的文学创作。徐訏喜欢书写爱情故事,却似乎又不相信爱情,其笔下的爱情故事常常是"红楼一梦",爱情在命运面前往往不堪一击。小说《江湖行》、《鸟语》、《时与光》、《盲恋》、《痴心井》等都充满虚无和宿命的思想。小说《鸟语》中,"我"和芸芊的爱情故事,充

---

① 郁达夫:《茑萝集·自序》,《郁达夫全集》,第5卷,浙江文艺出版社,1992年,第75页。
② 徐訏:《时与光》,《徐訏文集》,第9卷,上海三联书店,2008年,第41页。

满佛教的宿命思想。佛教中，破除"我执"追求澄澈境界与俗世的"执"之间的冲突，构成徐訏笔下人物的痛苦之源。小说中，"我"既向往芸芊的世界，却又难舍俗世恋执，构成难以放下的苦痛。这在小说《幻觉》中也有体现。墨龙为片刻的情欲毁灭了地美的一生，为了赎罪，他皈依了佛门。既然皈依佛门，墨龙似乎应该放下所有，但墨龙每天做的一件事是日出时分在山顶与地美在幻觉中相会，他难以放下我执。除了小说，徐訏的诗作中，也能够找到这种向往佛教境界与难以放弃我执之间的苦痛情绪。在诗歌《遁辞》中，徐訏写道：

> 我寂寞，在静悄悄的夜里，
> 我像是残落了的花瓣，
> 在黑泥的冰冻中抖索，
> 我像是水蛇所遗弃的残衣，
> 在荆棘丛中寥落。
> ……
> 我要飞，
> 要跑，要走，
> 我要抛弃我的家，
> 抛弃我尘世的衣履，
> ……
> 把我院里的落花埋葬，
> 把我桌上的玻璃缸打破，
> 让金鱼放入了池塘。
> 再会了，那么，朋友，再会！
> 但请记取钢琴上的灰，
> 窗棂间书架间的蛛网，
> 但最要紧的是花瓶里的寒梅，

我怕他会对着星光憔悴。①

诗人要飞，要跑，要抛弃俗世，然后，又惦记世间的种种美好，难以割舍俗世之执。诗人对此的苦痛体验与其笔下创作的人物的人生经历是完全契合的。徐訏曾经说："书籍以外，我还有许多恋恋难舍之'执'，如对于故乡，对于旧游之地，对于久违的亲人，对于已逝的爱，甚至对于已失的赠物，每一想起，我都感到痛苦与恋念。"② 因为恋执，使得徐訏慧悟世间苦，却不能完全出世，多了人生的苦痛。

"两浙"现代作家中的其他作家，如施蛰存、丰子恺等人也都具有非常明显的悲剧意识。如施蛰存把苦痛深深植根于他的文学作品之中。《残秋的下弦月》叙写了贫贱夫妇的种种哀事：新死的女儿、患肺病的妻子，给人凄凉、痛苦之感。《幻月》表面上状写爱情的曲折坎坷，实际上告诉读者，在黑暗的现实面前，世人总面临诸多不顺诸多痛苦。《花梦》、《梅雨之夕》则写出了孤独寂寞的精神苦痛。丰子恺虽然倡导"人生艺术化"，可他的宗教味颇浓的散文《渐》、《陋巷》、《无常之恸》却写出了"无常之恸"。

"悲壮"，除了悲剧意识，还具有"崇高"、"对立"和"孤独"等审美特征。对于崇高，学者周来祥指出："崇高（包括崇高型的艺术）则是主体与客体、人与自然、个性与社会、必然与自由等元素处于不和谐、不均衡、不稳定、无序的状态，是在它们尖锐的矛盾冲突中求平衡，在不和谐中求和谐、不自由中趋于自由的获得。"③ 儒家文化为主的传统文化讲究主客体的融合，而现代社会主客体的不和谐（对立），构成"崇高"的审美品性。

鲁迅认为中国国民在"和谐"、"中庸"的古典主义审美规范影响

---

① 徐訏：《遁辞》，《徐訏文集》，第14卷，上海三联书店，2008年，第82—83页。
② 徐訏：《书籍与我》，《徐訏文集》，第9卷，上海三联书店，2008年，第471页。
③ 周来祥：《论中国古典美学》，齐鲁书社，1987年，第56—57页。

下，造就了"沉静，而又疲弱"① 的心理特征，甚至认为塑造了"奴才"性格。因此，他对儒家文化的"和谐"、"中庸"，进行了激烈的批判。鲁迅曾经如是说：

> 于是无问题，无缺陷，无不平，也就无解决，无改革，无反抗。因为凡事总要'团圆'，正无须我们焦躁；放心喝茶，睡觉大吉。②
>
> 孔孟的书我读得最早，最熟，然而倒似乎和我不相干。③
>
> 我们目下的当务之急，是：一要生存，二要温饱，三要发展。苟有阻碍这前途者，无论是古是今，是人是鬼，是《三坟》《五典》，百宋千元，天球河图，金人玉佛，祖传丸散，秘制膏丹，全都踏倒他。④

鲁迅大力批判古典主义"和谐"、"中庸"的审美意识，对传统文化的批判可谓否定得十分彻底，甚至偏激，但这正表明了他的对传统文化的态度，显示了他对古典主义崇尚"和谐"的审美范式是深恶痛绝的。

鲁迅指出，在传统文化审美观下，中国没有真正意义上的悲剧，尤其"大团圆"的结局是严重"失真"的，是"瞒"和"骗"的文学。他说："中国人底心里，是很喜欢团圆的，所以必至于如此，大概人生现实底缺陷，中国人也很知道，但不愿意说出来；因为一说出来，就要发生'怎样补救这缺点'的问题，或免不了要烦闷，要改良，事情就麻烦了。而中国人不喜欢麻烦和烦闷，现在倘在小说里叙了人生底缺陷，便要使读者感着不快。所以凡是历史上不团圆的，在小说里往往给他团圆，没有报应的给他报应互相骗骗。——这实在是关于国民性底问

---

① 鲁迅：《集外集拾遗·〈路谷虹儿画选〉小引》，《鲁迅全集》，第 7 卷，人民文学出版社，1981 年，第 325 页。
② 鲁迅：《坟·论睁了眼看》，《鲁迅全集》，第 1 卷，人民文学出版社，1981 年，第 241 页。
③ 鲁迅：《坟·写在〈坟〉后面》，《鲁迅全集》，第 1 卷，人民文学出版社，1981 年，第 285 页。
④ 鲁迅：《华盖集·忽然想到六》，《鲁迅全集》，第 3 卷，人民文学出版社，1981 年，第 45 页。

题。"① 因此，鲁迅强烈批判儒家主张"无邪"的"善的文学"，强烈批判建立在古典主义审美原则中的"大团圆"、"十景病"、"类型化"等文学创作倾向。

鲁迅从"江南禅"中吸取"呵佛骂祖"的反叛精神。周作人曾以降魔之佛喻鲁迅："他的文学工作，差不多一直是战斗。自小说以至一切杂文，所以他在这方面表现出来的，全是他的战斗的愤怒相，有如佛教上所显现的降魔的佛像……"② 对于佛教，鲁迅放弃了"三学"、"六度"修行实践中忍辱负重、克制等特性，而是多了强烈的叛逆精神。因此，鲁迅厌恶传统文化中的"柔和"特性，他在赞美屈原的抗俗精神之余，又反对屈原的"芳菲凄恻之音"。鲁迅崇尚与"崇高"相呼应的"力之美"。

这种反叛精神影响到鲁迅的文学创作，他大力倡导"恶魔派文学"。黄健认为："鲁迅推崇'上抗天帝，下制民众'的恶魔，就是要求新文学能够具有'恶'（'崇高'）的审美性质，扫除古典的文雅、中道、纤细、阴柔、伪善，倡导'力'（'崇高'）的新文学。"③ 在《孤独者》中，鲁迅写道：

> 我快步走着，仿佛要从一种沉重的东西中冲出，但是不能够。耳朵中有什么挣扎着，久之，久之，终于挣扎出来了，隐约像是长嗥，像一匹受伤的狼，当深夜在旷野中嗥叫，惨伤里夹杂着愤怒和悲哀。④

鲁迅塑造了魏连殳这个具有反抗性的孤独者形象，他欣赏魏连殳的绝望式的反抗。在魏连殳身上，发掘出的"狼性"，呈现了鲁迅崇尚

---

① 鲁迅：《中国小说的历史变迁》，《鲁迅全集》，第 9 卷，人民文学出版社，1981 年，第 316 页。
② 周作人：《鲁迅的笑》，张明高、范桥编：《周作人散文》，第 3 集，中国广播电视出版社，1992 年，第 533 页。
③ 黄健：《意义的重构：中国新文学生成的文化阐释》，中国社会科学出版社，2011 年，第 114 页。
④ 鲁迅：《彷徨·孤独者》，《鲁迅全集》，第 2 卷，人民文学出版社，1981 年，第 107—108 页。

"力之美"的审美意识。在《这样的战士》中,鲁迅写道:

> 要有这样的一种战士——已不是蒙昧如非洲土人而背着雪亮的毛瑟枪的;也并不疲惫如中国绿营兵而却佩着盒子炮。他毫无乞灵于牛皮和废铁的甲胄;他只有自己,但拿着蛮人所用的,脱手一掷的投枪。他走进无物之阵,所遇见的都对他一式点头。他知道这点头就是敌人的武器,是杀人不见血的武器,许多战士都在此灭亡,正如炮弹一般,使猛士无所用其力。那些头上有各种旗帜,绣出各样好名称:慈善家,学者,文士,长者,青年,雅人,君子……头下有各样外套,绣出各式好花样:学问,道德,国粹,民意,逻辑,公义,东方文明……但他举起了投枪。①

即使面对的是"无物之阵",面对的是所谓"一式点头"的敌人,但"战士"还是举起了投枪。鲁迅倡导这种具有"韧性"的战斗。除了文学形象,鲁迅在杂文中,更突出"坚韧"的美学风格,他的杂文就是"匕首"和"投枪",对旧社会、旧思想做出了深刻的批判。这种"力之美"的审美意识,是一种走向"对立"的新模式,是对古典和谐审美意识的反拨。

总之,鲁迅具有强烈的反叛精神,这与佛教否定精神是一致的。他大力批判"和谐",体现了"崇高"的审美意识。在文学创作中,鲁迅多悲剧意识,少了"大团圆"式结局的书写,多了"对立"与"冲突"的呈现。这构成了现代美学意义上的"崇高",更能呈现文学的震撼性力量。

在文学创作上,"两浙"现代作家努力消除古典文学"文以载道"的影响,去关注人的精神、人的自我和人的存在意义,重视人的心灵世界的呈现,努力表现人性的自由。

重视人的解放,尤其关注人的人格的独立和精神的自由,鲁迅是旗

---

① 鲁迅:《野草·这样的战士》,《鲁迅全集》,第2卷,人民文学出版社,1981年,第214页。

手。鲁迅认为，欧美之强，"根柢在人"①。因此，寻求人的精神自由解放，获得真正的独立，是鲁迅"立人"思想的根本。他强调："立我性为绝对之自由者"，"以自由之主观世界为至高之标准"。② 鲁迅主张个性独立，他认为："泯于大群，如掩诸色以晦黑。"③ 鲁迅重视人的主体性，强调个性，反对借治国之名扼杀个体生命的自我。他的个人主义或个性主义，不是利己主义，而是用来"发国人之内曜"④。一方面，因为对独立人格的推崇，鲁迅强烈批判国人的奴才性格，赞颂"真的猛士"，倡导"力之美"。另一方面，鲁迅强调人性自由。他一生钟情"魏晋风度"，从江南佛学中汲取张扬个性、崇尚个体精神自由的思想。

对个体的高度关注，使得中国现代文学的价值系统转向了人的精神解放和心灵自由。而这种审美转向又深刻影响了现代文学的文学理念，形成了"人"的文学观。周作人在1918年提出了"人的文学"的主张。他不从器物、制度等去关注人，而是从个体独立、精神自由去关注人。他说："我所说的人道主义，并非世界所谓'悲天悯人'或'博施济众'的慈善主义，乃是一种个人主义的人间本位主义"，"我所说的人道主义，是从个人做起，要讲人道，爱人类，便先需要自己有人的资格，占得人的位置"。⑤ 周作人提出的"人的文学"思想，从理论高度为现代新文学重视主体意识的觉醒、倡导个性解放起到了指导作用，也对破除旧文学的审美观起到了重要作用。

郁达夫喜欢参禅悟道，江南佛学崇尚心性自由的思想影响到他的文学创作。因此，在文学创作中，郁达夫注重展示人的内心世界。他借"零余人"形象宣泄在动荡不安的时代中人的悲苦情绪，表达人既不想

---

① 鲁迅：《坟·文化偏至论》，《鲁迅全集》，第1卷，人民文学出版社，1981年，第57页。
② 鲁迅：《坟·文化偏至论》，《鲁迅全集》，第1卷，人民文学出版社，1981年，第53页。
③ 鲁迅：《集外集拾遗补编·破恶声论》，《鲁迅全集》，第8卷，人民文学出版社，1981年，第26页。
④ 鲁迅：《集外集拾遗补编·破恶声论》，《鲁迅全集》，第8卷，人民文学出版社，1981年，第25页。
⑤ 周作人：《人的文学》，张高明、范桥编：《周作人散文》，第2集，中国广播电视出版社，1992年，第124页。

放弃理想却又难以实现理想的心理失落感。郁达夫笔下的"零余人"形象，纤弱、苍白、疲倦、愁苦、忧郁，饱受欲望之苦，充满"灵"与"肉"的冲突。在古典"和谐"的审美意识下，文学书写强调主客体的融合，个性化的生命体验就难以清晰呈现。而郁达夫笔下的"零余人"，往往因为欲望压抑产生病态的性行为，诸如偷窥、狎妓等。这种看似放浪形骸的表述，实际上是自然率真的自我抒情，是对生命的诉求，是人的主体意识的觉醒。它有两个层面的意义：其一，对"自我"、"个性"的张扬和自我抒情的书写，表达了郁达夫对"人"的重视，对旧文化伦理道德的反抗，也显示了以"两浙"现代作家为主的中国新文学对人的主体性的高度重视。其二，这种状写理想与现实的矛盾，呈现孤独与悲凉的内心情绪，是心灵求真的透视。郁达夫企求以文学呈现真实的心境，诚如他在《写完了〈莴萝集〉的最后一篇》中所言："我若要辞绝虚伪的罪恶，我只好赤裸裸地把我的心境写出来。"① 郁达夫文学创作上的求"真"，是对旧文学否定人的价值为核心的"瞒"和"骗"的文学的反拨。郁达夫这种观照个体生命价值的写法，是追求"崇高"的审美范式。它剥离了古典"和谐"中伦理对人的自然情感的束缚，凸现了文学真实的情感力量。

佛教对文学，也有负面的影响。如佛教的业报轮回论认为人有宿世因缘。前世有什么善恶之业，下一世会得到果报。也就是说，下一世的命运受到前世命运的影响。这种宿缘论思想，会削弱文学作品的悲剧意义。《红楼梦》中，"宝黛爱情"是非常深刻的悲剧故事，但小说受佛教宿缘论影响，交代了神瑛侍者和绛珠仙草的宿因，大大削弱了悲剧意义。因此，对于佛学"两浙"现代作家不是全盘接受，而是选择性地汲取。

综上所述，江南佛学悲苦思想对"两浙"现代作家产生了一定的影响，他们慧悟世间苦，文学理念不再被以"和谐"为主的审美意识所束

---

① 郁达夫：《写完了〈莴萝集〉的最后一篇》，《郁达夫全集》，第5卷，浙江文艺出版社，1992年，第77页。

缚，而是呈现出以"对立"、"悲苦"、"崇高"和"孤独"为主的新的审美走向。

第二节　审丑意识：从"善的文学"到"恶的文学"

　　佛学追求"涅槃"美。何谓"涅槃"？佛学认为："贪念永尽、瞋恚永尽、愚痴永尽、一切烦恼永尽，是名涅槃。"（《杂阿含经》卷十八）佛学肯定的"涅槃安乐"、"净土极乐"、"法喜禅悦"，不是世俗之乐，是"法乐"、"寂灭乐"。佛学由"色即是空"，对现实作彻底的否定。世界万物谓之"色"，"色"何以为"空"？因为它由"因缘"和合而成。佛学认为因缘聚则色生，因缘散则色灭，故现实之"美"与"乐"，作为"色法"的一部分，都是虚幻不实的，如"镜子花"、"水中月"。

　　佛学认为世有真俗二谛观。俗谛观，观诸法缘生如幻。佛经云："解了诸法如幻、如焰，如水中月，如虚空，如响，如犍闼婆城、如梦、如影、如镜中像、如化。"（鸠摩罗什译《大品般若经》）佛经又云："一切有为法，如梦、幻、泡、影，如露，亦如电，应作如是观。"（鸠摩罗什译《金刚般若波罗蜜经》）佛经以众喻说明世相之美，皆为虚幻。佛教又是如何看待俗世众生的呢？佛经云："譬如幻师，见所幻人，菩萨观众生若此。如智者见水中月，如镜中见其面像，如热时焰，如呼声响，如空中云，如水聚沫，如水上泡，如芭蕉坚，如电久住，如第五大，如第六阴，如第七情，如十三入，如十九界。菩萨观众生为若此。"（罗什译《维摩经》）菩萨观众生，揭示众生苦之源。佛教将意识外的一切存在都视作虚幻，要求信徒对世相之美作"空观"，作"不净观"以消除各种贪恋欲望。

　　"不净观"（又名"不净想"），意为观身体不净的禅法，是佛学审丑意识的深刻体现。佛教要求观自身不净：观身死、尸涨、淤青、脓烂、腐朽、虫吃、骨蚀等。也要求观他身不净：观种子不净（以过去惑业为因，父母经血为种）、住处不净（住母胎）、自相不净（身具九孔，流泄不净）、自体不净（体内有三十六物，时常流污秽恶露）、终竟不净

(身死为虫吃成粪、埋成土、烧成灰等)。"九想"是"不净观"的具体做法,具体为:胀想、坏想(想尸体坏烂)、血涂想、脓烂想、青瘀想、啖想(想被虫蛆所食)、散想(想尸骨散乱)、骨想、烧想。佛教以"九想"消灭众生对凡胎肉体的眷恋。

江南佛教对世俗物色美作彻底的否定。唐代江南高僧玄觉禅师言:"身着衣服,如裹痈疮;口飧滋味,如病服药。"① 以"痈疮"喻衣服,以"苦药"喻美味,足见佛教否定世俗物色美的态度。

对于物色美的否定,佛教尤以否定女色为最。佛教有"六欲"之说,即色欲、形貌欲、威仪姿态欲、言语音声欲、细滑欲、人相欲。从这"六欲"的内容来看,基本上是为否定女色之美设定的。女色之美常引人痴想和贪求,故佛教对女色予以绝对丑化。佛典云:

> 一切女人皆是众恶之住处。(《大般涅槃经》卷九《如来性品》)
>
> 大火烧人,是尤可近;清风无形,是尤可捉;虺蛇含毒,犹亦可触;女人之心,不可得实。(《大智度论》)
>
> 女色者如被怖猪,见粪贪复生;加舍金花鬘,戴热铁。(《宝积经》九七)

佛教视女性为万恶之首,恶过毒蛇,污秽如粪便。玄觉禅师说过一段非常具有代表性的言论:

> 智人观之,毒蛇之口、熊豹之手,猛火热铁,不以为喻。铜柱铁床,焦背烂肠,血肉糜溃、痛彻心髓,作如是观,唯苦无乐。革囊盛粪,脓血之聚。外假香途,内惟臭秽,不净流溢,虫蛆住处,鲍肆厕孔,亦所不及。智者观之,但见发毛爪齿,薄皮厚皮,肉血汗泪,涕唾脓脂,筋脉脑膜,黄痰白痰,肝胆骨髓,肺脾肾胃,心

---

① 石峻等编:《中国佛教思想资料选编》,第2卷第4册,中华书局,1983年,第124页。

膏膀胱、大肠小肠，生藏熟藏、屎尿臭处。如是等物，——非人。①

玄觉禅师对女色美的否定，充分发挥了"九想"的方法，将女性之"毒"和"丑"阐述到了极致。

从佛典和佛陀的语录中可以看出，佛学具有强烈的审丑意识，其中很多污秽语言用于佛典，令人诧异。这是佛学否定意识使然。

佛教为了强调修道的重要性，甚至承认人性恶。佛教思想除了审丑，还具有审恶的特点。《维摩经》中，把成就"佛土"的因素叫作"如来种"，并强调指出，一切烦恼以及三毒十恶八邪都是成佛的种子。这种思想影响到江南佛教中的天台宗，引出了天台宗"性具善恶"的著名论断。智𫖮大师认为"五逆即菩提"、"三毒即是道"、"贪爱、魔怨是佛母"、"地狱界有佛性"、"百界千如是佛境界"。②

无可否认，一度孤诣佛学的鲁迅，从佛学中汲取思想资源，这其中自然包括佛教的否定精神和性恶思想。在中国现代文学史上，鲁迅大力倡导"性恶书写"。在《摩罗诗力说》一文中，鲁迅云："即一切人，若去取面具，诚心以思，有纯禀世所谓善性而无恶分者，果几何人？遍观众生，必几无有。"③鲁迅以清醒的态度，显示了自觉的性恶思想。

这种性恶思想的自觉，使得鲁迅在文学创作中彻底告别传统文学中"善"的文学理念，多了强烈的"恶"的书写。有学者认为"在鲁迅那里，泼皮、无赖、摩罗、狂人、疯子、傻子、猫头鹰等是同一类审美对象，与'圆善'相对，可以名之曰恶之美。"④它构成了鲁迅独特而深刻的美学意蕴。

其一，在文学创作中书写社会之恶。

在《狂人日记》中，鲁迅借狂人呓语写道：

---

① 宗文点校：《禅宗经典精华》（上），宗教文化出版社，2015年，第35页。
② 参见曾其海：《天台佛学》，学林出版社，1999年，第79页。
③ 鲁迅：《坟·摩罗诗力说》，《鲁迅全集》，第1卷，人民文学出版社，1981年，第82页。
④ 王乾坤：《真诚，圆善与恶：鲁迅美学思想片论》，《鲁迅研究月刊》，1995年第8期。

> 这历史没有年代,歪歪斜斜的每页上都写着"仁义道德"几个字。我横竖睡不着,仔细看了半夜,才从字缝里看出字来,满本都写着两个字是"吃人"!①

"仁义道德"下掩盖的是"吃人"的真相,"吃人"构成旧社会的全部历史,这是对几千年封建社会的彻底否定!

在《灯下漫笔》一文中,鲁迅进一步指出:"所谓中国的文明者,其实不过是安排给阔人享用的人肉的筵宴,所谓中国者,其实不过是安排这人肉的筵宴的厨房。"② 将中国历史喻为"吃人",形象而深刻地概括出来旧社会之恶。如果"吃人"这一独特书写表达了鲁迅的历史观,深刻批判了传统文化。那么,"铁屋子"、"夜"、"人肉筵席"、"活埋庵"、"染缸"、"坟"和"墓地"等意象,揭示出当下国人生存环境和生存空间的恶劣。

其二,在文学创作中书写人性之恶。

鲁迅深刻揭示了国民性缺陷,尤其指出了"国民奴性"特征。鲁迅在《呐喊·自序》与《藤野先生》中曾深恶痛绝地批判过"看客"心理。又譬如"奴才"形象。对此,鲁迅曾经激愤地说:"中国的文化,都是侍奉主子的文化,是用很多人的痛苦换来的。"③《阿Q正传》中的阿Q,他安于现状,媚上欺下,以"精神胜利法"获得自欺欺人的慰藉。鲁迅通过对阿Q性格的刻画,揭示和贬斥了国民性中的"奴性"弱点。《聪明人和傻子和奴才》一文则强烈地表达了鲁迅对"奴才"的鄙夷。奴才表面上到处诉苦,实则安于平庸,他赶走"反抗者",巴结主子,十足的奴才相。鲁迅对"看客"也进行了深刻批判。《药》中的众茶客,他们冷漠地看待夏瑜之死;而直接伸长脖子看夏瑜被砍头的看客们,更是呈现了残酷和愚昧。夏瑜的流血意义在"被看"中消失殆尽。

---

① 鲁迅:《呐喊·狂人日记》,《鲁迅全集》,第1卷,人民文学出版社,1981年,第425页。
② 鲁迅:《坟·灯下漫笔》,《鲁迅全集》,第1卷,人民文学出版社,1981年,第216页。
③ 鲁迅:《集外集拾遗·老调子已经唱完》,《鲁迅全集》,第7卷,人民文学出版社,1981年,第312页。

《阿Q正传》、《狂人日记》、《风波》、《示众》、《祥林嫂》等作品中也都有对"看客"的描写,看客形象的塑造,呈现了国民"冷漠"的劣根性。对封建"卫道士"形象,鲁迅的批判更为辛辣。"卫道士"是礼教之鬼,以伦理杀人。他们迎合权势,惯用"瞒"与"骗"。《长明灯》中的四爷,《肥皂》中的四铭,《风波》中的赵七爷等都是此类人。

其三,设置丑恶的文学意象。

许慎《说文解字》释"恶"的上半部分"亚":"丑也,像人局背之形。"释"丑"(醜):"可恶也。从鬼,酉声。"恶与丑,常可互训互释。因此,为了强化性恶书写,鲁迅在文学创作中设置了许多"丑"与"恶"的意象。

一是书写真正的"丑"、"恶"意象。如"疾病"意象。有学者认为:"在鲁迅与疾病主题的这个众所周知的叙事线索中,可以看出,疾病与隐喻以及诸种宏大叙述密切地关联在一起,从而超越了单纯的临床性的疾病本身。这些隐喻和宏大叙述辐射到关于民族性、文化和政治诸种领域。"[1] 鲁迅在小说中经常出现的疾病是"肺结核",在小说《药》、《明天》、《孤独者》、《在酒楼上》等都有描写,尤其《药》中的"病"与"药"都被赋予深刻的象征含义。病者华小栓吃了"药"(启蒙者夏瑜的血),隐喻国民的愚昧扼杀了启蒙意识。从某种意义上讲,疾病隐喻社会的病态和文化的痼疾,是社会恶、文化恶的象征。又如"坟"意象和"地狱"意象。《墓碣文》中,通过墓碣独白以及梦游坟地等叙述,呈现了鲁迅的痛楚以及透过对生死的参悟表达了对生命的看法。《过客》中的"坟"意象既写出了现实环境的险恶,更突出了孤独的过客的坚强。过客明知前面的路是坟地,却依然前行,展现了他反抗绝望的精神。《药》结尾处的"坟地"书写表面上是自然环境的描写,实则可以认为是一种象征,坟地环境的死寂,象征着思想启蒙的无效。而《写在深夜里》、《失掉的好地狱》、《〈野草〉英文译本序》等文章都写到了

---

[1] 吴晓东:《中国现代审美主体的创生:郁达夫小说再解读》,《中国现代文学研究丛刊》,2007年第3期。

"地狱"。鲁迅借用"地狱"意象,书写人性恶,批判社会世相。"坟"意象和"地狱"意象都是佛教常用意象,鲁迅借用之,是他拷问生命之无的结果。

二是书写以"丑"、"恶"为"美"、"善"的意象。这非真正意义上的审丑审恶,但宣扬"美"、"善",不用"美"、"善"意象,而是用"丑"、"恶"意象,从另一个角度说明了鲁迅对"丑"、"恶"意象的偏好。佛学强调"三界唯心"、"万法唯识",美丑善恶皆有"心造"。故鲁迅笔下的"恶魔",因为敢作敢为,在鲁迅心中是"美"与"善"的象征。鲁迅在《摩罗诗力说》中倡导"恶魔派文学",他在论及拜伦诗剧《该隐》时,借用了剧中主人公该隐所说的一句话:"恶魔者,说真理者也。"① 这种审恶只是表面的,其实质是呈现真实,以引起世人的惊觉。因此,鲁迅塑造的这些"恶人"表面上是"上抗天帝,下制民众的恶魔",实则是可以扫除旧中国的"温文、中道、姑息、妥协、阴柔、虚伪"。② 譬如,塑造"狂人"和"疯子"形象。"狂人"和"疯子"在常人眼中无疑是丑恶的形象,但鲁迅却力赞之。《狂人日记》中的狂人发现中国旧社会的历史是"吃人"的历史,看出封建社会的本质是"吃人"。这种敢于怀疑、否定的行为,是鲁迅怀疑精神的体现,是和佛教的否定精神相契合的。《长明灯》中,吉光庙里的长明灯自梁武帝开始点燃后就一直没有熄灭过,它象征着传统的腐朽思想,而疯子想熄灭长明灯,成为众人眼中的恶人。但狂人和疯子形象都体现了强烈的反抗意识。疯子的"放火"较之狂人的"说理"更为激烈。《聪明人和傻子和奴才》中的"傻子"也是"疯子"形象,具有强烈的反抗意识。鲁迅塑造"狂人"和"疯子"形象,实则张扬了敢于否定礼法、蔑视权威的狂狷气,是禅宗"呵佛骂祖"精神的承继,是佛学"即心即佛"与自性自度思想的体现。又譬如,塑造鬼魂形象,如无常、女吊。无常、女吊是常人眼中丑恶的形象。鲁迅一反常态将其书写成正直、善良、美的形

---

① 鲁迅:《坟·摩罗诗力说》,《鲁迅全集》,第 1 卷,人民文学出版社,1981 年,第 82 页。
② 高旭东:《五四文学与中国传统文学》,山东大学出版社,2000 年,第 92 页。

象。在《无常》中，鲁迅欣赏无常，称其为"鬼而人，理而清，可怖而可爱的无常"①。在《女吊》中，鲁迅将"女吊"塑造成凄美的复仇女神："带复仇性的，比别的一切鬼魂更美，更强的鬼魂。这就是'女吊'。"② 并讽刺了"明明暗暗，吸血吃肉的凶手或其帮闲们"以"勿念旧恶"为标榜③。鲁迅借绍兴民间目连戏中的无常、女吊形象呈现了自己的精神寄托和生命感悟，并试图挖掘出民众潜意识深处的反抗意识。

鲁迅的性恶书写是对中国传统文化过于崇尚"善"和"和谐"的反拨，是"力之美"的呈现。他认为温和的苦鸣不够力量，只有"恶声"才显反抗之力，大声疾呼："只要一叫而人们大抵震悚的怪鸮的真的恶声在那里！？"④ 因此，鲁迅的性恶书写，一方面是对旧的道德体系的批判；另一方面，则是在批评中国人身上的惰性和软弱性，鞭策中国人去寻找失去了的原始生命力。

佛学以"不净观"对现实世界作彻底否定，却对"涅槃境界"作充分的肯定。佛经将涅槃之乐喻成美味，佛经云："譬如甜酥，八味具足，大般涅槃亦复如是，八味具足。云何为八？一者常，二者恒，三者安，四者清凉，五者不老，六者不死，七者无垢，八者快乐。是为八味具足。具是八味，是故名为大般涅槃。"（《大般涅槃经》）除此以外，佛学还对"佛土"、"净国"作充分的肯定。佛学对现实世界的否定，对彼岸的肯定，是为了弃苦恼，净化人性，是为了度人。

鲁迅对文化之恶、人性之恶不遗余力地揭露和抨击，其目的是消除"丑恶"，改善国民性。这正印证了乔治·巴塔耶所指出的"恶具有最高的价值"的观点，也是和佛教否定精神的目的一致的。鲁迅的审恶是在文化观念和意识结构上对传统文化进行深刻的审视，对国民劣根性进行了整体性的否定。而这一切的目的是为了"立人"。寻求人的精神自由

---

① 鲁迅：《朝花夕拾·无常》，《鲁迅全集》，第 2 卷，人民文学出版社，1981 年，第 272 页。
② 鲁迅：《且介亭杂文末编附集·女吊》，《鲁迅全集》，第 6 卷，人民文学出版社，1981 年，第 614 页。
③ 鲁迅：《且介亭杂文末编附集·女吊》，《鲁迅全集》，第 6 卷，人民文学出版社，1981 年，第 619 页。
④ 鲁迅：《集外集·"音乐"？》，《鲁迅全集》，第 7 卷，人民文学出版社，1981 年，第 54 页。

解放，获得人的主体地位的独立，是鲁迅"审恶"的真正目的。

佛学的审丑意识，同样影响到郁达夫。郁达夫对性恶书写也十分钟情，主要集中在性变态的描写上，诸如宿娼、嫖妓、手淫、偷窥等。如小说《沉沦》中，"他"偷窥女性洗澡，偷听男女野合，甚至嫖妓。在《茫茫夜》中，于质夫因为性压抑，他向杂货铺里的一个年轻女子要了用旧的针和手帕，郁达夫用细笔描绘了于质夫的一系列性变态行为：

> 幽幽的回到房里，闩上了房门，他马上把骗来的那用旧的针和手帕从怀中取了出来。在桌前的椅子上坐下，他就把那两件宝物掩在自家的口鼻上，深深的闻了一回香气。他又忽然注意到了桌上立在那里的那一面镜子，心里就马上想把现在的他的动作一一的照到镜子里去。取了镜子，把他自家的痴态看了一忽，他觉得这用旧的针子，还没有用得适当。呆呆的对镜子看了一二分钟。他就狠命的把针子向颊上刺一针。本来为了兴奋的原故，变得一块红一块白的面上，忽然滚出了一滴同玛瑙似的血来。他用手帕揩了之后，看见镜子里的面上又滚出了一颗圆润的血珠出来。对着了镜子里的面上的血珠，看看手帕上的猩红的血迹，闻闻那旧手帕和针子的香味，想想那手帕的主人公的态度，他觉得一种快感，把他的全身都浸遍了。①

这段文字，通过于质夫的"自虐"行为，写出了他的"性苦闷"。"镜子"是一个特殊的隐喻意象，观照出人物的深层人性。不考虑郁达夫创作《茫茫夜》的写作目的，仅从他仔细描写于质夫的"恋物癖"、"自虐"的性变态行为上看，是典型的性恶书写。

除了性变态的描写，郁达夫还致力于"疾病"意象的书写。如《沉沦》中的"他"是抑郁症患者，《茫茫夜》中的吴迟生、《蜃楼》中的陈逸群、《过去》中的李白时、《南迁》中的伊人、《迟桂花》中的翁则生

---

① 郁达夫：《茫茫夜》，《郁达夫全集》，第1卷，浙江文艺出版社，1992年，第141—142页。

等,都被设置成肺病患者。郁达夫笔下的"疾病"意象,隐含"零余人"的主体形象,更是现实异化的隐喻,但从文学审美言,当属"审恶"范畴。正如有学者指出:"郁达夫对现实异化的意识聚焦,就不仅仅只是单纯地停留在批判或主观抒情上,而是展现了一种对'恶'的生命体悟。"①

施蛰存的性恶书写也颇为典型。首先,施蛰存的欲望书写中,呈现许多性变态描写。如《石秀》中,石秀因为对潘氏的性妄想无法得到满足而人格扭曲变态。尤其唆使杨雄杀了潘巧云和迎儿时,呈现了性变态心理:

> 唔,真不愧是个美人。但不知道从你肌肤的裂缝里,冒射出的鲜血来,究竟奇丽到如何程度呢。你说我调戏你,其实还不止是调戏你,我简直是超于海和尚以上的爱恋着你呢。对于这样热爱着你的人,你难道还吝啬着性命,不显呈你的最最艳丽的色相给我看看么?②

从这段文字可以看出,杨雄残忍地肢解潘氏,居然让石秀获得满足和愉快。《在巴黎大戏院》中,男主人公和情人约会时,既对乡下妻子有负罪感,又担心情人知道真相而离去。在欲望和道德冲突中,主人公渐渐走向病态。他拿到情人给他擦汗的手帕,居然有"闻"和"舔"的冲动,甚至吮吸痰和鼻涕。从写作意图上讲,施蛰存书写性压抑后的性变态行为,无疑是强调男人的食色本性,是为了呈现人的本真需求,是为了倡导人性自由,但从文学审美言,同样属性恶书写。

除了性变态书写,施蛰存也致力于城市文明"恶"的书写。对于现代城市,施蛰存有深刻认识:"并不是一个'乐园',而是一个'地狱',

---

① 黄健:《"两浙"作家与中国新文学》,浙江大学出版社,2008年,第198页。
② 施蛰存:《石秀》,《施蛰存全集》,第1卷,华东师范大学出版社,2011年,第123页。

恐怕一辈子也不容易脱离这个魔窟。"① 在施蛰存看来，城市一方面是高楼、霓虹灯、舞厅、咖啡厅；一方面是赌博、欲望、消费、冷漠。这种观念影响到他的文学创作，如小说《牛奶》描写佃农财生给城里人送上等牛奶，可他的牛奶却在牛奶公司鼓吹的"卫生牛奶"前败下阵来，导致他的牛奶没人买。而牛奶公司又以低价收购了财生的牛奶，未经任何炼制直接倒入了印有"科学炼制卫生牛奶"的瓶子中，转眼以高价卖给消费者。《渔人何长庆》中，农村姑娘菊贞到上海打工，沦落于风尘中。菊贞身份的转变，隐喻着城市现代文明腐蚀美好的人性。

徐志摩一直以浪漫主义诗人闻名，却也有审恶的文字存世。他在散文诗《毒药》中写道：

> 相信我，我的思想是恶毒的因为这世界是恶毒的，我的灵魂是黑暗的，因为太阳已经灭绝了光彩，我的声调是像坟堆里的夜鸮，因为人间已经杀尽了一切的和谐……②

对于军阀当道，战争频频爆发的旧中国，一向用词温和，以歌颂爱情和自由著称的徐志摩也发出了"恶"声。

人性恶书写也是徐訏文学创作的一个母题。吴义勤在《"通俗的现代派"：论徐訏的当代意义》一文中，指出，徐訏笔下的男人世界和女人世界都是灰暗一片，出现了"男子恨者"和"女子恨者"。并举例说，《旧神》叙述一个杀人案件：男人玩弄感情，始乱终弃。女子利用身体做交易复仇，杀死三个男人。小说呈现的是男人荒淫无信和女人淫荡疯狂的人性恶。《杀机》写出了"每个人都有杀机"的人性恶主题。③ 除了上述两篇小说，徐訏还有多篇小说涉及"杀人"主题。《婚事》中杨秀

---

① 施蛰存：《书简》，陈子善、徐如麒编：《施蛰存七十年文选》，上海文艺出版社，1996年，第421页。
② 徐志摩：《毒药》，《徐志摩诗全集》，新世界出版社，2014年，第50页。
③ 吴义勤：《"通俗的现代派"：论徐訏的当代意义》，林建法主编：《华语文学印象》，辽宁人民出版社，2014年，第73页。

常因心理变态而杀妻，导致精神失常。《炉火》中卧佛暴怒之下枪杀了儿子，自己也被大火烧死。可见，徐訏也是性恶论者，与江南佛学的审丑意识是契合的。

"两浙"现代作家从江南佛学的审丑意识中，汲取智慧之光，以"性恶"书写，鞭挞现实，展现他们的精神反抗，这正呈现了文学创作中"悲壮"的审美理念。

第三节 平等意识：从"贵族文学"到"平民文学"

古印度有明显的等级制度，包括婆罗门、刹帝利、吠舍和首陀罗"四种姓"。婆罗门教在古印度思想领域占据主导地位，提出"吠陀天启、祭祀万能、婆罗门至上"三大教义，强调等级森严的等级制度。

佛教反对婆罗门教的三大教义，反对种姓优劣，强调众生平等，这是它得以广泛传播的一个重要原因。佛教反对种姓的思想代表了四种姓中"刹帝利"和"吠舍"一部分人的想法。因此，"平等"构成佛教的重要内容。佛教认为人的高低贵贱不是因为人的出身，而是因为人的行为。佛陀不是天生的神，是通过修行而证得的大觉悟者。

首先，佛教强调众生平等。佛典云：

> 不应问生处，宜问其所行，微木能生火，卑贱生贤达。
> ——《别译杂阿含经》卷五

> 一切众生悉有佛性。一阐提人谤方等经，作五逆罪，犯四重禁，必当得成菩提之道。须陀洹人、斯陀含人、阿那含人、阿罗汉人、辟支佛等，必当得成阿耨多罗三藐三菩提。
> ——《大般涅槃经》卷三十六

不问出身卑贱，一切众生皆有佛性，佛教强调了众生平等。

其次，佛性平等。佛教强调宇宙间一切生命的平等，也强调对自然的敬重。佛教不仅强调"有情众生"平等,也强调"无情众生"的平等。

佛教传入中国后,佛教徒继续倡导平等思想。晋宋时竺道生大力倡导的人人有佛性、人人得成佛的思想,受到了中国社会的普遍欢迎。人人心中都有佛性,只要明心见性,就可立地成佛。禅宗六祖慧能强调"人人皆可成佛",又提出:"佛法在世间,不离世间觉。离世觅菩提,恰如求兔角。"① 强调了佛教的平等意识和平民意识。到了中国近现代,先进的中国知识分子在佛学"众生平等"的基础上,进一步强调民主和平民意识。如章太炎提出"齐物观"的平等观念,蔡元培提出的"无君民权"论等。佛教的众生平等观念,对近佛的"两浙"现代作家弘扬平民意识产生了深深的影响。

鲁迅具有强烈的平民意识。有学者指出,鲁迅的平民意识"既来自思想启蒙'改造国民性'未来思想要求,亦来自鲁迅的众生平等、扶弱抗强的崇高道德境界"。② 鲁迅身上可以看到精英意识,但同样也可以看到平民意识。鲁迅十分关心底层,他揭示了国民劣根性,甚至批判尖锐,但他对阿Q等底层民众的态度是"哀其不幸,怒其不争",其目的不是为了批判,而是为了拯救他们的灵魂,是为了达到"立人"的目的。正因为如此,一方面,我们看到他批判民众的人性弱点,一方面又赞美民众的人性优点。如《一件小事》中,鲁迅对普通车夫的道德行为进行了赞美,且对自己的行为作了忏悔,从中逸出了他的民本思想。对于底层民众的道德人格之美,鲁迅有过深刻议论:"诚然,老百姓虽然不读诗书,不明史法,不解在瑜里求瑕,屎里觅道,但能从大概上看,明黑白,辨是非,往往有决非清高通达的士大夫所可几及之处的。"③ 可见,鲁迅反对那种蔑视和远离底层民众的意识形态。

鲁迅幼时非常喜欢观看绍兴目连戏。目连戏是从佛经中来的,佛教"众生平等"的思想自然影响目连戏的价值取向。因此,绍兴目连戏与

---

① 慧能:《坛经》,上海古籍出版社,2011年,第61页。
② 张福贵:《惯性的终结:鲁迅文化选择的历史价值》,吉林大学出版社,1999年,第52页。
③ 鲁迅:《且介亭杂文二编·"题未定"草(六至九)》,《鲁迅全集》,第6卷,人民文学出版社,1981年,第435页。

一般的鬼戏、宗教剧不同，它砭世导俗，描写底层民众的生活现状，具有平民化特征。绍兴籍作家柯灵指出："那虽然是鬼戏，地狱里的大小鬼物，几乎要全体登台，而全剧所写，却都是里巷间的琐事。所有人物，除了傅员外一家，也无非贩夫走卒、引车卖浆者流，跟站在台下的正是一伙。王婆骂鸡，张蛮打爹，哑子背疯婆，大家早就在生活里熟悉的了。即使是鬼物吧，它们嬉笑怒骂，也往往比世间有些俨乎其然的角色更多生人气，连那阴司的使者无常，也会插科打诨，使观众觉得可亲，跟站在城隍庙里板着面孔的家伙大不相同。"① 目连戏平民化的审美倾向，也影响到鲁迅的审美取向，强化了他的平民意识。

鲁迅的平民意识，在文学理念上，表现为反对那种为艺术而艺术的主张，反对知识分子自以为是摆弄"雅致"的做派。鲁迅与梁实秋、林语堂等人的论争，就充分表明了他重视民间的态度。在文学创作上，鲁迅的作品多以底层民众为创作对象，植根于民众生活，表现他们的辛酸和苦痛。他的作品中，既有《故乡》中的农民形象（阳光的少年闰土、迟钝的中年闰土），也有《明天》中"守节"的寡妇单四嫂子，更有《祝福》中悲苦一生的祥林嫂。书写底层，表现了一个文学家与底层民众休戚与共的关系。因此，鲁迅的这种审美倾向呈现了他的底层民本思想。

与鲁迅一样，周作人也具有民本思想。1919 年，他在《每周评论》第 5 号上发表《平民文学》一文，正式提出了"平民文学"的概念。他指出："平民文学应该注重，与贵族文学相反的地方，是内容充实，就是普遍与真挚两件事。第一，平民文学应以普通的文体，写普通的思想与事实。我们不必记英雄豪杰的事业，才子佳人的幸福，只应记载世间普通男女的悲欢成败。因为英雄豪杰才子佳人，是世上不常见的人；普通的男女是大多数，我们也便是其中的一个，所以其事更为普遍"，"第二，平民文学应以真挚的文体，记真挚的思想与事实"。② 因此，周作

---

① 柯灵：《逍遥集》，作家出版社，1956 年，第 139—140 页。
② 周作人：《平民文学》，张高明、范桥编：《周作人散文》，第 2 集，中国广播电视出版社，1992 年，第 131 页。

人倡导关注平民的普通生活，反对贵族文学，提出的"平民文学"是表现普通人的普遍与真挚情感的文学。在文体上，周作人提出平民文学要用"普通的文体"，这与他反对文言文，倡导白话文的观点是一致的，唯有如此，方可启蒙民众。周作人强调文学创作要与贵族文学、通俗文学、慈善主义文学等区别开来，强调文学创作要恪守"普遍与真挚"的规律，即文学必须反映普通大众的真实生活，这体现了周作人的文学创作追求"大众化"的审美走向。

周作人提出的"平民文学"，是其平民意识使然。正因为提倡"平民文学"，周作人在多篇散文中表达了对普通人和普通人生的关怀，记载了芸芸大众的日常生活。在《苋菜梗》一文中，他写道：

> 绍兴中等以下的人家大都能安贫贱，敝衣恶食，终岁勤劳，其所食者除米而外唯菜与盐，盖亦自然之势耳。……咬了菜梗是否百事可做，我不能确说，但是我觉得这是颇有意义的，第一可以食贫，第二可以习苦，而实在却也有清淡的滋味……①

肯定底层"敝衣恶食"的生活方式，充分体现了周作人的平民精神，也是他倡导的平民文学的呈现。

周作人倡导的平民文学与佛学的众生平等的思想是相契合的。佛家有"六道众生"之说，"众生"不仅包括人，也包括花鸟虫鱼等自然界的动植物。周作人对佛典《梵网戒疏》中"鸟身自为主，盗皆重也"的注文，大为赞同："鸟身自为主，——这句话的精神何等博大深厚"，"我们现在虽然不能再相信六道轮回之说，然而对于这普亲观平等观的思想，仍然觉得他是真而且美"。② 对佛教平等观的认可与赞同，或许可以说明周作人的平民意识与佛学有着丝丝缕缕的关联。

---

① 周作人：《苋菜梗》，张高明、范桥编：《周作人散文》，第1集，中国广播电视出版社，1992年，第375—376页。
② 周作人：《山中杂信（四）》，张明高、范桥编：《周作人散文》，第1集，中国广播电视出版社，1992年，第9页。

郁达夫具有平民意识。他的文学作品多关心底层民众生活的文字。郁达夫的小说《春风沉醉的晚上》、《薄奠》、《在寒风里》、《唯命论者》等都表现了对底层人民的同情。在《沪杭车窗即景》一诗中，他写道：

> 男种秧田女摘茶，先从水旱愁天意。
> 乡村五月苦生涯，更怕秋来赋再加。①

这首诗歌的前两句是郁达夫看到的客观现实，后两句则是悲苦生活原因的深层揭示，表达出了郁达夫对劳动人民生活的深深忧虑。在《屯溪夜泊》一诗中，他写道：

> 新安江水碧悠悠，两岸人家散苦舟。②

自然山水之"碧"和岸边底层人民生活之"苦"形成了强烈的对比。诗歌虽为旧体诗，却明白如话，完全割舍了典雅的贵族气，多平民气。

白马湖作家群中的夏丏尊、俞平伯和丰子恺等都是近佛人士，江南佛学强调"众生平等"的思想也深刻影响到他们，在他们身上流露出了强烈的平民意识。夏丏尊曾言："人生不单因了少数英雄圣贤而表现，实因芸芸平凡的民众而表现的。"③ 他把自己的平房命名为"平屋"，彰显了自己的平民身份和平民志向。夏丏尊非常关心底层民众的日常生活。夏丏尊的散文《闻歌有感》把目光投射到了妇女的命运上。文中通过听妻儿唱俗谣而感慨妇女命运，劝导妇女应有主宰自己命运的"自觉"，要正确认识并实现自己的价值，为自己争取应有的地位。《黄包车礼赞》是夏丏尊讴歌人力车夫的作品，让人想起鲁迅的《一件小事》。夏丏尊曾经翻译意大利作家亚米契斯的长篇小说《爱的教育》，小说提

---

① 郁达夫：《沪杭车窗即景》，《郁达夫全集》，第9卷，浙江文艺出版社，1992年，第146页。
② 郁达夫：《屯溪夜泊》，《郁达夫全集》，第9卷，浙江文艺出版社，1992年，第138页。
③ 夏丏尊：《读书与冥想》，《夏丏尊文集》，线装书局，2009年，第279页。

倡平民教育，夏丏尊流泪阅读，在《〈爱的教育〉译者序言》一文中写道："以为世间要如此才好。"① 倡导平民教育，也是夏丏尊平民意识的体现。

俞平伯并非是最早提出"平民文学"的人，但他是系统倡导诗歌平民化的先驱之一。他的诗作虽非经典，却是按他倡导的理论创作的，正如他自己所说："有几首诗，如《打铁》、《挽歌》、《一勺水啊》、《最后的洪炉》，稍有平民的风格。"② 俞平伯的诗歌创作，不同的人有不同的评价，但不管诗歌质量如何，至少他倡导平民文学，并努力实践。在《他们又来了》一诗中，俞平伯写道：

> 两个灰色衣的人，夹着个少年，
> 路那头走来
> 枪上闪着刺刀底光。
> ……
> 孩子握他拳头，挺着胸，鼓着嘴，
> 一步——两步——学他们走道
> 远了——远了，
> 一阵阵皮鞋的声音；
> 街上凑热闹的人，
> 瞅着他都笑了；
> 大家忘了刚才的事。
> ……
> 走不上十家门面，大家回头。
> 孩子底声音，
> "他们又来了！"③

---

① 夏丏尊：《夏丏尊谈教育》，辽宁人民出版社，2015年，第110页。
② 俞平伯：《〈冬夜〉自序》，《俞平伯全集》，第1卷，花山文艺出版社，1997年，第14页。
③ 俞平伯：《他们又来了》，《俞平伯全集》，第1卷，花山文艺出版社，1997年，第22—23页。

这首诗歌，完全消除了俞平伯的贵族气。诗歌以孩子的视角，反映了时局的动荡。"灰色衣"的跋扈、凶残，看客的冷漠，小孩的天真，都跃然纸上。俞平伯的诗歌《春水船》描写渔夫苦厄生活，主题上呈现平民意识。俞平伯的诗歌，语言上也追求平民气，如《打铁》一诗，引入口语俗语，浅显易懂。俞平伯出身贵族，多贵族气，但亲近佛学，佛学"众生平等"思想，使其文学观多了平民意识，以期启悟众生。

佛家"众生平等"思想对丰子恺影响深刻。为了砭世导俗的广度，丰子恺推崇"大众化"的文艺观。在《谈中国画》一文中，他以画为例阐述了这种观点。他说："为什么现代的中国画专写古代社会的现象，而不写现代社会的现象呢？例如人物，所写的老是高人，隐者，渔翁，钓叟，琴童，古代美人。为什么不写工人，职员，警察，学生，车夫，小贩呢？"[①] 在《谈抗战歌曲》一文中，丰子恺又以音乐重申了这一观点："古语云'曲高和寡'。现在却相反，应该说'曲好和众'。因为现在对于艺术不求其'高'（高就是深，在绘画是'气韵生动'的杰作，在音乐是'流水高山'之类的名曲。它们自有高贵的艺术的价值。这种艺术在近代被称为'为艺术的艺术'，或'象牙塔中的艺术'，只宜让少数优越分子相互欣赏，不宜作为民众艺术），但求其'好'。所谓好，就是有耳共赏。凡不含毒质而合乎大众胃口的，都是好曲。"[②] 在丰子恺看来，艺术创作不应该贵族化，而应该民众化。

在这种文艺理念的影响下，丰子恺的散文和小说创作多是对底层民众生存境遇的思考，如散文《车厢社会》、《肉腿》、《穷小孩的跷跷板》、《劳者自歌》和小说《夏夜》等。丰子恺的作品中，透露出对穷人与富人不平等的怨愤。如《车厢社会》以一个封闭的场景（车厢）反映社会中的不公平现状，这是"众生平等"思想的体现。《肉腿》中，通过对大旱天冒着酷暑车水的农民的腿与舞厅里舞女的腿的对比，表明了世间

---

① 丰子恺：《谈中国画》，丰陈宝、丰一吟编：《丰子恺文集》艺术卷（2），浙江文艺出版社、浙江教育出版社，1990年，第613页。
② 丰子恺：《谈抗战歌曲》，丰陈宝、丰一吟编：《丰子恺文集》艺术卷（4），浙江文艺出版社、浙江教育出版社，1990年，第5页。

的不公平现象。《穷小孩的跷跷板》、《劳者自歌》、《夏夜》等作品都反映底层民众的疾苦,是丰子恺对底层民众生存境遇的思考。这种"哀民生之多艰",对弱势群体的强烈关注的姿态,呈现出丰子恺平民化的写作立场。

除了倡导人人平等,丰子恺也强调人与动物的平等。在散文《忆儿时》中,丰子恺写"养蚕"的内容时,引用诗文"自识藕丝衫子嫩,可怜辛苦赦春蚕",希望赦免春蚕性命。在散文《敬礼》中,丰子恺用细笔描写,表达了对蚂蚁这种低等动物的敬意。在散文《蝌蚪》中,丰子恺劝小孩放生被抓的蝌蚪,表达了对蝌蚪这种低等动物生命的尊重。佛教不仅强调人的平等,而且强调"有情众生"平等。丰子恺对动物的态度,正是佛性的体现。

丰子恺的佛教题材画,也呈现出强烈的平民化倾向。丰子恺和弘一法师等策划编绘的《护生画集》,多佛教情怀。从题名看,《护生画集》主题无疑为规劝世人护生,戒杀生,强调与动物、与自然和谐相处。但从创作目的和内容看,《护生画集》体现出平民意识。有学者认为,看待画集"还应该从弘一法师在大乘佛教众生平等之精义的基础上所指出的有关创作'护生画'的原则:'盖以艺术作方便,人道主义为宗趣。'此处的'方便',主要还是指对众生的方便,尤其是一般的众生。"① 丰子恺对"护生画"也有说明:"在严肃的佛法理论来说,我们这种偏重人的思想,是不精深的,是浅薄的,这点我明白知道。但我认为佛教的不发达,不振作,是为了教义太严肃,太精深,使末劫众生难于接受之故。应该多开方便之门,多多通融,由浅入深,则宏法的效果一定可以广大起来。"② "方便"是佛教语,有启悟众生之意,因此,《护生画集》(包括续集、三集)主题除了劝善,也有平民意识的体现。如画集中有一画名曰《平等》,丰子恺在上面画了一人一狗,人狗对望,画的题记则是宋代诗人黄庭坚的诗:"我肉众生肉,名殊体不殊,原同一种性,

---

① 陈星:《丰子恺佛教题材绘画的平民化意识》,《美育学刊》,2015年第5期。
② 丰子恺:《护生画三集自序》,丰陈宝、丰一吟编:《丰子恺文集》艺术卷(4),浙江文艺出版社、浙江教育出版社,1990年,第426页。

只是别形躯。"画作形象生动地传递出了众生平等之意。

"两浙"现代作家走近江南佛学,从佛学"众生平等"思想中得到启迪,其文学创作中不再迷恋于高贵典雅,而是走向大众化。在文学理念上,"两浙"现代作家主张平民文学,反对游戏文学,反对消遣文学。在文学实践上,为了启悟众生,"两浙"现代作家的创作,从贵族文学走向平民文学。这种文学走向,和"两浙"现代作家提倡"启蒙主义"和"砭世导俗"的目的是一致的。

第五章

江南佛学与"两浙"现代作家的文学书写

"两浙"现代作家对佛学研究程度不尽相同，近佛程度也不尽相同，但他们都会在文学创作中，或多或少地植入与佛学相关的内容。佛学不仅对"两浙"现代作家的审美品性、文学理念发生深刻影响，也对他们的写作选题发生深远的影响，诸如欲望书写、死亡书写、鬼神书写、僧尼书写等。本章主要探讨江南佛学与"两浙"现代作家写作选题之关联的研究。

第一节 "两浙"现代作家的欲望书写

"欲望书写"是"两浙"现代作家创作中一个极为重要的主题。学界多以弗洛伊德学说等西方资源去研究，这一点无可否认。但是，对于近佛的"两浙"现代作家而言，江南佛教相对开放的女性观、性欲观，对他们的"欲望书写"也产生了较为明显的影响。

应该说，禁欲是宗教的共同点。佛教在这方面的戒律更为严苛，一切与欲望相关的活动都被禁止。在佛教看来，淫欲是一切罪恶之本。也正是因为如此，佛教贬抑女性，视女性为"革囊盛血"。但事实上，一切事物都不是绝对。佛教，尤其江南佛教对女性，对人欲的态度都较早期佛教有较大的改变。对此，有研究者明确指出：

> 佛教在理论口号上不遗余力地攻击女性、贬低女性、猥亵女性，但在实际操作上，并不一定就严格地执行这一原则。法门的不

同，各派对女性的态度也不完全一致。一般说来，早期佛教悲观厌世，以生活为牢笼，以涅槃为解脱，提倡"无生"，所以视性欲和性行为为大罪，被列为一切戒条之前位，而作为生育和生命力象征的妇女，就被当做"性"和"欲"的化身，淫佚、放荡的源泉，当作邪恶的标志，对她们进行轻蔑和攻击……但在后来的大乘佛教"一切众生皆有佛性"的思想洪流的猛烈冲击下，女性在佛教中的地位与日俱增。①

这种转变，有三个层面的原因：一是大乘佛教倡导的"一切众生皆有佛性"思想的影响。小乘佛教大多认为，成佛者只有释迦牟尼，芸芸众生不具佛性，也不可成佛。如法藏在《华严一乘教义分齐章》言："若小乘中，但佛一人有佛性，余一切人皆不说有。"而大乘佛教对佛的看法与小乘佛教迥异，主张人人平等，倡导人人解脱苦海。大乘佛教大多认为众生也可成佛。探讨佛性，成为大乘佛教的重要理论。佛性是梵文意译，亦译如来觉、觉性，原指佛陀本性，后发展为成佛的可能性、因子、种子。《大涅槃经》主张"一切众生，皆有佛性"，这是大乘佛教佛性论的基础。"一切众生"，自然也包括女性。中国南北朝盛谈佛性，竺道生在江南第一个倡导"一切众生，皆有佛性"。尤其竺道生提出"一阐提人皆得成佛"，即不具信断善根之人也可成佛。竺道生认为："恒以大慧之明，除其虚妄。虚妄既尽，法身独存，为应化之本。应其所化能成之缘，一人不度，吾终不舍。"（竺道生《喻疑》，载《全宋文》卷六五）竺道生的论断，在中国大地影响深远，也使得佛教对女性的态度得以改变。二是天竺文化崇尚生殖崇拜。这在天竺的文学、绘画、雕塑等作品中可以得到印证。这种文化自然影响到佛教文化。天竺佛教并没有绝对禁止一切佛教徒的性生活，在菩萨戒里也规定，妻子不妨碍居家菩萨行梵行。② 三是江南地域文化的影响。东汉，天竺佛教传至中

---

① 普慧：《南朝佛教与文学》，中华书局，2002年，第183页。
② 引自普慧：《中古佛教文学研究》，世界图书出版西安有限公司，2014年，第185页。

原，中原儒学盛行，为了传播，"其译于中国，必托于儒之能言者，然后传远"（陈鸿墀《全唐文记事》卷一○六"东坡题跋鉴禅师碑后"），故佛教受儒学思想影响较深，佛教大胆的性欲观必然遮遮掩掩。但是，到了两晋南朝时期，江南佛教勃兴之际，儒家经学日趋衰微，佛教受儒学礼教影响渐小，佛教经典翻译渐渐忠于原文。为了传播，佛教也不断修正佛学思想以适应江南文化。东晋时期，玄学盛行，高僧靠拢名士，精通老庄之学，多以玄学来解释佛理。此外，江南僧侣的译经和传播更让佛教带上了江南文化的烙印。因此，佛教与江南文化碰撞与糅合，江南佛教带上了一种去伦理化的世俗化审美追求，多了强调人性自觉的特征。江南佛教的性欲观、女性观也就显得开放多了。如密乘佛教出现了体现大乘佛教"即淫欲而妙道"的彻底空观思想的修行方法——双运道。"密乘的无上瑜伽中，性欲不仅不再是修行的障碍，作为与生俱来的原始生命能量，反成为达到无上菩提的必需条件。"[①] 受此影响，中国古典文学中出现大量的欲望书写。这种文学书写，作为一种文化传承影响到"两浙"现代作家的文学创作。

此外，无论是南宋开始的"浙东学派"，还是明朝的王阳明心学，都强调心学，使得江南佛教更加崇尚心力，强调人性自觉。从人性自由角度讲，江南佛教相对开放的性欲观、女性观，是对礼教扼杀人性的反拨。

综上所述，江南佛学从两个层面影响"两浙"现代作家的欲望书写：一是走近江南佛学，使作家们偏好欲望书写；二是作家们以欲望书写表达人性自由思想。这种欲望书写，是建立在"五四"以降"贞操问题讨论"的基础上的，是对"表彰节烈"旧道德的批判，是弘扬个人主体性的重要手段。江南佛学从早期非常严苛的禁欲主义，到相对开放的性欲观、女性观，无疑是一个大的改变，这是"两浙"现代作家所看重的。"两浙"现代作家希望从江南佛学中汲取有益的东西，去批判旧的性道德观。

---

① 尹立：《精神分析与佛学的比较研究》，巴蜀书社，2003年，第61页。

郁达夫、施蛰存等"两浙"现代作家以欲望书写作为重要选题，主要就是为了抒发人性自由精神，呈现人本主义思想。毋庸置疑，西方资源对他们的欲望书写影响深刻，但应该肯定的是，江南佛教的世俗性特征以及相对开放的性欲观、女性观，对他们书写欲望，尤其书写僧尼的欲望也产生了一定的影响。

欲望书写在郁达夫作品中占据相当的地位。在郁达夫笔下，性、情欲俯拾皆是。在《沉沦》中，郁达夫对窥浴和男女野合进行了大胆的书写，从此一发而不可收。《秋柳》、《寒宵》中的宿娼狎妓，《南迁》中对W和M做爱想象的书写，《茫茫夜》、《她是一个弱女子》中的畸恋、同性恋……郁达夫的欲望叙事可谓惊世骇俗。郁达夫认为"情欲中间，最强有力、直接动摇我们的内部生命的是爱欲之情，诸本能中，对我们的生命最危险而同时最重要的是性本能"。① 正是基于这种认识，郁达夫的作品多欲望书写。在文学作品中，郁达夫致力于呈现灵与欲的冲突，探究性欲本能与生命的本真。古代中国是人性遭到严重禁锢的社会，"存天理，灭人欲"是其扼杀人性的理论性标识。有学者指出："就性的生理特性而言，中国古代以儒家为主道家为辅的正统性观念，主要体现在对'欲'的看法上，其最基本、最突出的是'非性'，即对性持一种表面上承认，实际上否定的看法。这种'非性'是从伦理、政治、美等各个方面，全面地对性的高度警惕和严格防范，甚至以性为非，认为对性的自然追求就是放纵，就是'淫'，而'淫'则是万恶之首，是乱国家的祸水，是污秽不堪的，总之，'恶'、'乱'、'丑'，这就是非性观念对性的看法。因此正统性观念要求以性克制、性弱化为'正心'之本，'以男女之大防'使民'无知无欲'为手段，形成了一种主张'存天理，灭人欲'的非性文化。"② 在这种"非性文化"的影响下，人们谈性色变，完全扼杀了人性本能。对此，郁达夫是有深刻认识的："纲常名教

---

① 郁达夫：《戏剧论》，《郁达夫全集》，第5卷，浙江文艺出版社，1992年，第266页。
② 曹顺庆：《跨越异质文化》，山东友谊出版社，2007年，第249页。

的那一层硬壳,是决不容许你个人的个性,有略一抬头的机会的。"①郁达夫钟情欲望的大胆书写,是颠覆"非性文化",肯定人自然生命的一种重要方式。

郁达夫的欲望书写,与古典文学中赏玩式的欲望书写完全不同。郁达夫以严谨的态度,对生命的自然本性作深层次的思考。他笔下的人物,常常呈现心灵的分裂。一方面,有大胆的欲望,敢想敢做;另一方面,在传统意识观照下自觉自身的"罪恶",以忏悔寻求救赎。这种"灵"与"肉"的冲突,既呈现出生命现象的一面,又呈现出社会现象的一面,使得郁达夫的欲望书写更令人深思。

弗洛伊德认为爱欲是促进个体生命生存的力量。在西方社会现代化进程中,作为感性的重要载体,"爱欲"被摆到了很重要的位置。郁达夫借助欲望书写,呼唤人性回归,这是对人性压抑的反抗,是生命意识的觉醒。应该承认,他的文学创作深受弗洛伊德学说影响,但是,郁达夫的创作中不仅有西方哲学的因子,还有传统文化的深刻印痕。郁达夫与佛教关系密切,留日期间,他曾经系统阅读《般若经》、《正信偈》、《禅仪》、《真念净菩提》等佛典②,并常有出家参禅之意。佛教文化作为传统文化的一种,对郁达夫文学创作的审美追求影响深远。无论审丑书写,还是欲望书写,郁达夫的文学创作都在一定程度上受到江南佛学的影响。江南佛学相对开放的性欲观,使得郁达夫一方面容易接受弗洛伊德学说,另一方面在欲望书写时也少了顾忌。江南佛学的女性观,使得郁达夫笔下的女性有了一定的地位。在《春风沉醉的晚上》、《过去》等小说中,郁达夫笔下的女性具有"莲"的品质,可以净化人欲。而"莲"无疑是佛教意象,可见郁达夫的欲望书写,甚至净化欲望书写,都与佛学有一定的关联。

施蛰存对欲望叙事情有独钟。一般而言,学界多以受弗洛伊德影响

---

① 郁达夫:《良友版新文学大系散文选集导言》,《郁达夫全集》,第6卷,浙江文艺出版社,1992年,第196页。
② 参见哈迎飞:《"五四"作家与佛教文化》,上海三联书店,2002年,第192页。

论之，我们并不否认这一点，但施蛰存如此钟情欲望书写，除了西方资源，其实也有传统文化资源。施蛰存曾如此言："如果在创作中单纯追求某些外来的形式，这是没有出息的，要使作品有持久的生命力，需要的是认真吸收这种'进口货'中的精华，受其影响，又摆脱影响，随后才能植根于中国土壤中，创作出既创新又有民族特色的作品。"① 此言可证施蛰存既重视西方资源，也重视传统文化资源。除了弗洛伊德学说，江南佛学的性欲观与施蛰存的"欲望书写"也有一定的契合。

施蛰存写了不少普通人的欲望心理，如《娟子》、《春阳》、《周夫人》、《梅雨之夕》、《在巴黎大戏院》、《四喜子的生意》等等。《周夫人》中，周夫人年轻守寡，寂寞难耐，以"掷状元筹"打发时光，与少年时期的"我"发生了一段暧昧之情。正当人们以为会有故事发生的时候，周夫人却压抑了自己的欲望，以远走他乡而告终。《春阳》中，遭受冥婚之痛，守寡多年的婵阿姨对一位年轻的银行职员产生了遐想，但是，后来银行男职员一声"太太"，又让婵阿姨回到了现实，欲望之梦破灭。

除了普通人，施蛰存更是书写僧尼的欲望。如果说普通人的欲望书写与江南佛教联系还不够紧密，那么僧尼的欲望书写，则与江南佛教有着千丝万缕的联系了。在小说《鸠摩罗什》中，施蛰存书写了鸠摩罗什由"神"到"人"的世俗化过程。在小说中，施蛰存呈现了鸠摩罗什三次破身的心理真实，书写了他灵与肉相互缠斗的痛苦煎熬。颠覆著名高僧的形象，书写其欲望心理，这与江南佛教相对开放的性欲观是契合的。也许有人会说鸠摩罗什是北方高僧，与江南无关。但是，施蛰存是江南人，长期浸染于江南佛教，受江南佛教性欲观相对开放的影响，才会有如此大胆的文学构想。正是受江南佛教的影响，鲁迅、施蛰存等人笔下的僧尼才会有世俗化特征。在小说《黄心大师》中，黄心大师经历了二次婚姻的失败，经历了勾栏生活，后皈依佛门，做了妙住庵的住持。这个从"伎女"到"佛陀"的经历，和竺道生提出"一阐提人皆得成佛"相符合，也和佛典所说的"道从一切爱欲中求"的观点契合。施

---

① 施蛰存：《施蛰存全集》，第2卷，华东师范大学出版社，2011年，第678页。

蛰存在《关于〈黄心大师〉》一文中说:"黄心大师在传说者的嘴里是神性的,在我笔下是人性的。在传说者嘴里是明白一切因缘的,在我的笔下是感到了恋爱的幻灭的苦闷者。"① 可见,小说写黄心大师"跳入火炉了却肉身"的情节,不是写她为佛教献身,而是呈现她的欲望心理,以此呈现被压抑的自然人性。江南佛学具有世俗性特征,以求顺应本真之心自然而然生活。因此,施蛰存的欲望书写,既与江南佛学相对大胆的性欲观、女性观契合,更与江南佛学的世俗性特征以及强调人性自觉的特征相契合。

周作人虽然没有在文学创作上书写欲望,但对"性"的问题作了理论上的思考。他在《读〈欲海回狂〉》一文中对佛教的"不净观"进行了严厉的批判:

> 我们真不懂为什么一个人要把自己看作一袋粪,把自己的汗唾精血看的很是污秽?倘若真是这样想,实在应当用一把净火将自身焚化了才对……即是平常的青年,倘若受了这种禁欲思想的影响,于他的生活上难免种下不好的因,因为性的不净思想是两性关系的最大的敌,而"不净观"实为这种思想的基本。儒家轻蔑女子,还只是根据经验,佛教则根据生理而加以宗教的解释,更为无理,与道教之以女子为鼎器相比其流弊不相上下。②

周作人不仅批判早期佛教的"不净观",而且对拥护旧道德的"假道学"的嘴脸进行了无情的嘲讽和尖锐的批判:

> 你们伪君子平常以此为乐,到底是什么意思?你们依恃自己在传统道德前面是个完人,相信在圣庙中有你的分,便傲慢地来侮蔑你的弟妹,说"让我来裁判你,"至多也总是说,"让我来饶恕你。"……你

---

① 施蛰存:《施蛰存全集》,第1卷,华东师范大学出版社,2011年,第627页。
② 周作人:《读〈欲海回狂〉》,张高明,范桥编:《周作人散文》,第2集,中国广播电视出版社,1992年,第558—559页。

们伪君子们不知道自己也有弱点，只因或种机缘所以未曾发露，却自信有足以凌驾众人的德性，更处处找寻人家的过失以衬贴自己的贤良，如把别人踏得愈低，则自己的身份也就抬得愈高，所以幸灾乐祸，苛刻的吹求，你们的意思就只是竭力践踏不幸的弟妹以助成你的得救！你们的仲尼耶稣是这样的教你的么？你们心里的淫念使你对于淫妇起妒忌怨恨之念，要拿石头打死她们，至今也还在指点讥笑她。这是怎样可怜悯可嫌恶的东西！①

在周作人看来女子是"圣母与淫女"的合一②，这与他一贯主张的"欢乐"与"节制"并存的观点是一致的。在旧文化中，女性的性欲，哪怕是正常的人欲要求，也往往被视作轻浮淫荡，作风不正。而周作人却认为对女性，尤其对所谓"淫女"，应当持宽容与理解的态度，特别对正常的人性欲望应该予以肯定。周作人批评中国女性只有"母性"，少了"妻性"。他甚至认为："人生有一点恶魔性，这才使生活有些意味，正如有一点神性之同样地重要。"③ 总之，在周作人看来，性欲是神秘的，又是自然的，是生理上的正常需要。

研究性心理，并对欲望持宽容态度，将欲望看作人的自然本能，这是周作人对旧礼教的深刻批判，是与"五四"以降对"人"的肯定的精神相符合的。周作人对性问题的深入思考，受到弗洛伊德学说等西学的影响应该是肯定的，而对于是否受江南佛学的影响，似乎尚无确凿的证据，这有待方家进一步研究，但他的"欢乐"与"节制"并存的论点，尤其对淫女的宽容态度，与江南佛学的性欲观、女性观颇为契合，这是不争的事实。

综上，江南佛学对女性以及对欲望的宽容态度，使得近佛的"两

---

① 周作人：《中国小说里的男女问题》，钟叔河编：《周作人文类编》，第5卷，湖南文艺出版社，1998年，第46—47页。
② 周作人：《中国小说里的男女问题》，钟叔河编：《周作人文类编》，第5卷，湖南文艺出版社，1998年，第106页。
③ 周作人：《中国小说里的男女问题》，钟叔河编：《周作人文类编》，第5卷，湖南文艺出版社，1998年，第105页。

浙"现代作家在谈论这个话题或进行相关文学创作时,都获得了某种支撑,因而变得更为大胆和彻底。

第二节 "两浙"现代作家的鬼神书写

江南历来有尚鬼神、信巫术之风尚。此风尚可以从大量的古代典籍记载中得到证实,如"会稽俗多淫祀,好卜筮,民一以牛祭,巫祝赋敛受谢,民畏其口,惧被祟,不敢拒绝,是以财尽于鬼神,产匮于祭祀"(应劭《风俗通义》),又如"信巫鬼,重淫祠"(周应合《景定建康志》卷四二《风俗志》)。也可以从河姆渡文化遗址与良渚文化遗址中出土的文物得到证实。前者出土的"双鸟朝阳"纹象,异首连体且上面刻有太阳,表明了此鸟具有某种神性特征。后者出土的玉琮饕餮纹傩面具,是巫师主持驱鬼逐疫的傩祭仪式时所戴的面具。虽然出生于浙江上虞的王充主张"无神论",大声疾呼"疾虚妄"[1],强调"事莫明于有效,论莫定于有证"[2],但江南人的鬼神信仰程度并没有丝毫的减弱。

鬼神崇拜,源自"灵魂不灭"观念。为了避免鬼神作祟,民间盛行对鬼神设祭献祀。作为一种民俗,鬼神崇拜在民间信仰中影响深远。佛教传入中国之后,对鬼神信仰不仅没有排斥,反而用"三世轮回"、"因果报应"学说去丰富和改造鬼神信仰。民间崇尚的鬼神信仰在佛教的"六道"里找到了自己的位置。魏晋南北朝到隋唐时期,佛教对鬼神祭祀等产生深刻影响。从北魏开始,人死亡之日开始的七七四十九日内,丧家要斋僧、诵经,每七天一次,共七次,称"七七斋"。按照佛教轮回观,人死亡之后,分七个阶段,随业力受生,故死者家属要斋僧诵经,替死者消弭恶业。祖先崇拜是鬼神崇拜的发展,也是鬼神崇拜的一种形式。到了汉代,民间逐渐出现了寒食祭祀祖坟的习俗。这种习俗源自古代印度扫佛塔的礼俗。汉魏时期,由于佛教的传入,印度扫佛塔的

---

[1] 黄晖:《论衡校释》,中华书局,1990年,第870页。
[2] 黄晖:《论衡校释》,中华书局,1990年,第962页。

礼俗也随之传入，与民间祖先崇拜结合，形成扫墓之俗。古代祭祀祖先，用牛肉羊肉猪肉等祭品，但佛教倡导不杀生，经南朝梁武帝倡议，改成素食。① 农历七月十五，是古代祭祀祖先的中元节。佛教传入后，与佛经故事"目连救母"结合，成为佛教节日"盂兰盆节"。到了宋代，被称之为"鬼节"。江南的丧葬仪式，也多和江南佛教的影响有关。在元朝，马可波罗在杭州看到"送葬队伍中有鼓乐队，一路上吹吹打打，僧侣一类的人高声念诵经文。……他们以为举行这样的仪式，可以促使神明菩萨接引一个尸体已化成灰烬的死者的灵魂"②。可见，佛教对鬼神崇拜的影响，不仅在观念上，而且在仪式上。

江南曾经是重密法咒术的佛教密宗盛行之地，尤其在东晋南朝时期。而且，密宗与江南密宗，江南的天台宗、禅宗、净土宗结合，更多了神秘性特征，更丰富了江南民间鬼神信仰的内容。

鬼神书写自古是中国文人笔下一道独特的风景。简言之，有两类：其一，作者笃信鬼神的存在。如鲁迅评价六朝鬼神志怪小说时所言："中国本信巫，秦汉以来，神仙之说盛行，汉末又大畅巫风，而鬼道愈炽；会小乘佛教亦入中土，渐见流传。凡此，皆张皇鬼神，称道灵异，故自晋讫隋，特多鬼神志怪之书。其书有出于文人者，有出于教徒者。文人之作，虽非如释道二家，意在自神其教，然亦非有意为小说，盖当时以为幽明虽殊途，而人鬼乃皆实有，故其叙述异事，与记载人间常事，自视固无诚妄之别矣。"③ 其二，借鬼神反映社会现实。如蒲松龄的《聊斋志异》中，不少篇目，鬼神只是外形，实际写的是人，曲折反映了作者的心声。纪昀的《阅微草堂笔记》中，作者谈狐说鬼，多劝善惩恶之笔，反映的是社会之现实。

"两浙"现代作家在江南民间信仰习俗和江南佛教双重因素的影响下多了一种鬼神书写的情结，并以此鞭挞现实。

鲁迅出生于鬼神信仰浓郁的浙江绍兴，自小耳濡目染，对鬼神传

---

① 参见魏承思：《中国佛教文化论稿》，上海人民出版社，1991年，第299—301页。
② 引自严耀中：《江南佛教史》，上海人民出版社，2000年，第302页。
③ 鲁迅：《中国小说史略》，当代世界出版社，2013年，第24页。

说、祭祀等都十分熟悉,鬼神书写可谓得心应手。鲁迅写鬼神主要有以下两大类:

其一,借鬼神书写进行文化反思和社会现实的批判。在江南,祭祀鬼神,是鬼神信仰的重要仪式。鲁迅在小说《祝福》中,一开头就写了大段祭祀风俗:

> 这是鲁镇年终的大典,致敬尽礼,迎接福神,拜求来年一年中的好运气的。杀鸡,宰鹅,买猪肉,用心细细的洗,女人的臂膊都在水里浸得通红,有的还带着纹丝银镯子。煮熟之后,横七竖八的插些筷子在这类东西上,可就称为"福礼"了,五更天陈列起来,并且点上香烛,恭请福神们来享用;拜的却只限于男人,拜完自然仍然是放爆竹。年年如此,家家如此,——只要买得起福礼和爆竹之类的,——今年自然也如此。①

与此相对应的是,小说还写到祥林嫂倾其所有去庙宇捐献门槛。这是她想立功德,以消除对冥界鬼神的恐惧。详细描写鲁镇祭祀风俗以及写祥林嫂捐献门槛,为后文祥林嫂"灵魂有无"的叩问做了铺垫。《故乡》中,"我"迁家,母亲让我将不必搬走的东西送给闰土,结果闰土拣好了这么几件东西:两条长桌,四个椅子,一副香炉和烛台,一杆抬秤,以及草木灰。香炉和烛台,是祭祀所用,表达了闰土将希望寄托在彼岸。鬼神信仰成为祥林嫂、闰土渴望救赎的唯一希望,这是值得深刻反思的现象。

鲁迅曾言:"华夏大概并非地狱,然而'境由心造',我眼前总充塞着重叠的黑云,其中有故鬼,新鬼,游魂,牛首阿旁,畜生,化生,大叫唤,无叫唤,使我不堪闻见。"② 以鬼魂大叫唤的地狱,隐喻黑暗的现实社会。在《失掉的好地狱》一文中,鲁迅以"鬼魂们"喻受压迫的

---

① 鲁迅:《彷徨·祝福》,《鲁迅全集》,第2卷,人民文学出版社,1981年,第5—6页。
② 鲁迅:《华盖集·"碰壁"之后》,《鲁迅全集》,第3卷,人民文学出版社,1981年,第68页。

民众。地狱有"火焰的怒吼"、"油的沸腾"、"钢叉的震颤",是恐怖和黑暗社会的隐喻,于是,鬼魂们的呻吟低微而有秩序。后来,鬼魂们在曼陀罗花的感召下,向"人类"呼救,赶走了魔鬼,然后鬼魂们欢呼没有多久,"人类"依然叱咤鬼众。不管地狱门上竖起的旌旗如何变化,地狱终究还是地狱,鬼魂的命运也依旧是"永劫沉沦的罚"。鲁迅以隐喻的方式,反映了彼时的党派斗争,揭示了民众的命运,也批判了民众的健忘。在《谈皇帝》一文中,鲁迅指出:"中国人的对付鬼神,凶恶的是奉承,如瘟神和火神之类,老实一点的就要欺负,例如对于土地或灶君。"① 鲁迅通过国人对鬼神的态度,对国人身上欺软怕恶的弊病进行了深刻批判。在《送灶日漫笔》一文中,鲁迅指出:"我们中国人虽然敬信鬼神;却以为鬼神总比人们傻,所以就用了特别的法子来处治他。"② 文中写到,老百姓为了对付灶神去玉帝那儿告东家的状,就给灶神吃一种"胶牙饧"的糖,以粘住灶神的牙齿,使得他不能说坏话。借此,鲁迅批判了国人重功利、习惯"瞒"和"骗"等国民劣根性。

其二,鲁迅借"无常"与"女吊"这类鬼神形象倡导"恶之美"、"力之美",是"立人"思想的体现。对于国人的奴性,鲁迅曾经激愤地说:"中国的文化,都是侍奉主子的文化,是用很多人的痛苦换来的。"③ 而且,中国人做了奴隶或奴才,还"万分喜欢"④。因此,鲁迅倡导"恶之美"、"力之美",以解构"和谐"、"中庸"的古典主义审美原则。在《无常》一文中,先是写出无常可爱的一面:"他不但活泼而诙谐,单是那浑身雪白这一点,在红红绿绿中就有'鹤立鸡群'之概。"⑤ 接着,写出了无常刚正不阿疾恶如仇的一面:"难是弗放者个!那怕你,铜墙铁壁!那怕你,皇亲国戚!"⑥ 因此,鲁迅欣赏无常,称其

---

① 鲁迅:《华盖集续编·谈皇帝》,《鲁迅全集》,第3卷,人民文学出版社,1981年,第252页。
② 鲁迅:《华盖集续编·送灶日漫笔》,《鲁迅全集》,第3卷,人民文学出版社,1981年,第249—250页。
③ 鲁迅:《集外集拾遗·老调子已经唱完》,《鲁迅全集》,第7卷,人民文学出版社,1981年,第312页。
④ 鲁迅:《华盖集·这个与那个》,《鲁迅全集》,第1卷,人民文学出版社,1981年,第211页。
⑤ 鲁迅:《朝花夕拾·无常》,《鲁迅全集》,第2卷,人民文学出版社,1981年,第267页。
⑥ 鲁迅:《朝花夕拾·无常》,《鲁迅全集》,第2卷,人民文学出版社,1981年,第272页。

为"鬼而人,理而情,可怖而可爱的无常"。① 无常并不是佛教中的鬼神形象,是国人自造的鬼神形象。鲁迅在《无常》中写道:"我也没有研究过小乘佛教的经典,但据耳食之谈,则在印度的佛经里,焰摩天是有的,牛首阿旁也有的,都在地狱里做主任。至于勾摄生魂的使者的这无常先生,却似乎于古无征,耳所习闻的只有什么'人生无常'之类的话。"② 无常产生于江南民间佛教中,代表的是公正,是江南老百姓的精神寄托。鲁迅赞无常反抗性强的一面,也赞无常可爱的一面。据此,我们看到鲁迅冷峻的一面,也看到鲁迅温暖的一面。在《女吊》中,鲁迅将"女吊"描绘成凄美的复仇女神:"一个带复仇性的,比别的一切鬼魂更美,更强的鬼魂。这就是'女吊'。"③ 据许寿裳回忆:"鲁迅临死前二日——十月十七日下午日本作家鹿地亘的寓所,也谈到这'女吊',这可称鲁迅的最后谈话。"④ 鲁迅生命尽头创作《女吊》,谈"女吊",足见他对"女吊"这一鬼神形象的偏爱。需要指出的是,已经有研究者发现"女吊"的复仇形象是鲁迅主观所杜撰,戏台上的"女吊"形象与鲁迅笔下的"女吊"形象并不符合。如学者夏济安认为:"这种复仇性其实是鲁迅的一己之见,据他回忆,真正的表演中,女吊用哀怨的音调和可怕的动作,细述她以自杀告终的悲惨一生,随后,当她听见另一个准备自杀的女人的悲泣,不禁感到'万分惊喜'。"⑤ 可见,鲁迅强化"女吊"形象的复仇性是有目的的。简言之,鲁迅借绍兴民间目连戏中的无常、女吊形象呈现了生命感悟,并试图挖掘出民众潜意识深处的反抗意识。

周作人也创作了不少与鬼神有关的文章,大致也可以分成两大类:

其一,民俗学意义上的"谈鬼"。周作人写了不少民俗学意义上的

---

① 鲁迅:《朝花夕拾·无常》,《鲁迅全集》,第 2 卷,人民文学出版社,1981 年,第 272 页。
② 鲁迅:《朝花夕拾·无常》,《鲁迅全集》,第 2 卷,人民文学出版社,1981 年,第 269 页。
③ 鲁迅:《且介亭杂文末编附集·女吊》,《鲁迅全集》,第 6 卷,人民文学出版社,1981 年,第 614 页。
④ 许寿裳:《我所认识的鲁迅·鲁迅的生活》,人民文学出版社,1978 年,第 18 页。
⑤ 夏济安:《鲁迅作品的阴暗面》,《黑暗的闸门:中国左翼文化运动研究》,香港中文大学出版社,2016 年,第 137 页。

"鬼"。因此，这类鬼神多为江南民间宗教中产生的。如灶神（《窦存》）、无常（《关于迎神赛会》）、吊死鬼（《水里的东西》）、河水鬼（《水里的东西》）等等。在《关于祭神迎会》一文中，周作人写道：

> 无常鬼有二人，一即活无常，白衣高冠，草鞋持破芭蕉扇，一即死有分，如《玉历钞传》所记，民间则称之曰死无常，读如国音之喜无上。活无常这里乃有家属，其一曰活无常嫂嫂，白衣敷脂粉，为一年轻女人，其二曰阿领，云是拖油瓶也，即再醮妇前夫之子，而其衣服容貌乃与活无常一律，但年岁小耳。此一行即不在街心演作追逐，只迤逦走过，亦令观者不禁失笑，老百姓之谈诙亦正于此可见。①

周作人笔下的无常形象，诙谐可笑，与鲁迅笔下的无常形象有相似处，但更多从民俗趣味角度描写。此外，周作人对祭鬼神的民俗进行了极为细致的描写，可见其对民俗学的钟爱。在《水里的东西》一文中，周作人记录了河水鬼的各种特性，本来应该恐怖阴森的河水鬼，却结伴做游戏，多了几分民间趣味，写出了其"鬼而人"甚至可爱的一面：

> 无论老的小的村的俊的，一掉进水里去就都变成一个样子，据说是身体矮小，很像是一个小孩子，平常三五成群，在岸上柳树下"顿铜钱"，正如街头的野孩子一样，一被惊动便跳下水去，有如一群青蛙，只有这个不同，青蛙跳时"不东"的有水响，有波纹，它们没有。②

周作人写鬼神的可爱一面，也突出了其追求趣味的审美观。在《立

---

① 周作人：《关于祭神迎会》，张高明、范桥编：《周作人散文》，第1集，中国广播电视出版社，1992年，第547页。
② 周作人：《水里的东西》，张高明、范桥编：《周作人散文》，第1集，中国广播电视出版社，1992年，第379页。

春以前·关于送灶》一文中,周作人引经据典,对南北方送灶习俗的不同进行详细考证,表现出强烈的民俗兴趣。

周作人为何致力于从民俗意义上写鬼,有其目的,他说:"社会人类学与民俗学是这一角落的明灯,不过在中国自然还不发达,也不知道将来会不会发达。我愿使河水鬼来做个先锋,引起大家对于这方面的调查与研究之兴趣。"① 可见,在周作人看来,"鬼神"信仰是民俗学里的一种,值得研究。对于江南盛行的祭祀活动,周作人认为是鬼神信仰的典型仪式,并对此进行了肯定。在《祭祖的商榷》一文中,周作人指出:"我以为祭祖不是宗教仪式,不是迷信,这只是对于父母的敬意的延长,所用的方式虽与祀神相似而意义实不一样","至于形式也是随意,无论香花灯烛,或茶饭酒肴,都无不可,我的意见以为宁实毋虚,明知死者无知,而羹饭罗列,虽是矛盾,却尚本于人情"。② 这是对民俗的肯定。从民俗意义上书写鬼神,周作人更多的是出于欣赏,是为了研究。

其二,文化批判意义上的"谈鬼"。

周作人好谈鬼,不少文章中都涉及这个话题,于是被误解逃避现实。对此,钱理群指出:"以为周作人动辄谈鬼,是对现实人生的逃避,这种南辕北辙的'误会'是可悲的"③。周作人借鬼神书写进行文化意义上的深刻批判。周作人把普通鬼分为"死鬼"与"活鬼",又说新发现一种更厉害的鬼叫"遗传神君",并借易卜生的《群鬼》中的阿尔文夫人之口指出:"我觉得我们都是鬼。不但父母传下来的东西在我们的身体里活着,并且各种陈旧的思想信仰这一类的东西也都存留在里头。虽然不是真正的活着,但是埋伏在内也是一样。我们永远不要想脱

---

① 周作人:《水里的东西》,张高明、范桥编:《周作人散文》,第1集,中国广播电视出版社,1992年,第380页。
② 周作人:《祭祖的商榷》,张高明、范桥编:《周作人散文》,第4集,中国广播电视出版社,1992年,第374页。
③ 钱理群:《周作人论》,上海人民出版社,1991年版,第178页。

身。"① 他甚至说:"现代中国上下的言行,都一行行地写在二十四史的鬼帐簿上面。"② 这种思想和周作人从佛教中借用的"种业论"思想批判现实是一致的,都对遗传的陋习作了深刻反思,对国民劣根性进行了深刻批判。在《窭存》一文中,周作人记录了清代文人胡式钰《窭存》中几则"佳语",其中一则记录如下:

> 世间妇女言灶神每月上天奏人善恶,故与人仇,灶诅之,有求,灶祷之。又岁杪买饧,择谷草之实制焙和之,俟新岁客来佐茶,故买饧于腊。腊月二十四日饯灶神上天,岁用饧,荐时义也,乃谓恐神诉恶,借胶其口,何鄙说之可笑乎。然俗之为恶概可想见。③

灶神是江南民间非常知名的神,百姓敬畏灶神,实则害怕其告状而已。因此,以食物堵其嘴。周作人刻意选择记录这则灶神故事,是对国人做事追求功利性的深刻批判。关于周作人批判中国人实用的宗教态度,在《关于祭神迎会》一文中也有提及,他在文中指出:"中国民间对于鬼神的迷信,或者比日本要更多,且更离奇,但是其意义大都是世间的,这如结果终出于利害打算,则其所根据仍是理性,其与人事相异只在于对象不同耳。大抵民众安于现世,无成神作佛的大愿,即顷刻间神灵附体,得神秘的经验,亦无此希求,宗教行事的目的非为求福则是免祸而已。"④ 在《爆竹》一文中,周作人分析了民众放鞭炮,并非出于审美,而是出于迷信驱鬼:"中国人的生活里充满了迷信、利己、麻木,

---

① 周作人:《伟大的捕风》,张高明、范桥编:《周作人散文》,第2集,中国广播电视出版社,1992年,第428页。
② 周作人:《伟大的捕风》,张高明、范桥编:《周作人散文》,第2集,中国广播电视出版社,1992年,第428页。
③ 周作人:《窭存》,钟叔河编:《周作人散文全集》,第7卷,广西师范大学出版社,2009年,第69页。
④ 周作人:《关于祭神迎会》,张高明、范桥编:《周作人散文》,第1集,中国广播电视出版社,1992年,第545页。

在北京市民彻夜燃放那惊人而赶鬼的爆竹的一件事上可以看出,而且这种力量又是这样大,连军警当局都禁止不住。"① 对国人的人性弱点进行了深刻批判。

在《旧戏的印象(二)》中,周作人描写女吊道:

> 她只是红衫粉面,披着黑发,走到台前,将头发往后一摔,高叫一声,阿呀苦呀天呀!我相信看的、听的人这时无不觉得心里一抽,在一声里差不多把千百年来妇人女子所受的冤苦都迸叫了出来了。②

与鲁迅的《女吊》一样,周作人借女吊形象,写出了抗争的力量。

在"两浙"现代作家中,其他作家如施蛰存、徐訏、丰子恺等也有一定的鬼神书写。

施蛰存的小说《夜叉》和《魔道》虽然不属于真正的鬼神书写,但也与此相关,主人公的幻觉产生源自于鬼神的记忆。《夜叉》叙述了一个荒诞怪异的故事:卞士明将多次飘忽出现的白色女子当作化身的夜叉,最后将一个乡村哑女误当夜叉扼死。当卞士明发现真相后,匆匆赶回上海,却意外碰到一个与被他扼死的哑女极像的"我"的表妹:"是后面的一节车的车窗中,忽然探出了那女人的头。她迎着风,头发往后乱舞着,嘴张开着,眼皮努起着。这宛然是夜间被我扼死的时候所呈现的那种怖厉的神情。难道她的鬼魂跟着我吗?"③ 卞士明深受刺激而精神错乱。《魔道》叙述"我"到乡下去看望一位朋友,在车上碰到一位恐怖的老妇人:她伛偻着背,脸上有很多邪气的皱纹,鼻子低陷,嘴唇歪揿。于是,我将这个老妇人幻想成了妖妇。在施蛰存笔下,主人公都

---

① 周作人:《爆竹》,张高明、范桥编:《周作人散文》,第 1 集,中国广播电视出版社,1992 年,第 526 页。
② 周作人:《旧戏的印象(二)》,张高明、范桥编:《周作人散文》,第 4 集,中国广播电视出版社,1992 年,第 469—470 页。
③ 施蛰存:《施蛰存全集》,第 1 卷,华东师范大学出版社,2011 年,第 197 页。

是生活、工作在城市的男性，他们的鬼神幻想，表达了"一种都市人的不宁静情绪"①。

徐訏也钟情鬼神书写。他曾经这么说："其实谁不希望有鬼神呢？一死之后，一切皆空，则岂非太煞风景。"② 正因为对鬼神感兴趣，他的文学作品中多有鬼神形象，如《鬼恋》、《痴心井》、《离魂》、《园内》、《歌乐山的笑容》等。

小说《鬼恋》中，徐訏塑造了一个假的女鬼形象。"女鬼"外表美艳，知识渊博，个性善良，阅历丰富。之所以扮鬼，是因为她对现实世界的深深失望。小说中，借"我"的描述，"女鬼"被赋予了极美的形象，"女鬼"是超人世的，没有烟火气，没有功利性，"动的时候有仙一般的活跃与飘逸，静的时候有佛一般的庄严。"③ 小说借用女鬼形象，构建了一个神秘的奇特的爱情故事。这个爱情故事尽管散发出浓郁的浪漫色彩，但终究以失败告终。在小说中，"女鬼"是出世精神的象征，崇尚自由精神，对现实世界颇感失望。而"我"是入世精神的象征。在与"我"的交往过程中，"女鬼"多次强调"你是人"、"我是鬼"，通过这种阴阳相隔的表白，来显示出世与入世之间存在鸿沟。在"我"的眼中，"女鬼"是一种理想，但理想与现实之间存在巨大的差距。因此，"女鬼"与"我"之间不可能走在一起，这表达了作家对黑暗的现实世界的深深失望。

徐訏还创作了不少真正的"人鬼恋"小说。小说《离魂》一开头就说明妻子患心脏病死去，葬在普渡山庄。因为"我"经常梦见妻子，决定去墓地凭吊。结果，奇怪的一幕出现了，在亡妻的墓旁，"我"发现一个女子，而此女正是亡妻。小说《园内》中，主人公李采枫在一个经常闹鬼的花园偶遇一位少女，并生发出强烈的爱慕之情。花匠告知他，少女是在这里养病的梁小姐。李采枫对梁小姐爱恋日深，甚至数年难忘。两年后，李采枫回到花园，又见到梁小姐。而花匠却告诉李采枫，

---

① 杨迎平：《施蛰存关于〈魔道〉的一封信》，《新文学史料》，2011年第5期。
② 徐訏：《谈鬼神》，胡建强：《等待：徐訏小品精萃》，上海书店，1996年，第123页。
③ 徐訏：《鬼恋》，《徐訏奇情小说集》（下），花城出版社，1997年，第427—428页。

梁小姐半年前就因为心脏病去世了。小说强调:"一连四晚,李采枫清清楚楚看到她,他知道这绝对不是他的视觉或者是心理的幻觉。"① 以此强调,梁小姐是真正意义上的女鬼。小说《痴心井》叙述了"人鬼情未了"的故事。小说先是借余道文的讲述,叙述了其表姑的爱情故事。恋人出门经商,她被遗忘而精神异常,常常拿着一颗珊瑚心问旁人:"你看见过这东西没有?你有这东西没有?"最后失足井中,成为女鬼。她碰到余道文的父亲,掏出血淋淋的心问:"你看见过这东西没有?你有这东西没有?"② 以至于骇死了余道文的父亲。小说接着叙述了余道文的族妹银妮的爱情悲剧。因为日久生情,银妮爱上了"我",当银妮拿着一颗珊瑚心问"我":"你看见过这东西没有?""你有这东西没有?"③"我"因为害怕逃离了银妮。当"我"意识到自己爱上银妮,决定去向她提亲。但当"我"赶到银妮家时,她因为相思成疾,精神恍惚中失足井中,重复了余道文表姑的爱情悲剧。受佛学影响,徐訏钟情彼岸世界的书写,实则反映了他对现实世界的强烈不满。此外,神奇的"人鬼恋"书写,也反映了徐訏对人生命运变化无常的深刻思考。

学者杨义曾评论《聊斋志异》:"真幻错综,以幻写真,在幻想的狐鬼世界背后隐藏着焦灼而犀利的人间省视。它以五彩纷呈的幻象写下了对人间价值的重新理解,以幻象增加叙事自由度。"④ 其实,"两浙"现代作家的鬼神书写又何尝不是呢?

第三节 "两浙"现代作家的僧尼书写

晚清佛学复兴,中国现代作家大多亲近佛学。这种渊源,使得周氏兄弟、郁达夫、徐志摩、徐訏、夏丏尊、丰子恺等"两浙"现代作家都曾涉足僧尼书写。因此,僧尼书写成为现代文学史上一道奇特的风景。

---

① 徐訏:《园内》,《徐訏奇情小说集》(下),花城出版社,1997年,第742页。
② 徐訏:《痴心井》,《徐訏奇情小说集》(下),花城出版社,1997年,第655页。
③ 徐訏:《痴心井》,《徐訏奇情小说集》(下),花城出版社,1997年,第699页。
④ 杨义:《中国古典小说史论》,《杨义文存》,第6卷,人民出版社,1998年,第426页。

其一,"两浙"现代作家的高僧书写。

佛教强调世间苦,并引导众生解脱。在这个过程中,精神和人格的修炼成为解脱苦难的主要手段。要修炼成功,必须做到三点:一是乐于奉献的胸怀,二是信仰专一的毅力,三是坚毅笃实的吃苦精神。可见,佛教文化注重对人格意志的培养。高僧是成功的修炼者,或救济世人,或坚毅笃实、弘扬佛法,成为高尚人格的引领者。

鲁迅等"两浙"现代作家以不同的文学形态书写高僧。与梁启超、章太炎等依靠"佛学救国"的目的不同,鲁迅主要从佛教中吸取有益的元素,对旧文化进行反思,吸取"足充人心向上"的力量,以启蒙大众。于是,他试图通过高僧书写改变现代人因为文化失范而产生的人生困惑,希望借此启悟大众,建构新型人格。鲁迅看到了通过宗教对人的主体性建构的功用,他指出:"人心必有所冯依,非信无以立,宗教之作,不可已矣。"[①] 在鲁迅看来,佛教徒表现出来的宗教信仰专一,以及为之奋斗的精神,堪称楷模,有"振民心"之效。在多篇杂文中,鲁迅盛赞高僧。在《叶永蓁〈小小十年〉小引》一文中,鲁迅谈到了佛祖释迦牟尼割肉喂鹰、投身饲虎的佛教典故,赞赏佛陀对自己宏远志愿的亲身实践。在《晨凉漫记》中,鲁迅提到曾计划写一部近似《英雄及英雄崇拜》或《伟人论》性质的"人史",要将历史中特别无二的人物——古代高僧玄奘大师纳入其中。在《中国人失掉自信力了吗》一文中,鲁迅用法显和玄奘等高僧的事迹驳回"中国人失掉自信力了"这一命题,"我们从古以来,就有埋头苦干的人,有拼命硬干的人,有为民请命的人,有舍身求法的人"[②],赞扬他们对信仰的坚贞以及为信仰舍身求法的伟大精神,并将之列为"中国的脊梁"。

鲁迅十分注重人格的修炼,甚至把这种态度带到了对大乘佛教与小乘佛教的看法上。他说:"我对于佛教先有一种偏见,以为坚苦的小乘

---

① 鲁迅:《集外集拾遗补编·破恶声论》,《鲁迅全集》,第8卷,人民文学出版社,1981年,第27页。
② 鲁迅:《且介亭杂文·中国人失掉自信力了吗》,《鲁迅全集》,第6卷,人民文学出版社,1981年,第118页。

教倒是佛教，待到饮酒食肉的阔人富翁，只要吃一餐素，便可以称为居士，算作信徒，虽然美其名曰大乘，流播也更广远，然而这教却因为容易信奉，因而变为浮滑，或者竟等于零了。"① 鲁迅说这段文字，并非真要否定大乘佛教和居士，因为大乘佛教自利利他、普度众生的精神正是他所看重的，而居士杨仁山也是他所赞赏的。鲁迅弟子徐梵澄曾经言及此事："于佛学先生另有高论，曰'居士起而佛法亡'。这却是颇可异议的。如说'杨仁山是好的'，则杨仁山正是居士。"② 因此，此言论真正的用意是为了倡导坚毅笃实的人格意志的培养。

鲁迅赞颂高僧坚毅笃实的宗教人格，其目的是倡导新型人格。有学者认为，鲁迅受到佛教文化影响，但对佛学的推崇，不是顶礼膜拜，而是从中汲取为现代文化建构的精神元素。③ 面对漫无边际的黑暗和虚无，鲁迅主张超越现实，主张作"绝望的抗战"。这个过程，需要培养现代人强大的人格意志和精神力量。鲁迅从佛教寻找资源，而高僧的苦修和弘法，无疑是一种坚毅卓绝的代表。于是，鲁迅书写高僧，张扬高僧精神，以培养国人坚毅笃实、勇于进取的人格意志。

如果说鲁迅借历史上的高僧书写倡导"立人"，那么白马湖作家群则借现代高僧弘一法师的形象塑造进行人格修炼的启蒙。夏丏尊的《弘一法师之出家》，回顾了弘一法师出家的经过，呈现了弘一法师果敢决绝的求佛之心。弘一法师放弃安逸生活，穿破衲，咬菜根，表现了强烈的佛教信仰。在《我的畏友弘一和尚》一文中，夏丏尊写道："弘一和尚是我的畏友。他出家前和我相交者近十年，他的一言一行，随时都在给我启诱。出家后对我督教期望尤殷，屡次来信都劝我勿自放逸，归心向善。"④ 夏丏尊和弘一法师曾泛舟白马湖，偶尔谈及蕅益大师，夏丏

---

① 鲁迅：《集外集拾遗补编·庆祝沪宁克服那一边》，《鲁迅全集》，第 8 卷，人民文学出版社，1981 年，第 163 页。
② 徐梵澄：《星花旧影：对鲁迅先生的一些回忆》，孙波编：《徐梵澄文集》，第 4 卷，上海三联书店、华东师范大学出版社，2006 年，第 388 页。
③ 黄健：《不同文化理想中的佛学价值取向：鲁迅与梁启超的佛学观异同》，《孤独者的呐喊》，安徽大学出版社，2013 年，第 104—105 页。
④ 夏丏尊：《我的畏友弘一和尚》，《夏丏尊文集》，线装书局，2009 年，第 168 页。

尊表示想读藕益大师的《四书藕益解》，不到一个星期，回到温州的弘一法师就给夏丏尊寄了《四书藕益解》。夏丏尊看了以后，才明白"所谓'事理不二'等等的说法，全是和尚针对了我的病根临时为我编的讲义！"① 散文刻画了弘一大师善于启发、佛学精深的形象，刻画了弘一法师佛学精深务实笃行的形象。夏丏尊的《怀晚晴老人》，塑造了弘一法师强烈的救世心和崇高的牺牲精神。在日寇入侵厦门陷落前后，弘一法师在漳州、泉州、惠安等地坚持弘法，甚至表示愿以身殉国。"犹如夕阳，殷红绚彩，随即西沉"，实为弘一法师形象的生动写照。丰子恺的《法味》，写丰子恺去杭州招贤寺拜会弘一法师，丰子恺描述弘一法师的形象时，特意突出了法师的"微笑"，以及法师耐心说教的态度，呈现了弘一法师宁静安详的人生境界和智慧慈悲的人格魅力。丰子恺在《为青年说弘一法师》中记录了一件弘一法师的旧事：丰子恺寄了一卷宣纸请弘一法师写佛号。纸有多余，法师特意写信询问余下的纸如何处理，丰子恺连忙写信说明，多余的纸，赠与法师，请自行处置。以后寄纸，丰子恺必说明这一点。又有一次，寄回件邮票去，多了几分，弘一法师就回寄给丰子恺，以后丰子恺也必说明，多余的邮票赠与法师。虽属小事，却塑造了戒律精严做事认真的弘一法师形象。白马湖作家群书写弘一法师自律利他的形象，实则希冀为民众树立一个高尚人格的楷模。丰子恺的《缘》一文，叙述弘一法师因为看到谢颂羔所著的书《理想中人》，即便知道谢颂羔是基督教徒，依然不吝赞美，并想认为是"缘"，还写了"慈良清直"四字的横幅赠送谢颂羔。散文虽然重在表达对"缘"的感悟，但也刻画了弘一法师宽容通达的一面。

　　以夏丏尊、丰子恺等人为首的白马湖作家群，虽然有超然物外的出世精神，但也有"砭世导俗"的入世精神。"立达"时期，白马湖作家群奉行"己欲立而立人"、"己欲达而达人"的原则，借教育这一手段，对青年进行文化启蒙和人格熏陶。夏丏尊、丰子恺等人写作回忆弘一法师的散文，塑造了具有超越功利，坚毅笃实等品质的高僧形象。这一方

---

① 夏丏尊：《我的畏友弘一和尚》，《夏丏尊文集》，线装书局，2009年，第170页。

面是回忆情谊,另一方面则是启蒙和教育。

其二,"两浙"现代作家的雅僧书写。

汤用彤在《汉魏两晋南北朝佛教史》中指出:"自佛教入中国后,由汉至前魏,名士罕有推重佛教者。尊敬僧人,更未之闻。西晋阮庾与孝龙为友,而东晋名士崇奉林公,可谓空前。此其故不在当时佛法兴隆。实则当代名僧,既理趣符《老》、《庄》,风神类谈客。而'支子特秀,领握玄标,大业冲粹,神风清萧。'(《弘明集》、《日烛》中语)故名士乐与往还也。"① 汤氏认为,两晋名士尊敬僧人,不是佛法兴隆之故,而是因为高僧言谈佛理与老庄精神相符,呈现出一种强烈的人性自觉思想。这是非常有见地的说法。如《世说新语·言语》中记录的"支公好鹤",支道林赞鹤有"陵霄之姿",并"养令翮成,置使飞去"。此即是支道林追求自由精神的体现。

同样,"两浙"现代作家塑造"无论悲乐,皆能生趣"的雅僧(尼)形象,也不是为了推崇佛理,更多的是从具有名士风范的雅僧身上,挖掘一种追求人性自觉,以诗意抵御困厄的精神。

郁达夫在小说《瓢儿和尚》中,塑造了一位以审美的态度对待日常生活的隐逸僧人形象。瓢儿和尚出家前是战功赫赫的旅长,有显赫的过往经历,因为下巴中间有个很深的刀伤疤,笑起来像"卖瓢儿",故被四山居民称作"瓢儿和尚"。他出家后却过着简单澄明的生活。即便被"我"认出,追问红尘俗事,瓢儿和尚依然超然物外。小说结尾中设置了"喝茶"和"看月"两个细节。"喝茶"时,瓢儿和尚喜欢加入产自衡山的青藤干末,细细品尝很清很酽的茶水。"看月"时,瓢儿和尚喜欢在似水的月光下欣赏自然山水。这两个细节凸现了瓢儿和尚隐逸高雅的个性。郁达夫的散文《花坞》通过回忆塑造了一位恬淡古朴,具有世外人心的老尼形象。老尼性情娴静,与花坞的幽清氛围浑然一致。老尼的风度以及无功利,都给郁达夫留下深刻的印象。那时的花坞,成为远离恶业的隐喻。郁达夫前后去花坞时不同的心境,则强烈表达了他对世

---

① 汤用彤:《汉魏两晋南北朝佛教史》(上),中华书局,1983年,第128页。

俗生活的厌弃,对趣味人生的偏爱。

徐訏的小说《鸟语》中的觉宁师,也即芸芊,是充满诗意的存在。她生长在诗意浪漫的环境中,美丽如花。她喜欢亲近大自然,个性善良、天真,单纯如同痴呆的婴儿。更为奇特的是,她独具异秉,能解鸟语。因为缘分和悟性,芸芊这个意象化的人物,最后成了雅尼,这是徐訏对澄净空灵、超凡脱俗的佛教气息的认同,更是对超越世俗的诗意人生的认可。尤其,小说中的"我"迷恋灯红酒绿的俗世社会,而芸芊成觉宁师,依然甘受寂寞独享超俗,这形成一种强烈的对比。小说结尾,"我"的"泪水",是忏悔,是对俗世的否定,是对诗意人生的肯定,更表达了徐訏的一种人生态度。小说《幻觉》中,徐訏用了繁笔细细描绘墨龙和尚喝的僧茶,并赞叹道:"这是我平生最欣赏的一杯茶,它不但像清洗了我一切胃里的污浊,还像清洗了我脑里的杂意。"① 墨龙和尚四周的安宁,沏茶的用心,茶具的讲究,一方面,突出了墨龙和尚充满诗意的生活状态,另一方面,这种充满灵性的艺术化生活,荡涤"我"身上的"污浊",起到以诗意抵御困厄的作用。

夏丏尊、丰子恺等白马湖作家大力倡导"人生艺术化",寻求在刹那中获取生活的趣味,以出离苦海。喝酒,饮茶,品尝诗画,白马湖作家群力推生活的艺术化。除了在生活中践行这一审美原则,白马湖作家群还在文学创作中推行这个审美原则,如夏丏尊的散文《白马湖之冬》以及丰子恺的散文《白鹅》都体现了这一点。他们回忆弘一法师的散文,同样也是对这一审美原则的肯定。在白马湖作家群的笔下,弘一法师不仅是一位苦修律宗的高僧,也是一个充满生活雅趣的人。在《〈子恺漫画〉序》一文中,夏丏尊塑造了弘一法师能够苦中生趣的形象,并彻底折服于弘一法师这种"无论悲乐,皆能生趣"的处世原则,认为这就是人生艺术化。丰子恺在《为青年说弘一法师》中,先谈及弘一法师出家前的"生活艺术化",后又写他不荒废书法,常书写佛号、经文,作为弘法的工具。律宗虽苦,弘一法师不忘雅趣本色。

---

① 徐訏:《幻觉》,《徐訏奇情小说集》(下),花城出版社,1997年,第636页。

总之,"两浙"现代作家书写雅僧的生活趣味主要是以艺术反抗庸俗人生,并以诗意抵御困厄,以实现审美救赎。

其三,"两浙"现代作家的俗僧书写。

僧尼的世俗化书写是"两浙"现代作家僧尼书写中最为突出的,也是文学成就最高的。从创作内蕴言,"两浙"现代作家的俗僧书写解构了佛教的神秘性,还原了其世俗性,呈现了人性的自由。从叙事策略言,"两浙"现代作家的俗僧书写丰富了现代文学中的僧尼形象。

鲁迅在散文《我的第一个师父》中,赋予了僧侣丰厚的人性。鲁迅以戏谑的笔法刻画了一个世俗化的僧人——长庆寺住持龙师父。鲁迅在文中写道:

> 我至今不知道他的法名,无论谁,都称他为"龙师父",瘦长的身子,瘦长的脸,高颧细眼,和尚是不应该留须的,他却有两绺下垂的小胡子。对人很和气,对我也很和气,不教我念一句经,也不教我一点佛门规矩;他自己呢,穿起袈裟来做大和尚,或者戴上毗卢帽放焰口,"无祀孤魂,来受甘露味"的时候,是庄严透顶的,平常可也不念经,因为是住持,只管着寺里的琐屑事,其实——自然是由我看起来——他不过是一个剃光了头发的俗人。①

读这段文字,完全惊讶于鲁迅塑造的僧人形象。住持和尚留着"两绺下垂的小胡子","披着件短僧衣,袒露着一个黄色的肚子","光脚趿拉着一对僧鞋",这极其世俗化的肖像和行为举止,完全颠覆了僧人神圣的形象。鲁迅接着用行动描写,写龙师父"平常不念经","放焰口"等。和尚在做社戏时帮戏子敲锣打鼓,还娶妻生子,俨然一个剃光了头发的俗人。除了龙师父,作品还刻画了三师兄,他想女人,也有了老婆。当"我"以和尚应守清规去嘲笑他时,三师兄一声"狮吼":"和尚

---

① 鲁迅:《且介亭杂文末编附集·我的第一个师父》,《鲁迅全集》,第6卷,人民文学出版社,1981年,第576页。

没有老婆，小菩萨那里来!?"① 这一声"狮吼"，道出了人性的本真。此外，作品还解构了佛教受戒的神圣仪式。在三师兄受戒时，为了避免他叫痛，龙师父厉声吩咐："拼命熬住，不许哭，不许叫，要不然，脑袋就炸开，死了！"对待受戒，龙师父并未拿佛家的《妙法莲华经》或《大乘起信论》说教，而以凡人的生死苦痛来衡量。鲁迅以这样戏谑式的写法，刻画了和尚的世俗性，还原出了和尚真实的人性。

周作人的散文《山中杂信》中，和尚们晾香椿干、养鸡，偶尔喝醉了，也为琐事抗辩而发生纠葛。周作人以平实的笔法描写僧侣的世俗生存境况。虽然，周作人笔下的僧侣不是江南僧人，也少鲁迅笔下僧侣的世俗性特征，但周作人记录的不是僧人念经做功课的场景，而是记录僧人的生活日常，试图挖掘人性的真实。这与周作人受到江南佛教影响有关（施蛰存塑造北方高僧鸠摩罗什成世俗僧人，也是这个原因）。总之，在周氏兄弟笔下，僧人人性的真实，一览无遗。

相比周氏兄弟，在僧尼的世俗性书写上，施蛰存用力更猛。宏智法师、鸠摩罗什、黄心大师等都是施蛰存从人性的角度，重新刻画的世俗化僧尼形象。在小说《宏智法师的出家》中，宏智法师每至夜晚无论风雨，必把点了火的灯挂在街路中间，似乎是普照众生。事实却让人大跌眼镜，宏智法师此举只是因为难以忘却前妻，是为前妻照路，是难忘尘世的表现。在小说《鸠摩罗什》中，鸠摩罗什虽然是精研佛典妙谛的高僧，但在欲望面前却成了凡夫俗子。鸠摩罗什是历史上著名的高僧。史书记载苻坚遣骁骑将军吕光等率兵七万，破龟兹，获鸠摩罗什。吕光见他年少，以凡人戏之："强妻以龟兹王女，罗什距而不受，辞甚苦至……乃饮以醉酒，同闭密室。罗什被逼，遂妻之。"后来，后秦皇帝姚兴迎鸠摩罗什到长安。姚兴曾经对鸠摩罗什说："大师聪明超悟，天下莫二，何可使法种少嗣。遂以伎女十人，逼令受之。"（《晋书·鸠摩罗什》）史家记录了高僧鸠摩罗什破身的过程，但史家极尽伪饰，把鸠

---

① 鲁迅：《且介亭杂文末编附集·我的第一个师父》，《鲁迅全集》，第6卷，人民文学出版社，1981年，第581页。

摩罗什的爱欲说得冠冕堂皇。在史书中，鸠摩罗什依然不失高僧形象。而施蛰存却彻底撕开了史家给鸠摩罗什的伪饰，还原了鸠摩罗什的真实人性。在小说中，施蛰存生动揭示了鸠摩罗什的人欲萌动和灵肉冲突的心灵煎熬。鸠摩罗什成为佛教徒后，尽管克制，却依然抵挡不了表妹美丽容颜和情感的诱惑，最后与之结合。表妹亡故，鸠摩罗什自以为做到了五蕴皆空。然而，到长安后，面对名妓孟娇娘的勾引，他无心讲经，最后甚至沉溺声色之中。在小说《黄心大师》中，黄心大师经历了二次婚姻的失败，又经历了勾栏生活，后皈依佛门，成了妙住庵的住持。此庵香火日盛，成"江东一大丛林"。黄心大师发誓要铸一口精铜大钟，却历经八次铸钟的失败，最后舍身入炉，大钟方成。表面上，黄心大师跃入火炉，是为了献身佛教，实际上，是因为她看到捐赠的施主竟是前丈夫，失望恼羞，欲望之梦破灭，才有入炉的壮举。小说还原了黄心大师真实的人性。施蛰存通过描写神性与人性的冲突，通过揭示僧尼潜意识下的欲望本能，对扼杀人性的现象进行反拨。

"两浙"现代作家对僧尼的世俗化书写，将僧尼从圣洁的神坛拉了下来，实现僧尼由佛性到人性的转变。一方面，它与江南佛学的人间化特征契合；另一方面，和"五四"以来"人"的发现相契合。

综上所述，"两浙"现代作家笔下的僧尼书写，逸出了传统僧尼书写的窠臼，传达出作家讽喻世俗、探究人性的复杂意蕴。

第六章

江南佛学与"两浙"现代作家的叙事策略

　　佛教文化传入中国之后,对中国文学的叙事策略产生了深刻的影响。譬如,在佛教文化影响下形成的"永明体",对中国诗歌的格律化影响很大。佛传以一个人物为中心展开故事,众多人物作为衬托,这种长篇单线结构的叙事方式,也影响到中国古典文学长篇小说和戏曲的叙事结构。在叙事表达层面,中国文学中的"比喻"等手法,受到佛典文学的影响。此外,佛学意象也常被文学家运用到文学作品中。

　　走近佛学的"两浙"现代作家,大多浸染佛典,这对他们文学叙事的创新意识、叙述结构、文字表达方式以及佛学意象的运用等都产生了一定的影响。

第一节　佛学与"两浙"现代作家的文学创新

　　南禅宗强调"去来自由,心体无滞,即是般若"(《坛经·般若第二》),体现了禅宗崇尚人性自由的特征。这种思想反映到文学审美上,就是"贵自得",反对复古,反对摹拟。这对近佛禅之人多有启迪,他们敢于蔑视定法,倡扬写作上的自主精神。譬如,李贽年轻时即与佛教有接触,自号温陵居士、百泉居士,中年后研佛听经,晚年甚至皈依佛门,潜心佛禅,留下不少佛学著作。纵观李贽一生,佛禅对他影响深刻。在禅宗的自由精神影响下,李贽明确提出"顺其性"的观点:"盖声色之来,发于情性,由乎自然,是可以牵合矫强而致乎?故自然发乎情性,则自然止乎礼义,非情性之外复有礼义可止也。惟矫强乃失之,故以自然之为美耳,又非于情性之外复有所谓自然而然也。故性格清彻者音调自然宣畅,性格舒徐者音调自然舒缓,旷达者自然浩荡,雄迈者自然壮烈,沉郁者自然悲酸,古怪者自然奇绝。有是格,便是有调,皆情性自然之谓也。"① 这种崇尚自由精神的审美理念也影响到李贽的文学观,他强烈反对法古,在《童心说》中,李贽指出:"诗何必古《选》,文何必先秦,降而为六朝,变而为近体,又变而为传奇,变而为院本,为杂剧,为《西厢记》,为《水浒传》,为今之举子业,皆古今至文,不可得而时势先后论也。"② 认为文学创作不必一定学古人的范式,这是一种创新开放的文学观。

与之相呼应的是,晚明公安派大力倡导"性灵说",袁宏道在《小修诗叙》中言:"独抒性灵,不拘格套,非从自己胸臆流出,不肯下笔。"③ 袁宏道与李贽有师生之谊,思想上受到李贽的影响。袁宏道也好佛学,也颇受佛禅思想影响,撰有《宗镜摄录》(十二卷)等禅宗著作。因此,袁宏道同样反对复古,他对彼时文人盛行摹拟之风进行了深刻批判:"盖诗文至近代而卑极矣,文则必欲准于秦、汉,诗则必欲准于盛唐,剽袭模拟,影响步趋,见人有一语不相肖者,则共指以为野狐外道。曾不知文准秦、汉矣,秦、汉人曷尝字字学《六经》欤?诗准盛唐矣,盛唐人曷尝字字学汉、魏欤?秦、汉而学《六经》,岂复有秦、汉之文?盛唐而学汉、魏,岂复有盛唐之诗?唯夫代有升降,而法不相沿,各极其变,各穷其趣,所以可贵,原不可以优劣论也。"④ 袁宏道强调自主写作的文学创作观与南禅宗崇尚人性自由的佛学精神是完全契合的。清人徐增在《而庵诗话》中指出:"夫诗一字不可乱下,禅家著一拟议不得,诗亦着一拟议不得;禅须作家,诗亦须作家;学人能以一棒打尽如来佛祖,方是个宗门大汉子;诗人能以一笔扫尽从来窠臼,方是

---

① 李贽:《读律肤说》,《焚书》卷三,中华书局,2009 年,第 133 页。
② 李贽:《童心说》,《焚书·续焚书》,中华书局,2009 年,第 99 页。
③ 袁宏道:《小修诗叙》,选自刘琦注:《袁中郎随笔》,中华工商联合出版社,2016 年,第 221 页。
④ 袁宏道:《小修诗叙》,选自刘琦注:《袁中郎随笔》,中华工商联合出版社,2016 年,第 221—222 页。

个诗家大作者。可见作诗除去参禅,更无别法也。"① 一语道出了禅宗对近佛者在文学创新上的深刻影响。江南禅宗盛行,作为集体无意识,它一直对江南文人产生深刻影响。

同样,这种文学创新意识也影响到"两浙"现代作家。黄健在《"两浙"作家与中国新文学》一书中指出:

> 基于思想文化启蒙的需要,"两浙"作家善于从主体的维度,确立新文学的文体叙述基调,大致归纳起来有三种:一是鲁迅所说的"忧愤深广"基调;二是郁达夫"自叙传"的"青春忧郁"基调;三是展现生命感悟和深刻体验的"苦闷彷徨"基调。②

这三种叙述基调,构成了新文学独异的美学特质。鲁迅文学叙述上"忧愤深广"的基调,充分表现了他强烈的忧患意识。佛教宣扬"人生皆苦",这对中国文人产生了"人生无常"、"物是人非"的诗学感伤。鲁迅精研佛学,深受影响。但是,鲁迅的忧患意识与传统文人的忧患意识截然不同。他对中国社会、历史和文化进行了深刻的反思,身上具有了现代意识和新的文化观念。他的"忧愤深广"叙事的基调,也不同于传统文人的诗学感伤,是一种新的叙述基调的奠基者。

郁达夫的"自叙传"作品,形成了一种"青春忧郁"基调,在文体上呈现颓废、婉美的特点,同样是一种创新的叙述基调。这种"青春忧郁"基调并非简单的忧伤感怀,而是借抒发"青春忧郁"的情感,以表达对国家、民族的命运的思考以及对生命意义的探寻。

除了郁达夫,徐訏的浪漫小说也擅长抒发青春忧郁的生命情怀,以表达中国知识分子的精神苦闷。他对爱情的描写,既有世俗生活的呈现,也有对自由、生命等的深层思考。

---

① 徐增:《而庵诗话·四一》,选自申骏编:《中国历代诗话词话选粹》(下),光明日报出版社,1999年,第601页。
② 黄健:《"两浙"作家与中国新文学》,浙江大学出版社,2008年,第313页。

至于"苦闷彷徨"基调,黄健认为它是"'两浙'作家对人生意义的探寻而引发的'从感情的到感觉的、从抽象的到物质的'情感表现,所呈现的是茅盾所说的'苦闷彷徨与要求刺激成了循环'的一种叙述风范"。① 施蛰存的部分作品就带有这种叙述特征。

除了叙述基调,"两浙"现代作家在选材、文体等方面都表现出强烈的创新意识。鲁迅的散文诗集《野草》多用象征、隐喻、梦幻等手法,多用独语体,多化用佛教词汇等,袒露自己的内心世界,揭示社会的本质,是融心灵的深度、生命的力度与梦幻意境于一体的独特文本。譬如,《过客》是以诗剧形式出现的散文诗,表达反抗虚妄、反抗绝望的人生态度与人格意志,意蕴深厚,形式独特。《影的告别》一文中,以"影"向"形"告别,表达与命运决绝的态度,呈现坚强的人格意志。东晋高僧慧元在《万佛影铭》中云"体神入化,落影离形",强调了形是表象,精神才是佛之真谛。鲁迅借用佛学思想,解构了传统的"形影不离"的说法,以心影表达内心自我,要超越物色,达到自由境界。

鲁迅的杂文冷峻深刻,手法新颖,而且表现出强烈的"战斗倾向"。鲁迅明确指出:"文学是战斗的!"② 因此,鲁迅的杂文反对"为艺术而艺术",强调反映现实人生。在嬉笑怒骂中,鲁迅以这种"杂感"式的杂文体对中国的历史、文化、社会和人生的种种丑陋现象"毫无忌惮地加以批评"③。这种"匕首和投枪"式的文章带上了鲁迅特有的印记。

在小说叙事策略上,鲁迅极具创新意识。《狂人日记》以第一人称和狂人独白糅合的独特叙事,开启了中国小说现代叙事的新篇章。此外,鲁迅大多以"限制性"的叙事,改变了古典小说全知全能的叙事方式。如《阿Q正传》借用传统的章回体叙事结构,但又颠覆了古典小说的叙事方法,"我"在文本中渐至消失,这样就解构了古典小说全知全

---

① 黄健:《"两浙"作家与中国新文学》,浙江大学出版社,2008年,第317页。
② 鲁迅:《且介亭杂文二集·叶紫作〈丰收〉序》,《鲁迅全集》,第6卷,人民文学出版社,1981年,第220页。
③ 鲁迅:《华盖集·题记》,《鲁迅全集》,第3卷,人民文学出版社,1981年,第4页。

能的叙事方式,代之以"限制性"的叙事。鲁迅的小说《孔乙己》、《祝福》、《离婚》、《风波》、《在酒楼上》等也大都采用了"限制性"的叙事策略。《孔乙己》中,小说以第一人称"我"叙事,但"我"实则一个旁观者而已,对人物性格和命运影响不大。此外,鲁迅小说以刻画人物性格和揭示人物命运为主,改变了古典小说以情节为主的叙事策略。《狂人日记》几乎少情节,多以人物心理呈现,揭示中国封建伦理体系"吃人"的本质特征。《阿Q正传》主要以阿Q的主要性格"精神胜利法"展开叙述,以"性格结构"代替古典小说的"情节结构"。

鲁迅的《故事新编》在文体创作上也体现了开拓性特征。首先,在选题上,《故事新编》选择历史、神话和传说,但既非传统的历史小说,又非一般的戏说,而是古今杂糅,镜照现实。学者姜振昌指出:"《故事新编》在历史事实的处理上决非停留在忠于历史和历史事件本身及其过程的表面铺陈上,而是深入到历史及历史人物的精神实质中去,进行了充分诗意化、哲理化的艺术再创造;它打破了古今界限森然有序的传统经典范式,创造了古与今杂糅杂陈、幻象与现实相映成趣的新艺术路数,历史在这里已经变成了一种镜象,许许多多的生活现实都可以在这个镜象中被折射出来。"[①]《理水》中,喧嚷的"文化山",其实是现实社会之隐喻。小说写大禹治水,但文中却出现了诸如"大学"、"幼稚园"、"OK"、"时装表演"、"维他命W"、"新闻"、"莎士比亚"、"摩登"现代语言。《起死》中,剧本借庄子形象批判旧文明。文中出现了"警笛"、"警棍"、"局长"等现代词语,在叙事层面就体现了古今杂糅的特征。其次,在叙事风格上,《故事新编》具有戏谑和讽喻的特征。如《理水》中,鲁迅除了正面赞美民族脊梁大禹之外,更将聚焦点放在大禹周围的"专家学者"、考察官员及各色庸众等人身上。在荒诞式的书写中,展现了"杂文式"的讽喻力量。

在创作上,鲁迅呈现出强烈的自主写作意识。他的杂文犀利,有人劝他不要写这样的短评,鲁迅回答:"然而要做这样的东西的时候,恐

---

① 姜振昌:《〈故事新编〉与中国新历史小说》,《中国社会科学》,2001年第5期。

怕也还要做这样的东西,我以为如果艺术之宫里有这么麻烦的禁令,倒不如不进去;还是站在沙漠上,看看飞沙走石,乐则大笑,悲则大叫,愤则大骂,即是被砂砾打得遍体粗糙,头破血流,而时时抚摸自己的凝血,觉得若有花纹,也未必不及跟着中国的文士们去陪莎士比亚吃黄油面包之有趣。"① 这充分体现了鲁迅不拘于世俗,强调自主写作的原则。这种做法与深受禅宗影响的李贽、袁宏道等人的做派颇为相似。

第二节 佛学与"两浙"现代作家的叙事范式

佛学对"两浙"现代作家文学创作中的叙述结构、文字表达方式影响深刻。

首先,佛学对"两浙"现代作家文学创作中叙述结构的影响。

佛学中多"圆"的概念,诸如"圆轮"、"圆月"、"圆镜"、"圆塔"、"圆坛"、"圆光"、"圆音"、"圆心"、"圆法"、"圆修"、"圆通"等。甚至,佛学般若智被称为"圆镜智",佛教涅槃被称为"圆寂",可见佛教对"圆"的偏爱。佛典云:"一粒细尘毛等皆有佛身,圆满普遍。"(《华严经旨归》)"圆"在佛教思想中,构成完美的象征。受此影响,中国古代文学理论就倡导"圆通"之说,如刘勰言:"故其义贵圆通,辞忌枝碎;必使心与理合,弥缝莫见其隙;辞共心密,敌人不知所乘;斯其要也。"(刘勰《文心雕龙·论说》)又言:"然后舒华布实,献替节文,绳墨以外,美材既斫,故能首尾圆合,条贯统序。"(刘勰《文心雕龙·熔裁》)

在佛学"圆通"思想的影响下,"首尾圆合"构成中国传统叙事的一种常用结构。这一点同样影响到近佛的"两浙"现代作家。

鲁迅在乡土小说中创造性地设置了"我"在城乡之间"离去—归来—离去"的"圆形"叙述结构。《祝福》中,叙述者"我"回归故乡,见证了祥林嫂的悲剧之后,又离开故乡。《故乡》中,"我"离开故乡二

---

① 鲁迅:《华盖集·题记》,《鲁迅全集》,第 3 卷,人民文学出版社,1981 年,第 4 页。

十多年，回到故乡，见证了"我"与儿时小伙伴闰土之间的隔膜之后，又离开故乡。在这个"圆形"叙述中，浸透了文明与落后对抗的诸多无奈。在这样大的圆形结构中，又巧妙穿插小的圆形叙事结构。如《祝福》中，以鲁镇祝福的爆竹声开篇，又以鲁镇祝福的爆竹声结尾，构成一个小的圆形叙事结构。

鲁迅的小说《孤独者》，开篇就点出了"圆形"特点："我和魏连殳相识一场，回想起来倒也别致，竟是以送殓始，以送殓终。"① 而小说结构也以此设置，以死亡开篇，以死亡结尾，虽然死亡的对象不同，但场景相似，构成圆形叙事。这个"死亡"场景的重复，渲染了"死亡"气氛，强调中国启蒙者的悲惨命运。如果说，"孤独"是魏连殳与旧社会道德体系格格不入的标识，是启蒙者形象，那么"死亡"是魏连殳遭受"吃人"的旧社会道德迫害的结果，是启蒙者悲惨遭遇的写照。通过这个圆形叙事结构，刻意强调了这一点，深化了这一点。在小说《明天》中，鲁迅以"夜"景开始，又以"夜"景作结，整篇小说弥漫着夜的"黑色"。夜色中，"咸亨酒店"里"红鼻子老拱"、"蓝皮阿五"等酒客们围着柜台喝酒唱曲，与单四嫂子家的悲剧构成强烈的反衬。复写"夜色"，小说多了诸多深意：如小说以"明天"为题，明天在哪里？明天是否真的能够带来希望？又如小说蕴含着"希望"与"绝望"、"乐"与"悲"、"生"与"死"的对比等等。与《孤独者》、《明天》一样，鲁迅在《示众》、《风波》等小说中，也运用了圆形叙事结构。《示众》以胖小孩的叫卖声开篇，以胖小孩的叫卖声结尾；《风波》以"土场"这个空间开篇，以"土场"这个空间结尾。可见，鲁迅十分钟情于圆形叙事结构。

同鲁迅一样，施蛰存在不少小说中运用了圆形叙事结构。小说《周夫人》中，采用倒叙手法，先写"我"从不谙世事的小学生变成了饱经风霜的中年人，以中年人的身份回忆叙写周夫人。小说中间叙述了周夫人和"我"之间的旧事。小说结尾则又回到眼前。在小说《扇》中，施

---

① 鲁迅：《彷徨·孤独者》，《鲁迅全集》，第3卷，人民文学出版社，1981年，第88页。

蛰存开篇写"我"打开了久闭的橱抽屉，拿出了尘封许久的"团扇"。小说中间，叙述了"我"和金树珍朦朦胧胧的爱恋故事。小说结尾，叙述又回到眼前。在小说《宏智法师的出家》中，作品先叙述宏智法师每晚在龙门寺的山门口挂一盏灯这一独特行为作为小说的开头，引出宏智法师出家前和夫人的俗世故事，小说结尾则又回到现实生活中，点明宏智法师点灯的缘故。这类作品往往以时间为轴，用"回忆"的方式，做到"首尾圆合"。以上的小说叙事，呈现典型的纵向的圆形叙事结构。

此外，施蛰存在小说《夜叉》中，开篇写"我"去医院探望卞士明，中间则叙述卞士明去乡下碰到"白衣女子"的故事，小说结尾，又回到医院。这是以"城市—乡下—城市"为空间变换的叙述。小说中间叙述卞士明和"白衣女子"的故事时，又以"城市—乡下—城市"的空间变换为轴。在小说《进城》中，也是以"城市—乡下—城市"为轴展开叙事的。作品通过小明福的眼，在温和的叙事中，呈现了城乡二元对立。这类作品以空间为轴，做到"首尾圆合"，又以"空间"为隐喻，深化了作品主题。这些小说，呈现的是典型的横向的圆形叙事结构。

"首尾圆合"的叙事结构，在徐訏的小说中也经常出现。小说《鸟语》中，开篇以佛典《金刚经》引发故事，结尾也以《金刚经》的经文作结。同时，小说的开篇和结尾，都出现佛教意象"圆镜"。佛典《金刚经》和佛教意象"圆镜"的首尾出现，强化了芸芊从"出世之空"到"入世之色"，又复归"出世之空"的过程，呈现了凡尘俗世与澄澈的宗教境界之间的差异。小说《江湖行》开篇是两个人的对话，一个是叙述者"我"，另一个是神秘人"你"。中间插入俗世间的故事。小说结尾又以叙述者"我"和神秘人"你"的对话结束。小说中，"你说"与"我说"对话的重复出现，不仅形式独特，更构成叙事上的圆形结构，加深了佛教上的"色空"体验。这样类似的叙事结构，还出现在小说《时与光》中，小说开篇"我"成为一个孤独的灵魂，听到了一种奇特的声音，于是有了神秘对话。小说结尾，又回到神秘对话，构成叙事上的圆形。这种对话，进一步呈现了作者的创作题旨，强化了佛教的无常观和宿命观。

其次，佛学对"两浙"现代作家文学创作中文字表达方式的影响。

佛学主张"以心传心"，崇尚"道不可言"。支道林："至理冥壑，归乎无名。无名无始，道之体也。"（《大小品对比要抄序》）南禅宗承继了这一宗旨，以"不立文字，直指人心，见性成佛"为教派要义。"无言"成为佛学"无上妙道"的一种重要方式。禅家追求"无言独化"的禅悦境界，对古典文艺美学影响深刻，"含蓄"与"想象"构成文学创作的美学追求，如司空图在《与极浦书》中倡导"象外之象，景外之景"的想象之美。"两浙"现代作家中，也多有强调文学叙事的含蓄之美者，如鲁迅、俞平伯等。

鲁迅行文精简，多暗示性。汪卫东、哈迎飞等学者都撰文指出佛学对鲁迅散文诗集《野草》创作的影响深刻。确实，从佛学"道不可言"转化过来的"象外之象"、"韵外之致"等文艺美学理念影响到《野草》的语言风格。譬如，《死火》写"我梦见自己在冰山间奔驰"，这是奇特而隐晦的画面，却让人感受到抗争的精神和生命潜流的奔涌。在《野草》中，鲁迅还常写梦境，如《好的故事》、《影的告别》、《秋夜》、《墓碣文》等，这既增加了含蓄朦胧的美感，又增加了由无言引发"想象"所带来的思想深度。不仅仅散文诗如此，鲁迅的小说也多"含蓄"与"想象"的艺术特征。鲁迅小说《药》，既有"药"之隐喻，又有结尾的隐式描写。夏瑜坟上平添"花环"的隐式描写，不仅仅是增加想象的空间，增加含蓄之美，更是带给了读者许多深层的思考。

俞平伯也十分推崇"含蓄"的文学。俞平伯认为"游离与独在是文学的真实且主要的法相"[①]。"游离"一词指出了文学语言不能太实，需要留给读者想象和阐释的空间。这与佛学"道不可言"的思维方式是契合的。

在《社会上对于新诗的各种心理观》一文中，俞平伯指出作诗的两点毛病，其中一点就与"含蓄"挂钩。他以为，作诗最怕平铺直叙，

---

① 俞平伯：《文学的游离与其独在》，《俞平伯全集》，第 2 卷，花山文艺出版社，1997 年，第 7 页。

"一看就知道，再看就索然"① 的诗要少做。俞平伯是这么说的，也是这么做的。俞平伯的诗歌《暮》写道：

> 敲罢了三声晚钟，
> 把银的波底容，
> 黛的山底色，
> 都消融得黯淡了，
> 在这泠泠的清梵音中。
>
> 暗云层叠，
> 明霞剩有一缕；
> 但湖光已染上金色了。
> 一缕的霞，可爱哪；
> 更可爱的，只这一缕哪。
>
> 太阳倦了，
> 自有暮云遮着；
> 山倦了，
> 自有暮烟凝着；
> 人倦了呢？
> 我倦了呢？②

诗歌前二节，写暮色。第一节中，"梵音"一词，衬托出自然界的安宁静谧。第二节的最后一句是个转折，瞬间即逝的安宁欣喜带给他的是对人生的感慨和思考。第三节，含蓄表达了人生寂寞孤独的主题。自

---

① 俞平伯：《社会上对于新诗的各种心理观》，《俞平伯全集》，第 3 卷，花山文艺出版社，1997 年，第 513 页。
② 俞平伯：《暮》，乐齐、孙玉蓉编：《俞平伯诗全编》，浙江文艺出版社，1992 年，第 150—151 页。

然的和谐安宁与人生的寂寞孤独构成一种对比，强化了后者的悲凉情绪。

对于诗歌，俞平伯倡导含蓄的艺术追求，对于散文，俞平伯同样强调含蓄的艺术追求。他的许多写景散文都借景抒情，且追求意在言外。《湖楼小撷》中，他写道："惟我的心一味的怯怯无归，垂垂的待老了"①，"春风的心力已软媚到入骨三分，无怪云雾朝阳都是这般妖娆弄姿，亦无怪乍醒的人凭到栏杆，便痴然小立了"②。这般结尾，将自己对人生的思考放在了写景之中，令人回味。在俞平伯的散文中，还多梦境的描写。俞平伯的散文《梦游》、《芝田留梦记》、《古槐梦遇》（一百则）、《槐屋梦寻》、《呓语》（十八首）等都以"梦"为题名，足见俞平伯对"梦"书写的偏好。梦是佛学十喻之一，俞平伯的梦境书写，是俞氏把朦胧含蓄当作"诗美"的文学观的体现。

除了文学创作中崇尚"含蓄"之美，"两浙"现代作家文学创作中的句型、词语等也深受佛学的影响。

叙述句型受佛学影响的，鲁迅极为典型。阅读鲁迅的散文诗集《野草》，可以发现佛学对其叙述句型影响深刻。一是多譬喻句型。佛典多譬喻，而且喜用博喻。如《大品般若》第一卷："解了诸法如幻、如焰、如水中月、如虚空、如响、如犍闼婆城、如梦、如影、如镜中像、如化。"又如《金刚般若波罗蜜经》："所有一切众生之类，若卵生、若胎生、若湿生、若化生、若有色、若无色、若有想、若无想、若非有想非无想，我皆令入无余涅槃而灭度之。"在《野草》中，鲁迅也喜欢用这种短句博喻。如《淡淡的血痕中》："日日斟出一杯微甘的苦酒，不太少，不太多，以能微醉为度，递给人间，使饮者可以哭，可以歌，也如醒，也如醉，若有知，若无知，也欲死，也欲生。"③ 又如《雪》："朔方的雪花在纷飞之后，却永远如粉，如沙……"④ 再如《失掉的好地狱》：

---

① 俞平伯：《湖楼小撷》，《俞平伯全集》，第 2 卷，花山文艺出版社，1997 年，第 130 页。
② 俞平伯：《湖楼小撷》，《俞平伯全集》，第 2 卷，花山文艺出版社，1997 年，第 135 页。
③ 鲁迅：《野草·淡淡的血痕中》，《鲁迅全集》，第 2 卷，人民文学出版社，1981 年，第 226 页。
④ 鲁迅：《野草·雪》，《鲁迅全集》，第 2 卷，人民文学出版社，1981 年，第 186 页。

"曼陀罗花立即焦枯了。油一样沸;刀一样铦;鬼众一样呻吟……"① 譬喻的作用,佛典云:"以五情所见,以喻意识,令其得悟。譬如登楼,得梯则易上耳。"(《大智度论》卷三五《释习相应品》第三)鲁迅在文中用佛经式短句博喻,既令人顿悟,又强化了语义和气势。二是多否定句型。前文已经论证佛教的否定意识对鲁迅的怀疑精神影响深远。同样,佛经的否定式句型,也构成对鲁迅叙述句型的影响。如《般若波罗蜜多心经》:"是诸法空相,不生不灭,不垢不净,不增不减。"又如《小品般若波罗蜜经》:"须菩提言:般若波罗蜜于色,不作大,不作小,不作合,不作散。"佛典的这种否定式句型,被鲁迅借鉴到了《野草》的创作中,如《影的告别》:"有我所不乐意的在天堂里,我不愿意去;有我所不乐意的在地狱里,我不愿意去;有我所不乐意的在你们将来的黄金世界里,我不愿意去。"② 又如《过客》:"就没一处没有名目,没一处没有地主,没一处没有驱逐和牢笼,没一处没有皮面的笑容,没一处没有眶外的眼泪。我憎恶他们,我不回转去!"③ 鲁迅喜欢采用佛经式的否定句型,体现了他强烈的怀疑精神和否定意识。

鲁迅不仅采用佛经式的叙述句型,而且还在写作中采用了大量的佛学词语,如大欢喜、大悲悯、罗汉、冰山、虚妄、火宅、大火聚、伽蓝、布施、三界、地狱、曼陀罗花、牛首阿旁、剑树、一刹那、世界、黄金世界等。譬如,在杂文《碰壁之后》中,鲁迅写道:"华夏大概并非地狱,然而'境由心造',我眼前总充塞着重叠的黑云,其中有故鬼,新鬼,游魂,牛首阿旁,畜生,化生,大叫唤,无叫唤,使我不堪闻见。"④ 这里用了"地狱"、"境由心造"、"牛首阿旁"等佛教词语,表明了深味人生苦的心境。鲁迅特别喜欢用"大欢喜"这个词语。在《野草》中,鲁迅笔下出现六次"大欢喜"。在《野草·题辞》中,鲁迅宣称对"死亡"有"大欢喜"。"大欢喜"一词是佛学词语,如"随宜方便

---

① 鲁迅:《野草·失掉的好地狱》,《鲁迅全集》,第2卷,人民文学出版社,1981年,第205页。
② 鲁迅:《野草·影的告别》,《鲁迅全集》,第2卷,人民文学出版社,1981年,第169页。
③ 鲁迅:《野草·过客》,《鲁迅全集》,第2卷,人民文学出版社,1981年,第196页。
④ 鲁迅:《华盖集·碰壁之后》,《鲁迅全集》,第3卷,人民文学出版社,1981年,第72页。

事，无复诸疑惑。心生大欢喜，自知当作佛"（《妙法莲华经·方便品》）。鲁迅用"大欢喜"表达了对"死亡"的肯定，是"死后复生"思想的呈现。在《复仇》（二）中："突然间，碎骨的大痛楚透到心髓了，他即沉酣于大欢喜和大悲悯中。"① 以此表达了彻悟生死苦痛的智慧。又譬如，在《死火》中，鲁迅用佛教词语"火宅"隐喻"死火"的苦海处境。在《失掉的好地狱》中，鲁迅以鬼魂、三界、地狱、剑树、刀山、永劫沉沦、牛首阿旁、魔鬼、曼陀罗花等佛教词语作各种隐喻。

"两浙"现代作家中，郁达夫、俞平伯、徐訏、丰子恺等也多在文学创作中运用佛学词语。

郁达夫的古体诗《定禅》："野马尘埃幻似烟，而今看破界三千。兰生幽谷初无恨，居近蓬壶别有天。梦里功名蕉下鹿，淮南鸡犬望中仙。拈花欲把禅心定，敢再轻狂学少年。"② 直接把"禅心"这一佛学词语引入诗中。郁达夫的另一首古体诗《三月十八夜作寄木津老师》："日抱虫鱼伏茂陵，傍人争笑客无能。吟诗未就先研墨，看月初升故灭灯。野泽夜深闻鹤唳，高楼春暖解壶冰。明朝欲待游山去，自草蕉书约老僧。"③ 诗中的"看月"、"老僧"都是和佛禅联系紧密的词语。郁达夫在古体诗《除夜有怀》中言："又是一年将尽时，不知青发几痕丝。人来海外名方贱，梦返江南岁已迟。多病所须唯药物，此生难了是相思。明朝欲向空山遁，为恐东皇笑我痴。"④ "空"、"遁"系佛学词语。

俞平伯在《桨声灯影里的秦淮河》、《眠月》、《中年》等文章中，都提及一个词语"刹那"，"刹那"源自印度梵语，是佛学词语。俞平伯以"刹那"这一佛学词语表达了自己的人生观。在《独语》中，俞平伯写道："苦生于乐，乐受其苦，凡言众苦，必以无常为先，岂非微生尽恋人间之乐。"⑤ 以"无常"表达了人生的无常与虚无。"无常"也是典型

---

① 鲁迅：《野草·复仇（二）》，《鲁迅全集》，第 2 卷，人民文学出版社，1981 年，第 179 页。
② 郁达夫：《定禅》，《郁达夫全集》，第 9 卷，浙江文艺出版社，1992 年，第 26—27 页。
③ 郁达夫：《三月十八夜作寄木津老师》，《郁达夫全集》，第 9 卷，浙江文艺出版社，1992 年，第 27 页。
④ 郁达夫：《除夜有怀》，《郁达夫全集》，第 9 卷，浙江文艺出版社，1992 年，第 58 页。
⑤ 俞平伯：《独语》，《俞平伯全集》，第 2 卷，花山文艺出版社，1997 年，第 675 页。

的佛学词语。俞平伯在《文学的游离与独在》一文中,用了"法相"这一佛学专用词语。在《重刊〈浮生六记〉序》中,俞平伯用到了"因缘"、"绝缘"、"不离不著"等佛学词语。

徐訏小说也常引入佛典语言,如《鸟语》的首尾直接引入《金刚经》文字,强化了佛学意蕴。徐訏的一些诗作更是偏嗜佛学词语,在《修行》一诗中,徐訏写道:

> 因此我路旁流泪,
> 为此春槿祈祷,
> 愿它灵魂成仙,
> 早我踏入青云。
> 偏我身旁云片,
> 说:"我就是春槿,
> 你若舍弃肉体,
> 何须前去修行。"①

"我"执意修行,为不得而"流泪",白云一语破执。不仅有禅家顿悟的禅趣,也直接引入"舍弃肉体"、"修行"等佛家语。

在《未题》中,徐訏写道:

> 如今你说你已经筋疲力尽,
> 只想在宁静的山中找一个古庙,
> 听松树中的钟声佛号,
> 对迷失的灵魂作慈爱的唤叫。②

诗歌写出了人对佛性的依赖,诗中的"古庙"、"钟声佛号"都是佛

---

① 徐訏:《修行》,《徐訏文集》,第 13 卷,上海三联书店,2008 年,第 157 页。
② 徐訏:《未题》,《徐訏文集》,第 15 卷,上海三联书店,2008 年,第 200 页。

学词语。

在《夜的圆寂》中，徐訏写道：

> 一把火的燃烧，
> 在东方的微光中圆寂。①

"圆寂"是梵文的意译，是"涅槃"一词的同义词，它是典型的佛家词语。

丰子恺作为居士，也常在作文中出现佛学词语。如在《看展览会用的眼镜：告一般入场者》一文中，他写道："我们在日常的实际生活中，饱尝了世智尘劳的辛苦。我们的也天天被羁绊在以'关系'为径，'利害'为纬而织成的'智网'中，一刻也不得解放。万象都被结住在这网中。我们要把握一件事物，就牵动许多别的事物，终于使我们不能明白认识事物的真相。……因此我们的也常常牵系在这千孔百结的网中，而不能'安住'在一种现象上。世智的辛苦，都是这网所织成的。"② 这段文字中，丰子恺用了"世智"、"尘劳"、"智网"这些佛学词语，表明了不绝缘的苦相。在《剪网》一文中，丰子恺写道："艺术，宗教，就是我想找来剪破这'世网'的剪刀吧！"③ "世网"系佛学词语，指世间各种利害关系。在《桂林艺术讲话之一》中，丰子恺认为，"艺术家必为仁者，故艺术家必惜物护生"④，借"护生"这个佛学词语，丰子恺表达了"同情"说的主张。在《我与弘一法师》一文中，丰子恺曾经说："艺术家看见花笑，听见鸟语，举杯邀明月，开口迎白云，能把自然当作人看，能化无情为有情，这便是'物我一体'的境界。更进一步，便

---

① 徐訏：《夜的圆寂》，《徐訏文集》，第15卷，上海三联书店，2008年，第61页。
② 丰子恺：《看展览会用的眼镜：告一般入场者》，《丰子恺文集》，第1卷，浙江文艺出版社、浙江教育出版社，1992年，第301—302页。
③ 丰子恺：《剪网》，《丰子恺文集》，第5卷，浙江文艺出版社、浙江教育出版社，1992年，第95页。
④ 丰子恺：《桂林艺术讲话之一》，《丰子恺文集》，第4卷，浙江文艺出版社、浙江教育出版社，1992年，第15页。

是'万法从心'、'诸相非相'的佛教真谛了。"① 上面这段文字更是大量引入佛教语。

综上所述，无论叙述结构，抑或文字表达方式，佛学都对"两浙"现代作家的文学创作影响深刻。

第三节 "两浙"现代作家的佛学意象运用

佛学对中国文学的意象营构影响深刻，诚如谭桂林所言："佛教文化对中国文学的直接影响比较突出地表现在文学意象的构造上，这种影响包括两个方面，一是如幽林、荒寺、白云、月夜、寒松、夕照一类适于表现清旷闲适的审美理想的意象，它们本来是中国士大夫的一种具有隐逸倾向的自然情趣，一经佛教义理的点化与浸润便成为中国文学的不绝风流。另一种是诸如浮屠、香象、莲台、世间海、传灯、火宅、暮鼓、晨钟等等属于佛教特有的意象，它们被大量地引进到文学创作中，极大地丰富了中国传统文学的语汇与表现力。"② 佛学意象在"两浙"现代作家的文学创作中并不少见，或刻意营造，或信手拈来，都呈现出了作家对佛学的亲和态度。同时，也因为这一独特叙事，深化了文本的佛学内蕴。在此，我们主要分析"两浙"现代作家笔下的一些佛学意象。

其一，"地狱"意象。

"地狱"，是梵文那洛迦 Naraka、泥犁 Niraya 的意译，是佛教六道中的恶道之一，最为困苦，一般有八大地狱之称。在"两浙"现代作家中，鲁迅特别钟情于"地狱"意象。可以说，它构成了《野草》中非常突出的意象。如《写在深夜里》、《失掉的好地狱》、《〈野草〉英文译本序》等都写了"地狱"意象。鲁迅借用"地狱"意象，书写人生苦，批

---

① 丰子恺：《我与弘一法师》，《丰子恺文集》，第6卷，浙江文艺出版社、浙江教育出版社，1992年，第401页。
② 谭桂林：《20世纪中国文学与佛学》，安徽教育出版社，1999年，第259—260页。

判社会世相，拷问生命。

与"地狱"意象相近的是"坟"意象。鲁迅在《墓碣文》、《过客》、《药》等作品中书写了"坟"意象。《墓碣文》中，通过墓碣独白以及梦游坟地等叙述，呈现了鲁迅的痛楚以及透过对生死的参悟表达了对生命的看法。《过客》中的"坟"意象既写出了现实环境的险恶，也呈现了反抗绝望的精神。《药》的结尾，鲁迅刻意渲染坟地的死寂，以此象征现实环境的残酷。

其二，"月亮"意象。

"月亮"是典型的佛学意象。在佛教中，"月亮"意象多义，试举其中重要的两条：一个是"月亮"喻指佛性本自清净。《佛说月喻经》曰："皎月圆满，行于虚空，清净无碍。"这里指出明月特征，喻佛性本自清净。另一个是"月亮"喻指人生的虚幻、短暂。《维摩诘经》云："如智者见水中月，如镜中见其面像，如热时焰，如呼声响，如空中云，如水聚沫，如水上泡，如芭蕉坚，如电久住。"水中月喻指众生相的如幻，世界的虚幻、人生的短暂。

鲁迅笔下多"月亮"意象。在小说《故乡》中，鲁迅写道："深蓝的天空中挂着一轮金黄的圆月。"① 此处的"月亮"意象，映衬了童年的单纯和美好。在小说《狂人日记》中，鲁迅从"今天晚上，很好的月光"开始，多处出现"月亮"这个意象。学者李欧梵分析认为，这反复出现的月亮象征性地引起了疯狂和启蒙的双重意义，也使得狂人认识到了社会和文化的真正本质。② 学者隋清娥也认为鲁迅在《狂人日记》中多次书写月亮意象，其目的是与"吃人"意象形成一个反差，表明"希望"与"绝望"的对立。③ 可见，在鲁迅的《狂人日记》中，"月亮"构成了一个与"黑暗"相对的独特意象。翻阅鲁迅的文字，可以发现在《铸剑》、《补天》、《白光》、《肥皂》、《弟兄》、《秋夜》等作品中，都有

---

① 鲁迅：《呐喊·故乡》，《鲁迅全集》，第1卷，人民文学出版社，1981年，第477页。
② 李欧梵：《鲁迅的小说：现代性技巧》，选自乐黛云主编：《当代英语世界鲁迅研究》，江西人民出版社，1992年，第34—35页。
③ 隋清娥：《鲁迅小说意象主题论》，齐鲁书社，2007年，第224页。

"月亮"意象的书写,此足见鲁迅对"月亮"意象的偏爱。

在郁达夫的文学创作中,也常常会出现"月亮"意象。郁达夫在《观龙门山题壁》一诗中,首句的"秋月横江白",一个"横"字,勾画了秋月映江的清幽之景。在《夜泊西兴》一诗中,他写"明月依依夜泊船";在《温泉》一诗中,他写"月明如雪照芦花"。在小说《迟桂花》中,郁达夫写月光下的翁家山,用细笔描绘清幽宁谧的月下之景,呈现清净之境,月亮意象成为超越功利、本自清净的象征。在小说《瓢儿和尚》中,郁达夫描绘月光底下的钱塘江水,幽静而美丽。小说结尾处,瓢儿和尚劝"我"多看一下"月光",此月光喻指超越俗世现实利欲的清净。在小说《银灰色的死》中,郁达夫设置了一个有独特意味的结尾:在一轮冷月下,一个短暂生命悄然结束。观此小说的题目,可见郁达夫有意识地把"月光"和"死亡"并置在一起,呈现了人生短暂和虚幻的本质。在游记《感伤的旅行》一文中,郁达夫写了庭外残月的清光和远寺的梵歌呗曲,构成一种宗教的神秘气氛。

在施蛰存的小说《鸠摩罗什》中,有这么一个细节,鸠摩罗什面对表妹不能做到五蕴皆空,看到被乌云遮蔽的月亮,感叹说:"你看,月亮已经给黑云遮着了,我知道这里有着最可怕的魔鬼。"① 此处的"月亮"意象成为如来佛性的一个象征,可以抵御魔性。施蛰存的另一篇小说《残秋的下弦月》,写病妻的苦闷,以残月为题目,衬托了人生的短暂和虚幻。而小说结尾处病妻的一句"我只要看看月光",又呈现了月光的清净、超脱、希冀之意。

"月亮"意象也经常出现在徐志摩的作品中。月亮澄明高远、纤尘不染的特质,构成本自清净的佛性特征,成为表现文人清静闲雅、淡远脱俗的载体。这在徐志摩笔下常有反映。如他在诗歌《山中》吟道:

  我想攀附月色
  化一阵清风

---

① 施蛰存:《鸠摩罗什》,《十年创作集》,第1卷,华东师范大学出版社,1996年,第115页。

> 吹醒群松春醉
> 去山中浮动
> 吹下一针新碧
> 掉在你窗前
> 轻柔如同叹息——
> 不惊你安眠！①

月色造就宁静纯洁的环境，隐喻美好的情感。与之相近的是诗歌《两个月亮》，"月亮"意象构成美好的象征，不仅仅抒发浪漫情感，而且呈现了物我合一的审美境界。在诗歌《月下雷峰影片》中，徐志摩吟道："明月泻影在眠熟的波心。"在诗歌《五老峰》中，徐志摩吟道："有时朵朵明媚的彩云，轻颤的妆缀着老人们的苍鬓，像一树虬干的古梅在月下，吐露了艳色鲜葩的清芬！"②在《秋月》中，徐志摩吟道："一样是月色，今晚上的，因为我们都在抬头看——看它，一轮腴满的妩媚……"③总之，在徐志摩心中，月亮代表清新超俗，可以洗涤净化人的心灵。

其三，"莲花"意象。

莲花，出淤泥而不染，象征由烦恼而清净，与佛学宣扬的解脱过程颇为相似。因此，佛学常以莲花为喻，警醒世人。如《四十二章经》第二十八章云："我为沙门，处于浊世，当如莲华，不为泥污。"又如《维摩诘经·佛国品》云："不著世间如莲花。"再如《大智度·释初品中尸罗波罗蜜下》云："譬如莲花，出自淤泥，色虽鲜好，出处不净。"莲花意象，在佛学中是清净、不染的象征。即便"出处不净"，依然出淤泥而不染。

郁达夫文字中常有"莲花"意象。《迟桂花》中的女主人公叫"莲"，因为她有一颗"高山上的深雪似的心"，她的纯洁使得"我"的

---

① 徐志摩：《云游》，顾永棣编注：《新编徐志摩全诗》，学林出版社，2006年，第296—297页。
② 徐志摩：《五老峰》，顾永棣编注：《新编徐志摩全诗》，学林出版社，2006年，第101页。
③ 徐志摩：《秋月》，顾永棣编注：《新编徐志摩全诗》，学林出版社，2006年，第294页。

欲念得以净化。郁达夫给她取名"莲",恐怕和她的心灵纯洁有关。小说中,"莲"成为她的纯洁心灵的象征。此外,郁达夫在《西湖杂咏》①（其二）一诗中写道:"细草红泥路狭斜,碧梧疏柳影交叉。荷花昨夜凉初透,引得麻姑出蔡家。"② 在《西湖杂咏》（其三）一诗中写道:"绿波容与漾双鸥,莲叶莲花对客愁。明月小桥人独立,商量今夜梦扬州。"③ 尤其一句"引得麻姑出蔡家",用李白式的想象,把莲荷之静美表现得十分生动。

徐訏在《卖》一诗中,有"我心像莲瓣般的憔悴,片片在秋风里凋落……"④ 的诗句,以"莲瓣"作为"我心"的法相,指出人生苦。

其四,"梦"意象。

佛学认为现实如同梦幻泡影:"一切有为法,如梦幻泡影。"（《金刚经》）梦是佛教十喻之一,鲁迅、俞平伯、郁达夫等人的文学创作中多"梦意象"。

鲁迅喜欢写"梦"。鲁迅的第一篇文言小说《怀旧》,以"梦"结尾。1918年,鲁迅在《新青年》上发表了几首现代诗歌,其中一首的题目就叫《梦》。诗中第一句"很多的梦,趁黄昏起哄"。"梦"成为黑暗年代的一种希冀。散文诗《好的故事》也是写了一个美丽的"梦"。除了这一类"梦",鲁迅更多书写具有象征色彩的"梦"意象。《秋夜》、《影的告别》、《过客》、《死火》、《墓碣文》、《失掉的好地狱》、《颓败线的颤动》等,以"梦"意象显示出鲁迅在现实与未来之间、黑暗与光明之间的反抗绝望的精神。

俞平伯的散文《梦游》、《芝田留梦记》、《古槐梦遇》（一百则）、《槐屋梦寻》、《呓语》（十八首）等都以"梦"为题名,此足见俞平伯对"梦意象"的偏好。《梦游》仿明人笔法,细笔描绘清幽景色,表达了对静谧安宁生活的喜爱。

---

① 诗题又名《湖上杂咏》,共三首。
② 郁达夫:《西湖杂咏》（其二）,《郁达夫全集》,第9卷,浙江文艺出版社,1992年,第49页。
③ 郁达夫:《西湖杂咏》（其三）,《郁达夫全集》,第9卷,浙江文艺出版社,1992年,第49页。
④ 徐訏:《卖》,《徐訏文集》,第13卷,上海三联书店,2008年,第140页。

郁达夫在《观龙门山题壁》一诗中，尾句写道"好梦满重城"，以"梦"意象表达自己对龙门山幽静的自然山水的喜爱之情。郁达夫在《除夜奉怀》一诗中，写道："梦返江南岁已迟"；在《乡思》一诗中写道："几回归梦遥难到"，以"梦"意象表达自己的思乡之情。

其五，"灯"意象。

徐訏的诗《心灯》、《山峰上的灯》、《致死者》、《黄昏》等，都有"灯意象"。佛学中，"灯"喻佛的教旨，所谓"一灯能除千年暗"①。可见，"灯意象"具有智慧意，旨在引导人们离开黑暗，走向光明的彼岸。如《卖》一诗中，"手燃的灯柱"写出了行人前行的方向和精神上的执着。《致死者》一诗中，"祈祷你灵魂死后化成了灯，在这无垠的宇宙里发光"②，诗人祈祷逝者的灵魂能够化作"灯"，既是净化灵魂，又是指引他人，普度他人。徐訏的小说《风萧萧》中主人公声称自己喜欢"灯"，"灯"成为光明的隐喻。

其六，"寺庙"意象。

郁达夫的游记中常描绘寺庙。在《游西天目》一文中，郁达夫写到了禅源寺。在《游东天目》一文中，郁达夫写到了昭明禅院。在《南游日记》中，郁达夫记录了天台山国清寺，记录了江山的高明寺。在《雁荡山的秋月》一文中，郁达夫记录了灵岩寺、能仁寺、灵峰寺。在《临平登山记》一文中，郁达夫记录了名不见经传的安隐寺。甚至，郁达夫常在小说中引入寺庙，如小说《迷羊》之迎江寺，小说《瓢儿和尚》之胜果寺，等等。

施蛰存在诗文中常常引入"寺庙"概念。如他在《浮生杂咏》之六写道"归来却入寒山寺，诵得枫桥夜泊诗"；在《浮生杂咏》之二十写道"不忘城东马耆寺，几人觅句此盘桓"。两首诗中都引入"寺庙"概念。在《五台山赞佛记》、《相国寺摄景后甲》、《相国寺摄景后乙》等文中，施蛰存都写到了"寺庙"。之所以喜欢寺庙，施蛰存在《相国寺摄

---

① 慧能：《坛经》，中华书局，2010年，第97页。
② 徐訏：《致死者》，《徐訏文集》，第13卷，生活·读书·新知三联书店，2012年，第142页。

景后乙》一文中,详细地分析了个中原因,即寺庙有"音色香"。"音"指钟声和梵呗声,"色"指寺院金碧辉煌的建造,"香"指礼佛的檀香。施蛰存的小说中也常出现寺庙,如《黄心大师》中的妙住庵和《塔的灵应》中的圆觉寺等。

"两浙"现代作家的文学创作中,还有不少佛学意象,如鲁迅之"蛇"意象,徐志摩之"钟"意象等,限于篇幅,不再赘述。以上种种充分证实了佛学对"两浙"现代作家的叙事策略影响非常深刻。

附 录

思想启迪·智性叙事——论鲁迅与江南佛学之关联

据《鲁迅日记》记载，仅1914年的书本账单中，鲁迅购买的佛学典籍就达90余种，且对《百喻经》进行了校勘和刻印，并亲自抄录一些善本佛教典籍。鲁迅对佛教华严宗、唯识宗、天台宗、禅宗等多有涉猎。许寿裳说："民国三年以后，鲁迅开始读佛经，拼命学习，不和别人接近。"[1] 但是，鲁迅大量购阅佛典，沉潜佛学，都没有信佛，更不说皈依三宝了。他摒弃佛教的信仰，摒弃佛教的繁文缛节，对业师章太炎倡导的"以佛法救中国"的做法也颇不以为然，甚至说"佛教和孔教一样，都已经死亡，永不会复活了"[2]，对佛教的消极面进行了深刻的批判。

这是极为独特的现象，何以如此？笔者认为，原因在于鲁迅只是从佛学中借鉴对建构新文化有用的积极元素和吸收佛学中的人生哲思。而南北佛学中，江南佛学具有"人生哲思"这种智性特征。故笔者拟从江南佛学的视阈考察鲁迅与佛学之关联。

一

佛教存在地域性，正如近代国学大师汤用彤所言："自晋以后，南北佛学风格，确有殊异。"[3]

---

[1] 许寿裳：《亡友鲁迅印象记》，人民文学出版社，1981年，第44页。
[2] 许寿裳：《亡友鲁迅印象记》，人民文学出版社，1981年，第44页。
[3] 汤用彤：《隋唐佛教史稿》，中华书局，1982年，第1页。

那么，南北佛教有何不同？近代大儒梁启超发现一个奇特现象："东晋宋齐梁约二百余年间，北地多高僧，而南地多名居士也。"① 又云："此二百余年间南朝之佛教，殆已成'社会化'——为上流士夫思潮之中心，其势力乃在缁徒上；而其发展方向，全属名理的，其宗教色彩乃甚淡，故仪式的出家，反不甚以为重也。"② 此现象极好归纳了南北佛教之异，梁氏将之总结为："北方佛教多带宗教的色彩，南方宗教多带哲学的色彩。"③

因此，北方佛教重实践与仪式，多神秘性，宗教感强。以北朝佛教为例，北朝佛教出现"偏重于信仰而不太追究佛理"④ 的现象，致使其重佛教形式，重视宗教实践。譬如，北魏佛教重视坐禅的现象非常突出，哲学思辨性不突出。

江南佛教重义理，多哲思，多诗性审美，强调人的主体自觉，有人间化倾向。这个特征的形成，是佛教与江南文化糅合使然。历史上的"永嘉之乱"、"安史之乱"、"靖康之难"造成大批文人南下，文化重心南移，使得江南"崇文"风气日盛，构成文化层面上的"智性"特征。

佛教流播江南大地时，江南文化作为一种智性文化，其思维品质渐渐移植于佛学上，构成江南佛学"多哲思"的底色。伯乐里德宣称：在中国"佛教是一种哲学而不是宗教"⑤。伯乐里德很好点出了江南佛学的哲思性特征。这种哲思性的形成，必须提及江南学术，因为江南学术对江南佛学的形成影响深刻，尤其是魏晋玄学和"陆王心学"。

魏晋时期，玄学盛行。汤用彤认为："南北佛学，风气益形殊异，南方专精义理，北方偏重行业，此其原因，亦在乎叠次玄风之南趋也。"⑥ 他一针见血指出，南北佛学之不同，与玄风南趋有关。玄学的显著特点，无疑是采用了哲学的思辨方式，对"有无"、"本末"等一系

---

① 梁启超：《梁启超说佛（插图本）》，中州古籍出版社，2011年，144页。
② 梁启超：《梁启超说佛（插图本）》，中州古籍出版社，2011年，145页。
③ 梁启超：《中国佛教研究史》，中国社会科学出版社，2008年，第28页。
④ 蒋述卓：《佛经传译与中古文学思潮》，江西人民出版社，1990年，第109页。
⑤ 伯乐里德：《佛教在中国》，周其勋译，载《佛教与中国文化》，上海书店，1987年，第16页。
⑥ 汤用彤：《汉魏两晋南北朝佛教史》，上册，中华书局，1983年，第241页。

列哲学命题进行了深刻的思考。佛教初入中国，依附于神仙方术，这是很难吸引知识分子的。为了吸引知识分子，提高佛学品位，江南佛学吸收了魏晋玄学的哲学思辨性特征，并渐渐玄学化，这使得江南佛学步入高雅殿堂，为名士所青睐。佛学在玄学化过程中，玄学的学理和思辨性深刻影响佛学思想，尤其般若学，般若学认为只有通过般若智慧，去体验永恒真实的"真如"，方能觉悟、解脱。除此以外，玄学还影响到名僧的名士化。如东晋高僧支道林"养马放鹤，优游山水。善草隶，文翰冠世"（《世说新语·文学》），这种名士风尚反过来也影响到江南佛学，如崇尚个性自觉思想的形成，使江南佛学多了一份诗性特征。

除了魏晋玄学，南宋开始的"陆王心学"，特别是明代的王阳明心学，对江南佛学亦颇有影响。王阳明心学甚至被刘宗周称为"阳明禅"。王阳明心学和江南佛学有什么关联呢？其一，王阳明心学强调心之能动作用。这和禅宗顿悟说是契合的。心学的兴盛，推动了江南禅宗的兴盛。其二，王阳明心学强调人性的解放，主张解除对人心的外在束缚。如王阳明认为佛教中僧人穿衲服、吃粗食、喝生水，是扼杀人性的行为。这契合且强化了江南佛学中人性自由的特征。其三，王阳明心学融合禅宗和儒家的共同点。如融合孟子的性善论和佛家的行善论，提出"致良知"学说。这也影响到江南佛学思想，它扭紧了江南佛学出世与入世的关系，为江南佛学走向人间化铺好了路。在王阳明心学影响下，晚明出现"狂禅"现象。因此，王阳明心学的崛起，对江南佛学有两个作用：一是刺激江南佛禅兴盛；二是促使人的精神主体性的弘扬，使得江南佛学强调人的主体自觉，具有诗性审美特征，并为更多人接受，产生人间化倾向。

与此同时，江南僧侣的译经和传播使得江南佛教带上江南诗性文化的烙印。江南佛教的审美特征，学者刘士林将其归纳为"更自然化、更艺术化和更人间化"[①]。简言之，江南佛教的审美特征，主要是崇尚自然，超越功利，走向心境的自由，这是从实在的宗教走向生活的哲学，

---

① 刘士林：《江南佛教文化的界定与阐释》，《学术界》，2010年第7期。

唤醒了个体的审美意识。

因此，北方佛教拉开了与世人的距离，而江南佛教拉近了与世人的距离。知识分子与江南佛教结缘也在情理之中了。这自然也影响到近现代知识分子，如梁启超、章太炎、鲁迅等。

鲁迅早年师从精通佛学的章太炎，受其影响，对佛教表现出浓厚兴趣。在《破恶声论》里，鲁迅极力为佛教辩护："夫佛教崇高，凡有识者所同可，何怨于震旦，而汲汲灭其法。"① 斥责那些借口"破迷信"而"毁伽蓝为专务"的人。这是鲁迅研佛的第一阶段。

辛亥革命后，鲁迅对社会变革的失望，以及对人生苦的慧悟，让他对佛学有了深度认识，开始反省佛教文化，开始借佛学思考人生，此时的佛学观已经企及人生真谛的哲学层次。这是鲁迅研佛的第二阶段，也是他真正和江南佛学精神契合的阶段。

另外，章太炎颇重佛教的哲学思辨性特征，他说："佛法的高处，一方在理论极成，一方在圣智内证，岂但不为宗教起见，也并不为解脱生死起见，不为提倡道法起见，只是发明真如的见解，必要实证真如，发明如来藏的见解，必要实证如来藏。与其称为宗教，不如称为'哲学的实证者'。"② 章太炎的真如本体论、万法唯识宗都带着江南佛学的思辨性特征。鲁迅虽没有深研章氏佛学哲思，却从中获得启迪，应属无疑，这一点或也影响到鲁迅佛学观的提升。

鲁迅的佛学观不同于梁启超、章太炎等第一代"先进的中国人"的佛学观，他们希望从佛教中寻找变革依据，鲁迅则希望借助佛学思想确立现代人的精神信仰，激活国人精神主体，希冀以佛教"振人心"。这种佛学观脱离了一般意义上的佛学研究，而是从佛学中寻找思想启迪的资源。学者哈迎飞指出："佛教般若智慧使鲁迅的怀疑精神更加自觉。"③ 而般若学的出现和魏晋玄学有关。虽然，东汉末年支娄迦谶已

---

① 鲁迅：《集外集拾遗补编·破恶声论》，《鲁迅全集》，第8卷，人民文学出版社，1981年，第29页。
② 转引自麻天祥：《20世纪中国佛学问题》，湖南教育出版社，2001年，第123—124页。
③ 哈迎飞：《"五四"作家与佛教文化》，上海三联书店，2002年，第89页。

经翻译出《道行般若经》,但般若学真正形成却在魏晋玄学兴盛时期,在江南。学者王乾坤也认为:"(鲁迅)感叹'释迦牟尼真是大哲'。可见佛教对鲁迅影响最深者,在其义理系统。"① 前文我们说过,北方佛教重实践和仪式,江南佛教重义理,尤其诸佛之母的般若学更是发达。因此,真正带给鲁迅思想启迪的佛学资源是江南佛学。

二

鲁迅与江南佛学之关联,从思想启迪言,有激活国人精神主体、"藉以研究其人生观"② 两方面的影响。

(一)激活国人精神主体

江南佛学强调激活人的精神主体体验世间苦、体悟佛学教义的作用。以江南禅为例,禅,意译为"思维修"、"静虑"、"弃恶",指专心沉思,以"静坐"、"修行"等方式领悟教义,释放心灵。印度佛教对禅定说法很多,如"四禅"、"念佛禅"、"实相禅"等,而江南禅,摒弃"静坐凝心"的仪式,强调"顿悟",强调发挥人的精神主体。因此,江南佛学更强调激活人的精神主体的功能与作用。下面从"启蒙"、"信仰"、"人格"、"人性自由"四个方面,简论江南佛学对鲁迅激活国人精神主体的启迪作用。

1. 启蒙

江南佛学重视人的精神主体,具有启蒙佛教徒心智的作用。章太炎就颇为重视佛教对人的主体精神的高扬,"这与后来的启蒙者注重启迪国民精神自觉的思路是一致的,鲁迅也由此而获益"。③

改变国人精神,进行思想文化启蒙构成他的首要任务。鲁迅认为:

---

① 王乾坤:《鲁迅的生命哲学》,人民文学出版社,1999年,第78页。
② 许寿裳:《亡友鲁迅印象记》,人民文学出版社,1981年,第44页。
③ 高旭东:《中西文学与哲学宗教:兼评刘小枫以基督教对中国人的归化》,北京大学出版社,2004年,第211页。

"医学并非一件紧要事,凡是愚弱的国民,即使体格如何健全,如何茁壮,也只能做毫无意义的示众的材料和看客,病死多少是不必以为不幸的。所以我们的第一要著,是在改变他们的精神,而善于改变精神的是,我那时以为当然要推文艺,于是想提倡文艺运动了。"① 这激愤之词,显示了他对国人的精神主体的重视。于是,鲁迅从章太炎治佛学,后弃医从文。对此,学者黄健认为,鲁迅"弃医从文",试图以重视国人精神主体作用的方式,改变国人的精神,进行最广泛意义上的思想文化启蒙,这是鲁迅从佛学中体悟的结果。② 从重视人的精神,启蒙民智这个角度讲,江南佛学和文艺有相通之处,鲁迅积极提倡文艺运动,以改变国人的精神,是受到江南佛学重视精神启悟这一特征的启迪。

2. 信仰

关于宗教,鲁迅认为,宗教乃人类超越客观"物质之生活"的"形上之需求",是"向上之民,欲离是有限相对之现世,以趣无限绝对之至上者也"。③ 鲁迅强调了宗教(佛教)在精神信仰方面的作用。佛陀云:"信为道元功德母,增长一切诸善法,除灭一切诸疑惑,示现开发无上道。"(《华严经》)又云:"一切行以信为首,众德根本。"(《梵网经》)此足见佛教强调信仰之功用。

鲁迅看到了国人少"坚信"的劣根性。他指出:"中国人自然有迷信,也有'信',但好像很少'坚信'。我们先前最尊皇帝,但一面想玩弄他,也尊后妃,但一面又有些想吊她的膀子;畏神明,而又烧纸钱作贿赂,佩服豪杰,却不肯为他作牺牲,崇孔的名儒,一面拜佛,信甲的战士,明天信丁"。④ 这深刻揭示了国人多"伪信"的特性,讥讽了摇摆的"伪士"。鲁迅在《破恶声论》中云"伪士当去,迷信可存"⑤,"当"

---

① 鲁迅:《呐喊·自序》,《鲁迅全集》,第1卷,人民文学出版社,1981年,第417页。
② 黄健:《孤独者的呐喊》,安徽大学出版社,2013年,第95页。
③ 鲁迅:《集外集拾遗补编·破恶声论》,《鲁迅全集》,第8卷,人民文学出版社,1981年,第27页。
④ 鲁迅:《且介亭杂文·运命》,《鲁迅全集》,第6卷,人民文学出版社,1981年,第131页。
⑤ 鲁迅:《集外集拾遗补编·破恶声论》,《鲁迅全集》,第8卷,人民文学出版社,1981年,第28页。

字表明了鲁迅决绝的态度。鲁迅把"伪士"和"宗教"放在一起讨论，有他的深意，他把"信"作为宗教和迷信问题的核心来叙述。江南佛学在心物关系上，强调以"心"为本。真正的佛教徒讲究"心声"，讲究"信"，这种发自本心的信仰一旦建立很难动摇。因此，鲁迅指出"人心必有所冯依，非信无以立，宗教之作，不可已矣"，又说"定宗教以强中国人之信奉矣"。① 鲁迅认为，佛教之"迷信"表现出来的信仰执着而痴迷，不可动摇，可以树立国人的信仰，有"振民心"之效。故鲁迅想以佛教之"信"，强化国人信仰的专一。

3. 人格

鲁迅对传统文化的态度，既不像文化守成主义者那样，一成不变地维护，也不像文化激进主义者那样全盘否定。鲁迅对佛教的态度，也是如此。他是理性地吸收，使之成为新人格建构的重要资源。

一方面，鲁迅对佛教中具有慈悲情怀、能舍身求法、有坚韧笃实个性的僧侣大加赞赏。譬如，赞扬佛祖释迦牟尼"投身饲虎"的故事②，称颂唐玄奘为"中国的脊梁"③，抄录《法显传》等，这些无疑显示了他对舍生取义的牺牲精神和坚毅卓绝的人格的大力赞赏。在《野草·过客》中，过客孑然一身，困顿前行，这正是鲁迅自身的写照，也是佛教苦行僧的世俗画像。

另一方面，鲁迅又从"江南禅"中吸取"呵佛骂祖"精神。周作人曾以降魔之佛喻鲁迅："他的文学工作，差不多一直是战斗。自小说以至一切杂文，所以他在这方面表现出来的，全是他的战斗的愤怒相，有如佛教上所显现的降魔的佛像……"④ 这里，他放弃了大乘佛学中"三学"、"六度"修行实践锻造出的忍辱负重、克制等特性，而是多了强烈

---

① 鲁迅：《集外集拾遗补编·破恶声论》，《鲁迅全集》，第8卷，人民文学出版社，1981年，第27页。
② 鲁迅：《三闲集·叶永蓁〈小小十年〉小引》，《鲁迅全集》，第4卷，人民文学出版社，1981年，第146页。
③ 鲁迅：《且介亭杂文·中国人失去了自信力了吗?》，《鲁迅全集》，第6卷，人民文学出版社，1981年，第118页。
④ 周作人：《鲁迅的青年时代·鲁迅的笑》，转引自哈迎飞：《"五四"作家与佛教文化》，上海三联书店，2002年，第119页。

的战斗性。在《华盖集·忽然想到六》一文中,鲁迅如此言:"我们目下的当务之急,是一要生存,二要温饱,三要发展。苟要阻碍这前途者,无论是古是今,是人是鬼,是三坟五典,百宋千元,天球河图,金人玉佛,祖传丸散,秘制膏丹,全都踏到他。"① 无论古今,无论人鬼佛,全都踏倒在地,这是何等气势,此举一扫文人阴柔、纤细之风,颇有"呵佛骂祖"的精神。

4. 人性自由

鲁迅对"魏晋风度"、"魏晋玄学"颇为钟情,而江南佛学因受魏晋玄学影响,佛学多了一份玄学思想,强调"直心而行",崇尚本真,多了一份崇尚人性自由的审美特征。从江南佛学中,鲁迅吸收了张扬个性,崇尚个体精神自由的思想。鲁迅认为"泯于大群,如掩诸色以晦黑"②,主张"发国人之内曜"③,强调发挥人的主体性。正因为有"崇尚个体精神自由"的追求,鲁迅对各种形形色色的"奴役"现象进行了深刻批判,尤其对"奴才"的憎恶和批判,构成鲁迅的一个基本精神情结。

1936 年,行将走完人生历程的鲁迅创作了《女吊》和《我的第一个师父》,这是值得深思的。前者借女吊形象表达了鲁迅的精神寄托和生命感悟,并试图挖掘出民众潜意识深处的反抗意识,后者是保持生命的活力,弘扬个体精神自由的呈现。这两种创作理念都可从江南佛学思想中找到源头。

(二)藉以研究其人生观④

江南佛学在发展过程中建立了以人为本位,并从本体高度反观人生的哲思体系。鲁迅研究佛典正是为了探求人生观,故许寿裳指出:"别

---

① 鲁迅:《华盖集·忽然想到六》,《鲁迅全集》,第 3 卷,人民文学出版社,1981 年,第 45 页。
② 鲁迅:《集外集拾遗补编·破恶声论》,《鲁迅全集》,第 8 卷,人民文学出版社,1981 年,第 26 页。
③ 鲁迅:《集外集拾遗补编·破恶声论》,《鲁迅全集》,第 8 卷,人民文学出版社,1981 年,第 25 页。
④ 许寿裳:《亡友鲁迅印象记》,人民文学出版社,1981 年,第 44 页。

人读佛经,容易趋于消极,而他独不然,始终是积极的。"① 下面从"人生苦·黑暗意识"、"否定精神·性恶思想"、"生死观·大欢喜"、"中道观·中间物"四个方面,简论江南佛学对鲁迅人生观形成的启迪作用。

1. 人生苦·黑暗意识

佛教的理论是建立在悲观主义基础之上的。佛教中,"四谛"是核心,"四谛"也叫"四圣谛",即:苦、集、灭和道。而苦谛是四圣谛中的第一义谛。《杂阿含》四三七经载佛言:"我以一切行无常故,一切诸行变易法故,说诸有所受,悉皆是苦。"众生为无常所累,必受无量诸苦。

辛亥革命后,鲁迅因为对社会变革的失败的深深失望和忧虑,加之遍尝人生之苦,对佛教的"人生苦"理论发生深刻认同。这改变了他早期的浪漫主义精神和个人英雄主义思想。自此以后,鲁迅多了"人间苦"的诸多书写。鲁迅在《写于深夜里》一文中说:"我先前读但丁的《神曲》,到《地狱》篇,就惊异于这作者设想的残酷,但到现在,阅历加多,才知道他还是仁厚的了:他还没有想出一个现在已极平常的惨苦到谁也看不见的地狱来。"②鲁迅一再叹息:"人生多苦辛"③,"人生苦痛的事太多了,尤其是在中国"④。这种认识,触发了他的黑暗意识。

在鲁迅作品中,书写"夜"意象成为常态,它隐喻黑暗的社会现状,呈现出人生的苦闷和绝望。学者钱理群认为,鲁迅早期的黑暗意识是"对外部世界黑暗的一种把握,还是经验形态的东西",但到了20世纪初,他"已经把外在的黑暗转化为内心的黑暗,把经验性的遭遇转化为一种生命体验,一种哲学思考",并认为"研读佛经"使鲁迅"对问题的思考开始进入哲学层面"。⑤江南佛学是一种特殊的智慧哲学,研究佛学的"人生苦"理论,使鲁迅对现实世界有清醒的认识,也为鲁迅

---

① 许寿裳:《亡友鲁迅印象记》,人民文学出版社,1981年,第44页。
② 鲁迅:《且介亭杂文末编·写在深夜里》,《鲁迅全集》,第6卷,人民文学出版社,1981年,第502页。
③ 鲁迅:《坟·写在〈坟〉后面》,《鲁迅全集》,第1卷,人民文学出版社,1981年,第282页。
④ 鲁迅:《华盖集·导师》,《鲁迅全集》,第3卷,人民文学出版社,1981年,第55页。
⑤ 钱理群:《与鲁迅相遇》,生活·读书·新知三联书店,2003年,第107页。

否定精神和性恶思想的形成打下了基础。

2. 否定精神·性恶思想

佛教云人生皆苦，万象皆空，其实质是以肯定"彼岸"来否定和批判"此岸"。无论般若智慧，抑或是涅槃论，都是论证佛教彼岸世界的真实存在以否定俗世社会。江南佛教的否定意识尤为强烈，如天台宗佛典云："三界无安，犹如火宅。"（《法华经》），以"火宅"为喻，彻底否定俗世。近代浙籍高僧太虚称"生存者地狱"（《觉社丛书出版之宣言》），章太炎提出"五无论"（无政府、无聚落、无人类、无众生、无世界），都是佛学否定精神的深度表达。

佛教的否定精神导致了佛学具有"性恶"思想。《维摩经》中，把成就"佛土"的因素叫作"如来种"，并强调指出，一切烦恼以及三毒十恶八邪都是成佛的种子。这种思想影响到江南佛教中的天台宗，引出了天台宗"性具善恶"的著名论断。智顗大师认为"五逆即菩提"、"三毒即是道"、"贪爱、魔怨是佛母"、"地狱界有佛性"、"百界千如是佛境界"。①

无可否认，一度孤诣佛学的鲁迅，其身上呈现的否定精神和性恶思想，与江南佛学的精神内蕴有着一致性。在中国现代文学史上，鲁迅或许是最早倡导"性恶书写"的作家。鲁迅在《摩罗诗力说》一文中曰："即一切人，若去取面具，诚心以思，有纯禀世所谓善性而无恶分者，果几何人？遍观众生，必几无有"②。鲁迅以清醒的态度，显示了自觉的性恶思想。

这种性恶思想的自觉，使得鲁迅在文学创作中出现了诸多"丑恶"意象书写。

一类是书写真丑。譬如，"疾病"意象。鲁迅在小说中经常出现的疾病是"肺结核"，在小说《药》、《明天》、《孤独者》、《在酒楼上》等都有描写，从某种意义上讲，疾病隐喻社会的病态和文化的痼疾，是社

---

① 参见曾其海：《天台佛学》，学林出版社，1999年，第79页。
② 鲁迅：《坟·摩罗诗力说》，《鲁迅全集》，第1卷，人民文学出版社，1981年，第82页。

会恶、文化恶的象征。又譬如,"铁屋子"、"夜"、"人肉筵席"、"活埋庵"、"染缸"、"坟"和"墓地"等意象,揭示出国人生存环境和生存空间的恶劣。

另一类是书写"以丑为美"。譬如,鬼意象。在鲁迅笔下,这些恐怖丑陋的鬼怪却成为美的象征,他们表面是"上抗天帝,下制民众的恶魔",实则是扫除旧中国的"温文、中道、姑息、妥协、阴柔、虚伪"①的英雄。又譬如,"猫头鹰"意象。"猫头鹰"形象、声音都丑恶不堪,在国人的心中代表着丑恶和不吉祥,鲁迅却赞赏有加,认为温和的苦鸣不够力量,只有"恶声"才显反抗之力,他大声疾呼:"只要一叫而人们大抵震悚的怪鸱的真的恶声在那里!?"②

江南佛学的性恶思想,实际上曲折反映了否定俗世,变革现实,实现美好世界的愿望。智顗在《法华玄义》卷五中云:"恶中有善,善成还破恶。"通过宗教实践,实现"善恶相即",恶可成善。因此,江南佛学对现实世界的否定,对彼岸的肯定,是为了摆脱苦恼;是为了净化人性,为了度人。

同样,鲁迅考察中国人的生存境遇和性格心理,对现实之恶、人性之恶不遗余力地揭露和抨击,书写"黑暗"和对"黑暗"的反抗,其目的也正是为了消除"丑恶",并试图建构国人的独立人格,改善国民性。

3. 生死观·大欢喜

在江南佛学义理中,佛教生死观有"流转"和"还灭"之说。一切众生,造业受生死,谓之"流转";行者修道证涅槃,谓之"还灭"。③前者指众生因为无明,生命遭受各种苦痛而无法主宰命运,陷入六道轮回。后者通过修持,证得"涅槃"境界,是对惑、业、苦的解脱,进入"不生不灭"的理想境界。

佛教的生死观以三世轮回为基础,主张精灵不灭,炼神成佛。旧身体的毁灭,精神会在新形体上重生。对江南佛学义理进行"创造性转

---

① 高旭东:《五四文学与中国传统文学》,山东大学出版社,2000年,第92页。
② 鲁迅:《集外集·"音乐"?》,《鲁迅全集》,第7卷,人民文学出版社,1981年,第54页。
③ 陈义孝居士:《佛学常见词汇》,财团法人佛陀教育基金会,2002年,第216、312页。

化",构成鲁迅理性吸收佛学资源的一个重要特点。鲁迅在《野草·题辞》中写道:"过去的生命已经死亡。我对于死亡有大欢喜,因为我知道它曾经存活。死亡的生命已经腐朽。我对于这腐朽有大欢喜,因为我借此知道它还非虚空。"① 对生死的彻悟,使鲁迅视死为"大欢喜",这是对佛学哲思的合理化用。在《死火》中,鲁迅将"死亡"和"复活"奇特地并置在一起,正是追求涅槃的境界。《雪》中把"死掉的雨"书写成生机勃勃的"雪",这是对生命"还灭"的赞赏。因此,从鲁迅的生死观,我们可以观照出其崇尚如同佛陀以死求佛法获大欢喜的精神,以及舍生取义的无畏精神。

4. 中道观·中间物

龙树的《中论》是中道观最早的经典,其经典表述为:"不生亦不灭,不常亦不断,不一亦不异,不来亦不去。能说是因缘,善灭诸戏论。我稽首礼佛,诸说中第一。"(龙树《中论·观因缘品第一》)中道观认为,对于宇宙人生的本质不能偏执于有无一方,对于"实相",以否定去证实真理。这种否定充满了"无分别"的意味。江南禅也是以般若中道来阐说其"明心见性"理论的,《坛经》中的"烦恼是菩提",即体现了中道思想。

佛学中道观与儒家中庸观不一样,中道观是一种认识观,中庸观是一种道德观。儒家"折衷观"虽然是认识观,有"取正"之意,但不否认事物。②

《中论》是鲁迅熟悉的佛典,他自然会从中受到启迪。在鲁迅看来,"生"与"死"并非对立,"有"与"无"并非对立,"希望"与"绝望"并非对立。这种认识论,与佛学中道观的思想是契合的。

在中西文化冲突以及古今文化选择中,鲁迅以"历史中间物"的身份,以双重文化选择的视角去面对,这是他受佛学中道观启迪的结果。譬如,鲁迅看似激烈的反传统意识,其实并没有完全隔断和分离传统,

---

① 鲁迅:《野草·题辞》,《鲁迅全集》,第2卷,人民文学出版社,1981年,第159页。
② 普慧:《〈文心雕龙〉审美范畴的佛教语源》,《文学评论》,2009年第3期。

只是为了创造性地转化传统文化,建构现代新文化。这种否定的方式,其实是"不落二边"的中观方法。诚如王乾坤所言:"他不能离开'有'而论'无',不能离开'中间物'来谈'无所有'。这倒与中道理论不无相通。"① 由此可见,鲁迅"中间物"的态度和佛学中道观有着一定的联系。

三

佛典没有严格意义上的南北区分,但正因为江南佛学具有人间化倾向和重义理、多哲思等特点,使得鲁迅等知识分子走近佛典,并影响了其文学叙事策略。因此,鲁迅与江南佛学之关联,从叙事策略看,有佛学词句与佛学意象、佛学寓言与动物隐喻两方面的借鉴。

(一)佛学词句与佛学意象

从鲁迅的文学创作看,佛学词汇、句型和意象俯拾皆是。

1. 佛学词汇

鲁迅在写作大量的杂文以及散文诗集《野草》时,用了诸多佛学词汇,如大欢喜、大悲悯、罗汉、冰山、虚妄、火宅、大火聚、伽蓝、布施、三界、地狱、曼陀罗花、牛首阿旁、剑树、一刹那、世界、黄金世界等。试举几例:

其一,大欢喜

在《野草》中,鲁迅笔下出现六次"大欢喜"。在《野草·题辞》中,鲁迅宣称对"死亡"有"大欢喜"。"大欢喜"一词是佛典语,如"随宜方便事,无复诸疑惑。心生大欢喜,自知当作佛"(《妙法莲华经·方便品》)。鲁迅用"大欢喜"表达了对"死亡"的肯定,是"死后复生"思想的呈现。在《复仇(二)》中,鲁迅写道:"突然间,碎骨的大痛楚透到心髓了,他即沉酣于大欢喜和大悲悯中。"(鲁迅《野

---

① 王乾坤:《鲁迅的生命哲学》,人民文学出版社,1999年,第83页。

草·复仇（二）》）表达了彻悟生死苦痛的智慧。

其二，火宅

在《死火》中，鲁迅写道："这是死火。有炎炎的形，但毫不摇动，全体冰结，像珊瑚枝；尖段还有凝固的黑烟，疑这才从火宅中出，所以枯焦。"（鲁迅《野草·死火》）"火宅"是佛学词汇，《法华经·譬喻品》云："三界无安，犹如火宅，众苦充满，甚可怖畏，常有生老病死忧患，如是等火，炽燃不息。"可见，"火宅"是人生苦隐喻。鲁迅用"火宅"隐喻"死火"的苦海处境，它逃离苦海，又掉入冰谷，更反衬其后"死火"复燃的勇毅。

其三，曼陀罗花

在《失掉的好地狱》中，鲁迅写道："大火聚有时不过冒些青烟，远处还萌生曼陀罗花，花极细小，惨白可怜。"（鲁迅《野草·失掉的好地狱》）"曼陀罗花"是梵语音译，也译成适意花、悦意花。江南佛教天台宗智顗描述曼陀罗花："天华至妙。名曼陀罗，色妙无比，香气芬馥。常以清旦，衣裓盛华，供养他方十万亿佛。"（智顗《阿弥陀经义记》）可见，"曼陀罗花"是极乐世界吉祥美好的寓意。鲁迅以"曼陀罗花"隐喻困厄中生发出的希望，与地狱的黑暗无望构成美学上的对立。

鲁迅文本中佛学词汇的运用，和其思想呈现是一致的，这也更好说明了佛学对其思想性格形成的影响。

2. 佛学句型

鲁迅对佛学句型十分熟稔，故在他的不少文字中，佛学句型多有呈现。

其一，博喻

佛典多譬喻，所谓"智者以譬喻得解"（《出曜经·无常品》），而且喜用博喻。譬如，《大品般若》第一卷有如此博喻："解了诸法如幻、如焰、如水中月、如虚空、如响、如犍闼婆城、如梦、如影、如镜中像、如化。"① 鲁迅也喜用博喻，如："路人们从四面奔来，密密层层地，如槐蚕爬上墙壁，如马蚁要扛鳌头。"（鲁迅《野草·复仇》）"朔方的雪花在纷飞之后，却永远如粉，如沙……"（鲁迅《野草·雪》）"曼陀罗花立即焦枯了。油一样沸；刀一样铦；鬼众一样呻吟……"（鲁迅《野草·失掉的好地狱》）"现在的光天化日，熙来攘往，就是这黑暗的装饰，是人肉酱缸上的金盖，是鬼脸上的雪花膏。"（鲁迅《夜颂》）

譬喻的作用，佛典云："以五情所见，以喻意识，令其得悟。譬如登楼，得梯则易上耳。"（《大智度论》卷三五《释习相应品》第三）故鲁迅用博喻既形象可感，令人顿悟，又强化了语义和气势。

其二，正反义对立句型

佛学为了破除边见，显示中道立场，佛典往往采用正反义对立的句型。譬如，"常是一边，断灭是一边，离是二边行中道，是为般若波罗蜜。又复常、无常、苦、乐、空、实、我、无我等亦如是。色法是一边，无色法是一边，可见法、不可见法、有对、无对、有为、无为、有漏、无漏、世间、出世间等诸二法亦如是。"（《大智度论》卷四三）

鲁迅文字中，多正反义对立句型。如："当我沉默着的时候，我觉得充实，我将开口，同时感到空虚。""我以这一丛野草，在明与暗，生与死，过去与未来之际献于友与仇，人与兽，爱者与不爱者之前作证。"（鲁迅《野草·题辞》）"绝望之为虚妄，正与绝望相同。"（鲁迅《野草·希望》）"然而我终于彷徨于明暗之间，我不知道是黄昏还是黎明。"（鲁迅《野草·影的告别》）

鲁迅用正反义对立句型，准确呈现了其处在两种文化、两种社会的边缘而具有的矛盾心理以及历史"中间物"的独特意识。

其三，否定句型

佛典多否定句型。譬如："不生亦不灭，不常亦不断，不一亦不异，不来亦不去。能说是因缘，善灭诸戏论。我稽首礼佛，诸说中第一。"（龙树《中论·观因缘品第一》）"是诸法空相，不生不灭，不垢不净，

---

① 引自孙昌武：《佛教与中国文学》，上海人民出版社，1988年，第242页。

不增不减。"(《般若波罗蜜多心经》)"须菩提言：般若波罗蜜于色，不作大，不作小，不作合，不作散。"(《小品般若波罗蜜经》)

爱读佛典的鲁迅，吸收了这种语法，在诸多作品中，用了否定句型。如："有我所不乐意的在天堂里，我不愿意去；有我所不乐意的在地狱里，我不愿意去；有我所不乐意的在你们将来的黄金世界里，我不愿意去。"(鲁迅《野草·影的告别》)"然而我的心很平安：没有爱憎，没有哀乐，也没有颜色和声音。"(鲁迅《野草·希望》)"就没一处没有名目，没一处没有地主，没一处没有驱逐和牢笼，没一处没有皮面的笑容，没一处没有框外的眼泪。我憎恶他们，我不回转去！"(鲁迅《野草·过客》) 从以上所举例子，可以看出鲁迅用否定句型更好凸显了其否定意识。

其四，多偈语式警句

江南禅宗重妙悟，故言说教理重机锋，往往语义隐晦扑朔，充满哲思。譬如，"菩提本无树，明镜亦非台。本来无一物，何处染尘埃。"(慧能《坛经》) 这也影响到鲁迅的文字写作。学者郜元宝称鲁迅在《野草·题辞》中的"当我沉默着的时候，我觉得充实，我将开口，同时感到空虚"为"偈语式的警句"①。类似的警句，如："绝望之为虚妄，正与绝望相同。"(鲁迅《野草·希望》)"地上本没有路，走的人多了，也就成了路。"(鲁迅《呐喊·故乡》) 之所以采用偈语式的警句，一方面更好表达其精神意旨，另一方面呈现特别的叙述情致。

3. 佛学意象

鲁迅笔下的佛学意象书写并不少见，如坟、地狱、月、梦、蛇等。本文略举两例。

其一，地狱

"地狱"，是梵文那洛迦 Naraka、泥犁 Niraya 的意译，是佛教六道中的恶道之一，最为困苦，一般有八大地狱之称。

"地狱"这一意象，在鲁迅文字中出现也颇为频繁。如《写在深夜

---

① 郜元宝：《鲁迅六讲》，北京大学出版社，2007年，第201页。

里》、《失掉的好地狱》、《〈野草〉英文译本序》等都写了"地狱"意象。鲁迅借用"地狱"意象,书写人生苦,批判社会世相,拷问生命。

其二,蛇

在佛典中,"蛇"也是一个经常出现的喻象,如《佛遗教经》中有"四大如毒蛇","心之可畏,甚于毒蛇","烦恼毒蛇睡在汝心,譬如黑蛇在汝室睡,当以持戒之钩早并除之"①的说法。

鲁迅也钟情"毒蛇"意象的书写:"这寂寞……如大毒蛇缠住了我的灵魂"(《呐喊·自序》);"只有纠缠如毒蛇,执着如怨鬼,二六时中,没有已时者有望"(《华盖集·杂感》);"有时,仿佛看见那生路就像一条灰白的白蛇,自己蜿蜒地向我奔来"(《彷徨·伤逝》);"有一游魂化为长蛇,口有毒牙,不以啮人,自啮其身"(《野草·墓碣文》)等。哈迎飞认为"鲁迅以毒蛇自喻,暗示自我灵魂中的毒气和鬼气,是必须克服与超越的东西,与佛经中的'毒蛇'寓意相通"。②对于毒蛇意象,学者孙玉石也认为:"这个因自啮而'殒颠'的'游魂',也就是鲁迅的'第二自我'的化身。"③因此,化为"长蛇"的"游魂"是鲁迅的自我写照。"不以啮人,自啮其身",这条欲吃自己欲知其味的蛇,正是鲁迅灵魂领域深刻的反省。丑陋凶猛的毒蛇,既是"毒气和鬼气"的隐喻,也是鲁迅敢于解剖自己,做事勇敢执着的呈现。

化用佛教意象,浸透着鲁迅丰富的情感,它更形象地表达了鲁迅的人生观和世界观。

(二)佛学寓言与动物隐喻

佛典多寓言故事。譬如,《旧杂譬喻》中"鹦鹉救火"的故事,颇似我国先秦寓言"精卫填海",只是"精卫填海"寓意恒心和勇毅,"鹦鹉救火"寓意慈善。又如,《杂譬喻经》中"鸟师网鸟"的故事,寓意世人无法脱离尘世苦海是因为在修持方面不能持之以恒。再如,《百喻

---

① 楼宇烈:《中国佛教思想资料选编》,第4卷第1册,中华书局,1992年,第24—25页。
② 哈迎飞:《论〈野草〉的佛家色彩》,《文学评论》,1999年第2期。
③ 孙玉石:《现实的与哲学的》,上海书店出版社,2001年,第192页。

经》中"伎儿作乐喻"寓意美妙的乐声不能久住,是空的,唯佛法才是"恒常"。

鲁迅颇喜此类构思巧妙的寓言,1914年7月,为贺母寿,鲁迅特请金陵刻经处印《百喻经》一百部。1929年4月5日,鲁迅从日本订购《佛说百喻经》两本。除此以外,鲁迅还有《百喻法句经》、《阿育王譬喻经》、《旧杂譬喻经》二卷、《众经撰杂譬喻经》二卷等。鲁迅喜爱并收藏《譬喻经》的目的,是因为"天竺寓言之富,如大林深泉,他国艺文,往往蒙其影响"(鲁迅《痴华鬘·题记》),这是对"他国艺文"的评价,其实也是对他自己"艺文"的评价。鲁迅从《百喻经》中获益不少。鲁迅的小品文《狗的驳诘》、《螃蟹》等就有佛典寓言的影子。此外,鲁迅的小说中颇含寓言精神,尤其《故事新编》中的诸多篇什。

鲁迅熟悉《贤愚经》,据其日记记载,曾经购买《贤愚因缘经》一部四册(后送周作人)。有学者考证,鲁迅《祝福》和《贤愚经》里的微妙比丘尼的故事结构上颇多相似,[①] 可见,佛典故事对其文学创作的影响。

佛典也重视隐喻。《大般涅槃经·狮子吼菩萨品》云:"隐喻不必尽取,或取少分,或取多分。"这已然进行了隐喻技法的探讨。佛典中颇多动物隐喻,譬如,佛典云:"如淫欲盛,故生于鸽雀鸳鸯之中。嗔恚盛,故生于蝮蝮蛇蝎中。"(《法苑珠林》卷九七《送终篇》)"鸽雀鸳鸯"隐喻"欲望","蝮蝮蛇蝎"隐喻"嗔恚"。鲁迅也把这种动物隐喻用到了他的文字之中:

其一,隐喻"精神界战士"的狼、猫头鹰、蛇、牛等。譬如,"狼"隐喻充满野性和反抗性的斗士:

> 我快步走着,仿佛要从一种沉重的东西中冲出,但是不能够。耳朵中有什么挣扎着,久之,久之,终于挣扎出来了,隐约像是长嗥,像一匹受伤的狼,当深夜在旷野中嗥叫,惨伤里夹杂着愤怒和

---

① 甘智钢:《〈祝福〉故事源考》,《鲁迅研究月刊》,2002年第12期。

悲哀。(《彷徨·孤独者》)

这是"反抗"、"力之美"的审美表达，是鲁迅对国民性过于孱弱的深刻批判。

其二，隐喻"奴性精神"的狗、猫、羊等。譬如，狗和猫，隐喻国民性中的奴性。在《狗·猫·鼠》一文中，鲁迅对狗和猫的媚态进行了深刻批判。

综上所述，鲁迅深得江南佛教文化之真谛，对江南佛学扬弃式的吸收，对江南佛学哲思的借鉴，深化了鲁迅的思想性格和精神结构，使之达到了相当的高度。而鲁迅在叙事策略上对佛典的借鉴，则使其文学叙事呈现了陌生化和多重张力的审美特征。

(原载《杭州师范大学学报》社会科学版2018年第1期)

施蛰存小说中的江南佛学意蕴

汤用彤言:"自晋以后,南北佛学风格,确有殊异。"① 佛教传入江南时,受到江南地域文化的影响,呈现出重义理,多诗性精神,强调人性自觉的特征。施蛰存出生于江南佛教氛围浓厚的杭州,故江南佛教的影响作为一种集体无意识的传承,对他产生潜移默化的影响。同时,施蛰存生活于社会动荡不安的时代,彼时传统意义建构的价值体系和终极信仰发生失落,于是乎,走近注重心灵自由的江南佛教,成为慰藉其精神世界的一剂良药。

在《我的日记》一文中,施蛰存提到他1922年秋初到之江大学时,独行到月轮寺,听僧众喋经之事,为此作一首七绝诗,写一篇小品文②。在《禅学》一文中,施蛰存提及曾经研读《景德传灯录》,可见他也爱读佛典。并且,施蛰存曾用"无相庵"作为书斋名,寓意取自佛经"无人相亦无我相"。凡此种种,足见他对佛教的偏好。正是因为受江南佛学的影响,施蛰存的小说创作呈现出独特的佛学意蕴。

一、女性欲望的书写

"欲望书写"是施蛰存小说创作中一个极为重要的内容,如《石秀》、《将军的头》、《鸠摩罗什》、《黄心大师》、《娟子》、《春阳》、《周夫人》、《梅雨之夕》、《花梦》、《夜叉》、《在巴黎大戏院》、《四喜子的生意》等。其中,以女性为书写对象的,更为突出。

毋庸讳言,施蛰存的文学创作深受弗洛伊德、施尼茨勒等人影响,但施蛰存的创作倾向不仅仅是对西方资源的借鉴,也是植根于中国土壤的结果。施蛰存曾言:"如果在创作中单纯追求某些外来的形式,这是

---

① 汤用彤:《隋唐佛教史稿》,中华书局,1982年,第1页。
② 施蛰存:《施蛰存全集》,第2卷第1辑,华东师范大学出版社,2011年,第242页。

没有出息的,要使作品有持久的生命力,需要的是认真吸收这种'进口货'中的精华,受其影响,又摆脱影响,随后才能植根于中国土壤中,创作出既创新又有民族特色的作品。"① 这一点,我们可以从施蛰存许多小说中感受到。如此,重视民族特色且亲近佛学的施蛰存不可能忽略江南佛教的存在。事实上,江南佛教相对开放的女性观与施蛰存的女性欲望书写的内蕴多有暗合。

应该说,禁欲是宗教的共同点。佛教在这方面的戒律十分严苛,一切与欲望相关的活动被禁止。在佛教看来,淫欲是一切罪恶之本。也正是因为如此,佛教贬抑女性,视女性为"革囊盛血"。但事实上,一切事物都不是绝对的。佛教,尤其江南佛教对女性,对人欲的态度都较早期佛教有较大的改变。这种转变,有三个层面的原因:一是大乘佛教倡导的"一切众生皆有佛性"思想的影响。竺道生在江南首倡"一切众生,皆有佛性"。这使得佛教对女性的态度有所改变。二是天竺文化崇尚生殖崇拜。这在天竺的文学、绘画、雕塑等作品中可以得到印证。这种文化自然影响到佛教文化。天竺佛教并没有绝对禁止一切佛教徒的性生活,在菩萨戒里也规定,妻子不妨碍居家菩萨行梵行。② 三是江南地域文化的影响。东汉,天竺佛教传至中原,中原儒学盛行,佛教大胆的性欲观必然遮遮掩掩,但到了两晋南北朝时期,江南佛教勃兴之际,儒家经学日趋衰微,佛教经典翻译渐渐忠于原文,江南佛教女性观就开放多了。密乘佛教出现了体现大乘佛教"即淫欲而妙道"的彻底空观思想的修行方法——双运道。"密乘的无上瑜伽中,性欲不仅不再是修行的障碍,作为与生俱来的原始生命能量,反成为达到无上菩提的必需条件。"③ 受此影响,"两晋南北朝隋唐时期呈现出开放的妇女观"④,这种开放的女性观又影响到文学中的女性形象塑造,古典文学中一度出现大量的欲望书写。

---

① 施蛰存:《施蛰存全集》,第2卷第1辑,华东师范大学出版社,2011年,第678页。
② 普慧:《中古佛教文学研究》,世界图书出版西安有限公司,2014年,第185页。
③ 尹立:《精神分析与佛学的比较研究》,巴蜀书社,2003年,第61页。
④ 普慧:《从佛典文学看佛教的女性观》,《陕西师范大学学报》,2009年第1期。

当然，施蛰存的女性欲望书写不同于古典文学中的欲望书写。施氏的女性欲望书写是建立在"五四"以降"贞操问题讨论"基础上的，是对"表彰节烈"旧道德的批判，是弘扬个人主体性的重要手段。佛教从早期非常严苛的禁欲主义，到江南佛教相对开放的女性观，无疑是一个大的改变，这是施蛰存所看重的，是他塑造黄心大师这一形象的逻辑基础，否则没有可信度。

小说《周夫人》中，年轻寡妇周夫人与少年时期的"我"发生了一段暧昧之情。作品先写出了长期承受爱欲压抑的周夫人的精神苦闷——以"掷状元骰"打发时光。终于，不耐寂寞的周夫人移情至"我"的身上，"她将一双手捧住了我的两个肩膀，她的脸对着我的脸，只隔了二三寸的空隙。她依旧是那样地痴望着我。我欲待摆脱了她，但是她的两手已在逐渐地搂紧我了……我看到她脸上全部升满了红晕，娇嫣得如搽匀了胭脂一般，猛不防她用两臂将我全个身子都搂在她怀里；她抱住了我退坐到床上，她让我立着将上半身倾在她胸前……"① 周夫人炽热的欲望一览无遗。周夫人何以如此？只是因为亡夫和少年很像。欲望如弹簧，压得越紧蹦得越高，足见周夫人爱欲压抑的长久。但周夫人没有展开乱伦之恋，最后周夫人克制了欲望，以远走他乡而告终。《春阳》中，遭受冥婚之痛，守寡多年的婵阿姨从家乡去城市，在春天阳光的照耀下，内心滋生出丝丝欲望。这里，施氏特别强调了"春阳"这个意象，为欲望的复苏和蓬勃发展提供了某种暧昧性。一位年轻的银行职员，一位长着文雅的手的中年男子，都让她产生遐想，点燃了长期压抑的欲望。让一个守节多年的良家妇女产生欲望联想，是施氏为女性伸张人性自由的呈现。但是，后来银行男职员一声"太太"，又让婵阿姨回到了现实，欲望之梦如同美丽的肥皂泡一般破灭。

弗洛伊德把人格分成"本我"、"自我"、"超我"三个结构，同样，佛教在主张"无我"的基础上也把人格分成"假我"与"真我"两个结构。佛教的"我"是梵语阿特曼的意译，原意为呼吸、气息，引申为生

---

① 施蛰存：《施蛰存全集》，第 2 卷第 1 辑，华东师范大学出版社，2011 年，第 17 页。

命、自己、身体、自我、本质等含义。梁启超指出："佛则以为一切有情之生命皆由五蕴合成。五蕴复分为二：一、物质方面，即色蕴，亦名为'色'；二、精神方面，即受、想、行、识四蕴，统名为'名'。生命不过物质、精神两要素在一期间内因缘和合，俗人因唤之为'我'。"①这是对佛学"我"的阐述。梁启超进一步指出："一般人所指为人格、为自我者，不过是我们错觉所构成，并没有本体。佛教名之为补特伽罗Pudgala译言'假我'，不是真我。"② 故"假我"又称"俗我"、"假名我"、"随世流布我"、"小我"。佛学之"假我"，相当于弗洛伊德心理学的"本我"、"自我"。在佛学中，经验自我都是虚妄的，是无明的。佛教中的"真我"则是破除"我执"，是达到自由自在无碍境界的真正的我，相当于弗洛伊德心理学的"超我"。佛教的"假我"，是我执，体现的是俗世烦恼，在施蛰存笔下呈现的是人性的真实。周夫人、婵阿姨在自然人性流露之际，又回到了"自我压抑"模式，回到了佛教所谓的"真我"，掩盖了原始欲望，恰恰说明传统礼教影响的强大。

　　如果说，施蛰存书写俗世社会中的女性欲望，与江南佛教女性观关联还不够紧密，那么，施蛰存对黄心大师的欲望书写，不能不说与江南佛教相对开放的女性观关系密切。

　　小说《黄心大师》中，黄心大师经历了两次婚姻的失败，经历了勾栏生活，后皈依佛门，做了妙住庵的住持。此庵香火日盛，成"江东一大丛林"，却少一口幽冥大钟。于是，黄心大师发愿要铸一口48000斤的精铜大钟。但历经八次铸钟，都以失败告终。当她发现自己等候的施主居然是自己出家前的丈夫时，梦破灭了，内心颇羞恼，此揭示了她隐秘的性心理动机。黄心大师也明白了此前铸钟失败的缘由——尘缘未断。于是，她宣赞着佛号，绕着铜炉三匝，跳入沸滚的火炉之中了却了肉身，进行了自我救赎。黄心大师是典型的从"伎女"到"佛陀"的案例。大乘佛教传至江南，有人间化倾向，对女性的态度也较小乘佛教灵

---

① 梁启超：《佛学研究十八篇》，上海古籍出版社，2009年，第68页。
② 梁启超：《佛学研究十八篇》，上海古籍出版社，2009年，第69页。

活,更注重佛法的感召力。佛典云:"道从一切爱欲中求。"(《须真天子经》卷4《道类品》)爱欲中可以修证佛道,所谓"法身遍在"。总之,"一向被看作是祸源的女人,不管有多么淫荡、多少罪孽,通过忏悔,依然也可以得道。"① 可见,施蛰存塑造的黄心大师形象,符合佛教意。从早年风流多情且性情乖僻的"瑙儿"到晚年以普度众生为己任的黄心大师,黄心大师完成了"道从一切爱欲中求"的自我救赎。如果没有江南佛教开放的女性观,施蛰存笔下抑或不会有如此惊人的"黄心大师"。

二、僧尼的世俗化改写

受江南佛教文化的影响,施蛰存钟情佛教题材。施蛰存的诗文中常常引入"寺庙"概念。如他在《浮生杂咏》之六写到"归来却入寒山寺,诵得枫桥夜泊诗";在《浮生杂咏》之二十写到"不忘城东马耆寺,几人觅句此盘桓"。两首诗中都引入"寺庙"概念。在《五台山赞佛记》、《相国寺摄景后甲》、《相国寺摄景后乙》等文中,施蛰存都写到了"寺庙"。之所以喜欢寺庙,施蛰存在《相国寺摄景后乙》一文中,详细地分析了个中原因,即寺庙有"音色香"。"音"指钟声和梵呗声,"色"指寺院金碧辉煌的建造,"香"指礼佛的檀香。另外,施蛰存也在散文中谈及佛禅,如《艺术与宗教》、《禅学》等文章。

但真正在文学界产生影响的是《鸠摩罗什》、《黄心大师》、《塔的灵应》、《宏智法师的出家》等佛教题材小说。这些小说最大的特点,就是解构佛教的神秘性。宏智法师、鸠摩罗什、黄心大师是施蛰存从人性的角度,颠覆传统的僧尼形象,重新塑造的新僧尼形象。通过心理描写,施蛰存深刻呈现僧尼被遮蔽的情感和欲望,实现其世俗人性的还原。

北方佛教多神秘性特征,宗教感强,而江南佛教有世俗化特征,强调人性自觉。因此,北方籍的中国现代作家塑造僧尼形象很难出现世俗化僧尼形象。如老舍笔下的宗月大师、明月和尚等形象,都是恪守戒

---

① 普慧:《从佛典文学看佛教的女性观》,《陕西师范大学学报》,第1期。

律，佛心普照的僧人形象。而江南籍的中国现代作家笔下出现世俗化僧尼形象就不足为奇了。如鲁迅在散文《我的第一个师父》中，赋予了僧侣丰厚的人性，以戏谑的笔法刻画了世俗化的长庆寺住持龙师父。周作人在散文《山中杂信》中，以平实的笔法描写僧侣的世俗生存境况。

江南佛教呈现世俗性特征，现实生活中的僧尼就可能是世俗化的。当代江南作家汪曾祺在提及他见过的江南僧人时，曾言："他们都真是不拘礼法。"① 于是，汪氏的小说《受戒》中出现了世俗化的僧尼形象。施蛰存又何尝不是如此呢？他甚至走得更远，连北方的高僧鸠摩罗什都被他进行了重新改写。

因此，虽然不能说施蛰存在佛教题材小说中将宗教人物拉回世俗社会，深入挖掘宗教人物的世俗人性，完全是受江南佛教影响之故，但至少可以认为，施蛰存的创作思路与江南佛教的世俗性特征相契合。

在《宏智法师的出家》中，宏智法师作为一位"有道行的和尚"，按理应该看破红尘，但实际上却难以剪断与俗世的联系。他每天日夜读做功课，至夜晚则无论风风雨雨必把点了火的灯挂在街路中间。世人都以为这是宏智法师发愿要普照众生的表示。然而，施蛰存却告诉读者，宏智法师此举只是因为难以忘却妻子，是为前妻照路，是在向前妻赎罪，这份真情实感，呈现了宏智法师的真实人性。

鸠摩罗什是历史上著名的高僧。史书记载，苻坚遣骁骑将军吕光等率兵七万，破龟兹，获鸠摩罗什。吕光见他年少，"以凡人戏之，强妻以龟兹王女，罗什距而不受，辞甚苦至……乃饮以醇酒，同闭密室。罗什被逼，遂妻之"。后来，后秦皇帝姚兴迎鸠摩罗什到长安。姚兴曾经对鸠摩罗什说："大师聪明超悟，天下莫二，何可使法种少嗣。"遂以伎女十人，逼令受之。（《晋书·鸠摩罗什》）一个是戏弄，一个是"好意"，结果一样，让鸠摩罗什破身。精研佛典妙谛者，居然可和纵欲巧妙地联系起来，且既可沉溺声色，又可保存功德之名。在天竺佛教，鸠摩罗什的行为或不属异类，但在儒家一统的中原地区，这是不被认可

---

① 汪曾祺：《三圣庵》，《汪曾祺全集》，第6卷，北京师范大学出版社，1998年，第444页。

的，故史家极尽伪饰之能事，把鸠摩罗什的纵欲说得不可谓不冠冕堂皇。

江南佛教中，儒家影响力衰弱，鸠摩罗什的行为不算离谱。在小说《鸠摩罗什》中，施蛰存彻底撕开了史家给鸠摩罗什的伪饰，作品书写了鸠摩罗什由"神"到"人"的世俗化过程。其实，史书的记载也一不小心暴露了鸠摩罗什的"自我"："尝讲经于草堂寺，兴及朝臣、大德沙门千余人肃容观听，罗什忽下高座，谓兴曰：'有二小儿登吾肩，欲鄣须女人。'兴乃召宫女进之，一交而生二子焉。"（《晋书·鸠摩罗什》）可见，破过一次身的鸠摩罗什在欲望面前也成了凡夫俗子。施蛰存在小说中揭示了鸠摩罗什三次破身的心理真实，呈现了他灵与肉相互缠斗的痛苦煎熬。小说还特别强调了鸠摩罗什与妻子龟兹王女的感情，这是书写鸠摩罗什内心充满压抑感的基础。欲望是人性的本能，扼杀它是反人性的。鸠摩罗什破身后，小说中设置了这么一个细节："他觉得异常蒸热。他在一个石鼓上坐下，脱去了袈裟，觉得胸前轻快了许多。他深深地呼了一口气，晴和的春夜的树林中散发着新鲜的草叶的气息，从鼻子里沁透进心底，给与他一种新生的活力。"[①]"袈裟"是佛教之象征，脱去"袈裟"，意味着离开神性，走向人性。而此时的鸠摩罗什觉得"轻快了许多"，充满了"一种新生的活力"，这样的叙述暗示了施蛰存的创作主旨。小说结尾，鸠摩罗什受到僧侣质疑，以吞针证明修行，却在吞最后一根针的时候因想起妻子而针刺舌头。奇怪的是，若干年后他圆寂火葬时，舌头没有焦朽，替代了舍利子。这吻过女性的舌头没有腐朽，或许是人性永存的隐喻？总之，施蛰存对鸠摩罗什欲望的肯定，是对人性的颂扬，是现代意识的体现。

在《黄心大师》中，施蛰存大肆书写黄心大师成为大师前入勾栏的生活，又写其成为大师后，仍然不灭涌动的爱恋欲望，这是人性之光的闪现。施蛰存在《关于〈黄心大师〉》一文中说："黄心大师在传说者的嘴里是神性的，在我笔下是人性的。在传说者嘴里是明白一切因缘

---

① 施蛰存：《施蛰存全集》，第1卷，华东师范大学出版社，2011年，第76页。

的,在我的笔下是感到了恋爱的幻灭的苦闷者。"① 对前夫季茶商的不满,小说有多处暗示。其一,季茶商远戍,瑙儿并不如人意料地号啕大哭,而是轻声说:"不要愁,都是数。"其二,瑙儿成恼娘,后又成了官伎。季茶商前去赎回,却遭恼娘拒绝。其三,踏入勾栏之后,恼娘反而精神抖擞,歌舞成为其整个生命。其四,看到捐精铜大钟的施主是季茶商的时候,内心颇为羞恼。这几处细笔,绝非闲笔,是施蛰存表现黄心大师潜意识中心仪的那份爱欲,是丰厚人性的妙笔。而勾栏生活的放纵,是其内心极度失落和宣泄苦闷的表现。《黄心大师》的结尾,黄心大师"跳入火炉了却肉身"的情节,表面上看似乎有些突兀,其实,因有了前面多处苦心撰写的伏笔,已显得十分自然。笔者认为,有两层意味:其一,季茶商的出现,再次触动她恋爱幻灭与苦闷的情结,不如一了百了。其二,作为大师,佛教"自我"与"真我"发生冲突,黄心大师以"了却肉身"实现自我救赎。

施蛰存通过描写神性与人性的冲突,揭示僧尼潜意识下的欲望本能,将僧尼从圣洁的神坛拉了下来,实现僧尼由佛性到人性的转变。这既与"五四"以来"人"的发现相关联,更与江南佛教的世俗化特征相契合。

三、唯识学与心理描写

在叙事策略上,施蛰存的小说创作运用了许多心理分析手法,深入探究人物心理。笔者并不否认施氏的心理分析小说受到施尼茨勒的心理分析小说以及弗洛伊德、荣格精神分析心理学的影响,但置之彼时佛学复兴且施氏走近佛学之背景,以及精神分析与佛教的唯识学论颇多契合之因,笔者以为,佛教唯识学对施蛰存在文学创作中偏嗜心理分析也有一定的影响。

---

① 施蛰存:《关于〈黄心大师〉》,陈子善、徐如麒编:《施蛰存七十年文选》,上海文艺出版社,1996年,第357页。

佛典云:"心为法本,心尊心使。"(《法句经·双要品》)此偈谓心乃产生一切之根本。又云:"心有大力世界生,自在能为变化主。"此偈喻心为万物之母,是创造万物的主宰。由此可见,佛学将心视作总摄一切佛法的要门,非常重视心灵意识层的作用。国学大师熊十力言:"佛家哲学,以今哲学上术语言之,不妨说为心理主义。"[1] 学者陈冰更认为:"早在科学心理学诞生两千年以前,佛家心理学便详尽描述了直到现代精神分析派心理学方才关注的深层心灵世界,研究了现代人本主义心理学、超个人心理学着力论述的超自我实现、超个人问题,探讨了现代心理学不久前才列入议题的禅定、气功、瑜伽、神通异能等超心理现象,至于佛教心理学所重点探究的心性问题,则尚未引起现代心理学的普遍重视,可以说,佛教心理学是一门古老的现代心理学乃至'超现实心理学'。"[2]

诚然,佛教唯识学和弗洛伊德、荣格的精神分析学有诸多相似处。弗洛伊德认为人的心理结构由无意识、前意识和意识三个层次构成,荣格认为人的心理结构是由集体无意识、个人无意识和意识三个层次构成。"而佛教唯识论则认为人的心理结构是由第八识阿赖耶识、第七识末那识和第六识意识这三个层次构成的。"[3] 在唯识学论三个结构中,以第八识阿赖耶识说为核心理论。阿赖耶,梵语音译,译作无没识、藏识、本识等。《成唯识论》云:"此能执持诸法种子令不失故,名一切种。离此余法能遍执持诸法种子不可得故。此即显示初能变识所有因相。"(《大正藏》第三十一册)阿赖耶识说认为心识把对客观世界的认识如种子般储存,并进行抽象思维,使其转化成"异熟果"(思维结果),佛教称这一思维原始动力为种子。故阿赖耶识说也称种子识。佛教唯识论强调心识,心是精神的主体,因此,它和精神分析学一样,重视人类的深层意识。阿赖耶识的"种子"和集体无意识的"原型"同属于深层无意识结构。精神分析学十分重视无意识的作用,荣格将无意识

---

[1] 熊十力:《佛家名相通释》,上海书店出版社,2007年,第12页。
[2] 陈冰:《佛教心理学》(上),陕西师范大学出版总社,2015年,第7页。
[3] 李兴武、丁丙麟:《佛学唯识论与精神分析学》,《长白论丛》,1997年第4期。

分成个人无意识和集体无意识，集体无意识中的原型和本能决定人类行为和认知。荣格认为，原型主要通过遗传获得人类祖先的经验。而唯识学的"种子"来源于个体经验，但也承认父母"增上缘"在生命产生时对个体生命的影响。唯识学第八识中的"业种子"类似于精神分析学中的原型和本能。此外，唯识学既承认众生的"凡夫性"，也承认三界九地、六道四生的差异性。简言之，精神分析学与唯识学虽有差异，然其诸多内容均可在佛教唯识学中找到对应点。

施蛰存在《梅雨之夕》、《将军的头》、《石秀》、《春阳》、《鸠摩罗什》、《黄心大师》、《娟子》等作品都运用了心理分析手段，挖掘人物的深层心理。譬如，《黄心大师》中，施蛰存对黄心大师对爱的祈求的复杂心理，描写可谓细致至极。小说中有一个细节，描写一个年少风流的词人，作了一首《浣溪沙》，句曰："明月哪堪容易缺，好花争奈不禁秋，恼娘心事古今愁。"① 恼娘破颜微笑，以至于对他殷勤起来。对知音的认同，无疑暴露了她无意识层面的欲望。而后，她又立马恢复原状，则充分说明了"假我"与"真我"之间的冲突。

弗洛伊德强调的"性本能"，唯识学论也没有否定。佛教说：欲界胎生众生在入胎时，都是见男女正在行欲，贪爱女性者，则入胎为男；贪爱男性者，则入胎为女。② 此说与弗洛伊德的"俄狄浦斯"情结几乎相通。因此，唯识学认为，男女定位，在阿赖耶识中已然形成固有心理。正因为如此，在《鸠摩罗什》中，施蛰存大胆揭开了高僧鸠摩罗什内心性爱和道义冲突的面纱。在《将军的头》和《石秀》中，施蛰存充分揭示了花惊定和石秀的深层心理，解构了英雄人物。

退一步言，精神分析学对施蛰存创作影响深刻，但佛教唯识学作为传统文化资源，也会影响他的思考。施蛰存塑造的鸠摩罗什、黄心大师、石秀诸人形象，超越历史，似真似幻，呈现人性深层意识，和佛教"心性本体"的理论是完全契合的。而且，唯识学重视心灵深层结构的

---

① 施蛰存：《施蛰存全集》，第1卷，华东师范大学出版社，2011年，第381页。
② 林国良、管文仙：《荣格心理学与佛教唯识学思想之异同》，《上海大学学报》，2008年第3期。

哲思特征反过来会促使施蛰存更容易接受精神分析学。

四、"圆形结构"和怪诞情节的设置

在叙事结构上，施蛰存的小说也受到佛教的一定影响。

佛教以圆为美。佛教多喜"圆"的概念，诸如"圆轮"、"圆月"、"圆镜"、"圆塔"、"圆坛"、"圆光"、"圆音"、"圆心"、"圆法"、"圆修"、"圆通"等。甚至，佛学般若智被称为"圆镜智"，佛教涅槃被称为"圆寂"，可见佛教对"圆"的偏爱。佛典云："一粒细尘毛等皆有佛身，圆满普遍。"(《华严经旨归》)"圆"在佛教思想中，构成完美的象征。受此影响，中国古代文学理论就倡导"圆通"之说，如刘勰言："故其义贵圆通，辞忌枝碎；必使心与理合，弥缝莫见其隙；辞共心密，敌人不知所乘；斯其要也。"(刘勰《文心雕龙·论说》) 又言"然后舒华布实，献替节文，绳墨以外，美材既斫，故能首尾圆合，条贯统序。"(刘勰《文心雕龙·熔裁》)

在佛学"圆通"思想的影响下，"首尾圆合"构成中国传统叙事的一种常用结构。施蛰存在不少小说中运用了这种结构方式。

其一，以时间为轴的圆型叙事。《周夫人》开首写"我"搬家慈溪十多年了，从不知世事的小学生陶熔成饱经风霜的中年人，然后忆起了周夫人。小说中间叙述了周夫人和"我"的旧事，然后，小说结尾又回到眼前，叹息与周夫人十多年未曾见面了，往事却历历在目。《扇》开首写"我"开了久闭的橱抽屉，拿出了尘封许久的"团扇"。小说中间叙述了"我"和金树珍朦朦胧胧的爱恋故事，小说结尾也是回到眼前，剩下感伤的叹息。《宏智法师的出家》中，以"我"常看到宏智法师每晚在龙门寺的山门口挂一盏灯为小说的开头，中间则引出宏智法师和出家前和夫人的故事，小说结尾则又回到现实生活中，"我"方明白宏智法师点灯的缘故。这类作品往往以时间为轴，用"回忆"的方式，首尾是"我"的回忆，故事主体则镶嵌在里面，整个作品做到"首尾圆合"。

其二，以空间为轴的圆型叙事。《夜叉》开首写"我"去医院探望卞士明，中间则叙述卞士明去乡下碰到"白衣女子"的故事。小说结尾，又回到医院。这是以"城市—乡下—城市"为空间变换的叙述。小说中间叙述卞士明和"白衣女子"的故事时，又以"城市—乡下—城市"的空间变换为轴。在这个空间变换中，城市的"病容"和乡下的"诗意"十分妥帖地显现了作品的主旨。《进城》也是以"城市—乡下—城市"为轴展开叙事的。作品通过小明福的眼，在温和的叙事中，呈现了城乡二元对立。这类作品以空间为轴，做到"首尾圆合"，又以"空间"为隐喻，深化了作品主题。

其三，以"无—有—无"为轴的圆型叙事。小说《阿秀》开首写阿秀的不幸婚姻，并产生追求婚姻幸福的愿望。中间写阿秀的逃婚，改嫁，这是对自由婚姻的追求，但因为遇人不淑，再度陷入一桩不幸的婚姻，结尾，阿秀沦落风尘，追求婚姻幸福的愿望彻底落空。《周夫人》中，开首写周夫人的欲望压抑，中间写她寄情少年的"我"，结尾，写周夫人搬家去杭州，重回压抑状。《春阳》中，守寡多年的婵阿姨从缺少爱欲，到欲望冲动，再复归宁静，也是呈现了一个"无—有—无"的圆型过程。这种崇"无"叙事，一方面，深刻强化批判旧礼教弘扬自由人性的主题，另一方面，也和佛学崇"无"思想契合。

此外，施蛰存的小说创作中，多怪诞情节的设置。这种创作倾向，亦和江南佛教有诸多联系。

施蛰存从小在古典文学中浸染。在其父亲影响下，其熟读多种典籍。尤其熟读《李长吉集》，对他影响深刻。施蛰存在《我的创作生活之历程》一文中谈及李贺诗集《李长吉集》时说："它不仅使我改变了诗格……我还模仿了许多李长吉的险句怪句。"[1] 李贺诗歌以写鬼魂幽冥最为传神。有学者指出："李贺这类描绘巫（觋）鬼魂的诗，受到屈原《九歌》和中唐韩孟诗派追求险怪以丑为美的诗风影响，反映出他的病态心理，也同他曾任奉礼郎经常接触宗教祭祀的经历大有关系。"[2]

---

[1] 施蛰存：《施蛰存全集》，第1卷，华东师范大学出版社，2011年，第629页。
[2] 陶文鹏：《唐宋诗美学与艺术论》，南开大学出版社，2003年，第163页。

李贺的创作受到佛教影响,甚至其诗作中也直接运用佛学词汇,如《赠陈商》之"楞伽",《秦王饮酒》之"劫"。如果说李贺诗歌之怪诞与佛教有关联,那么熟读李贺诗歌并深受其影响的施蛰存,创作中多怪诞情节的设置,也就很难说与佛教无关联了。

江南曾经是佛教密法盛行之地,尤其在东晋南朝时期。其一,东晋南朝是当时政治文化中心。加上北方君王的灭佛政策,使得许多密经、密僧南渡江南。其二,江南历来有尚鬼神,信巫术之风尚。佛教密宗艺术有怪诞恐怖之特点。因此,江南佛教艺术中,自然多了一份怪诞恐怖的特点。如江南盛行"女吊"、"无常"戏。作为集体无意识,这深刻影响到施蛰存的文学创作。

其一,怪诞恐厉的情节设置。譬如,施蛰存的小说《夜叉》就叙述了一个怪诞恐怖的故事。首先,故事荒诞怪异。卞士明将多次飘忽出现的白色女子当作夜叉,最后将一个乡村哑女误当夜叉扼死。发现真相,他匆匆回上海,却意外碰到与他扼死的哑女极像的"我"表妹:"是后面的一节车的车窗中,忽然探出了那女人的头。她迎着风,头发往后乱舞着,嘴张开着,眼皮努起着。这宛然是夜间被我扼死的时候所呈现的那种怖厉的神情。难道她的鬼魂跟着我吗?"① 于是,卞士明深受刺激而精神错乱。其次,"古庵"、"白色女子"、"白墙的坟屋"构成恐怖的元素。其他的小说如《魔道》、《凶宅》、《旅舍》、《将军的头》、《在巴黎大戏院》、《宵行》等都具有这种怪诞恐厉的情节设置特点。

其二,神秘性细节设置。施蛰存的小说中,多神秘性细节。如《鸠摩罗什》中,鸠摩罗什的吞针术,鸠摩罗什之不会腐烂的舌头。又如《黄心大师》中,"瑙儿"诞生的异兆:其母性本慈善,怀瑙儿时却常莫名恼怒,瑙儿出生后,则又恢复慈善性格;其母原本对音乐不感兴趣,怀瑙儿时的某个晚上,偶闻同巷财主赵某家丝竹管弦和伎女歌唱声音,特别兴奋,而且腹内的瑙儿和着节拍动弹,于是当晚生下瑙儿;另外,瑙儿出家妙住庵时,高龄师太早就预言瑙娘的到来;如此等等。这种神

---

① 施蛰存:《施蛰存全集》,第1卷,华东师范大学出版社,2011年,第197页。

秘性细节的设置,当然不是为了证明佛法无边,而是增加僧尼的地位,为其世俗性改写增加反拨的力量。

曾经,僧尼形象是单一的,"作为佛教徒的人就变成了宗教教义或封建伦理观念的抽象符号,丰富的人性在虚幻的宗教灵光中泯灭了"[①],而施蛰存笔下的僧尼形象,通过他的世俗化改写,以及他对二重人格的细心描写,改变了以往僧尼的扁平形象,使之充满丰富的人性。施蛰存的僧尼形象刻画,不是为了给佛教人物作传记,也非探究史实,而是揭秘佛教人物的世俗人性,这才是其作品价值所在。同时,施蛰存的小说以佛教人物作为描写对象,且在叙事方式上植入佛教元素,小说因此而多了陌生化审美的况味。一言以蔽之,江南佛学资源对施蛰存的小说创作产生了一定的影响,并使其创作内容和叙事策略都带上独特的意蕴。

(原载《写作》2019 年第 3 期)

---

① 卢洪涛:《佛教题材的世俗改写与历史文本的人性解读:论施蛰存佛教题材小说创作》,《文艺理论研究》,2006 年第 6 期。

佛道思想对郁达夫、戴望舒和施蛰存的影响

一

"夜发游山兴，/扶筇涉翠微。/虫声摇绝壁，/花影护禅扉。/远岸渔灯聚，/危窠宿鸟稀。/更残万籁寂，/踏月一僧归。"这是郁达夫17岁时作的旧体诗《癸丑夏夜登东鹳山》。诗中"虫声"、"禅扉"、"宿鸟"、"僧归"等意象充满禅意。留日期间，郁达夫给嫂子陈碧岑的信中写道："弟颇愿牺牲一身，为宗教立一线功……前家信中，弟但云：'暑假不能归，欲参禅也。'"①

从以上诗作和信件中，我们约略可看出郁达夫与佛学的关系。郁达夫在日本留学的最初几年，甚至研读过《真含净菩提》、《禅仪》、《般若经》、《正信渴》等经籍。回国后，郁达夫又喜欢结交僧侣，游历名寺古刹——天目山禅源寺、天台山国清寺、闽中第一大刹涌泉寺等。1937年，郁达夫经广洽法师引见，拜会了正在厦门日光岩下闭关修坐的弘一法师，弘一法师以《佛法导论》诸书相赠。

不仅如此，郁达夫身上还有强烈的"名士风"。他恨自己生不逢时，"生在乱世，本来是不大快乐的，但是我每自伤悼，恨我自家即使要生在乱世，何以不生在晋的时候……但我想我若生在那时候，至少也可以听听阮籍的哭声。"②他渴望名士的洒脱："一样伤心悲薄命，几人愤世作清淡。何当放棹江湖去，浅水卢湾共结庵。"③

"侵晨看岗踯躅于山巅，入夜听风琐语于花间。你问我的灵魂安息

---

① 郁达夫：《致陈碧岑》，吴秀明主编：《郁达夫全集》，第6卷，浙江大学出版社，2007年，第8页。
② 郁达夫：《骸骨迷恋者的独语》，吴秀明主编：《郁达夫全集》，第3卷，浙江大学出版社，2007年，第100页。
③ 郁达夫：《骸骨迷恋者的独语》，吴秀明主编：《郁达夫全集》，第3卷，浙江大学出版社，2007年，第111页。

于何处？——看那袅绕地，袅绕地升上去的炊烟。"这是戴望舒的诗《古意答客问》，该诗颇有王维"坐看云起"的风范。这种对清净本心超越世俗的追求，正是佛禅的境界。

戴望舒诗歌中道家文化系统的经典意象甚多，这些意象有蝴蝶、野草、古树、山、水、云、风等等。"我思想，故我是蝴蝶……/万年后小花的轻呼/透过无梦无醒的云雾，/来振撼我斑斓的彩翼。"（《我思想》）"云雾"可以理解为黑暗的现实生活，"振撼我斑斓的彩翼"则是理想的振兴。因为有了"蝴蝶"和"小花"心灵的呼应，尘封的生命将重新绽放。戴望舒借用"庄周梦蝶"这一典故对个体生命作形而上的思考。《古神祠前》甚至直接用"蜉蝣"、"蝴蝶"、"云雀"、"鹏鸟的飞翔"等意象来表现对自由境界的追求。《夜坐》、《流水》等诗中的"流水"与"上善若水"的说法非常契合。戴望舒将水人格化，赋予水柔顺包容的品性以及无拘无束极其自然的生命状态。

"我非佛家，也不是道家"[①] 是施蛰存的夫子自道。尽管如此，他与佛道思想的关系却并不疏远，甚至可以说比较密切。首先，施蛰存直接借用佛教题材进行文学创作。此类小说——《鸠摩罗什》、《黄心大师》、《塔的灵应》等——虽然不多，却占据相当重要的地位。其次，施蛰存的诗文和日记多有关于佛教寺院的记载。施蛰存游五台山"游了四五个最著名大寺"（《五台山赞佛记》）。施蛰存在《我的日记》中提到他的第一本日记记录了自己1922年秋初到之江大学时，独行到月轮寺，听僧众唪经之事。[②] 再次，施蛰存欣赏庄子淡泊名利，超然物外的出世思想。"蛰存"就是取《易经》中"龙蛇之蛰，以存身也"之意。而当年与鲁迅大动干戈地争论，也因为他向青年推荐《庄子》故。20世纪80年代，施蛰存在一篇回忆文章里还谈到，自己是一个"以老庄思想为养生主的人"[③]。

---

① 杨昌江主编：《名家说佛悟人生》，长江文艺出版社，2009年，第192页。
② 施蛰存：《施蛰存全集》，第2卷第1辑，华东师范大学出版社，2001年，第468页。
③ 施蛰存：《施蛰存七十年文选》，上海文艺出版社，1996年，第210页。

二

郁达夫、戴望舒和施蛰存为什么如此亲近佛道呢？

我认为首先是地域的影响。历史上的杭州佛道颇为盛行。

佛教自东汉末年入浙以来，杭州的佛教就非常兴盛。五代十国，杭州兴建佛寺二百六十多座，被誉为东南佛国。南宋时，杭州成为都城，佛教更趋兴盛，成为"江南佛都"。到了近现代，中国佛学的集大成者太虚大师在杭州开展佛教改革运动和从事佛学著述，使得杭州佛学再次勃兴。

杭州不仅佛教盛，道教亦盛。东晋时，钱塘道士杜子恭是"东土豪家及都下贵望，并事之为弟子"（《南史·列传第四十七》）的著名人物。自东晋至南唐，许多道教人物如郭文、郭璞、干宝、许迈、葛洪等都在杭州留下了踪迹。宋元明清，道教人物如徐冲晦、沈若济、皇甫坦、莫起炎、郎如山、邓牧、张雨、黄公望等，或在杭州定居，或在杭州活动。到了近现代，道教虽然受战乱等冲击，但依然有许多教观和教众。直至今日，杭州仍保存有众多的道教历史遗迹，如玉皇山上有八卦田、玉皇宫、紫云洞、福星观、七星缸、白玉蟾井等遗迹。

其次，佛道的内在精神契合了郁达夫等人的心理需要。佛教"既表现对红尘浊世的厌弃和决绝，而有出世成佛之思；也表现对社会现实的批判和改造，而有入世救人之意"①。道家"不同儒家和墨家，它不是以自己的权势或逻辑征服人的，而是以自己远离权势的独立品格和超越逻辑的审美情调的魅力动人的"②。

20世纪初的中国，战乱频仍，社会动荡不安。佛道的内在精神，弥合了郁达夫们的困惑迷茫，失落愤懑。他们与庄子一起"乘物而游心"。向禅宗要真如佛性、般若智慧。冀此"出世"而"入世"。郁达夫饱尝

---

① 麻天祥：《20世纪中国佛学问题》，湖南教育出版社，2001年，第27页。
② 杨义：《道家文化与中国现代文学》，《中国社会科学》，1997年第2期。

"诸有所受，悉皆是苦"的生活，婚姻不顺，爱子夭折，他慨然叹息："我是一个有妻不能爱，有子不能抚的无能力者，在人生的战场上是惨败者，现在是在逃亡的途中的行路病者。"（《还乡记》）他在作品中叙写着性与生存的苦闷。承认苦难，以心抗争，走向洒脱，这是佛法的妙处。郁达夫对世间苦的感悟，使他走近佛道。

"做人的苦恼，特别是在这个时代做中国人的苦恼，并非从养尊处优的环境里长成的望舒，当然事事遭到。"（杜衡《望舒草》序）戴望舒一生有二痛，一为现实黑暗，一为情感苦涩。戴望舒亲历了大革命的失败，孤独忧郁。他痛苦地吟唱："我和世间之间是墙"（《无题》），"日子过去，寂寞永存"（《寂寞》）。本想远离社会政治，躲进个人情感的象牙塔，不曾想，爱情成为他更大的伤痛。戴望舒一生钟情三位女性，施绛年、穆丽娟和杨静。与施绛年订婚后，经历八年的漫长等待而无果。与穆丽娟和杨静分别结婚却都以黯然别离告终。他的诗《自家伤感》、《凝泪出门》、《残花的泪》、《回了心儿吧》、《忧郁》等写尽了他情感的痛楚。

戴望舒的诗歌有四类冷色调意象。第一类是黑夜、荒原、荒冢、荒坟等凄凉空间的意象，如《夜》、《夜之歌》等；第二类是"悲秋"的意象，如《秋》、《秋天的梦》、《秋蝇》、《秋夜思》等；第三类是"残损"意象，如《残花之泪》、《残叶之歌》、《断指》、《我用残损的手掌》等；第四类是"眼泪"意象，如《凝泪出门》、《残花之泪》等。此四类意象是诗人忧苦生活的象征，也是他对人生、社会的深刻体悟。其中有悲苦的佛家情怀在。这种佛家情怀使他产生豁然大悟的禅定境界。对苦的深刻感悟，也是他接受庄禅思想的重要缘由。

施蛰存对世间苦的理论也深有感悟。"四一二"政变后，施蛰存的好友戴望舒、杜衡被捕，施蛰存深深体味到政治的残酷，感受到乱世的忧苦，内心充满了彷徨和痛苦。《残秋的下弦月》叙写了贫贱夫妇的种种哀事：新死的女儿、患肺病的妻子，"快要残尽的下弦月"。《幻月》表面上状写爱情的曲折坎坷，实际上告诉读者，在黑暗的现实面前，世人总面临诸多不顺诸多痛苦。对于施蛰存而言，感伤脆弱的心灵无法承受现实的压抑和苦闷，又没有勇气去与社会抗争，也不甘心自我沉沦，因此，走近佛道，成了施蛰存的选择。

三

佛教的心性学说，确立了自贵其心的理论体系。天台宗主张"一心三观"，华严宗强调"三界唯一心，心外无别法"，法相宗提出"万法唯识"，净土宗倡导"即心是佛"，禅宗更是力主"若识本心，即是解脱"。① 道家崇尚自然，追求逍遥自适的生活。庄子的"物物而不物于物"和"逍遥游"的精神，其实质是将主体从被"困"之境解脱出来，达到个体生命和心灵的绝对自由。

那么佛道思想对郁达夫们的生活和创作有怎样的影响呢？

首先，"自然"成为郁达夫们抒情的能指对象，是他们抒发精神自由、诗性情怀的重要的艺术维度。

在小说《沉沦》中，郁达夫有言："这里就是你的避难所。世间的一般庸人都在那里妒忌你，轻笑你，愚弄你；只有这大自然，这终古常新的苍空皎日，这晚夏的微风，这初秋的清气，还是你的朋友，还是你的慈母，还是你情人；你也不必再到世上去与那些轻薄的男女共处去，你就在这大自然的怀里，这纯朴的乡间终老了吧。"②《钓台的春昼》铺陈野旷寂静的美，沉醉于自然美景之中，因为自然可以"使人性发现，使名利性减淡，使人格净化"③。《蜃楼》中的陈逸群一投入大自然，为爱欲情愁搅乱的心灵，马上化作了"本来无物的菩提妙境"。《迟桂花》的"迟桂花"意象的超然，"月亮"意象的清幽，亦透露出郁达夫皈依自然的心态。

戴望舒《赠克木》一诗中写道："也看山，看水，看云，看风，／看

---

① 麻天祥：《20世纪中国佛学问题》，湖南教育出版社，2001年，第32页。
② 郁达夫：《沉沦》，《郁达夫全集》，第1卷，浙江文艺出版社，1992年，第18—19页。
③ 郁达夫：《山水及自然景物的欣赏》，吴秀明主编：《郁达夫全集》，第11卷，浙江大学出版社，2007年，第230页。

春夏秋冬之不同,/还看人世的痴愚,人世的恍惚:/静默地看着,乐在其中。"山、水、云、风等是戴望舒的心灵栖息地。有此栖息地,精神才能超脱。《对于天的怀乡病》一诗中,他大声地说:"我呵,我真是一个怀乡病者,/是对于天的,对于那如此青的天的,/在那里我可以安安地睡着/没有半边头风,没有不眠之夜,/没有心的一切烦恼。"这是以诗性居住对抗心灵的荒芜。

戴望舒《古神祠前》一诗表达出了他对自在逍遥的闲适心境的执着追求。而在《寂寞》一诗中,戴望舒虽然喟叹"寂寞已如我一般高",但也洒脱地吟唱:"我夜坐听风,昼眠听雨,/悟得月如何缺,天如何老。"在《萤火》中,戴望舒又流露出"咀嚼着太阳的香味",遥看"云雀在青空中高飞"的超然心态,这些都是他寻求解脱,任远而安的人生体悟。

施蛰存"只想到静穆的乡村中去生活,看一点画,种一点蔬菜,仰事俯育之资具,不必再在都市为生活而挣扎"[①]。他早期的小说创作营造出世外桃源般的乡村世界。出版于1929年的小说集《上元灯及其他》,是对江南故土的深情回忆。

其次,佛教兼具出世入世的情怀和郁达夫、戴望舒、施蛰存出世入世兼具的双重人格特征是相一致的。

上文已经提及郁达夫、戴望舒、施蛰存受佛道思想的影响,崇尚心性自由,具有出世的思想。但佛教入世的精神,同样影响到他们。

郁达夫曾经说要"静静的去观察人生,孜孜的去完成我的工作"[②],这工作就是通过自我的救度,从而达到对社会的救度,这是积极入世的态度。第一,强烈的爱国心。郁达夫留学日本时,作旧体诗《王师罢北征》,诗中写道:"南渡中流思祖逖,西风落日吊田横。"表现出年轻的郁达夫关心时政,重振中华的强烈愿望。而郁达夫小说所呈现的性的苦

---

① 施蛰存:《终于敢骂"洋鬼子"了》,《文汇报》,1993年1月24日。
② 郁达夫:《〈鸡肋集〉题词》,吴秀明主编:《郁达夫全集》,第10卷,浙江大学出版社,2007年,第302页。

闷，也绝非"一个人的固有私情"①，而有国家贫弱的原因在。郁达夫的疾病意象同样和国家命运联系起来，是留学日本期间感觉民族弱小的体验而生成的。第二，关心底层民众，强调人与人的平等。《沪杭车窗即景》一诗表达出了对劳动人民生活的深深忧虑。他的不少小说以底层人物为主人公，如《春风沉醉的晚上》刻画了年轻女工的澄澈之心，写出了人间的平等和关爱。第三，揭露社会黑暗。"九一八"事变后，郁达夫对于蒋介石反动当局的倒行逆施，十分愤怒："秋风秋雨偏地愁，戒严声里过徐州。黄河偷渡天将晚，又见清流下浊流。"（《过徐州济南》）在一些文学作品中，郁达夫对社会现状进行了深刻揭示。《唯命论者》写一个小学教员在贫困线上苦苦挣扎并投河自尽的悲剧，展现社会对底层人的逼迫。《还乡记》等作品直接控诉社会的罪恶。第四，积极参加社会活动。抗战爆发后，郁达夫积极投身救亡运动，并赴武汉参加抗战工作，到前线慰劳抗战将士。1938年他在新加坡期间，又积极宣传抗日救亡，并利用职务之便暗暗救助、保护了大量文化界流亡难友、爱国侨胞和当地居民。1952年经中央人民政府批准，郁达夫被追认为革命烈士。凡此种种，足以证明郁达夫的入世精神。

戴望舒也有积极入世的一面。1926年，他和施蛰存、杜衡一起加入中国共产主义青年团，并在上海卢家湾地区搞地下宣传工作。1927年，因积极宣传革命，思想激进，与杜衡一起被孙传芳军阀当局拘留。1930年3月2日，参加中国左翼作家联盟在上海的成立大会，并成为第一批成员。1934年，去西班牙旅行，声援国际作家的反法西斯运动。1938年，春夏之间，大批文化人转道香港、九龙去汉口，但戴望舒仍留在香港开展抗日救亡工作。1940年，与冯亦代、叶君健等编辑《Chinese Writers》，向海外朋友介绍中国抗战时期的文学作品。1942年，因从事抗日活动，被日本宪兵逮捕。② 在狱中他更是写下了《狱中题壁》和《我用残损的手掌》等表现民族气节、宁死不屈、乐观向上的爱国诗篇。

---

① 傅子玖主编：《中国新文学》，上册，华东师范大学出版社，1993年，第246页。
② 北塔：《戴望舒年谱》，《雨巷诗人：戴望舒》，浙江人民出版社，2003年，第225—259页。

可见，戴望舒绝非只知寻求超脱出世的人，而是有入世精神的人。

施蛰存，人们都认为他是远离政治的中间派。其实，施蛰存也曾经是出世与入世并存的矛盾体，至少他在年轻时期有入世的思想。他在《闲话孔子》一文中说："我又在读马克思的书，也是跃跃试试地想去干革命。"[①] 不仅如此，1926年，他更是与戴望舒、杜衡一起加入共青团，并且参加了散发传单的具体革命工作。施蛰存如此表述其立场："我们自己觉得我们是左派……我们标举的是，政治上左翼，文艺上自由主义。"[②] 或许这正是他自身的写照。另外，在文学创作上，施蛰存写了不少关注底层，表现政治、表现劳动人民的作品。早期小说《乡人》描写农村乡人遭受水灾和土匪蹂躏后的凄惨景象。小说《船厂主》呈现了工人遭受剥削的社会现实。特别是1928年创作的小说《追》是"仿苏联小说，试图用粗线条的创作方法来写无产阶级革命故事"[③]。这种关注平民的视角的作品，和佛教积极入世的主张是一致的。

综上所述，佛道思想对于杭州籍现代作家的影响，既有人格、审美理念方面的影响，又有文学创作方面的影响，他们从佛道思想中滤出智慧之光，沉淀于审美品性和文学创作之中，因此，佛道思想对杭州籍现代作家的影响，不可忽视不见。

（原载《中国现代文学研究丛刊》2014年第12期）

---

① 施蛰存：《施蛰存七十年文选》，上海文艺出版社，1996年，第585—586页。
② 施蛰存：《沙上的脚迹》，辽宁教育出版社，1995年，第174页。
③ 施蛰存：《沙上的脚迹》，辽宁教育出版社，1995年，第15页

江南佛教视域中的汪曾祺创作

佛教传至江南，受儒家礼教影响渐小，并深受魏晋玄学影响。至宋明，以"陆王心学"为主的江南学术进一步激发了江南佛禅的兴盛，促使人的精神主体性的进一步弘扬。另外，江南文化固有的诗性审美，使江南佛教在与之交融过程中，多了一种审美特质。简言之，江南佛教从神秘的宗教走向人间的宗教，多了人性自由的意识。

童年记忆影响作家的创作。对于江南佛教，汪曾祺有深刻的童年记忆。他曾说："我的家乡有很多大大小小的庙。我的家乡没有多少名胜风景。我们小时候经常去玩的地方，便是这些庙。"[1] 这些和尚中，善因寺的方丈铁桥和尚留给汪曾祺的记忆最为深刻。铁桥和尚能书善画，颇有才艺。这并非关键，关键是铁桥有妻，且还是个年轻貌美女子。多年后，汪曾祺喟叹："他们都真是不拘礼法。"[2] 和北方佛教那些生活在"断灭空"里的"枯木倚寒岩，三冬无暖气"式的僧人完全不同，这是江南僧人留给汪曾祺的感性印象，它印证了江南佛教具有人间化特征。

成年后，汪曾祺更是亲近佛学。从汪曾祺给友人的书信中，可以得悉他曾经阅读过《佛本行经》、《释迦谱》等佛典佛传。此外，他甚至用通俗佛经文体写作《螺丝姑娘》（类似《百喻经》）。可以认为，汪曾祺通佛禅之理。

汪曾祺对江南佛教有深刻记忆，又通佛理，这自然影响到他的文学创作。本文认为，在江南佛教文化的影响下，"人性自由"构成汪曾祺文学创作叙事策略的核心特质，具体表现为"僧尼的世俗化改写"、"民间生活的诗意化呈现"、"自主写作"（选材随性）和"自由写作"（技法随便）四个方面。

---

[1] 汪曾祺：《关于〈受戒〉》，《汪曾祺全集》，第6卷，北京师范大学出版社，1998年，第336页。
[2] 汪曾祺：《关于〈受戒〉》，《汪曾祺全集》，第6卷，北京师范大学出版社，1998年，第444页。

一、僧尼的世俗化改写

受江南佛教影响，汪曾祺偏嗜佛教题材的创作。他的成名作《受戒》，呈现佛教的世俗化，属典型的佛教题材。而晚年撰写的《释迦牟尼》，虽说是受人之邀而创作，却为十分地道的佛教题材，且颇显佛学造诣。另外，《庙与僧》、《仁慧》、《罗汉》、《幽冥钟》、《三圣庵》、《观音寺》、《和尚》、《早茶笔记（三则）·八指头陀》等作品皆为佛教题材。

江南佛教具有世俗化特征，这一点可以从江南籍现代作家鲁迅、施蛰存创作的世俗化僧尼形象得到印证，如鲁迅笔下的"龙师父"，施蛰存笔下的"鸠摩罗什"和"黄心大师"。他们将僧尼从圣洁的神坛拉了下来，实现僧尼由佛性到人性的转变。同样，江南佛教的世俗性特征也影响汪曾祺创作出了世俗化的僧尼形象。

汪曾祺描写僧人形象的，《庙与僧》和《受戒》最具代表性。在这两篇小说中，和尚可以娶妻生子、杀猪喝酒赌钱，没有戒律禁忌，强调了人性自觉。《受戒》是在《庙与僧》的基础上改写的，更具思想深度和艺术功底。《受戒》一开头，僧庙以"荸荠庵"名，已然增加了世俗气，小说又写"当和尚"在当地是谋生的职业，如劁猪、织席子、箍桶、弹棉花等一般，而且"当和尚也要通过关系"，这完全解构了佛教的"神圣"和"庄严"。更为主要的，《受戒》以诗化的语言写了小和尚明海和少女小英子唯美的爱情故事，名为"受戒"，实为"破戒"。关于小说主题，汪曾祺在创作谈中明确指出："我写《受戒》，主要想说明人是不能受压抑的，反而应当发掘人身上美的诗意的东西，肯定人的价值，我写了人性的解放。"① 与《庙与僧》相比，《受戒》少了"奇趣"，更多了"美"和"健康人性"。

---

① 汪曾祺：《作为抒情诗的散文化小说》，《汪曾祺全集》，第8卷，北京师范大学出版社，1998年，第76页。

江南僧人的世俗化，在汪曾祺的散文《猫》中也有呈现，该文以老和尚的一首打油诗结尾，诗云："春叫猫儿猫叫春，看他越叫越来神。老僧亦有猫儿意，不敢人前叫一声。"戏谑中，写出了老和尚对人性自由的渴望。

汪曾祺如此刻画僧侣形象是为了冲破宗教？显然不是。汪曾祺认为："和尚本来就不存在什么戒律，本来就很解放。很简单，做和尚就是寻找一个职业。"① 可见，"不拘礼法"是江南僧侣留给汪曾祺最深刻的印象。如果没有江南佛教的世俗性特征，汪曾祺恐怕未必会创作出《受戒》中"仁山和尚"这样的僧人形象。

除了僧人，汪曾祺也描写尼姑的世俗性。在《仁慧》中，作品叙述了观音庵中前后两任当家尼姑的事迹。二师父潜心念佛，结果庵里佛事稀少，香火冷落，房屋漏雨，"院子里长满了荒草，一片败落景象"。而继任者仁慧不仅做素菜办素宴，还放焰口，结果庵里"气象兴旺，生机勃勃"。汪曾祺对仁慧的肯定，和江南佛教人间化特征是一致的。

由此可见，汪曾祺笔下的僧尼形象，多了江南佛教的世俗性特征，是自由人性的呈现。

二、民间生活的诗意化呈现

慧能有偈云："佛法在世间，不离世间觉。离世觅菩提，恰如求兔角。"② 这说明南禅宗把宗教生活看成是日用常行，强调平常心是道，具有人间化特点。唐宋间，禅宗各派云集江南，江南禅宗兴盛，江南禅宗承继了慧能倡导的人间化特征，反对刻意修道，多了任运随缘的思想。

汪曾祺的小说写民间小人物，写他们赏玩花草，品味饮食，呈现生活的诗意化，写他们以超然平和之心，实现对现实苦难的超越。这些小

---

① 汪曾祺：《作为抒情诗的散文化小说》，《汪曾祺全集》，第8卷，北京师范大学出版社，1998年，第75页。
② 慧能：《坛经·般若第二》，丁福保注，上海古籍出版社，2011年，第61页。

人物虽然生活贫困、简陋，但内心则仍然不失向往自由的信念。譬如，小说《钓鱼的医生》中的王淡人一面治病救人，仗义疏财，一面面河垂钓，淡泊而超脱，体会着"一庭春雨，满架秋风"般的闲适淡泊生活。"一庭春雨，满架秋风"，这是禅家的生活方式，和诗僧栖蟾倡导的"牛得自由骑，春风细雨飞。青山青草里，一笛一蓑衣"（《牧童》）的生活方式颇为相似。在小说《故乡人·打鱼的》中，男的张网，女的赶鱼，小说描写他们默默打鱼的场景，一切都是平平淡淡，让人体会生命的淡与轻。佛性真如即藏在此种"无心"的生活态度中。小说《鉴赏家》中的季陶民因为世俗生活的不满，每天关起门来作画，画墨荷，画莲蓬，在艺术中寻找欢乐和宁静，以超然之心实现对现实苦难的超越。在小说《岁寒三友》中，画家靳彝甫，虽然过着半饥半饿的日子，却活得"有滋有味"。他种竹，养花，养鱼，放风筝，斗蟋蟀，对功名利禄的世俗之物看得很轻。因此，汪曾祺尽管也写底层，却不承载一般底层小说"贬世导俗"的功能，只是回到日常生活，呈现自由人生。

汪曾祺的笔下的民间人物很大程度上超越了伦理和政治功能的束缚，关注的是人物的内心世界，发掘着他们的自然本性，以实现他们心灵的自由。这种诗意的生活方式，不生思虑，无论是看门的、打鱼的、卖菜的、剃头的、摆摊的、纳鞋的，无不按照自己本心自适地生活，堪称"饥则吃饭，困则打眠，寒则向火，热则乘凉"（《密庵语录》）的禅家境界。

除了写民间人物，汪曾祺还属意民间生活的风俗描绘。如《大淖记事》中，汪曾祺描写一个"颜色、声音、气氛和街里不一样"的"大淖"，特别描绘当地的婚嫁习俗，显现出一种自然的民间生活原生态。而在《岁寒三友》中，汪曾祺详细描绘了"放焰火"的风俗，在民间狂欢中，人人皆可不拘礼节，随心所欲，呈现健康自由的人性。汪曾祺言："我以为，风俗，不论是自然形成的，还是包含一定的人为的成分，都反映了一个民族对生活的挚爱，对'活着'所感到的欢悦。他们把生活中的诗情用一定的外部的形式固定下来，并且相互交流，溶为一体。"① 因此，在汪曾祺看来，"风俗"隐含着热爱生活、追问自由的诗情。如禅家一样，汪曾祺强调民间生活的诗情，发掘着民间人物的自然本性。

三、选材随性：汪氏的自主写作

南禅宗核心教义云："不立文字，教外别传；直指人心，见性成佛。""直指人心，见性成佛"打破了佛教徒对外在佛像的顶礼膜拜，转变为对主体内在本心的发现，强调自心顿悟，主张心灵自由。与之相对应的"不立文字，教外别传"，则强调了表达方式的自由。这对近佛禅之人多有启迪，即敢于蔑视定法，倡扬自主精神。晚明三袁之一的袁宏道前期热衷于狂禅，后读经阅藏，渐渐热爱净土宗，渴求皈依净土。他一生读经习禅，受禅学影响极深，颇具自得精神。袁宏道曾言："宏实不才，无能供役作者。独谬谓古人诗文，各出己见，决不肯从人脚跟转，以故宁今宁俗，不肯拾人一字。"（袁宏道《与冯琢庵师》）汪曾祺喜欢晚明文学，袁宏道对汪曾祺颇有影响，故汪曾祺具有自得精神，亦在情理之中。此外，汪曾祺在《谈风格》一文中自言受归有光影响深刻，而喜欢读佛典的归氏反对"琢句为工"的模拟风气，文风清新，也多直抒胸臆之作。这种自得精神引出汪氏文体的自主写作精神。

除了上文提及的创作题材上的独特之外，汪曾祺力求在创作手法上保持自己的个性。如小说《大淖记事》中植入了许多风俗书写，强化了抒情气。小说《受戒》的题材独特，形式上呈现散文化的特征，与彼时盛行的"伤痕"与"反思"大相径庭。《黄油烙饼》虽然写的是大食堂、"大跃进"，但与主流小说的写法颇为不同，小说情节散淡，以童心代替了政治的沉重。对于汪曾祺的文学创作，外界质疑不断。然而，他不为所动，一直坚持"自主写作"的创作理念。

---

① 汪曾祺：《谈谈风俗画》，《汪曾祺全集》，第3卷，北京师范大学出版社，1998年，第350页。

关于坚持"自主写作"这个创作理念，汪曾祺自己多次谈及：

> 长期以来，强调文艺必须服从政治，我做不到，因此我就不写，逻辑是很正常的。那时你要搞创作，必须反映政策，图解政策，下乡收集材料，体验生活，然后编故事，我却认为写作必须对生活确实有感受，而且得非常熟悉，经过一个沉淀过程，就像对童年的回忆一样，才能写得好。① 我只能写我所熟悉的平平常常的人和事，或者如姜白石所说"世间小儿女"。我只能用平平常常的思想感情去了解他们，用平平常常的方法表现他们。这结果就是淡。但是"你不能改变我"，我就是这样，谁也不能下命令叫我照另外一种样子去写。②

这种"文学自觉"的态度，其实强调了汪曾祺的"自主写作"是"走心"的。只有写自己想写的，才可能写出理想之作。汪氏的创作历程已然说明了这一点：20世纪40年代后期，汪曾祺推出小说集《邂逅集》，其中《鸡鸭名家》已初露他的创作风格，按此写作，汪曾祺本可迅速成为小说名家，可他命运坎坷，右派被补划，不能自由写作。20世纪60年代，汪曾祺尽管出版了小说集《羊舍的夜晚》，但因为没有完全按照自己路子写，整体水准较《邂逅集》，退步明显。"文革"时期，汪曾祺的创作更是接近空白。不创作的原因是"强调文艺必须服从政治，我做不到，因此我就不写"。

不能写自己所想写，宁可封笔。这种做法和受禅宗影响深刻的晚明袁宏道所倡导的"独抒性灵，不拘格套，非从自己胸臆流出，不肯下笔"（袁宏道《叙小修诗》）的做派是何其相似！"独抒性灵，不拘格套"，规定了文学创作中必须有作家独特自我的真正介入，必须完全按自己的路子放开写。20世纪80年代初，汪曾祺终于可以写自己所想写，

---

① 汪曾祺：《作为抒情诗的散文化小说》，《汪曾祺全集》，第8卷，北京师范大学出版社，1998年，第74页。
② 汪曾祺：《七十书怀》，《汪曾祺全集》，第4卷，北京师范大学出版社，1998年，第459页。

于是，《黄油烙饼》、《受戒》、《异秉》、《大淖记事》、《岁寒三友》等名篇迭出。可见，自由随性地去选择自己想写的内容是汪曾祺得以成功的基础。

四、技法随便：汪氏的自由写作

汪曾祺在写作技法上，强调"随便"。这种"随便"和南禅宗的"不立文字，教外别传"的思路是一致的，都追求表达上的自由。汪曾祺创作技法的自由主要表现在"结构模式"和"语言模式"两个层面。

其一，个性化的结构模式。

汪曾祺的"结构模式"主要呈现小说的散文化特征，这是汪氏标识性的特点。汪曾祺主张小说结构随便："我不喜欢布局严谨的小说，主张信马由缰，为文无法。"① 因此，汪曾祺不注重故事情节，信手写来，随意流转。如《詹大胖子》、《茶干》等，几乎无故事，似水流淌。即便有点故事，也被融入的风俗描写冲淡了，如《大淖记事》、《岁寒三友》等。汪氏这种"情节淡化"，呈现小说散文化特征。汪曾祺设置小说结构，不按照传统之法，完全听从自己的内心安排，这和南禅宗所提倡的"任运随缘"的思想主张无疑是相通的。自唐代禅宗兴起始，"本自天然"的禅家之风深刻影响到那些近佛的知识分子，于是，在文学上不事雕琢、自然率意成为近佛文人追求的一种境界。李贽明确提出"顺其性"的观点："盖声色之来，发乎情性，由乎自然，是可以牵合矫强而致乎？故自然发乎情性，则自然止乎礼义，非情性之外复有礼义可止也。"② 在艺术上，袁宏道也提出"师法自然"。这一点，同样影响到被称为"中国最后一位士大夫"的汪曾祺。当然，汪曾祺的这种"随便"是苦心经营的"随便"，但完全是"自得"之果。在意义层面，汪曾祺这种追求"随便"的创作心态和江南禅宗所关注的自由人性也是相

---

① 汪曾祺：《短篇小说选自序》，《汪曾祺全集》，第3卷，北京师范大学出版社，1998年，第166页。
② 李贽：《李贽文集》，第2卷，社会科学文献出版社，2000年，第121页。

通的。

此外，汪曾祺的人物塑造"重神轻形"。这在纠偏"高大全"，提倡"美丑泯灭"的年代，多少显得有些另类和随性。汪曾祺笔下的民间人物少有外形上的细致描绘，甚至往往连名字都十分简略，如王二、陈四、老汪、薛大娘、辜家女儿等，人物塑造忽略外在，只注重心灵世界，只写"神韵"。汪曾祺的这种人物塑造技法，和佛教的"神不灭论"思想是契合的。佛家的"神不灭论"揭示"神"不随"形"灭。这种佛教观点在中国古典美学上的反映就是重神轻形，如"遗形取神"、"离形得似"。尤其影响中国古代画论，如袁中道言"今画者求之形似，终不似也"（袁中道《传神说》），对形似大加否定。汪曾祺擅长画画，对画论自然熟悉，对"重神轻形"有更深入的理解："中国画讲究'形神兼备'，对于写小说来说，传神比写形象更为重要。"① 故汪氏运用此技法颇有心得。

其二，智性化的语言模式。

汪曾祺的"语言模式"主要呈现汪氏"自成一家"的"智性"特征。在《谈风格》一文中，汪曾祺对归有光创作的艺术风格作如此阐释："他真是做到'无意为文'，写得像谈家常话似的。他的结构'随事曲折'，若无结构。他的语言更接近口语，叙述语言与人物语言衔接处若无痕迹。……平淡中包含几许惨恻，悠然不尽。"② 这何尝不是他夫子自道呢？汪曾祺对语言极为重视，多次强调"写小说就是写语言"的观点。笔者以为汪氏语言的"智性"特征主要体现在两个层面：一是语言的"活"，二是留白的运用。

先说语言的"活"。"活"是南禅宗最为显著的特征。其含义指"无拘无束的生活态度或自由灵活的思维方式，不执著，不粘滞，通达透脱，活泼无碍"。③ 从语言讲，强调不执著与语言本身，打破思维僵局，无拘无束。汪曾祺语言的"活"，体现在语言选择上，或俗或雅，不拘

---

① 汪曾祺：《传神》，《汪曾祺全集》，第3卷，北京师范大学出版社，1998年，第356页。
② 汪曾祺：《谈风格》，《汪曾祺全集》，第3卷，北京师范大学出版社，1998年，第338页。
③ 周裕锴：《中国禅宗与诗歌》，上海人民出版社，1992年，第188页。

一格，但求合适。如《徙》中，写高雪单身："对一个漂亮的少女，有人特别爱用自己肮脏的舌头来糟蹋她，话说得很难听，说她外面有人，还说……唉，别提这些了吧。"就叙述而言，最后一句颇显突兀，有点反逻辑，但用在此处却合适，隐含了作家的价值评判和情感体恤。《大淖记事》中，汪曾祺介绍当地民风，写道："姑娘在家生私孩子；一个媳妇，在丈夫之外，再'靠'一个，不是稀奇事。""靠"是非常生活化的语言，与小说的诗性化特征格格不入，但却很好写出了当地女性追求"自由人性"的大胆和性格的豪爽。《葡萄月令》中，有一句"葡萄睡在铺着白雪的窖里"，一个"睡"字，移情于景，境界全出。《安乐居》中，几个酒友相聚，有对话如下：

> 第二天，老王来了，我问：
> "昨儿白薯大爷请你们吃什么好的？"
> "荞面条！——自己家里擀的。青椒！蒜！"
> 老吕、老聂一听：
> "嘿！"

这个"嘿"，本是一虚词，用在此处，却颇见意蕴，写出了老吕等人的生活趣味，呈现了诗意的民间生活。这种语言真正做到了"活泼无碍"。

再说留白的运用。佛教从"言语道断"出发，强调"道不可言"。南禅宗承继了佛教的"无言"观，以"不立文字，直指人心，见性成佛"为教义，重妙悟，故言说教理重机锋，往往语义含蓄。佛学的"无言"作为一种"无上妙道"的存在方式，具有了美学意义，对中国古典美学颇有启迪，绘画之留白，即为一说。如明人李日华在《紫桃轩杂缀》中云："凡画有三次第：一曰身之所容。凡置身处，非邃密，即旷朗，水边林下，多景所凑处是也。二曰目之所瞩。或奇胜，或渺迷，泉落云生，帆移鸟去是也。三曰意之所游。目力虽穷，而情脉不断处是也。又有意所忽处，如写一石一树，必有草草点染取态处。写长景必有意到笔不到,为神气所吞处,是非有心于忽,盖不得不忽也。其于佛法相宗所云:极迥色、极略色之谓也。"佛法所言"极迥色"、"极略色",意即无限遥远无限渺小,乃"空界"之色,不可"身容"与"目瞩",只可心悟,引入至画论,即画之虚景(留白),并谓之第三层次。又如清人笪重光言:"无画处均成妙境。"(笪重光《画筌》),力赞留白的妙处。这种理论,表现在文学上,则如司空图所说:"不著一字,尽得风流。"(司空图《二十四品》)于是,崇尚文字简约含蓄,追求"韵外之致"成为一种美学追求。

　　既懂佛理,又懂书画的汪曾祺自然习得其中精髓。因此,汪曾祺的文学作品中,多含蓄文字,多留白的运用。他曾说:"语言的美,不在语言本身,不在字面上所表现的意思,而在语言暗示出多少东西,传达了多大的信息,即让读者感觉、'想见'的情景有多广阔。古人所谓'言外之意'、'弦外之音'是有道理的。"① 如《故里三陈·陈小手》中,结尾一句"团长觉得怪委屈",看似白话一句,却意蕴丰厚,写出了"权"与"礼"的冲突,写出了团长的"伪",呈现了复杂的人性。《大淖记事》中,巧云和十一子沙洲相会,小说写道:"他们在沙洲的茅草丛里一直呆到月到中天。月亮真好啊!"一句"月亮真好啊!"不仅暗示两人的爱情美好,更是对两人追求自由人性的肯定,留给了读者无限的美好想象。《故人往事·收字纸的老人》中,有这么一段文字:"老白粗茶淡饭,怡然自得。化纸之后,关门独坐。门外长流水,日长如小年。"工整雅言,句间留白,激发读者对普通人诗化人生的种种想象。又如《钓人的孩子》的开头:"米市,菜市,肉市。柴驮子,炭驮子。马粪。粗细瓷碗,砂锅铁锅,烧饵块。金钱火腿,牛干巴。炒菜的油烟,炸辣子的呛人味。红黄蓝白黑,酸甜苦辣咸。"这段文字由短句构成,其间留白,增强了阅读的暗示性。通过精炼描述,一幅颇具地域特色的市井画面,栩栩如生呈现在读者眼前,而且还激发了读者的想象空间。总

---

① 汪曾祺:《中国文学的语言问题》,《汪曾祺全集》,第4卷,北京师范大学出版社,1998年,第221页。

之，汪曾祺文学作品的结构安排和语言设置，体现了他对"叙事自由"的追求，是"人性自由"的外在显现。

综上所述，江南佛教对汪曾祺的文学创作产生了一定的影响。"人性自由"，构成汪曾祺创作的特质，也构成了其创作的"陌生化审美"特征，呈现出独特的审美意蕴。无论他的创新意识，对叙事结构和常规语言的大胆突破，抑或坚守创作个性的原则，都给当代文学写作以全新的启示，具有文学史价值。

（原载《当代文坛》2020 年第 1 期）

主要参考文献

专著类

汤用彤：《隋唐佛教史稿》，北京：中华书局，1982年。
汤用彤：《汉魏两晋南北朝佛教史》，北京：中华书局，1983年。
石峻等编：《中国佛教思想资料选编》，北京：中华书局，1983年。
许寿裳：《亡友鲁迅印象记》，北京：人民文学出版社，1983年。
张中行：《佛教与中国文学》，合肥：安徽教育出版社，1984年。
李泽厚：《美的历程》，北京：中国社会科学出版社，1984年。
周来祥：《论中国古典美学》，济南：齐鲁书社，1987年。
孙昌武：《佛教与中国文学》，上海：上海人民出版社，1988年。
王志敏、方珊：《佛教与美学》，沈阳：辽宁人民出版社，1989年。
蒋述卓：《佛经传译与中古文学思潮》，南昌：江西人民出版社，1990年。
魏承思：《中国佛教文化论稿》，上海：上海人民出版社，1991年。
钱理群：《周作人论》，上海：上海人民出版社，1991年。
周裕锴：《中国禅宗与诗歌》，上海：上海人民出版社，1992年。
蒋述卓：《佛教与中国文艺美学》，广州：广东高等教育出版社，1992年。
曾其海：《天台宗佛学导论》，北京：今日中国出版社，1993年。
吴义勤：《漂泊的都市之魂：徐訏论》，苏州：苏州大学出版社，

1993 年。

钱穆:《中国文化史导论》,北京:商务印书馆,1994 年。

麻天祥:《反观人生的玄览之路:近现代中国佛学研究》,贵阳:贵州人民出版社,1994 年。

李泽厚:《中国古代思想史论》,合肥:安徽文艺出版社,1994 年。

费振中:《江南士风与江苏文学》,长沙:湖南教育出版社,1995 年。

祁志祥:《佛教美学》,上海:上海人民出版社,1997 年。

任继愈:《汉唐佛教思想论集》,北京:人民出版社,1998 年。

谭桂林:《20 世纪中国文学与佛学》,合肥:安徽教育出版社,1999 年。

汤一介:《佛教与中国文化》,北京:宗教文化出版社,1999 年。

张节末:《禅宗美学》,杭州:浙江人民出版社,1999 年。

王乾坤:《鲁迅的生命哲学》,北京:人民文学出版社,1999 年。

潘桂明:《中国居士佛教史》,北京:中国社会科学出版社,2000 年。

严耀中:《江南佛教史》,上海:上海人民出版社,2000 年。

钱大昕:《十驾斋养新录》,南京:江苏古籍出版社,2000 年。

高旭东:《五四文学与中国传统文学》,济南:山东大学出版社,2000 年。

黄健:《意义的探寻:鲁迅意识结构的多维透视》,北京:作家出版社,2001 年。

梁启超:《佛学研究十八篇》,上海:上海古籍出版社,2001 年。

麻天祥:《20 世纪中国佛学问题》,长沙:湖南教育出版社,2001 年。

童庆炳、程正民:《文艺心理学教程》,北京:高等教育出版社,2001 年。

普慧:《南朝佛教与文学》,北京:中华书局,2002 年。

哈迎飞:《"五四"作家与佛教文化》,上海:上海三联书店,2002 年。

尹立：《精神分析与佛学的比较研究》，成都：巴蜀书社，2003年。

钱理群：《与鲁迅相遇》，北京：生活·读书·新知三联书店，2003年。

钱理群：《周作人研究二十一讲》，北京：中华书局，2004年。

高旭东：《中西文学与哲学宗教：兼评刘小枫以基督教对中国人的归化》，北京：北京大学出版社，2004年。

太虚：《太虚大师全书》，北京：宗教文化出版社，2005年。

麻天祥：《禅宗文化大学讲稿》，北京：中国人民大学出版社，2007年。

郜元宝：《鲁迅六讲》，北京：北京大学出版社，2007年。

熊十力：《佛家名相通释》，上海：上海书店出版社，2007年。

梁启超：《中国佛教研究史》，北京：中国社会科学出版社，2008年。

黄健：《"两浙"作家与中国新文学》，杭州：浙江大学出版社，2008年。

凤媛：《江南文化与中国现代文学》，北京：文化艺术出版社，2008年。

朱海滨：《祭祀政策与民间信仰变迁：近世浙江民间信仰研究》，上海：复旦大学出版社，2008年。

刘士林、洪亮、姜晓云：《江南文化读本》，沈阳：辽宁人民出版社，2008年。

潘桂明：《中国的佛教》，北京：中国国际广播出版社，2011年。

黄健：《意义的重构：中国新文学生成的文化阐释》，北京：中国社会科学出版社，2011年。

方立天：《佛教哲学》，北京：中国人民大学出版社，2012年。

鲁迅：《中国小说史略》，北京：当代世界出版社，2013年。

黄健：《孤独者的呐喊》，合肥：安徽大学出版社，2013年。

何俊：《西学与晚明思想的裂变》，上海：上海人民出版社，2013年。

黄忏华：《中国佛教史》，长春：吉林人民出版社，2013年。

赖永海：《中国佛教文化论》，北京：东方出版社，2014年。

普慧：《中古佛教文学研究》，西安：世界图书出版西安有限公司，2014年。

朱光潜：《诗论》，北京：生活·读书·新知三联书店，2014年。

孙昌武：《佛教文学十讲》，北京：中华书局，2014年。

徐丛辉编：《周作人研究资料》，天津：天津人民出版社，2014年。

陈兵：《佛教心理学》，西安：陕西师范大学出版总社，2015年。

姚彬彬：《现代文化思潮与中国佛学的转型》，北京：宗教文化出版社，2015年。

章念驰：《我所知道的祖父章太炎》，上海：上海人民出版社，2016年。

竺建新：《多维文化视域下的现当代作家研究》，杭州：浙江大学出版社，2017年。

［美］蒂里希：《文化神学》，陈新权、王平译，北京：工人出版社，1988年。

［美］蒂里希：《蒂里希选集》，何光沪选编，上海：上海三联书店，1999年。

［美］张灏：《幽暗意识与民主传统》，北京：新星出版社，2010年。

［瑞士］荣格：《原型与集体无意识》，徐德林译，北京：国际文化出版公司，2011年。

［瑞士］卡尔·荣格：《心理学与文学》，冯川、苏克译，南京：译林出版社，2014年。

论文类

庞朴：《文化结构与近代中国》，《中国社会科学》，1986年第5期。

李伯重：《简论"江南地区"的界定》，《中国社会经济史研究》，1991年第1期。

顾琅川：《周作人与公安三袁》，《绍兴师专学报》，1991 年第 1 期。

谭桂林：《论周作人与佛教文化的关系》，《中国文学研究》，1992 年第 3 期。

赵朴初：《佛教与中国文学的关系》，《中国宗教》，1995 年第 1 期。

王乾坤：《真诚，圆善与恶：鲁迅美学思想片论》，《鲁迅研究月刊》，1995 年第 8 期。

王乾坤：《绝望：反抗与消释》，《读书》，1995 年第 10 期。

杨义：《道家文化与中国现代文学》，《中国社会科学》，1997 年第 2 期。

李兴武、丁丙麟：《佛学唯识论与精神分析学》，《长白论丛》，1997 年第 4 期。

皇甫晓涛：《夜与鲁迅的意象》，鲁迅研究月刊，1997 年第 9 期。

王学谦：《永久的渴望与冲动：论鲁迅小说的自然意识》，《吉林师范学院学报》，1997 年第 18 卷第 2 期。

范子烨：《〈洛阳伽蓝记〉的文体特征与中古佛学》，《文学遗产》，1998 年第 6 期。

哈迎飞：《论〈野草〉的佛家色彩》，《文学评论》，1999 年第 2 期。

董楚平：《吴越文化的三次发展机遇》，《浙江社会科学》，2001 年第 5 期。

姜振昌：《〈故事新编〉与中国新历史小说》，《中国社会科学》，2001 年第 5 期。

徐茂明：《江南的历史内涵和区域变迁》，《史林》，2002 年第 3 期。

甘智钢：《〈祝福〉故事源考》，《鲁迅研究月刊》，2002 年第 12 期。

麻天祥：《中国近代佛教的再思考》，《云梦学刊》，2004 年第 5 期。

刘士林：《江南轴心期与中国古典美学精神的生成》，《浙江学刊》，2004 年第 6 期。

刘士林：《谈"江南诗性文化"》，《解放日报》，2004 年 10 月 17 日。

陈平原：《分裂的趣味与抵抗的立场：鲁迅的述学文体及其接受》，

《文学评论》，2005 年第 5 期。

刘士林：《江南诗性文化：内涵、方法与话语》，《江海学刊》，2006 年第 1 期。

景遐东：《江南文化传统的形成及其主要特征》，《浙江师范大学学报》，2006 年第 4 期。

卢洪涛：《佛教题材的世俗改写与历史文本的人性解读：论施蛰存佛教题材小说创作》，《文艺理论研究》，2006 年第 6 期。

林伟：《"秀骨清像"中的玄学"风度"：从佛教造像看魏晋玄学对佛教思想的影响》，《江苏社会科学》，2007 年第 1 期。

吴晓东：《中国现代审美主体的创生：郁达夫小说再解读》，《中国现代文学研究丛刊》，2007 年第 3 期。

普慧：《佛教对中古议论文的贡献和影响》，《文学评论》，2007 年第 4 期。

汪卫东：《〈野草〉与佛教》，《中国现代文学研究丛刊》，2008 年第 1 期。

姜云飞：《论戴望舒的感觉想象逻辑与圜道思维特征》，《文学评论》，2008 第 2 期。

林国良、管文仙：《荣格心理学与佛教唯识学思想之异同》，《上海大学学报》，2008 年第 3 期。

哈迎飞：《从国家意识、民族认同与思想革命论周作人的启蒙思想》，《中国现代文学研究丛刊》，2008 年第 6 期。

普慧：《从佛典文学看佛教的女性观》，《陕西师范大学学报》，2009 年第 1 期。

陈开勇：《道化剧〈黄粱梦〉"杀子"情节的佛教渊源》，《文学评论》，2009 年第 2 期。

普惠：《〈文心雕龙〉审美范畴的佛教语源》，《文学评论》，2009 年第 3 期。

王杰、肖琼：《现代性与悲剧观念》，《文学评论》，2009 年第 6 期。

刘士林：《江南佛教文化的界定与阐释》，《学术界》，2010 年第

7期。

洪修平：《试论中国佛教思想的主要特点及其人文精神》，《南京大学学报》，2011年第3期。

杨迎平：《施蛰存关于〈魔道〉的一封信》，《新文学史料》，2011年第5期。

陈飞鹏：《夕阳山外山：纪念弘一法师诞辰134周年》，《佛学史话》，2014年第5期。

陈星：《丰子恺佛教题材绘画的平民化意识》，《美育学刊》，2015年第5期。

后 记

宗教是文化的深层内核,它会对区域内人们的心理结构和审美观念产生深层次的影响。江南佛学,作为江南文化深层内容之一,潜移默化地影响着近佛的"两浙"现代作家的文化心理和性格气质,影响着他们的文学创作。但是,目前学界缺乏从江南佛教的视角对"两浙"现代作家的研究。因此,为了完善这方面的研究,笔者申报了国家社科基金课题"江南佛学与'两浙'现代作家研究",本书是该课题的结项成果。

需要说明的是,本书在"两浙"现代作家的认定上,主要以作家的籍贯为主,但在落实到具体的"两浙"现代作家时,是有选择的。经过慎重考虑,本书的研究剔除了梁实秋、戴望舒以及曾经长期居住杭州的无名氏等作家。此外,附录是笔者已经发表的几篇论文,属于江南佛学与"两浙"现代作家的个案研究。其中,汪曾祺不是"两浙"现代作家,但因为和江南佛学有关,故以附录的形式姑且存之。为了书稿格式上的统一,附录所选论文的注释等略有改动。必须承认,从江南佛教的视域去研究"两浙"现代作家,不仅有学术上的难度,而且是吃力不讨好的,但虑及其研究价值,笔者愿意去尝试,以期抛砖引玉,也期待方家的批评指正。

本人的国家社科基金课题在申报中,得到了导师黄健教授以及我的同事洪治纲教授的肯定和帮助,在此表示诚挚谢意。同时,感谢黄老师在百忙中抽出时间为本书作序,感谢课题组成员张直心教授、刘克敌教授、王芳副教授的大力协助,感谢我的研究生朱佳莹、金常蕾、王淇、郭文侠等人为本书所做的查阅资料核对注释等工作。

本书得以出版,首先要感谢国家社科基金、杭州师范大学文艺批评研究院的资助。其次，作为国家社科基金项目的成果，本书的部分内容已经在《中国现代文学研究丛刊》、《中国社会科学报》、《当代文坛》等报刊发表，在此也向有关刊物的编辑表示谢意。最后，感谢安徽教育出版社，感谢责编的辛勤付出。

竺建新

2021年1月于浙江杭州

泽地文库

第一辑

杭州方言研究 / 徐越 著

朝堂与文苑：唐宋文学论丛 / 沈松勤 著

中国古代小说戏曲关系史纲 / 徐大军 著

训诂学视角下的现代汉语辞书释义研究 / 周掌胜 著

中国现代新诗诗美建构与唐宋诗词 / 陈学祖 邓乔彬 著

江南佛学与"两浙"现代作家研究 / 竺建新 著

阅读史、修辞与小说创作的源初思维 / 郭洪雷 著

马克思主义与批评理论：走向辩证批评 / 刘欣 著

中国当代文学史写作问题研究 / 刘杨 著

合作化小说的语境与书写：以20世纪五、六十年代为中心 / 李佳贤 著

中国现代大学与现代文学 / 王晴飞 著